朱峙三 著
周國林 胡念征 整理

朱峙三日記（二）

荊楚文庫編纂出版委員會
華中師範大學出版社

清宣統二年（1910年）庚戌日記

　　本年二月四日方到省，因住學已四年餘仍未畢業，心起厭惡。幸此際寫字潤金增加，報館賣文錢併算，月之所入已勝於在縣中教員所得也。三月間以大姊病重，曾回家一次。二十五晚，值長女純兒生，余正在家中。

　　余性喜遊覽，每閱名人筆記，名山勝跡，發思古幽情。丁未遊贛遊汴，一以時間促，一以心緒未安，皆未足遊興也。本年奉派到寧考察中華全國第一次所辦之南洋勸業博覽會，集二十二省之著名產品特色，實爲有生以來所見規模擴大之博覽會也。以後並未開第二次。便中得遊金陵名跡，所謂自古爲帝王之州者，誠非虛語。余所編之《古泉特輯》，雖辛亥秋將原本佚去，但檢當日零賸之稿而補綴之，其最大最著之物品評論並未遺忘，抑亦快慰事也。惟歸家後，見余長子純學以泄疾夭亡，則又爲最痛心之事也。

　　本年九月初。始與黃松庵師來往，就教於繪畫、藝術、詩文之事諸多。自沈師離鄂返吳後，畫道無人指示。楊子檠師文學雖優，於畫道闊漠①。余二十五歲以前，受知於外籍教員者，僅楊、沈、黃三師而已。沈師未六十而故，楊師故時年七十六，時余尚長黃岡。黃師前年三月尚通訊，嗣以時勢變化，余請其勿來函。憶今年四月，已交七十八歲矣。粵人多壽考，或者吾師尚存也。

壬辰閏五月十九崎山老人閱後記

---

① 漠，應爲"膜"。

正　月

初一日　此月小建

五時起，隨同父親進香、出方禮，轉回堂屋向祖宗神位拜年，與父母及大姊拜年畢，又隨父親至岳廟行香，便往仁壽宮祀藥王。回家時天已漸明矣。余帶訓甥出外賀各親友年，下午四時方歸。檢名刺逐閱，來客已三十餘人矣。六時吃飯畢，家人俱早寢。

初二日

七時出門，補昨日未拜完之親友家，十二時拜畢即回。

初三日

今日至程稚松家畧坐談。晚八時祀祖母忌日，具酒肴，焚紙，舊例不敢廢也。

初四日

今日至程師家坐談甚久。稚松今年可畢業，先於余就事。余則遲至明年下季。尚需一整年，且不知以後如何變局耳。下午接漢口寄來《中西報》，知武漢三鎮近事。

初五日

十五日　晴

今日天晴，遊西山之人極多。余亦帶學兒出城，行至寒溪折回。途遇周少卿及月亭之叔，立談片刻。學兒坐石上，俟余談後引與同行。因余不能抱之行也。

十六日

十八日　星期日

今日晚飯後作文，準備寄漢口報館。

十九日

今日續作文並小説十則。報載革命黨聯合廣東新軍起事，與防軍大戰敗去。又載蘇州新軍鬧餉。

廿五日　今日驚蟄

廿九日

今日接省信，開學遲，同學到者甚少。蓋學堂住久，人已倦厭矣。與稚松約二月初四往省不遲，想學堂當局現已不開除學生矣。

二　月

初一日　此月大建　星期五

清理往省應帶之物，準備往省。每次念及往省，心煩惱殊甚，又深恨住此長期學堂矣。

初二日

今日下午四時，稚松來約余登大南門城樓一看鄉景。聞百子畈田地今又易主。此真附郭好田，陳雨生得業不久，其孫已賣與汪姓矣。又見南湖村落，炊烟暮靄可愛，俱有詩料也。

初三日

今日祀文昌帝君，昨日祀土地，均民間所傳誕辰也。昨午與父親談各事，今年當以賣文字潤金寄家中用度。但須還去張二太太、蕭月如妻、洪小坪、朱裕豐等處本錢一半，方可減輕盤剝之苦。此數處已還利四五年，洪小坪三分利息已還過六串。諺云"三年利過本"，其何能受耶？思之不勝愁悶。父親云，每一念及數家債務如水益深，致每月有十餘次失眠，可不畏哉①！

初四日　星期一

晨五時，母親與內子為余造飯。食畢，訓甥送余下河搭輪，母親送余至大門外。余到江干，稚松已先至，松師送之。余等上船後即開行，下午四時到漢。五時渡江到堂，同學已到者十分之九矣。報到後，與同室諸君談鄉間事。

初十日

今日星期，渡江至報館與曾、鳳諸人談甚久，補領潤筆洋六元回堂作零用。晚至楊師家，為其兩世兄補習英、算。余今年欲辭此事，楊師改為星期一、三、五晚七時至九時為教課時間，余又不便辭之。此三夕七時半，彼公館中派車夫來本堂頭門外相候，天雨則以轎子送余回堂。似此情形，只好就此一季再辭。報載，我國與日本訂立韓國仁川、釜山、元山三處中國租界章程，已失藩籬，再向人租地。

十七日

今日仍為報館作文二篇，午後五時畢。晚間閱報，派濤貝勒遊歷各

---

① 欠債只洪小坪係三分，其餘三家為二分，百串每年二分利須二十四串，洪借款每年三十六串，可畏哉！——作者批注

國。政府維新圖强，以宗室親貴赴歐美而不派漢員，何也？又載總税務司英人赫德病故，以安德聯代理。

廿四日

爲報館作文。今年清明在二月，余來未久，此次不回縣，昨已奉告父親矣。

廿八日

報載，革命黨在北京刺攝政王於途，未成。聞刺客爲汪兆銘，號精衛，廣東拔貢生。余前於《民報》中屢見其文者。惜哉劍術疏，奇功遂不成矣。

三　月

朔　此月小建　星期日

初二日　星期一

今日正午下課後，郭文卿派其徒榮康卿來約余寫屏對，云可送洋八元。榮亦便求謂渠與伍某亦願寫對子三副，送洋三元。均許以明日。

初三日

今日課畢，至郭宅寫屏對，至晚八時方歸。腰疼甚，得洋九元，幸不欠賬，比做報館文字有利。但若輩骨董奸商，不能與之客氣也。彼等作偽取錢，余爲其工具，亦係間接詐欺取財。然行之於貴官大賈，彼輩以不義之財買骨董字畫，亦悖入悖出之理也。庸何傷？

十二日　今日穀雨節　星期四

今日晚飯後，至蕭宅補習英文。余畢業後有志教此課，以同班中英文無人深入研究者，將來此席必缺人也。報載，湖南省城饑民鬧事，焚巡撫署並教堂、學堂數處，風潮甚烈。又上諭，派農工商部侍郎楊士奇爲南洋勸業會審查總長。

廿三日　星期一

今日晚飯後與諸同學在正學堂湖畔閒談，三堂同學劉竹江來向余云，今日彼在過江小輪上遇周斗丞，言余姊病重，囑即轉告，謂父親不及寫信，叫余回縣一看云云。當即向監學室請假一星期，明晨回縣。晚寢，展轉不寐。

廿四日

早渡江搭輪，下午一時抵家中。問大姊病狀，心極明白，自云前日父親診視，謂其脈已絕矣，大哭，遂帶信囑余歸。今日稍好，余與父親商及大姊後事。傍晚姊病又轉劇，氣喘甚，家人終夜未安。

廿五日

大姊病又轉好，午後更減輕。傍晚內子腹痛，懷孕已足月，已屆分娩時矣。學兒極靈活，向余曰：媽媽要生細學兒矣。余又好笑。八時半產一女孩，大小甚安。母親又專招呼產婦。大姊病似已減。余疲乏甚。早寢。

廿七日　今日立夏

大姊病漸轉好。小女孩母親取名曰細慶，以外甥女爲長女名慶雲也。父親不重視女孩。

廿九日

姊病已漸愈。女孩三朝後亦有乳，甚好。余擬早日回學堂。

四　月

初一日　此月小建　星期一

今晨四時起，五時飯畢，與大姊説數語，囑其調養病體。母親仍送余至大門，余迄止之，乃返堂屋。余匆匆下河，訓甥亦未送余。此次原不欲歸，偏逢姊病，仍回家，真凡事有定也。船開後艙中無熟人，余亦假寐。下午二時半到漢，三時半即到堂，天熱洗澡後小睡一時許，晚飯乃起，疲勞之至。

初二日

欽選魁斌等滿員爲資政院議員，定本年八月二十日爲召集之期。又頒行現行律令，内外各關刑事衙門依此律聽斷。

初七日　星期日

今日至勸業場一遊。遣悶而已，歸後仍作文。前次回縣，往返川資及大姊病中、内子産女孩，所得潤筆費十餘元已用盡。故仍須努力作文，以圖取潤也。

初八日

今晚菱湖詩社又集會一次。余前編《菱湖詩話》二卷已成，或再續之，然慮精神不繼也。詩雖爲無用之物，然可以寫性情。且本省存古學堂尚在開辦，能研究詩學也。

初九日

五　月

初一日　星期二

今晨隨管教員謁聖後，請假外出至蕭宅，借字畫佳者帶堂鈎之。蕭君之祖父，號舍甫，曾爲皖省太平縣知縣，喜藏字畫，佳者甚多。

初四日

閱報，知吾國第一次全國博覽會，在南京已新建有週五六里之大博物館，分省建築，每省二館，已成功，於此月底即開大會，誠吾國創舉也。會場週五六里，較我縣縣城尤大矣。下午六時出街，見賣角黍者甚多，又屆端節，令人思家，所謂"每逢佳節倍思親"也。

初六日

北京明令以瑞澂補授湖廣總督。又載日本將租借之旅順口開爲商場。

初八日　星期二

今日晚飯後欲作二十五歲初度詩，以心緒不安乃止。余家債務重，余又未畢業，父親今年收入少，大姊又病重，甥兒女及余有子女大小共八人，生活艱難。使無外債，可算小康之家矣，以余及父親收入，每年在三百八十串以上，何曾不可以過優裕生活？

十八日

堂中出示，今明兩日停課溫習，準備大考。

二十日　星期日

今日至報館結算薪資，得十八元取回。曾心如面托，謂其同事法文學堂章先生要請余畫四尺花卉屏四塊，照余潤單需八元，彼爲章已許作半送人情，以四元求之，余許之，此亦另外收入也。回堂後，肖鵠告知余，云郭堂長今日傳仁齋、義齋六堂班長兩齋新三堂班長未傳。至堂長室。云提學使通知省城各中學、專門以上學堂均派學生六人，兩湖學堂人多，須派八人。以各班長爲指派之人，其餘二人以能畫各種國畫與能畫幾何畫者爲標準，仁齋加派余，義齋加派劉潮，共八人。大考畢即通知余等起程赴寧，考查南洋勸業會出品，名曰考查教育團。每人一切川資火食歸公家統辦，另各給三十元零用云云。余聞之甚喜，以此次全國第一次盛大之博覽會爲破天荒之事，有此機會到南京遊歷，廣見聞矣。

廿一日　星期一

今日起大考，文學、修身，課單所定，二十五日即可提前各門考畢矣。

廿二日

廿三日

今晚寫一詳函稟知父親，說明奉派赴南京考查教育情形，約一月可回家。放暑假仍住堂中，伙食另開。余等八人。帶洋十五元，由石雲衢轉交父親收濟家用。明日送石處，彼二十五日可回縣也。

廿四日

今日上下午均有考，晚飯後送函及銀洋請石先生帶回家，並請其代告父親各語。

廿五日

廿六日

學堂功課上午考畢，下午近縣同學已歸。余住堂中。今日與肖鵠商約，我等赴寧需製新衣一件。堂中既有津貼，不妨各製官紗長衫一件，可與義齋四同學言之。肖鵠極以爲是。

廿七日

今日爲章君畫花卉着色屏四張，用礬單宣，能浮出顏色，且好著筆。畫成後，顏色暗，不受看也。一日成之，以其不佳也，書款曰朱國綸。朱國綸之名僅一用。此名本爲余九歲時父親錫名未用者也。張之鶴今夏爲余曾刻此章，一曰寒溪居士，一曰朱國綸印，今乃用之①。明日交送報人帶交心如。下午四時，劉監督通知，仁齋派彭繼祖，號壽堂，隨縣人。二堂余與張祝南，四堂張耀甲，湖南人。義齋一堂王之楨，黃安人。二堂程在仁、通城人。劉潮，漢陽人。四堂張國恩，黃安人。共八人，由本堂教務長郭肇明率領赴寧，已呈報李提學使云云。

廿八日

午後渡江買官紗。先向劉介眉借五元，余以薪資先盡帶回家，現存四元，又在報館心如處取得章君潤筆四元，共十三元。至介綸綢緞店買官紗一丈一尺五寸，但官紗比紡綢便宜，共去價止九元餘。帶過省城，請大朝街程潤生裁縫代余急做長衫，始知官紗要吐水做，材料買少矣。潤生爲余家老工人。吐水云須縮一尺，余囑潤生缺料代配。

廿九日

劉介眉、李範一尚未離堂中，據說明天下午彼等不開火食，公家已定彼等上五府不能歸者在斗級營客棧住。李則爲貧苦生，易奉乾齋務長與彼同鄉，亦照上府學生例予以優待也。

---

① 此兩印起義時失去。——作者批注

三十日

今日在堂中休息，未出門。下午四時，劉、李等八人遷出至斗級棧中，堂中僅有齊夫三人作伴。

六　　月

初一日　此月小建　星期四

今日早起，似傷風，頭暈嘔吐，不能起，未食稀飯，靜臥室中。午後，余潤吾自我縣來云，父親與彼說過，石先生帶回家之信與洋均收到，問余何時到南京。余君在我邑充小學教員，與父親相熟者也。余又號質臣，教理化，黃安城內人，談半時，囑余靜養，遂別去。肖鵠昨已回葛店，大約後天來省。

初二日

今日下午，余病已愈，可進飲食。下午三時，程裁縫送官紗長衫來，着之合身。程添材料約一尺，余給以工資一元去了。余至顯真樓照四寸半身相一張①，堂中出錢，以一張繳呈李學使存案。

初三日

今日下午肖鵠來堂。郭先生又約余等聚會一次。義齋王之楨不願赴南京。彼假歸來函云，不願意去。張眉宣向郭云，王不日即來，是以將王應得之一份領下，作爲同人遊覽費公用之。余出，笑謂君真有心眼者。

初四日

聞學堂已派定老號房王君、工役二人，郭先生領導，郭帶長隨二人。

---

①　此相片余於民國甲寅初製銅板，今尚存。——作者批注

此次由湖北候補道、籤捐彩票局長卞道綍昌爲總領導，率學生百餘人東下。已包定江新輪船官艙、房艙、大餐間，爲教員、學生往寧專輪也。消息傳下如此，再寫家信詳述余君來堂情形稟知父親，即發出。

初五日　星期一

學堂工役，義齋亦派一人同行，余等沿途有人招呼。又聞招商局江新輪船已抵漢口，明日可搬行李上船云云。

初六日

今日下午四時，劉監督在水閣廳爲余等七人及郭、易二先生餞行，酒肴甚豐。先生餞送學生以酒席，此爲本堂第一次。七時席散。

初七日　晴　熱甚　晚小雨　夜十二時半大雷雨

堂中得通知，今日下午二時到漢口河街熙泰昌茶棧集合。堂中雇定大紅船一隻。在堂午飯畢，行李等件下河，郭師率余等在文昌門外碼頭上船。當即開行，順風順水，一時半已抵漢口。徑到河街熙泰昌茶棧①，李學使已先到，學務公所及各送行人均到。三時照相，李學使坐中間，餘官之小者及學堂堂長坐前排，余等大中學生立第二排，以次第三、四。照相人遲緩，李學使説笑話，催其速照畢。散至九華樓晚餐。學務公所辦理酒席十餘桌，極豐盛，並有香蕉水果等盤。食畢上船。余堂中七人編在樓上房艙四間，余與肖鵠共一間。軍醫學堂張械章自費到寧，已購統艙票，欲來余房搭鋪，以有小橫鋪一座，不妨也。餘人俱聯房隔壁。江新船極清潔，比別家公司貴。九時船開，送行者均先上岸去。行半時，忽喧卞道台行李堆中衣箱被竊，船中搜索扒手。卞道台發怒，謂衣箱中有公文，向船主嚴索之。大約此案不難破，船中賬房許以到九江再查。

---

① 熙泰昌茶棧爲漢口極大屋宇，官紳巨商集會必在此，真有歷史性者。今無人知其地，似在河街舊關署下首。——作者批注

余謂送行人起岸時，恐撬手已竊物先去矣。船行至葛店下，大雷雨忽至。至黃州時，天黑如漆，雷雨更大，船不能行，乃下椗江中。自是大雨約三小時，電閃時船身震動，可想見雷雨之大也。設天晴朗，可望余家及赤壁矣。轉鐘二時，余寢似已睡熟。

初八日　晴

六時起，江新船抵九江，泊三時許乃開。晚間過華陽鎮，江面寬大，風濤險惡。因憶父言昔在此處遇險幾溺死事，心悸甚。自是在官房艙上下，與學界中熟人閒談。十一時寢。

初九日　晴

上午十時半抵南京，船靠下關碼頭，望見岸上歡迎人員打有旗號。余等上岸後集合，有馬君率領人伕來搬行李上火車中，一切不須余等顧及。火車抵中正街，下車後，馬君領湖北學生至八府塘湖北公館住宿。編余學堂及理化科十餘人及工役住第五進，此屋極大，爲蔣姓住宅，南京首富也。綽號蔣騾子，蓋趕騾子出身。時洪楊初平，曾國藩建設後一年，蔣預知洪、楊諸王及太平天國大官藏金於棺材中，僞爲死柩，集某厝屋中。蔣密發之，以致富無其匹。後其子孫有質庫數縣，捐道員者三四人。噫！此殆天與之機也。湖北公館總招待爲李玉山，寧派一人名劉三者，招呼余等，房中聽用。下午飯後休息。明日早飯後即入會場參觀。郭先生囑余等各備日記冊一、鉛筆一，同去同出，所謂團體行動也。楊子榮師囑余帶一函與其戚，並問其近況，明日當乘車訪之。今夕庶務送來銀質徽章一枚，明日挂之入會，不用票價也。

初十日　晴　熱

早飯後，與張、彭、劉、程諸君同入會場。在頭門下車時，見兩旁新建鋪店約六十餘家，皆售吃食之館也。與諸君約，今日須全看情形，明日再分查各省之館。計有總館八座及各國參觀館，又有大禮堂，開會所用之廳堂也。南京館、直隸、江蘇館、浙江館、安徽、江西、湖北、湖南、四川、福建、廣東、廣西、雲南、貴州、河南、山東、山西、陝西、甘肅、奉天、吉林、黑龍江、新疆等二十二省之館，各省館俱係新建二座洋式屋。另外有暨南館，華僑所辦理者。又水族館、動物園、大戲院兩座，京戲中著名子弟為汪笑儂、德子文、譚鑫培等。會場中，窮一日之力不能竣，走馬看花而已。各館中有招待員，說明物產來源產地，和藹可親。余等七人足力疲，目力花矣。此真集吾國文藝、出產、珍奇怪物之大觀也。下午五時半出場，回館吃飯後寫信，報知父親已到南京情形。明日帶會場中發出，場中有郵政、電報二局也。晚間疲甚，早寢。此房為蔣宅最後重，余室窗外係一淺水塘，可見外另一街。塘邊亦有樹，可聞鳥聲，見人畜行其側，空氣佳，甚涼爽。今日時時見日本人抄取各館中農桑及養蠶法，知其用意所在。

十一日　晴熱

今日同人進早點即到會場，擬在場中各人就場內酒菜館午餐。場內四隅中間均有酒菜館，約十餘家，與外間較貴一半，然甚精潔。估計此會場周率大於吾邑之城周也。各省俱有特產，大約係提起稀少精美之物送來陳列。先述吾省，有黃楊木，以小木工所做成之黃鶴樓古式，未毀時原樣。模型一座，高三尺餘。又用紅土為赤壁，聚大冶之紅土也。又有黃岡竹樓小型。大冶之煤、鐵礦石、石灰、水泥、興國之銅、錳、銀礦石，宜昌紅茶，廣濟、黃梅棉花，黃岡煙、茶，武昌、興國之線麻，羊樓峒之茶磚，施南之漆，老河口之玉，均陳列為特產。余等以愛鄉土，故先閱覽之。湖北文藝、書畫為末事，不暇撮記。十一時看廣東館，此為場內最精彩之館。該省出品有紫檀木所雕刻各物，果實則新會橙、潮安柑以及香蕉、龍眼、荔枝，均為其普通、產量最多之土產。水產奇者，大蝦子長八九寸，海參、魚翅、大海魚、珍珠等。礦產有鎢、鉍為稀物。工業精巧，以象牙雕刻極精細之小件為多，有圓球如鴨蛋大者，圓圈每層相套，能以金屬籤子挑動圓轉。看之共五層，外無縫，非膠黏者，不知工人何以奏刀，如此者有六七枚。又有用桃核刻成人物，如小舟遊赤壁者，中載東坡及二客、舵工、小僮等等，又不知何以奏刀，此真吾國絕技，有西洋人男女在館閱後讚歎不置。其他珍奇物件甚多，未能詳記之。再遊東三省館，該三館集在一處建築者。東北特產以路遠不易至，其希少動物已置在動物園內。奉天農產大豆、小米、玉米、小麥均有陳列，此外礦石標本名目甚多。吉林館有新鮮人參二枝，以沙土置磁缽養之，不知用何法以保其生存也。又有貂皮數張。撫順之石油為該地特產礦物，又有金礦石標本四種，砂金礦標本三種等等。今日除吃午飯耽延時間一小時外，其餘均在考查詢問注視物品中。下午五時乃出場。回館洗澡畢，吃飯乘涼，未敢再出門一步。

十二日　晴　熱

　　早飯後，余約張耀甲同行，十時半到會場看江蘇館。上海陳列各種工業標本、模型應有盡有，不能詳記。江蘇、上海、南京各畫家作品尤多，非兩湖人所能望及。西人男女日日都有參觀者，化學用品、烟葉、生絲等精者陳列，觀二小時未完也。下午一時再看廣東館畫室，如高劍父、高奇峰二人①所畫大幅虎與鹿、秋柳蟬。又一女俠飛空際，右執短劍，左提人首，不知何意，其題詩末句曰"笑看國賊好頭顱"云云。其畫鹿二隻，拖帶水泥，行淺草地，水漬亦顯出。柳蟬月夜有影，真繪事能手，蓋參用西法矣。閱後又折而至江蘇館，看上海名家，如陸恢、吳昌碩、王一亭等畫。又水族陳列有松江鱸魚、無錫銀魚為著名者。五時半出場，同人均歸。洗澡吃飯畢，為楊子槃送函至李家，乘車歸寢。同人等擬定明日休息一日。

十四日　晴　熱

　　今日同人早飯畢，同至會場，仍分途參觀。余與張君至浙江館，有

---

　　①　二高十年以後在滬賣畫有名，稱"嶺南派"。——作者批注

蠶絲、烟葉、龍井茶、青田圖章、各式印章，有鄞縣及海產之魚、鹽等等。紹興之酒、金華之火腿，俱有精者陳列。湖州之筆、湖綢亦陳列甚多。正午在場中茶館休息，聞百代公司留聲唱片聲音極大，好風相送，與尋常之片異。再觀安徽館，比廣東、蘇浙遜矣。所陳列者，米、茶、高粱、玉米，而祁門、休寧、六安、霍山之茶佳者，以玻瓶置之。又歙縣之漆，胡開文之各種墨式及清初陳墨，甚至有明方于魯遺墨在陳列焉。又有安慶所製各種糕點亦陳於大盒內。其他字畫等等，除鄧石如數聯外，亦少佳者。三時參觀江西館，陳列農產品以米、茶、蔗、烟為多。江西之米甚有名於國內，萬載之細夏布幾如絲織品。又有各種藥材之陳列，礦物著名者如鎢產量尤多，所見各標本極精。又著名景德鎮各種磁器，及仿古各磁瓶盤小件。又河口出品各樣紙張，以及南昌之樟腦、萍鄉之煤礦標本等，觸目皆是也，藝術品亦多精彩者，未記之。六時出會場。飯畢，與張眉軒、劉潮等至里廊大街，買緞帶子十餘副，各色均有，為縛腿褲之用，可送人，較之吾鄂便宜一半。過大功坊街，聞此為徐中山王明初建王府之地。又過鼓樓，聞此為太平天國洪天王府附近地帶，惟天王遺跡不可覓得矣。又過明故宮前，僅見三圓門如吾鄂城門洞者。或告余曰，此為當日午門也。十一時歸，天熱多蚊，買蚊烟置鋪前，不成寐。

十五日　晴陰不定

今日館中早飯提前開。十時，余等同乘車到會，因江寧提學使李瑞清並代表南京人士歡迎湖北學界及官吏之參觀博覽會者也。廳中懸國旗，與各國旗交叉飄揚，置佳紙烟及水果、糖果約二十餘盤。十一時，被邀者已到齊。李提學使致歡迎詞，約五分鐘畢。繼由南通張謇演說博覽會意義，及中國應該提倡實業、改良農工商諸要事。張為近時南通州辦實業之有名者，以狀元身份，現已不做官，專辦地方自治，言簡扼要，約半時乃畢，博得聽者掌聲如雷。張面黑，身中材，微鬚。以世俗常理推測，以為狀元必倜儻面白者也，今竟不然。繼由馬湘伯演說。馬為基督徒，現辦大學，所説亦多中肯語，微嫌冗長，逾二小時乃已。馬身頎而瘦，丹徒口音，年近七十矣。尚有相繼演説者二人。湖北學界致答詞係方言學堂監學某君，答詞不佳，且不對題，同人呵之使下。乃舉省議會張副議長國溶蒲圻人。致答詞，説中肯，且合近代潮流，聽者呈喜色。惟挖苦官吏太過，似於李提學使顔面難堪也。下午一時散會。余未出場，乃至戲園看戲三小時。出場時，買得張廉卿石印大字帖一册，極佳。回館後吃飯洗澡，與彭、程諸同學出外閑遊二小時，買得雜物歸。

十六日

今日十時到會場看動物園，有大小獅子二匹，有斑馬，有大虎二，豹子三，大象二，單峰駝一，雙峰駝二，有六足牛，有五足羊，俱奇物。有四不像，有鸚鵡二十餘，其中有桃色者二，白者三，餘均綠。有大小猿三十餘，有大野人一，有大小猩猩四，有丹頂鶴三，鶴高者四尺，聞其壽已百餘年矣。有孔雀，有鷟及野雞十餘種，有雕，有大鷹、鴟梟等等。有大蟒二，大蛇四，其他爲吾人所習見過者，未列入。又觀水族館，有鱷魚二，身長六尺。有大黿、大鼉，身徑在三尺以上。有蚌，有三足蛙，此即俗所謂鼉耶？吾鄂蘄州綠毛小龜亦有數枚陳列。海物各種名目多，不能記矣。有麋鹿及各種厖犬。又看湖南館書畫，有何紹基，曾、左、彭及近人曾熙之字。畫則有齊白石、何維樸等，均屬佳品。農産品之陳列者，有米、茶、苧麻、烟葉、桐油、甘蔗，君山茶則另盒置之。礦則以銻、鋅、錳、鎢、朱砂、硫黄等等。又醴陵磁器、湘繡均爲近代應時之品，惟雨傘式不甚佳耳。今日見湖南磁器不減江西之美麗。下午五時出場回館，飯後休息。

十七日

今日九時入場，先參觀四川館。該省所出農産、藥材、礦業，爲吾國各省之冠。場中陳列有各州縣所産之藥材、玉米、甘蔗、各種烟葉、各豆類、各種絲類，川綢不及蘇浙之綢，多野絲也。桐油、漆、白蠟均爲著名之產,自流井之鹽,綦江、彭水之鐵,又石油、水銀、蜀錦、巴緞,爲其著名手工業。十一時參觀福建館。該館著名者,武夷山之茶、甘蔗、桂圓、荔枝、建橘,均提有最佳之樣品。林產則樺、楠、方竹子、漆樹,又福州、廈門罐頭各出品最多。閩城之漆器,人物佛像及文房諸品、提盒等等,精美絕倫,非他省所能望及也。建寧之香菰,漳州之漳絨,早年即銷行全國。更有一歷史性者,則泉州古錢會所搜集之古泉,上起周秦之錢刀貨幣,以迄現代之各省銅元及外國番幣,皆存列焉。其尤異者,本朝自順治起,迄宣統,各帝之錢俱在。而順治錢背面所分省之字,宣、蘇、薊、昌二十字均完全搜集。此古泉有六百餘枚,中國二千年來之錢幣式樣均有。問之招待人,稱無一缺者。式之大小長圓不一,文字隸篆真草亦不同,分六大盒以黃緞墊之,外罩玻璃,不可以手摘看。吾國歙縣鮑康所著《錢選》,李竹朋所著之《古泉匯》,劉燕庭所著之《泉苑》等書,凡有圖者,茲六盒中無不收入。茲記其最稀貴者十五枚於下:一、貞祐通寶;二、天顯通寶回文,又應曆通寶回文,盛天元寶回文,建炎元寶回文,又通行泉貨回文,又廣政通寶,又靖康通寶,篆文。又靖康元寶回文,楷字。又大齊通寶,又裕民通寶,又大明通寶,大宋通寶,以及琉球、高麗、越南、日本及吳三桂利用通寶、太平天國聖寶諸錢皆列焉。噫!此真古董,真考溯歷史之材料也。與張耀甲同學抄寫至五小時,進出二次乃畢。目眩頭暈者半小時,休息一時乃出場。此可爲博覽會生色之泉州府古泉會也。查泉州首縣爲晉江,此縣在唐代爲東南大港之一,與外國通商最早,故能多保存外國錢幣也。回館後,與肖鵠、張國恩、彭繼祖等言之。彼等無考古知識,且非好藝術之人,故對此館泉州古泉漠視之。飯後乘涼,天氣愈熱,正在伏中。今晚又寫家信寄父親,略寫及會場中特異之事。

十八日　今日大暑節　星期日

連日疲勞過甚,今日休息。下午與同人至秦淮河一遊,看畫舫。當俟夕陽西下時再去,同人遂散。余乘車一人去看方正學之血漬碑,由車夫指示其地，有亭覆之。石約縱橫六尺許，或謂是當時燕王殿上之石。正學不肯草詔時，燕王割其舌。正學憤甚，以舌就地上書"燕賊篡位"，其篆字以忠義之氣，血沁石入骨矣，雨後則隱現篆字云云。此事是否確實，寧人相傳如此。余今日所見石面有微紅斑而已。歸後作詩一首。晚飯後與肖谷、壽堂同至釣魚巷秦淮河畔看畫舫，並在夫子廟小立多時。寧人稱孔廟爲夫子廟，秦淮之水即借作泮池也。十時半乃歸，較勝於他處乘涼矣。寢時枕上得詩二首，又《竹枝詞》三首，另書於簿。

十九日　星期一

今日早飯畢，仍與張君同時入會場，至廣西館參觀。此館簡陋，不如廣東館之半。農產物以甘蔗出名，有茶、藍靛、絲等，陳列之桐油、茴香、肉桂爲其著名物產。礦物有錫、銻、鎢、錳、鉍、汞、銀等標本，餘無可記之物。十一時入雲南館，有甘蔗、大米陳列，著名者爲普洱茶、金雞納、橡樹膠，均爲特色。礦物甚豐，爲他省所不及，有錫、鐵、煤、銅，而大理石有各種花紋者，爲該省著名之品。又有沙金、宣威之火腿，即世稱雲腿者，較浙江金華尤佳。亦有少數磁品陳列，較之江西遠遜。正午就會場中酒館吃飯。午後一時看貴州館，烟葉、茶、麥、甘蔗、豆類、漆、藥材等均有陳列，礦物則以水銀爲中國所著稱，產量最多者，銀、鐵、鋁、錳亦有標本。毛台之酒夙昔有名，比山東大麯尤佳，惟裝潢不甚精美。遵義之綢亦有名。總之，西南文物、工藝均遜於東南及西北，以地勢偏僻而又非富庶之邦也。四時參觀畢。同人等約今晚再入場看戲，並看五色烟火。出場後，到館小憩，催晚飯早開。六時半再入場，至戲園看京劇畢，看放廣東烟火，爲余平生所初見之美麗不可思議之烟火。僅記其中一折，焰發，有紙白鶴五隻飛出，如真鶴狀，在空盤旋。

二十日　星期二

今日飯後入場，再觀北平館。書畫名家甚多，古字畫約三十件，所謂成、劉、翁、鐵四家俱係精品。開灤、井陘煤礦標本及金屬標本多，地毯、水泥、陶磁、天津之水果,種種均有陳列,不暇記載。又觀河南館,有少數字畫,岳武穆之石刻墨搨甚多,陝州之棉花種樣,各縣特產之小麥,六河溝之煤塊,許州之菸葉,開封之綢、陶磁、土布等等,精者甚少。

廿一日　星期三

今日十時入場,參觀山東館。山東近日著名者為博山玻璃廠所出各品。如化學、物理用品器具、杯盤、盞碟,精美無倫。最佳者為玻璃絲燒出如燈芯粗或如細銅絲之狀者,排成如板片,內以著色之綢底花卉,挖鏨而粘於成板之玻絲內,背面再夾一排玻絲,襯之以為鏡屏、屏風之類,此則他省無有且不能仿造之藝術品也。館中陳列甚多,價值甚昂。農業出品種樣甚多,其果實出名者,如烟台之蘋果,大者如碗,萊陽之梨、桃等。又有啤酒、葡萄酒、繭綢。又有孔陵之筮草,亦陳數種。十一時參觀山西館,土産棉花種樣多,有解池所産之鹽,平定、晋城之煤,又有白煤。産黃河壺口一帶者。工業則汾酒、澤綢、定窰等,均有貨樣及標本。太原土布極多,較兩湖之布為優。又毛皮衣統之類甚多。又有墨刻北魏時刻。搨本之字及佛像等等。此外無多精采之物品。下午一時就場內食麵小飲。二時參觀陝西館,土産以棉花、高粱、豆麥、玉米、茶、烟,其標本均精美。皮貨、藥材品類尤多。煤、鹽鐵、膚施縣出品之氈毯、潼關出品之錫器均佳,五時畢出場回館。館中今早命劉三購得大鴨一隻煨湯,傍晚圍食,肖鵠與壽堂均善飲,余與眉宣、子堂、海風等喝湯而已。

廿二日　星期四

早飯畢,入場參觀甘肅館,規模狹小,陳列品不多。亦有鹽、鐵、銅、金、銀礦之標本,手工業多非精者,無足觀也。該省距內地太遠,交通亦不便,又無特別出產,雖有皮貨、藥材陳列,則粗製者也。寧夏所出稻米、玉米、高粱亦有陳列,又氈羊皮、鹽、煤亦有稍佳之標本。

另置一處之甘草、枸杞、大黃三項，爲甘省著名藥材，較各省爲有名。十一時就場中小館吃飯。下午一時再參觀吉林館。有陳列各種木材樣本，金礦標本以伊蘭爲著名，釩標本以延吉天寶山爲著稱，哈爾濱所製麵粉及糖、酒、革種種，亦有佳者。再觀黑龍江館，僅貂皮爲特色，又有砂金多種，皆采自興安山嶺之溪水者，皮革品亦多。三時以天熱甚，遂出場。晚飯後，與同人約定明日須遊孝陵，到寧多時，各古跡尚未親到，亦憾事也。

廿三日　小雨　星期五

九時早飯。十時囑劉三代余等七人雇騾七匹，價極廉。因人力車不願出城，騾伕有行幫，出朝陽門往孝陵衛者，須乘騾也。每騾有伕子一人，騾自行路甚熟，騾伕僅在後隨騾踪而行。余騎騾不慣，頗以爲苦。行一小時，見石人、石獸立兩旁草地，石人高丈餘，石獸有象、獅成對。有大明神功聖德碑一座，高丈餘，永樂帝立以紀念太祖者也。碑文字大如茶杯，未能細讀。至陵宮前下騾，途逢細雨。陵宮前有隧道，出道後見旁有茶肆，小憩。再看孝陵有碑，旁人云太祖之梓宮在何處不得知也。俗云其安穴處爲劉誠意伯生前所選之吉壤，其墳特別大，令人不知其棺在何所。與同人略談明代興亡事，均有天數在焉。清代入關以吳賊三桂之乞師，致明社遂屋。雖有史閣部之孤忠，以及後來閻應元、黃淳耀諸賢之支持，不過以供滿兵之殺戮而已。真所謂鼎已定，灰已燼矣，爲之悵然。途中原有詩意，謁陵後再乘騾歸，到館時已下午五時。燈下寫詩與肖鵠、眉仙諸人看。囑秘之，慮人忌也。寢時兩腿痛甚，不能寐，又想填詞。

廿四日　星期六

今日早飯後入會場，看新疆館。亦有小麥、菸葉、棉花陳列，較之內地稍遜。惟其特産有哈密廳所出之瓜、吐魯番之葡萄聞名於中國內部。

又金礦采自阿爾泰山，和闐之玉器、庫車之銅礦，均有陳列。迪化亦略有文藝之陳列，殊無可取。十一時出場，在館中與同人共餐。各以考查資料一一整理之。會期閉幕尚有一月。余等以開學尚有半月期，以天熱故，用費已缺，餘款須帶些小禮物回省接親友。公推程子堂向郭先生表示，須增加每人五六元以便零用。郭許之，預定廿八日回鄂。下午二時，再入場參觀暨南館，華僑所辦者也。多閩、粵兩省所有之物，餘則帶海外性者，雖有佳品，非其自造。且多珊瑚樹、蚌珠寶玉之類，文藝之品極少。華僑多大賈富翁，無藝術可言。約一時許即出，在場中復向各館瀏覽。明日再來復閱一次，則此大會余已全考查畢矣。生於此時，得見吾國首次博覽會，寧非幸福耶！十二時回館休息，下午二時郭先生率參觀金陵大學。尚未開學，無事可看。

廿五日　星期日

今日早飯畢，張眉宣與劉海峰等四人俱外出看友，僅余與張耀甲至會場。仍復參觀福建、廣東、江蘇、安徽四館，十二時出。下午三時，又入場參觀暨南館及懸有佳字畫之館，如高奇峰、高劍父之大幅走獸、人物，均入時派之佳妙者也。又再觀動物園而出。

廿六日　星期一

今日雇車往各處一遊，買零件及石印字帖數種。余花錢五角，任車夫順其意行各處。

廿七日　晴　極熱

今日飯後，約同人遊莫愁湖，竟無同志去。余乃雇車一人去，在茶館小憩後乃出。閱曾國藩像，此爲曾公祠。因記前年閱《江蘇》報載一詩曰："三環小閣一方池，滿地生祠莽大夫。小閣江天容我望，人豪不惜惜人奴。"詩不佳，然可見仇曾國藩之深。噫！使當時曾不以湘軍攻破太平天國，則滿室早滅矣。又見莫愁像，一恬靜婦人也。檻外有彭玉麟聯云："王者五百年，湖山具有英雄氣。春光二三月，鶯花合似美人魂。"蓋勝棋樓在前，與湖閣相連也。相傳劉伯溫與朱太祖對弈，太祖謂如棋輸當以天下付劉。後果輸棋，遂付此湖十里地代之云云。此時清光一片，新荷一望皆是。館中有售新藕者，買少許食之，涼沁心脾。可惜諸同學未來領此風景。乃耽延二小時，乘車回八府塘行館。明日當離此處。傍晚，余一人又出遊各街市，以人力車就便乘之，時下而步行，再雇車乘之。

廿八日　星期三

今日上午，在館中清理行李等件，新購網籃二裝物件。下午五時，同人給劉三以酒資。王號房來，云郭堂長已在下關大旅館定有房間與余等，晚間在旅館相晤，同搭上水輪船。六時飯畢。七時挑子、人力車俱來。到中正街，換火車到下關。金陵大旅館已有房間安置物件。陸軍中學堂教員陳健、葛店人。邢叔謙黃梅人，同學邢伯謙之弟也。共另開大房間，具酒肴爲肖鵠與余等餞行，叫妓三人。又請肖鵠及余另叫二妓唱歌曲以侑酒①，肖鵠喜，余則非所願也。程子堂、彭壽堂、劉海峰在座，眉宣、張耀甲另有人請他往。細問上水船須轉鐘二時方到，擾擾聲歌中不能小睡。樓上郭先生與王監學亦叫妓三人，係上五府某君所請者。

廿九日　星期四

三時，寧紹公司輪船到埠。余等上船，仍定房艙三間。郭先生未與聯房，因談笑不便也。船停半時即開行。稀飯後，諸人散步樓上欄干邊。午正開飯，零時小睡。二時起，立欄干邊看江景，或入餐間閒談。此次在金陵，所得益處不少。

---

① 當時餞客者必約妓侑酒，其風習較漢口尤盛。——作者批注

七　　月

初一日

　　在船中與諸同學閒話。下午抵九江，上岸去購小件磁器，因此船在九江有四小時耽延也。購得零件，夜間十一時開行。

初二日

　　上午九時船抵漢口，命工役押運行李過江。余等乘車到堂，當即見劉監督說明在寧經過。劉於本日下午五時再爲余等在水閣接風，具酒肴與上次同。席間詢知父親行醫，並贈送《傷寒論》《瘟症論》共三册，囑余帶回縣者。眉宣等開言，須請假十日回家一看。劉許之，因距開學尚有一星期也。酒畢，命陳世送衣服等件去洗。傍晚，寫信稟知父親，謂已回省，大約三天內即歸家云。至察院坡丁厚餘處一談南京古玩，過新泰祥郭文卿家，亦述及在寧所見。

初三日　星期日

　　早九時渡江至中西報館訪鳳竹蓀、曾心如，各談半時，商及續做論說事，午後回堂。傍晚在蕭宅談甚久歸，繼又在楊子槃師家談一時許，言前函已交其戚矣。

初四日

　　在省今日閱報，政務處於通商省份設立交涉使司交涉使，專辦交涉事務，以施紹基爲鄂使。湖北始設交涉使。

初五日

　　肖鵠今晨搭小輪回家。余以事，須今晚搭大輪到黃州轉家中。午前準備各事，買得零件及南京所帶小禮品，仍須裝一大網籃中。下午五時渡江，在報館略坐。八時上大輪船，九時開行，十二時到黃州。下划子時逢大雨，幸帶有傘，然衣履濺雨俱濕。到棚後雨稍止，天未曙即雇小船渡江。

初六日　晴

八時到家，見父母後問各事，知學兒病泄症已久，余視之，骨瘦如柴，已不成人形矣，心憂甚。父云服藥無效，此子亦決不肯服藥，致疾不可爲，然萬分之一希望而已。余心傷之。

初七日

早起學兒病未減，不肯服藥，已屬絕症。午後稚松來看，見兒瘦狀頗吃驚，余心煩亂。父親謂此病不服藥難愈，此時只委之命運而已。此兒聰明太過，慮不壽。不知何以得此絕症。每一喂藥，驚呼萬狀，又不進飲食。母親更憂之，聞余來歸時，即動驚風數次矣。設再動驚，不可救矣。今夕病尤重，余心更亂。

初八日

今日兒病未減，時時索雞湯喝。父謂泄症忌葷，雞生風尤不可食。但兒索之急，余謂此欠債索償者也。遂殺雞，晚間兒飲之，無甚變態，但不食飯及其他物。疲臥不能起，時時溏泄，胃與腸已起變化。

初九日

早起，學兒病似加重。程少圃來看，謂難望轉好。晚間十時加劇，又索雞湯，目光怒，呼聲急。十時又似動驚，余遂起。十二時以後，兒已氣息微矣。時至子正，兒遂殤。全家中人心傷痛哭，余則心胸愈亂，涕淚交流。噫！此其索債因果耶？父親悲痛之極，必欲囑成衣匠另做衣服五件，呼田木匠來家要做小棺一具，共需錢十八九串。余又不能止之，或亦未償清之前生債耶？闔家一夜未寢。

初十日

　　早十二時將兒屍殮入。劉表兄來，請其隨同喪伕何姓四人，將棺抬至普山祖山葬之。從前各親友均慶余得子早，可以享兒孫之福，今則謬見矣。余心亂如焚。

十一日

　　今日程稚松約余過其家，余未去。午後朱禮門五爹及程師母均來相慰藉，然不能解一家人之悲也。大姊曰："勿須悲痛，是兒降生之前夕，余夢一幼年人來投胎，頗與學兒像相似。今觀白布圓領古服瘦骨鄰鄰者，兒生後不欲言，今日着服入棺時狀，則真從前入室投胎之人也，何哭爲？"余深信其爲前身債主也，昨日多用之衣棺費，豈非應償之錢耶？

十二日

　　在家愁悶，程次松來約余過其家。午後去，坐談二小時，午睡一時許，就其家晚飯歸，聞內子與母親哭聲，心煩亂愈甚。

十三日

　　今日趕辦祀祖包袱等事，徐平夫、柏少松來約余上西山乘涼，藉以解愁悶也。余愿意去，下午六時乃歸。辦包袱、錁銀等，決定明日祀祖以便早日到省。

十四日　晴　熱

　　今日劉孝先來家慰藉去，午後二時辦理祭祖酒菜，四時祀祖，一如往日禮節。偶有感觸，墮淚而已。憶亡兒去年此日頑好可愛，十五夕余抱之至縣署看盂蘭會，今年已變凄涼之境。

十五日

今日外出二次,在家愁抑不堪,晚與父親談果報事,並言《閱微草堂》載兒子索債夭亡之事。

十六日

余因喪子事,心煩甚,外出散步至西門外一次,心傷無已。

十七日

連日觸目生憎,擬早到省,清理各事及書籍。

十八日

今日寫省信,問已開學否。

十九日

昨夕宿堂屋中,與父親談及前夕夢亡兒爲道光年間生人,其墳前碑有道光某年字樣,此夢中幻象而已。

二十日

今日午後清理各事,預備明日往省。

廿一日

四時起,余請母親不弄早餐。匆匆出門,母送之。余心亂,不回頭視母也。訓甥送余到江干,上小輪。七時開行,下午四時到堂,堂中早已上課。

廿二日　星期五

今日上下午均上課。晚至楊師家授課。師與余談因果,謂彼二十以後殤二子，今所得二子則四十以後者也，兒孫遲早有命焉。師信佛，念《觀音經》甚誠。家懸一聯曰："退一步着想；處萬事皆樂。"指爲余宜作此想，諸事可無慮矣。

廿三日

今日下課後整理南京參觀筆記，與張耀甲同學接洽時多。傍晚至蕭興仲家，坐甚久歸。

廿四日　星期日

今晨渡江至中西報館，與竹蓀、心如談片刻，仍繼續做論説、小説，兼可寫南京風景及詩稿，可登之。下季仍靠報館薪水及寫字潤筆貼補家用。亡兒衣棺之費多用，係扯劉表兄之債，更須速還也。下午四時歸。

廿五日

堂中今年又添博物教員，日本人，曰愛甲平一郎，教法尚好。

廿六日

廿七日

廿八日

廿九日

三十日

八　月

初一日　此月小建　星期日

今日上午作文。下午新泰祥榮康卿來約余寫字，傍晚歸，得洋四元。

初二日　星期一

報載，北京召集各省議會選出之資政院議員，至京師開會。有欽選、民選議員二種，欽選者皆貴族，民選者皆過去官僚，有新知識者甚少，果能代表吾民歟？

初六日

各省議會均於下月開會，是爲第二次省議開會。

初七日　星期六

連日課餘做論説，已成四篇，可賣八元。擬中秋前回縣，藉慰堂上雙親也。自學兒殀後，余心傷甚。離家後，不知余妻及父母在家感觸，多傷心之事也。

初八日

早飯後，渡江至報館交上論説五篇，支洋十元。就漢買海參二元。歸後至新泰祥又補取潤筆二元，楊師前夕送來二元，合計此次回家有十四五元，可補中秋開消之款。

初九日

初十日

十一日

十二日　星期四

今日課畢，向監學請假一星期，明晨回縣。

十三日

六時起，匆匆渡江搭輪船。下午二時到家時，見余妻抱純女出搖窩。與學兒相貌無二。余心神恍惚，以爲學兒尚存，繼知已夭，蓋神經亂也。見母親細問近日事。父親歸後，余謂此次已賺有洋十五元，可補中秋開消之費。

十四日

今日上午至各親友家畧坐，晚間將各欠債開畢。有三分之一爲學兒夭亡時未了之欠款也，爲之歎息而已。

十五日　中秋節　星期日

今日爲中秋節，晚間仍照例進香，并與街坊之來賀節者一一答之。

十六日

上午賀客來十餘人，余一一答拜之。

十七日

廿一日

五時起，母親與余妻爲余造飯。食畢，訓甥送余至北門外搭小輪，下午五時到堂。

廿二日　星期日

今日午後，袁夏生在葉仙橋處吃飯，與余談及訂蘭譜事，李瑞周亦來葉處，以葉爲長，次夏生，次余，次瑞周，此爲余第四次與人換帖者也。此事本無益，明代訂蘭譜，及清代官場中盛行之，然非勢利交者少。以前次夏生頻頻言之，乃有此舉，欲悔止而不能。

廿三日

廿九日　星期日

今日上午至蕭宅，就其家吃午飯。下午至楊師寓畧坐，沈師已歸，更無他處可談也。

九　月

初一日　星期一

聞北京今日資政院正式開會。吾鄂省議會開第二屆會議。

十四日　星期日

今日作文。下午至平湖門外訪黃師松庵。黃前請同學張耀南與余畫孤松庵二幅，係册頁，並題詩二首。黃師曾致謝函，今日須謁之。師室中陳設清潔幽雅，真藝術家，無官僚習氣。師爲湖北候補通判，叙談一小時歸。

十五日

十六日

三十日

十　月

初一日

今日謁聖後外出一次，晚飯後至蕭興仲家看字畫，并取得莫友芝屏對歸。借一二天勾後送還。

初三日

報載，中央又另改議院於宣統五年實行，開議院仿日、英制度，並預行組織內閣。

初十日

自此月初起，連日各省有請願團之組織請速開國會。昨日請願遊行，我堂公安籍邱黼丞參加遊行。邱君素喜此等事，學堂堂長、監督禁止學生干政，邱君蓋私出外者也。

十二日

今日有令，令民政處及各省督撫，速解散各管區內之國會請願團體代表。

十五日

北京以資政院總裁溥倫、度支部尚書載澤為纂擬憲政大臣。

十八日

民政部奏請，各省彩票禁止到京師發售。

十一月

初一日　此月大建　星期五

初二日

初三日　星期日

今日作文二篇。下午六時至楊師寓教課。余面辭，謂兩世兄算術只要初步足矣，以此月爲止。師仍以明年續教爲請，余拒之。報載，北京有人刺慶親王未成。又載海軍部已成立，設海軍大臣、副大臣各一缺。

初十日　星期日

上午作文一篇。午後聞左德威云，省議會選資政院議員，我邑鄭潢前被選定。因會中論資格，鄭爲安徽候補道銜，以其有官階，不限定其能爲百姓說話與否也。去年余曾抄表於記中。

廿二日　今日冬至節

廿三日

廿四日　今日星期

今晨有同學交來文華書院演戲票數張，謂在該院公書林招待各學堂教員、學生去參觀一切云云。晚飯後，余與邱黼丞同去，約參觀二小時。遇舊日寒溪小學生趙君，又遇師範同學吳鳴岐兄。吳則兩年未見者也，云蕙芳已來省住學堂，住三道街李宅，距此不甚遠，約余與見面。余許之，至則相見甚歡，自云二十一歲矣，述慕羨之忱，談家事及學堂事。約一時半乃出，許以下星期再晤談一次。九時半余方回堂中，寢時憶蕙芳與余係乙巳十月在其家見過，今五年矣。

廿五日

廿六日

晚間二點鐘三刻，本堂前門博物學堂失火，喧呼殊甚。

廿七日

余以所得筆資新做藍洋線春棉袍一件。今秋九月後，張稚芳贈余一銅殼挂表，前日整好，甚合用。晚睡後置床頭枕畔，可知夜間時間。以近三個月中，患失眠症甚厲害，有此亦可以慰無聊。轉鐘天未明，周澤卿來云該堂失火，余與同學均起視。

廿八日

連夕夜不安枕。去雜念極難，蓋欲其不想而雜念愈來也。中秋在家，計算外債本錢一文未還，年年付息如水益深。明年秋季方畢業，而此一年間只能生活不缺，此債累不能脫。奈何！前日葉仙橋云願借二十串與我作今臘開銷費用，許以明年畢業還之，想必可靠，星期日當往再問。

廿九日

今日下午課畢，至撫院街王公館會葉仙橋，叮囑彼代我借款二十串文，須靠得住，不能失信。今年拮据，余明年畢業就事即優裕，可還此錢不誤。彼許以決不失信。

三十日

裁去陸軍部尚書及丞參缺，改授蔭昌爲陸軍大臣，載洵爲海軍大臣，皆滿人也。載洵未三十歲①。

---

① 海陸軍大權集中滿人。——作者批注

十二月

初一日　此月小建　今日星期

今日上午作文二篇、小説六則，俾放假時向館中取款也。下午三時至李宅晤蕙芳，細談生世，約二小時歸。晚間仍至楊師處授課。

初二日

初三日

初四日

初五日

今日停課至初七日止，爲本屆寒假大考。就此時間又作文三篇，俾向報館結賬。

初八日　星期日

今日渡江至報館算賣文錢，得八元，又小説錢三元。至下午二時歸。

初九日　星期一

今日大考起，共計十四門，預計星期五可畢。今日報載，慶親王第二次奏請開缺未准。又簡派各省高等審判廳廳丞[①]及高等檢察廳檢察長，此爲司法獨立。現在臬司不理刑，大約按察使必裁也。又載，東三省來京請願速開會之代表已押回原籍矣。

---

① 審判廳廳丞不稱長。——作者批注

十三日

今日下午五時考畢。余就武昌買應帶之物品，明日回縣。晚間給陳世酒資一串文，清理應帶物件爲一網籃。

十四日

五時起，六時陳世料理余上人力車，到漢陽門渡江。搭小輪船，船上客多，八時開行。下午一時到縣，抵家後見父母康適，女純兒，原名細慶，母親謂其八字不好，改名純兒，養得甚好，已九個月矣。

十五日

下午到各處看親友，以余所得今臘開銷不夠，希望葉仙樵所許之借款二十串爲有効。今夕寫信與黃石港，通知其早預備也。

十六日

十七日

在家清理各事，午後外出看各戚友。

十八日

郵傳部接收各省官辦電報，以盛宣懷爲郵傳部尚書。又天津人溫世霖發電各省學堂同時罷課，要求速開國會，遣戍新疆。此爲壓制愛國思想者，溫某是否真愛國耶？

廿四日

今夕送竈神，如曩昔例。惟今秋以學兒夭折，余心抑鬱殊甚，觸目感傷，極爲難受。

廿五日

計今年內開銷不夠，久修葉仙橋款，無回信。聞明晨周斗丞因事到黃石港，便托其帶一函催之，請其將借款付周帶縣，當即送去。

廿六日

廿七日

今日恐年關難過，葉仙橋爲初交之人，彼雖有錢，余實不能知其心性如何，設或無款寄來，必誤余事。午後三時乃向汪小仙請渠設法借十串文，以備不虞。如葉款來，再還汪可也。四時帶同訓甥到街添□菜蔬，備明晨吃年飯。

廿八日

四時起，五時進祖宗，六時吃年飯。今年添一女失一男，真屬晦運。劉表兄以討錢故爲父親所斥，還其錢後，彼亦負氣未來，吃飯更少一人。天曙飯畢，九時斗丞自港歸來，云仙樵借款無望，彼有一函斗丞未攜至，總之彼飾詞不借而已。父親聞之大恨，余亦恚甚。此人不信，何以爲人。惜余當時不識人耳①。

廿九日

今日除日。下午四時燒包袱祭祖，如昔日例。晚間余匆匆出城，至普山進祖父母墳，置香後天已昏黑，尋亡兒墳不着，歎氣呼兒數聲而歸，心傷甚。囑訓甥招呼燈燭。余於十二時帶同訓甥先至岳廟進香歸。今夕準備出方後即返宅小睡，變更去年先出方後至岳廟之例也。轉鐘一時，心愁悶，遂解衣寢。

---

① 葉後謀事至江西鄱陽縣，死在張渭泉署中，時爲丙寅七月。其子發函與余，乞助以資。寄廿元與其子，未記前恨也。——作者批注

清宣統三年（1911年）辛亥日記

　　本年暑假以前在省，以寫字收入甚多，報館文字停作，又以畢業期近，時時在趕功課中。端午前，曾買衣物及添置用品用去不少，皆賣字所入也，精神亦較娛快。

　　暑假在家，無事時即書手卷、冊頁、大聯、中堂等等。閏六月二十六始往省，未久得家信知父病，七月初六又歸視疾。自是心煩意亂，父頻於危者屢矣。此時此境極為難受，余禱於神，乞減壽以代父者亦屢矣。十八日乃再赴省候畢業試，二十三日又假歸視父疾，八月八日得函再赴省。計此時往返勞頓，所得潤筆細細用盡，此亦定數使然。幸父病痊，以後過安樂日者三年，未始非余乞神延壽之效也，孰謂天地間無因果善惡報應哉。

　　八月十九起義。堂中畢業試剛竣，余值重病，由同學陳肖峰、興國州人。詹鴻大冶人。招呼余歸。幸病前有報館筆資及賣字潤金積有二十餘元，以七元分贈肖鵠、秋舫、泮香、福蓀諸君，又準備川資，余遂歸家養病。未幾縣中盜起，轉赴舅父家，此時亦是苦境，然關於種族恢復，排滿心切，反以病重移之國事中，致病尋愈，亦快事也。

　　臘月初十以後，與程稚松同赴省，始供職於報館。則正式參加革命工作，為吾漢族吐氣也。

壬辰三月崎山老人記

正　　月

朔　庚子　晴　星期一

四時起進香、緊門，準備出方。五時父親帶余及外甥出方後，至百勝廟祀岳忠穆王畢，經仁壽宮祀藥王，一如歷年之例。歸後與祖宗拜年，叩父母及大姊年。父母及余疲乏甚，命甥兒女在前重堂屋應門，答來賓語。余小睡後，再外出拜年。

初二日　辛丑　雨　星期二

上下午來客多，未開門，余外出拜年二次。

初三日　陰　星期三

今日拜年來賓甚少，晚祀祖母晏孺人，忌日也。

初四日　陰

正午，夏生、小軒先後來坐談，問余今秋畢業就何事。晚祀先祖母，仍如昨夕。

初五日　晴

今日往劉幼浦、袁夏生、程次松三家畧坐談。

初六日　晴　星期六

昨日已有《中西報》寄來，閱其緊要一條，即英軍佔據片馬。外人頻年欺侮吾國，日、英尤甚。

初七日　晴　今日立春節

聞周知縣迎春出大東門，一切仍如舊例。

初八日　晴　星期一

今日父親請年客一桌，有周斗丞、王子恒二人作陪，餘爲父執程師、洪小坪諸人。

初九日　晴

今日出城祀先祖父母、先叔、先嬸墓，即俗例拜年也，帶訓甥、純女同往。歸途細思，去臘葉仙樵果能借余錢二十串，以了急賬，免至受窘萬分，幸得汪小軒借得十串解危急。仙樵爲人，初不料其如此勢利。此人以後當與絕交也，父親尤痛恨之。

初十日　陰　大風　星期三

今日次松、夏生先後來坐。余思今夏可畢業，得一教員，月之收入可以養家，償夙欠，爲父親減負擔，但止能還少數本利耳。

十一日　雨

報載廣東省城各坊賭博於三月初六起一律施行禁止。

十二日　雨　星期五

聞各街仍鬧翫龍燈，縣署告示亦不能禁止，蓋百年積習不能返也。

十三日　雨

報載，直隸山東一帶發生時疫。

十四日　雨　今日星期

在家閱報，未出門。夏生來坐，云自身無所事，又不能教書。

十五日　陰　下午小雨　星期一

今日上午遊月半者絡繹於途，路上已乾。余亦至西門外一望，未到寒溪與西山。憶去年今日，帶同純學一遊西山，途遇周少舫叔姪，談語甚多，今兒亡已半年矣，不勝感傷。

十六日　陰

午飯後出城至江干，看怡亭銘刻石大字。此兩石夏間爲江水襲擊，字漸模糊矣。

十七日　陰　星期三

今日下午獨往靈泉寺一遊，與方丈談半時出，惜此僧無甚常識。

十八日　陰

在家閱書報，間或問父親治病各種經驗，乞父將經驗良方錄一本，待余保存之。

十九日　陰

二十日　雪寒

廿一日　陰塞

廿二日　雨　雪寒　星期一

寫信與張立群、池召欽，問何日到省上學。余住學堂已五年，後余住理化者俱已畢業充教習，且獲獎給出身矣，思之忿然。此則劉聘之與周鳳璋諸人惟利是圖，從前趙督欲將兩湖改爲優級師範提前卒業，彼輩小人均暗中反對，故延至今年暑假畢業。

廿三日　雨

在家悶坐，思及今年暑假可畢業就事，還各處欠款。

廿四日　陰　星期三

閱報無多事，在家中清理舊書籍，分部存之。

廿五日　陰

廿六日　晴

廿七日　晴

廿八日　晴　今日星期

廿九日　晴　星期一

今日午飯後獨自出城至西山遊覽約三小時方歸。

三十日　晴

飯後清理藏書，列一目錄，分佳本、次佳本於大簿中存之，以便檢查。俟六月六日曬一次。

二　月

朔　庚午　晴

今晨命甥兒磨墨一茶杯，飯後寫大對五副，中堂三屏三堂，皆戚友去臘囑書者也。

初二日　晴

報載民政部奏裁同城州縣，如蘇州府同城三縣，湘贛川等首府是。

初三日　晴　星期五

今日立牌位祀文昌帝君，照舊例也。晚間準備往省衣物等等，早寢。

初四日 小雨

四時半起，母親爲余備早飯，内子佐之，余食不下嚥。母親問今年畢業在何時，始免此朝食之苦耶。余漫應之曰受苦不多時，今夏卒業可減父親負擔。心愴然久之。攜厚訓到江邊搭輪船，母送余出門，余心尤傷焉。到江邊匆匆上輪，覓得位坐，就船上食飯一餐。午後四時半到堂報到，同學此時尚未到齊，可見心理厭惡住學堂太久矣。

初五日 陰 星期日

與召欽等外出一遊。晚到楊師家略坐。談其世兄預定星期六起補習夜課，仍用包車六時在本堂頭門口接余。楊師屢助余，知余貧也。惜沈師前年回吳門，不然多一助矣。

初六日 陰 星期一

今日上課，經學仍講《周禮》，真無味之書。且時勢變遷，如此世界大勢，辦學堂者無不知之，此真王莽復井田也。又添官話、簿記二科，英文增加二小時，真完全科。可惜學官話非一時之功，簿記每週二點，所學有限。堂中兩齋門首及後門沿湖已安電燈數盞。以後不走黑路。自習室仍點洋燭，不知何意？

初七日 雨

今日閱《上海報》《新聞報》《民吁報》三種。《民吁》爲同學劉、聶、何三君所定，內含革命思想，閱之有味動人。

初八日 雨 陰 星期三

連日照單上堂，興趣極少。經學是余最厭惡者。教育學，吳賢卿講不動人。看講義人人能懂，何用講爲？圖畫系黃桂荅先生，教法甚好，每週有幾何畫一小時，毛筆畫一小時。體操已教兵制變牌等等，擦槍則余等不願爲，堂中已雇二兵士代爲之矣。

初九日　雨　星期四

今日上課，堂中授三角。去冬幾何已教完，小代數亦快教畢，以後或可教大代數。余每以算學爲苦。

初十日　雨

報載改川邊之德格、春科、高目三土司歸流，設道府州縣。

十一日　陰　星期六

報載改設川邊之巴安、康定兩府及廳縣并設安康道。

十二日　陰　今日星期

今日稀飯後，即往草鋪門訪蕭安伯兄弟，見其家藏莫友芝屏對甚多。其曾祖金甫先生曾任安徽太平縣知縣者也。又查士標册頁一本，又見其藏各色高麗紙足六尺者三十餘張，彼以二張贈余，在其家午飯後歸。

十三日　雨

今晚楊子槃師寓中，柳少垣爲余詳述清初四不降事。

十四日　雨

連日上堂聽講，少興趣。余住學堂太久，今年若不畢業，真悶殺人也！

十五日　雨　星期三

報載，東京同盟會，兩湖學生、蘇、浙官費生加入者多。學部密電留日監督注意。

十六日　雨

十七日　晴

十八日　晴　星期六

十九日　晴　今日星期

今日九時渡江至中西報館，仍與鳳竹蓀、曾心如接洽做論説，每篇洋二元。小説已有胡石庵積稿甚多，不缺也。上海詹幸樓不常來稿，只有古復子、楊玉如仍投稿云云。下午在館飯畢歸，詢之蔡良忱，亦在《公論新報》做論説，或係劉菊坡所轉薦歟？良忱請余秘密之，彼用別號代之，懼學堂劉、周諸人發覺也。

二十日　陰　星期一

廿一日　雨

廿二日　陰

廿三日

今日爲父親五十七歲誕辰，未能在家稱觴晋祝，有忝爲子矣。

廿四日　晴　星期五

廿五日　晴

今日下課後，到新泰祥郭文卿處。彼請余寫張廉卿屏聯不止一次，大約每次助余洋四元至六元潤筆。其小佾榮康卿與伍幼軒亦請余寫過數次，以洋六元酬余。前文卿約在大陶家巷其戚家書寫，明日星期，可履行之，得洋八元云云。去年丁厚餘亦請余寫過三次，係胡太輔介紹者。

廉卿書法，眼淺之骨董家鑒別不清。余有此一筆收入，較之向報館做論說，不操心者相去天淵。聞程裁縫云，長街某大估衣店不日開張，出售衣服八九成新者，半價可得。余思今夏畢業須添置衣服，此一機會也。

廿六日　晴　星期日

早九時，與郭文卿至陶家巷寫大聯三副、屏二堂、中堂二件，就其家吃飯。下午四時回堂休息，得洋八元，以字多，彼另增二元爲十元矣。彼裱後用方法熏之，售與貴官，假名士見之，以爲真廉卿中年書也。余聞之好笑而已。

廿七日　晴　今日清明

廿八日　晴　星期二

今日上下午有課，講者諄諄，不能起人興會。

廿九日　陰　雨　星期三

前日在蕭宅借來屏對立軸，均莫友芝書，余課餘時鈎出之。

三　月

初一日　己亥　雨

初二日　雨

初三日　陰　星期六

初四日　陰　今日星期

今日爲《中西報》做論說二篇。下午勾字畫，自後定爲常課，星期日即勾字畫。前日在保安門外元生永當鋪，王文旂爲余取下張廉卿對一副勾之。子榮上款，文爲："樹是十年新種得；竹從五日醉移來。"廉卿得意書也。聞朱子榮與廉卿有戚誼云。

初五日　雨　星期一

今晚，余思清明已過，尚未回家祀祖，此次來省，所得潤金及報館賣文者共二十餘元，覓人帶歸不便，一二日當請假回家，交父親還積欠之急者，似兩便矣。

初六日　雨

東北前次發生時疫，昨奉天省城開萬國防疫會。防疫名詞之始。

初七日　雨　星期三

報載，廣州將軍副都統孚琦被炸死。

初八日　雨

初九日　雨

初十日　晴　星期六

今日下午四時請假，渡江至中西報館宿，明早搭小輪甚便，八時與心如至外面消夜，歸，與竹蓀談各事，十二時寢，展轉難睡熟。

十一日　晴　今日星期

四時即起，五時到江邊搭小輪，十二時即到家，見父母甚康健，心快然。見純女相貌與亡兒純學無二，今年此月快一歲，又增余之傷感矣。飯後趕辦包袱，準備祭各處祖墳。

十二日　晴　星期一

在家辦寫包袱。午後四時至程師家畧坐談，夏生、小軒、小齋來訪。

十三日

帶同甥兒隨父親出城祀近處墳，遠者余同甥前往。父親行路久，氣喘甚，余請其先回家也。下午三時祀畢歸，路過周大孀家，畧坐即出，周貧困仍如昔。

十四日　晴

與訓甥同出南門，至明塘湖雇船至胡家書坊，祀曾祖正華公，余胡姓嫡祖也。墳尚完好，禮畢仍由原船回南門。

十五日　晴　星期四

在家休息未出門，與父商量今夏畢業後之進止。此次余帶錢多，家中用度稍裕。

十六日　晴

上午在家清理書籍，下午看各親友。斗丞、小軒均來談。

十七日　陰　星期六

今日上午仍往各友處坐談，劉幼浦改做銀匠多年，聞生意甚好。讀書有命，豈不信然？彼自暴自棄三四次矣，不然亦可望入學也。晚準備往省之物。

十八日　晴　星期日

四時起，母與妻爲余做飯，食畢，與厚訓出城搭小輪。母親送余出門，頻頻望之，余亦回顧二次，請母親進屋。母恩深重，何以報之耶？到江邊甚早，在船上坐一時方開。天晴爽，船行甚速，客人亦少。午後三時到漢，渡江到堂。下午四時洗澡，清物件，與同學相見，説鄉間事。晚飯後到郭文卿家畧坐，彼仍請寫廉卿體屏對數件，蓋即售者已得利也。用電話告知心如，説余已到學堂，晚六時看楊師。

十九日　晴　星期一

上午上課，飯後借泮香、肖鵠物理、化學本補鈔講義，一星期未上課，編課乃有如許之多。晚仍至楊師家中教夜課，世兄春霖、春和均有進步。二世兄年九歲，尤聰明。自後每星期一、三、六上課，楊師謂畢業期近，免妨碍余之功課也。

二十日　晴　星期二

廿一日　晴　星期三

廿二日　晴　星期四

連日上課皆係補講者。官話教員張姓，在皖多年者，講《聖諭廣訓》未免陳腐，其官話亦非純粹者。簿記講學理，不足聽也。

廿三日　晴　星期五

廿四日　晴　星期六

廿五日　上午雨　午後晴　星期日

今年三月晴時多，春光明媚。今日至蕭宅坐談。飯後遊黃鶴樓一次。歸後鈎鄧石如隸字屏二塊，計十二塊，暇時當鈎畢。有此多字，習鄧隸可卒業。鄧隸書安頓多用篆法，故安頓受看。前鈎莫友芝屏共八幅，鈎何紹基大對二副、小對一副①。

---

① 鈎字須細心看其筆姿起落，似比臨帖尤有益。——作者批注

廿六日　晴　星期一

從前各報所載，本月初十，廣州駐防將軍孚琦爲温生才以手槍擊斃之，後據温供，以爲係提督李準，不知爲孚琦。李準在廣州殺革命黨甚多，温欲得而甘心者。現時廣州防革黨起事，日夕不安。

廿七日　晴

報載，粵督三月十三致北京軍機處代奏殺温生才電文。

廿八日　晴　星期三

自廣州發生刺殺孚琦以後，兩湖各學堂，兩省督撫對於學生特別注意，革命書籍秘密閲之。

廿九日　晴

今晚邢伯謙自外歸，述廣東不日有舉動，他在楊玉如家開會所得的消息。

三十日　晴　星期五

昨問伯謙，今午問鴻勳。他云廣東似有緊急，但不知能勝利否？如不成功，殺一孚琦有何益處。

四　月

初一日　己巳　雨　大風

午飯後，蕭興仲來會余，云昨得滬息，廣東有劇變，但不詳內容如何。

初二日　雨　星期日

今日風雨不能出門，續勾鄧石如隸字屏，至下午六時止，已勾成十幅矣，目爲之眩。

初三日　晴　星期一

今日下午四時看《民呼報》，言論甚新，主持于右任。滬上閱者極多，本堂爲劉汝璘所定購。余借閱之，中多鼓吹革命語，恐不免觸當道忌，遭封閉也。

初四日　陰

今日滬漢各報載，廣州革命黨二百餘人由黃興率領攻督署，總督張鳴岐已平亂云云。

初五日　雨

聞廣州革命黨陣亡及爲張督所殺者有七十餘人。本省各學堂當局注意學生行動。

初六日　雨

本堂學生秘密閱革命書籍者愈多，但閱後須交下手以便清查，懼爲監學搜去也。

初七日　雨

近日，日本范騰霄寄與牟鴻勳《民報》及革命文件、書籍等，余即拆閱，迅速轉交牟、邢等人。

初八日　陰　星期六

今日，牟鴻勳亦定有《民呼報》，同學借閱者極多，甚合近人心理矣。余去年閱過《太平天國戰史》及《史閣部文集》，史公天地正氣也，其致太夫人函閱之令余涕下者數次。去秋在寧所購者，已失。

初九日　今日立夏　陰

稀飯畢，至蕭宅與安伯兄弟談近事。革命風潮不久必起，各學堂、軍隊均有文學社社員相聯絡。現在中央以倫貝子、振貝子諸年少親貴握大權，仍視漢人如奴隸。強鄰四逼，欲以假立憲以緩和民氣，乃速其亡耳。在蕭宅午飯歸，爲《中西報》做論文四篇，晚間乃已。字多，可作一續、二續，作四篇計算可得洋八元。

初十日　晴　星期一

自今日起，傍晚閱革命書籍。自余手中取去者，須記其人，如楊伯康愛閱而不知檢點。

十一日　晴

省中各學堂如文普通、高等警察學堂、陸軍特別小學，學生閱革命書者極多。

十二日　晴

今日下午外出，至萬發祥借閱各真跡名人書畫，由丁厚餘指點其真偽之易識別者。

十三日　雨　星期四

堂中稻並幸吉所教之化學試驗，余在試驗室與三堂賀方穀同組。余試驗一一能之，將來亦可教化學。三澤力太郎之物理學、試電學，余一一能之。其餘聲、光二門較容易試驗。

十四日　上午陰　午後晴　星期五

頒佈内閣官制及弼德院官制，立弼德院①。

十五日　雨

報載，北京設立軍諮府，設官爲官諮使及副使。

十六日　晴　星期日

今日自晨至暮，在正學堂樓上鈎字畫，心較靜。無人知余有此用功地點。打鐘老叟年七十，葛店人陳姓。聞其自有正學堂來，彼即在此樓上打鐘。自晨六點起，晚九點止，每日無誤，月支六元。另有一助手，同薪資。彼稱自兩湖書院改文高等，辦簡易師範二次，二十年間其中出了多少舉人、進士云云。余囑叟勿令他人知之，知之則心煩，不能鈎字畫矣。

十七日　晴　星期一

報載，京中定鐵路國有政策，飭郵傳、度支、工商三部籌辦收回商辦辦法。

十八日　晴　星期二

召集資政院議員，資政院請開臨時會，不准。

十九日　晴

前日吉林城發生大火災。

二十日　晴　午後雨

明令以端方充粵漢、川漢鐵路大臣。端前以安葬兩宮時派人照相革

---

① 清廷始頒内閣官制。——作者批注

職者，今仍重用。

廿一日　雨

連日早課未上以前，晚飯後，至正學堂樓上勾字畫。

廿二日　晴　星期六

廿三日　晴　星期日

稀飯後，至正學堂樓上鈎字畫。正午下樓吃飯，慮人見之。下午一時仍上樓。計今日共鈎何子貞聯一本，鈎名人字畫印章二十枚，以備別真僞者。鈎工筆花卉六張，何仲雅借余者。花式生動，蔣南沙一派，仲雅從沈師，專習花卉者也。

廿四日　晴　今日小滿　星期一

廿五日　晴　星期二

廿六日　晴

廿七日　晴

廿八日　晴

廿九日　晴　星期六

今日正課畢後，看《民呼報》，説理充足。滿漢種族截然不同，且世仇也。不過明之亡也，以苛税繁重，又遭年旱，盜賊羣起亦爲政府所逼成者。設無吳三桂、洪承疇諸漢奸助滿洲君主，明代亦未必遽亡也。程少松來借錢二串文去，彼住測繪學堂，家中零用未寄到，均向余借助。

程師前在縣中面囑者也。

五　月

初一日　戊戌　風雨交加　今日星期

今日風雨不能外出，仍在正學堂樓上勾字畫。余性急，到下午已成十一幅，皆工筆花卉翎毛佳稿也。山水雖好，不能勾出。前日在新泰祥、萬發祥二處，謀得山水影紙，所勾之名家稿山水大幅十餘件，竟無所用。蓋即用礬絹亦蒙不出精神也。

初二日　晴

郵傳部已接收各省郵政事宜。

初三日　晴

湘撫楊文鼎代奏，湘諮議局呈稱，湘路力能自辦，不甘借債。奉旨申飭。

初四日　雨　星期三

今日上下午均有課。聞明日端節放假一天。又聞宛思演與詹大悲合辦《大江報》，明天出版。《大江報》尚有何海鳴在內，鼓吹革命之報也。

初五日　雨　端午節　聞今日爲西曆六月一號　星期四

早稀飯後即渡江至寶順里中西報館，晤王華軒、王德門、曾心如、鳳竹蓀等。彼等留余午餐，酒食豐盛。外客有何海鳴，即前在館相晤衡陽人，現仍在當兵兼充本報訪員。飯後在賬房算得賣文錢十二元歸。傍晚到蕭興仲家，坐談一時歸。

初六日　晴

初七日　晴

學部奏設立中央教育會。各省均早有教育會，中央方始奏請，奇哉①！

初八日　晴　下午雨　星期日

今日上午到蕭宅略坐。午後歸。余今年二十六初度，現尚未畢業作事，而家累特重，陳債未還，奈何！晚間自習時，又得日本寄來《民報》，余先閱後再交牟鴻勳與邢伯謙。彼等閱不閱不管，惟需交得下手。不然如去年看《天討》雜誌，余記得余閱後由楊伯康取去，不知此册竟落誰手，致爲監督搜出報趙督。以故今春上學時，趙爾巽到堂大罵，謂不料兩湖總師範竟有《天討》雜誌在其中，可惡！可惡！以後查得，當予嚴懲云云。趙爲漢軍旗人，其弟爾豐，現爲川督，滿人甚倚重者也。下午一時，在大都司巷，見協統黎元洪乘包車過，一軍人與之敬禮。

初九日　晴　星期一

王人文代奏，四川諮議局求暫緩接收鐵路。奉旨嚴飭。此爲壓制川湘二省士氣者。

初十日　雨

都察院代遞各省諮議局聯合會呈，親貴不宜充內閣總理一摺。各省議局敢言矣。

十一日　雨

中央現已規定川粵鐵路幹線收回詳細辦法。

---

① 中國始有教育會。——作者批注

十二日　雨

聞義齋同學張國恩、王之楨、蔡成榘剪去髮辮，監學尚未知道。左德威回房中所說。

十三日　陰　星期五

十四日　晴　星期六

今日上下午均有課。經學已授完，國文無止境者。黃翼生先生不會講，聽者甚少。點名後，人人悄悄下堂彼不管也。只有易泮香、劉介眉足不退席，蓋彼等亦在看別書也。

十五日　晴　今日星期

今日程少松來談片刻去。彼堂中剪去髮辮者多，暗有革命狀態。余堂中前日劉汝璘兄弟及保康張世禄剪辮後，監督大怒，須開除三人。後經郭堂長調停，具結再蓄髮①。

十六日　晴

十七日　雨

十八日　陰　星期三

十九日　晴

二十日　晴　夜雨　星期五

廿一日　晴

---

① 湖堂仁齋剪髮在義齋之後。　　　　　　　　——作者批注

廿二日　晴　星期日

早仍在正學堂樓上勾王夢樓、何子貞、劉墉、翁方綱四家聯各一副，又莫友芝立軸二張，又人物花卉稿十件。下午五時晚飯方下樓。書畫進境當以多臨多看爲主，而後筆姿乃集各名家之所長也。

廿三日　晴

廿四日　晴

廿五日　晴　夜雨　星期三

今晚自習時，再閱《史閣部集》，文與詩均好，忠義之氣滿紙。惜一木難支明社稷也，閱時令人墮淚。又閱《太平天國戰史》，此書粉飾處太多，不足信也。聞先祖云，太平軍佔領吾邑時，開首殺搶無所不至，並無仁義以施於民。程師與同屋洪大爹亦如此説法。程師之母李太夫人，天門皂市人。余幼時讀書程家，李告余云，太平軍稱長毛，到吾邑時，未逃之中年婦人爲彼等補縫衣、弄飯，呼吼百端。年輕婦女盡皆逃至四鄉。彼去時必將人家住宅作廁，大小便隨地，缸釜必破碎之，此等兵士何能定天下云云。皆實見當時情況也。而又以天父、天兄之語欺人，百姓多唾罵之。嗚呼！洪天王穩坐南京，安享而不集全力北伐，此所以失敗也。惟朱益舟述監軍事尚佳。

廿六日　今日夏至節　陰　星期四

今日下午尹伯勳來説，工程營聶豫昌言革命，鬧事而逃。自是各營將兵士真子彈搜藏之。

廿七日　雨

廿八日　雨　下午陰　星期六

廿九日　陰　雨　今日星期

今日整天勾字畫。午後四時檢點置於箱中，大小計有六十餘件，可謂心血，手跡之勞苦功高矣。以後出而爲圖畫教員當稱頭等。余暇日必一一用紙或絹摘其尤佳者繪之。

六　月

初一日　丁卯　雨　星期一

今日大考。上午文學，下午經學。計四天可考畢回縣。今年上季不畢業，下季來補星期，因部章定爲每學期須足二十個星期也。連日派班長要求監督、堂長請提前畢業，余亦曾被推謁堂長三次均無效。

初二日　晴

今日上下午均有考。晚閱《民呼報》，各省革命暗潮甚大。省城各學堂、新軍有知識者，均同情排滿革命。當局正設法制止。

初三日　晴

今日考畢。下午到郭文卿家，彼仍托予在暑假內爲彼寫廉卿體字數副。

初四日　陰

今日下午考試畢，予準備明後天回家。

初五日　晴　星期五

今日同學紛紛回家，已散去四分之三矣。學堂久住生厭，此季應畢業而不畢業，皆劉聘之諸人維持其飯碗之過也。可恨！可恨！晚間出街買家中應用各物。

初六日　晴　星期六

早起渡江搭小輪，齋夫陳世送余上車，因予多給彼酒錢也。陳蘄水人，余每季多給錢與彼，故彼招呼余最勤。到漢上輪即開駛，下水到家值正午。叩見父母，甚歡慰。暑假中不愁錢用，此兩年之暑假減父親之負擔多矣。

初七日　晴　熱

分看各親友。下午在家與父親談及現時狀況，各學堂革命學生甚多。又借回《歐洲十一國遊記》與父親閱看。康梁之書各省尚不禁止，《民報》則不敢帶歸，慮有人查禁也。

初八日　晴　星期一

報載，改定資政院院章。又都察院代奏，各省諮議局再請另行組閣。奉旨朝廷用人不得干涉①。

初九日　晴

初十日　晴

十一日　晴

今日搬樓上各書及余所購新舊書籍，用門板支曝之。

十三日　晴　熱　星期六

今日下午至程松師家坐談一時許，傍晚至汪小軒、劉幼浦家中畧坐，

---

① 此時各省諮議局請代奏另行組閣，仍冀中國自強以維持大清萬世一系之見解。——作者批注

談余下季畢業事。

十四日　晴　熱

太后懿旨，派大學士陸潤庠、侍郎陳寶琛爲皇師傅。

十五日　雨

十六日　晴

十七日　晴　夜雨

連日在家中清檢各物，看雜書。每晚熱，在堂屋置鋪與父親閒談時多。有餘時補習未了功課，或作畫幅及扇面，皆各友所托者也。

十八日　晴　星期四

十九日　晴　星期五

連日閱報，無多希奇事。自此日起，以後值天涼爽時，早晨須做論説一篇。

二十日　晴

廿一日　晴　星期日

廿二日　晴

連日天熱，早晨作事二小時，午後未作事，亦未出門。晚則乘涼，與父親談歷史。

廿三日　晴

廿四日　晴熱　今日初伏　星期三

廿五日　晴

廿六日　晴　星期五

廿七日　晴

廿八日　晴

廿九日　晴　極熱　今日大暑節

三十日　晴　星期二

閏六月

初一日　丁酉　晴熱　星期三

初二日

初三日　晴　星期五

報載，津浦路南段淮河橋工告成。又簡授弼德院顧問大臣。

初四日　晴　中伏起　星期六

初五日　晴　熱

初六日　晴熱　星期一

初七日　晴　熱甚

初八日　晴　熱

初九日　晴熱　星期四

初十日　晴　熱甚　星期五

報載，派軍諮大臣載濤代理大操總監兩年。

十一日　晴

十二日　晴熱

十三日　晴　熱　下午雨

明令各省府治首縣併歸該府直轄，提取原有款項設立地方審判廳，以後知府不理刑事①。

十四日　雨　末伏起　星期二

十五日　晴　今日立秋

十六日　晴

十七日　晴熱

---

① 兩縣同城者開始合併。——作者批注

十八日　晴　星期六

十九日　晴　星期日

二十日　晴　星期一

廿一日　晴

廿二日　晴

廿三日　晴

廿四日　雨　星期六

接省函，知開學在即。

廿五日　雨

連日整理各事，準備到省上學。大約補習一月即可考畢業矣。至各親友處略坐談。在王錫五家坐甚久歸。此次到省少帶物件。晚早寢。

廿六日　晴　星期日

早起，訓甥送余搭船。母起作食仍如從前，余謂此次到省畢業後就事即入佳境。母聞之喜，食後送余出門。余到江邊上船，片刻即開行。下午四時半到堂，同學到者三分之二。晚間出外購應用物歸，早寢。

廿七日　雨　星期一

同學到者大半，以畢業尚須候督署批准也。名爲上課，到堂聽講者寥寥。劉聘之、周鳳璋、王春元、權國垣輩皆小人也，不肯放棄飯碗，總想拖延時日增若輩薪水。可恨！可恨！

廿八日　雨

廿九日　雨　旋晴

今日上課人少。余時外出，與郭文卿輩商量寫張廉卿體字。彼云前日本堂物理教習日本人三澤力太郎，托他轉尋余寫對聯五十副，要書張裕釗下款帶回國送人，每副出大洋一元。余拒之，一因彼爲余之教師。又日本著名文學家岡千仞，年五十餘，來華從張裕釗學，及宮島栗香遣其子彥自北京而鄂垣，而襄陽，而關中，相隨數千里，至八年之久。彼等歸國後，宣傳廉卿先生文章、書法，蓋早已譽滿東京矣。既廉卿先生得名在先，余將來自有可傳者在，何必蒙他人之名耶？余寫以騙好古董者則可，此舉則萬萬不可。余不受其五十元之筆資，囑文卿婉拒絕，免彼竟向余索書也。連日報館薪水及寫屛對所得，以畢業後需添置衣服。長街已開兩家原當估衣店。余同程潤生去，購得寧綢馬褂一件有八成新，淡青熟羅新圍子一件，雪青紡綢褲子一條，僅值新做之半價，心中快然。

七　月

朔　丙寅雨　下午晴　星期四

初二日　晴　星期五

報載，四川省城人士開保路大會，似反對政府收歸國有①。

初三日　晴

本堂畢業考試遙遙無期，心煩意亂。下午作一社論交《中西報》，寓

---

①　川人此舉爲促成辛亥武昌起義之導火綫。——作者批注

諷刺時政語。

初四日　風　晴　星期日

今日至蕭興仲家坐談甚久，並借得查士標山水册頁八開回堂，意欲摹一副本。午後四時接家信知父親病，似因堂中畢業期未定，囑余回縣一次。余決定探問堂中情形，再回家省親。

初五日　風　晴　星期一

今日買糖果、桂元、海參等件，備明日回縣。傍晚渡江至中西報館宿，與心如談各事，知武漢學生、兵士入文學社者多，革命暗潮日甚一日。

初六日　陰　仍有風　星期二

五時起，天將明，出館雇車，館中茶房招呼余出。至江邊搭小輪，下午一時抵家。問父疾，尚不甚重。父云恐成傷寒，又類瘟症，已五日矣。

初七日　晴

父病類似傷寒，自己未立方。請程少圃來診脈，云不甚要緊。

初八日　晴

川省城鄰縣民團數萬人聚於成都城外，似有動作，市民大恐。前聞該省諮議局不滿意政府。

初九日　晴　風　星期五

父病轉重，飲食少進，家人慌亂，余心更憂。服少圃藥不見效。

初十日　晴　風

父病如昨狀。余下午至岳王廟祈禱，抽籤願延父壽。籤語不甚吉，中下籤也。

十一日　星期日　雨

今日父病轉重。午後忽囑余多買錢紙，慮變症。余心更慌亂。母親着急萬分，設父親有不諱，將奈何？晚間少圃、小坪俱來診脈立方，少圃謂病無壞象，囑余安心。余夜間憂勞不能寐，時起向父問病象。父心甚清楚，總云仍在危險中。

十二日　陰　風

父病如昨。午後命余延祝仁安來視疾。祝醫本不佳，年長於父六歲，且向不行時者也。祝醫來診脈立方，囑余一面祈禱，一面進藥。且謂過明日，如不加病，可望痊好云云。程少圃來，余以祝醫語告之。程笑謂彼又有所謂迷信者在。晚服祝藥，病未有增減，似能安睡。

十三日　晴　風　星期二

早服祝藥，病狀無增減，似穩定一時也。午後，余沐浴虔誠，私寫一文告知文昌帝君，及司命文一道，願減己壽五年，增父壽五年，設誓神前焚之。晚間父病似退，進飲食。祝醫又來視疾，謂危險已過，可再服藥一劑即痊矣。父取祝醫方示少圃，再斟酌兩三味，服之。晚睡後似較昨日佳。余再禱於文昌前，乞父速愈，延年五歲①。

十四日　晴　星期三

早，父神智漸清，今日停止服藥。囑余下午祀祖。匆匆不似從前禮節。晚間父疾轉佳象。

---

① 祝醫生壽至八十，終身不行時，爲典獄署官醫，年所獲無幾。祈禱非迷信，總在心誠，求之而已，父甲寅十二月卒，逾三年矣。——作者批注

十五日　晴

父病漸輕，余心甚喜，請父靜養，小圃、小坪時時來看，謂已無他虞也。

十六日　陰

余連日未出門，在家侍疾，不敢離開一步。下午接同學函，催到省補課。

十七日　今日白露節　雨

在家清理物件準備上省。父病已退，飲食漸增。今日乘轎至武聖宮照六寸半身相。

十八日　雨　午後晴　星期日

早起飯畢，請父親好好調病。母送余出門。甥送余到江邊搭小輪，上船即開。下午四時半到堂，同室中肖鵠、秋舫、泮香互來慰問余父好否。

十九日　晴　星期一

今日補經學、簿記、三角等科，同學無心聽講。晚聞革命風聲急。邢光祖、牟獻宣等在外，似與軍隊代表接洽。聞群英會、文學社、某某社等等俱併爲共進會矣。又漢口孫葆仁改名孫武，孫曾住過武備學堂者，或曰彼改名之意實以號召各省，冒爲孫文之弟也。

二十日　晴

今日爲榮康卿寫張體屏聯、中堂等等，得銀元六元。又爲文卿寫雜件，得洋四元。

廿一日　晴　星期三

明令停止各省學堂實官獎勵，並定畢業名稱。長株鐵路成功，現已開始通車長沙。

廿二日　晴

連日向堂長接洽，欲提前考試，無結果。余遂再請假回家看看父親病，不知已愈否也。心念家庭，痛恨學堂當局全無心肝矣。

廿三日　晴

早起乘車匆匆轉小輪渡江，搭輪回縣，四時抵家。見父親病尚未復原，人消瘦難看。請安心調治，多進飲食。以帶回之洋購柴炭米等等。

廿四日　雨　星期六

在家未出門，招呼父親，與談武漢近事。

廿五日　晴　星期日

今日往各親友處畧坐，各友均望余早畢業就事，余第一希望早清欠債。

廿六日　晴

廿七日　晴

報載，川亂已現。於二十三日起用開缺兩廣總督岑春煊往平川亂，此次國收鐵路風潮也。

廿八日　晴

在家清理書籍物件，心煩亂殊甚。學堂應該今夏末畢業，延至今日尚須補課。可恨！可恨！聞川亂擴大，報載川督趙爾豐電奏川亂辦理情形。奉旨飭各路軍進剿。

廿九日　晴　星期四

父親以余回縣侍疾，疾已愈，心甚快然，只望畢業後就教習養家。現在暑假早過，畢業後無中小學堂添聘新教員者，必須另謀也。黃桂菜先生兼辦川漢鐵路總局任文書科，余前曾示意願到局就事，師已許之。此則有幾分可靠者。

八　月

朔　晴　乙未　星期五

在家進祖宗後，又到岳廟進香。余前在岳王座前禱告二次，仍願踐前言，爲父親延壽五年也。

初二日　晴

報載，上諭追賞赫德太子太保銜①。下午在家進祖宗，並祝佑父親早愈。

初三日　晴　今日秋分

明令接收鄂境內之粵漢、川漢鐵路，鄂人不敢反對。

初四日　晴

父親飲食增加，現在只須修養，必能復原狀也。

初五日　晴

---

①　追贈客卿以太保。——作者批注

初六日　晴　星期三

今午接省信，謂部文已到鄂，可考畢業，囑余早到學堂。與父言之，父囑早去爲要。

初七日　晴　星期四

今日與父親談畢業後如何就事，先還陳欠等等。晚間清理各事，此次出門，不帶物件，僅小包袱一個。

初八日　晴　星期五

早起，未在家中吃飯，匆匆與訓甥到江邊。母仍送出門，有喜色，謂此次畢業就事，從此走順境矣。到江干，船上人甚少，立即開行。下午四時抵學堂，諸同學來訪，問知考畢業在急。晚間劉菊坡來，談彼自湖堂開除後，住高等警察學堂已二年矣，云革命風聲愈急，恐八月十五要動手，如元末八月十五殺鴨子韃子。紀念日也。余等一笑而已。

初九日　晴　星期六

堂中已準備考試規則貼出，各堂仍在各堂原座坐定，試卷正在辦理蓋關防。

初十日　晴　星期日

余與同學各溫習功課及調整筆墨等事。考試單已蓋印。各堂打掃清潔，聞學務公所須派人來監場。今日下午閱報，川省因鐵路風潮擴大，不平平矣。

十一日　晴　星期一

考試單已貼出。先考重要者，如教育、文學、算術之類，定星期三考起。黃昏時，劉蜀疆到余房中閑坐，云今日彭楚藩來向彼討洋蠟燭數支去，前星期亦曾來要過云云。彭與蜀疆最熟，現充憲兵，與肖鵠及余不相往來。惟近數日防範嚴，督署加警衛，似懼黨人起事者。

十二日　晴　星期二

今日仍温功課。下午榮康卿來，約余明午後寫屏對，謂六七元進款云。余許之。

十三日　晴　星期三

今日上午考教育，下午考文學，余卷成甚早。交卷後，榮君來約與同出，至陶家巷寫屏對、中堂共八件。腰間作痛，未以爲意。六時與伍、榮二人至大朝街四如春吃飯，有酒，有雞子。余性不吃雞肉，今日酒後略食四五次。以明日須考，匆匆出，便至新泰祥郭文卿家。剛坐定，胸中忽動，隨口吐痰有異味，就郭家視之，係鮮血也。旋又吐二口，甚濃。文卿亦驚慌，以第一口置瓦片上，就爐火烤幹成灰，用開水沖使余飲之。余心慌甚，即回學堂。至樓上回廊邊，又吐三四口。遂不上自習室，至寢室中連吐十餘口。齋夫陳世來視，余更大吐不止，積地板上厚二寸，而胸左肋中鳴聲不已。血液上冲，口吐不及，從左鼻孔中出矣。心搖搖如懸旌，囑陳呼肖鵠、泮香、秋舫來，皆大駭。囑勿懼，視之深黑色之血也。余心念家中甚急，氣象已大改變，兩目眶下陷分許，骨肉竟呈枯瘦難看之狀。自是一夜不寐，吐痰帶血至三十餘次，但神氣尚未亂。泮香爲余燒水取茶，余心實感之。又慮同房七人中明天仍有考試，恐擾其清睡也。肖鵠與秋舫等設計，呼蜀疆來余房中，請其明日代余考試，不在堂作文，寫畢由肖鵠等設法交卷，因此次不畢業須遲一年也。余之家累重，皆同室中人所共知，念及傷心之至。又私念一二日即死，家中父母亦不得知余有此急病也。夜十二時，胸間仍作痛，有鳴聲似回環狀。自揣無生理，又念及余無子，僅有純女年二歲。

從前鄧稚臣爲其子求定婚，擬明日設能起坐即寫信歸，請父速與鄧宅訂婚。鄧宅係有飯吃人家，余了此一番心願。轉縈胸中，竟不能寐，雞聲一、二、三唱均聞之。此余二十六歲以前未受如此重病，如此惡境也，心傷淚下數次。痰中仍帶血，殷紅色。同室左畏可云，此不要緊之事，瘀血須吐出，不然尤作禍也。飲童便，喝鴨湯，以白木耳煨之，可痊。囑余勿念家中事，如憂慮多，真成不治之症云云①。

十四日　晴　星期四

今日肖鵠、泮香請蜀疆代余考試。正午，左畏可呼陳四來，以條付之，向劉天保買白木耳一兩，去價四串文，買已撏淨毛之鴨子一個，囑陳爲余煨湯，另煮稀飯。同學與余交厚者，均來看余。陳穎蓀爲余謀得童便一盅。許學源等來相勸慰。午後三時，血稍止，痰中則時有血，不似昨之多也。此時已置死生於度外矣。服鴨湯後，心中稍舒。余欲請肖鵠送回縣，肖鵠有難色，遂中止。聞樓上三堂劉鼎珊亦患吐血症，彼係舊疾復發，且無大考，故不甚劇，不慌張也。五時以後，同學均已用晚膳畢，來室慰余者多。齋夫陳清亦黃岡人，已告知楊師子槃矣②。晚寢後口渴甚，泮香爲余持燈至廚房取茶水四次，真可感也。明天中秋假不考試，諸同學得以休息。孫汝枚云，小兒衣胞治吐血頗有奇效云云。

十五日　今日中秋　晴　星期五

中秋，照例堂中添酒菜。余不能至飯堂，仍在室中吃稀飯。今日未吐，惟痰中帶血，喉癢時時咳嗽。十時，程少松來拜節，彼不知余得此重病也，坐談半時去。對門室中譚少卿來與泮香云，今晚黨人要動手，革命大都督之印係費振華所私刻。費在數學社來此坐談而去，囑勿聲張。余與秋舫等一笑置之。午後二時，劉菊坡來談，與眾人說話中似露今宵

---

① 辛亥八月十三夕起吐血癥如此兇惡，向非體質剛強之人，至此景況，旁觀者與余自料決無生理也，此予最傷心之事實。此數□民元在黃安縣署補記之者。戊戌佛生日峙山老人年七十三。——作者批注
② 陳清係招呼教員憩息室者，故能告之楊師。陳於民國八年任隨縣警佐。——作者批注

必有大變，十二時以後可靜聽也。予知牟鴻勳、邢光祖連日忙甚，或許今宵革命果能發動歟？如各省不響應，將奈之何？十一時，同學已睡，盡入夢境。余則未能睡，稍一合眼，半時即醒。口渴甚，仍呼泮香起。三天亦未大便，小便次數亦少，鼻孔乾裂，目眩頭暈時時發現。如此苦境，心焦灼，思父母，展轉不成寐。左畏可時時勸余勿思慮，余在床上答其好意。見窗外月光愈覺感傷，思家流涕①。

十六日　陰　星期六

今日肖鵠仍請蜀疆代余考試。正午，楊師子槃來室中看余病，並帶肉湯一砂罐，命僕送進室來，復頻頻慰余。心實感愧，較之堂中監學周、王二人全無人心待學生者，真有天壤之別矣。本齋共四堂，各堂學生無不尊重楊師。師爲癸卯進士，欽點吏部主事，前在鄂已教三次學堂，現尚兼官立法政學堂文學教習。因余近三年教其子英算夜課，故對余獨厚也。晚間，蜀疆與吳子美同來室中看余病，謂今午彭楚藩又向彼索去洋臘燭四支，彼爲憲兵，需此何用？或者捕革命黨歟！余向蜀疆云，彭與君同爲永鄉人，必能以消息告知矣。蜀云未也。

十七日　陰　星期日

今日又停課未考。九時程少松來視余疾，並借錢二串文去。余病今日減輕，能起坐如廁矣。下午至自習室寫一郵片寄家，說余已染微疾，咳嗽帶血，不甚要緊。暑假中鄧聘臣曾爲其長孫求余，以純女訂婚，父親當時未准者，今日宜允許之，並延媒請酒云云。寫竣囑陳世發出。

十八日　陰　今日寒露　星期一

今日考試仍請蜀疆代考。正午，余病似減輕，僅痰中帶血，骨瘦眼

---

① 病中思家本屬尋常事，但此時考畢業，堂中有革命諸人，堂外又漸革命□況，值此夜長尤□人難受者也。——作者批注

大，面黃白慘然。午後聞畏可云，邢、牟兩同學不在學中，今日風聲急，武昌特別戒嚴。警士雙雙夯槍站崗，若大難將至者。肖鵠略知內情，彼亦不告知余也。夜間仍係泮香招呼余茶水等事，可感也。

十九日　雨　星期二

天未明時聞外面有警信。六時半，楊萬來向肖鵠云，督署已捕獲革命黨三人，均殺之。本堂牟鴻勳被執，尚未殺，問官有本堂庶務長陳樹屏先生云云。楊去後片刻再來云，劉監督不保牟先生，他說牟非兩湖學生云云。同室中僉謂劉應該保出成全之，何其無人心耶。牟之生死難定矣。自是本堂風聲亦緊急。九時黃桂茟先生來考圖畫，余已托張耀南代筆。午飯後未考，留習字在明日考試。自是外面風聲謠言大起，謂督署已獲革命黨名冊，學堂、營盤中今日一一按名捕之。義齋下午來同學云，周開迥①、蘇成章今日考試時面無人色，仁齋一堂邢光祖亦慌張萬分。肖鵠略知內狀，不敢向余等言之。左畏可向與牟鴻勳不睦，此時揶揄之，謂此君思想不定。其實兩齋同學互相太息，以為此次革命不成，反犧牲學生、兵士性命不少矣。蜀疆來室中云，今晨所殺者有彭楚藩，即前日向彼取去洋蠟燭者。言時恐懼萬分之狀。余等默無一言，暗恨劉洪烈、周、王兩監學無仁心，苟全其位置，不顧學生殺不殺也。又聞今晨城門緊閉，黃師來考，係學堂通電話開城者。晚飯後，兩齋同學互相來往，談今日所殺為彭、劉、楊三人，懸首督署前門。晚六時，齋夫及同學有自外歸者云，今夕特別戒嚴，戈什到處捕人，又破三個機關。江夏縣曾到本堂來過的，監學囑同學均早寢，明日有考。未至十時，同學已睡盡。余以病，直不能安枕。十一時聞長街上有槍聲五六次，清晰可聞，以為官廳警察仍在搜捕黨人放槍示威者。繼聞槍聲甚密如連珠，余呼泮香起，為余取開水。泮香持燭至廚房，取水到室中為余云，我們樓上屋頂上有二人伏其上，足踩瓦作響，係偵察本堂之軍警耶？其實余早聞屋頂上有

---

① 周開迥即鵬程，任內務部副長，後改名周之瀚。——作者批注

響聲，疑爲偵本堂學生情形者，囑泮香滅燭寢。其餘六同學俱睡熟，聞一堂寢室中間有同學咳嗽聲，余視余錶十二時已過。忽又聞槍聲亂發，密如連珠，繼聞有大炮聲似在兩湖頭門外者。驚疑不定，或者軍隊盡變歟？革命黨已起事歟？又着急病未愈，何日可歸？心煩甚，至不能寐，而堂外長街上槍聲未斷也。

二十日　晴　星期三

天將明，義齋同學嚴斯恩號惠之。來與仁齋王炯言，謂瑞督逃了，革命軍起義了。楊萬、朱春俱來，說起義軍隊左臂纏白布爲記號，紀律文明，止殺旗人云云。街上商家未開門，大炮聲未止，似向督署進攻。余等默默無語，各人準備回家。上五府同學，以有周開迥、蘇成章、聶守經、劉汝璘等係共進會中人，暫看情形，留堂幾日。今日習字一門未考，吳先生亦未來。聞各城門未開，不得渡江，余與泮香、詹鴻、陳翰芳等二十餘人俟開城時必歸家。此時學堂當局俱已先逃矣，那顧學生，若輩真可恨也。余病急待調治休養。起義復仇固可心喜，設各省無響應，一旦北京滿兵開到，無異以卵碰石也。思至此，各同學心慌亂殊甚。十一時，打聽牟鴻勳亦未放出，武昌官吏文武早已逃之一空。義齋嚴惠之又來，呼"文昌門已開了，各位欲出城者，趁此時渡江"云云。余遂檢余鈔本三冊、要件二本、衣服一包，分洋與福蓀、秋舫、泮香、肖鵠各一元，另以官票三張與肖鵠。彼知內幕，云暫不歸，且葛店只九十里，步行可歸。余知其意，亦不强之送余，以有詹、陳諸同學須經過吾邑者。遂與同行。出兩湖頭門，街上行人甚稀，大炮聲不斷掠空中過。行經楊子榮師門首，無人在外，余亦不能入內視之。至文昌門，城門半開，逃者擁擠。有一兵死城門內，或者旗兵被擊斃者耶？余等十餘人行至江邊，無船，蓋先渡者已雇盡。轉到平湖門江邊，乃雇得一船，爭先上，坐十二人，船已載重。余囑舟子速開，可重一人錢，共爲一串文，因彼索每人五百文者。向例渡江每人五十文，今以事變，不可以常情論矣。舟至王家巷，余念只有到徐子初店中略休息。問子初之弟，云昨夕事漢口不知之，戲園中尚演《新茶花》，觀者如織云①。余問之官票尚能用，乃請其徒弟代余買火腿一隻，去價三串餘，燕邊二兩，去四串餘。身邊只留官票二張，銀洋八元，此付同學以外所餘之銀元、官票也。設非此半月內所得賣字潤金及報館賣文之費，恐此變亂中無川資歸矣。心念程少松今晨何以不來取川資？繼而晚飯畢，子初已過江來，謂出文昌門擠死人三。雇舟人多，划子每人索一串文，船中危險殊甚。本堂同學未走者，暫留堂中自治，因當局不顧學生死活，平昔之假仁義已揭穿矣。大約恐牟鴻勳出獄報仇云云。余請子初派人打聽，有招商局之江永輪開上海，船價亦未漲。余遂與肖峰、詹鴻等上船買得鋪位，僅有包袱一枚，餘物因出室時泮香囑余勿帶，恐途中搶劫，繼而悔之。在船晤石鏡清，彼中秋回縣，今日假滿方來者。聞武昌信，今夕仍回縣。船例九時開駛，此時候江漢關信息，據云開不開不定。已到九時，尚未賣票。岸上來搭輪者如織，赴寧赴滬者俱為達官大賈眷屬。十一時方售票，十二時開行。聞岸上商家已不用官票，銀洋高漲，秩序已紛亂，以後如何尚難逆料。船上人聲嘈雜，竟不能睡。陳、詹向余云，省城已有數處起火，彼等在船邊望見之者。

廿一日　晴　星期四

天將曙，船到黃州。划子二隻來接客，蓋下船者百餘人，向來無此事。洋棚中每人收二百文，今日共收四十餘串，發暴財矣。余與詹鴻、柯煦、黃梅雨等雇船渡江。到家父親尚未起，病體亦未復原，即起。告以省城起義事，相與駭異久之。母與姊見余瘦狀，驚駭甚。聞縣中昨天尚演戲，不知省城近事，僅聞有炮聲而已。飯後，父親為余診脈云，不吃藥，只調養。學堂事，畢業後如何，聽之而已。家中用度，余帶歸有錢，尚不着急。恐時局再變，須下鄉至舅父家避之，大姊及甥兒女、余妻及純女均同往。舅父家非素豐，添此六人食米，將奈之何？晚間母親

---

①　是夜漢口尚演戲。——作者批注

爲余勸慰之，不能安睡。

廿二日　晴

今日下午二時，自武漢水旱路歸者絡繹於途，風聲甚緊。晚飯後，前重王姓婦大呼街上犯人越獄，衛兵正在追趕，一市大驚。蓋犯人蓄髮三四寸，望之令人可畏之狀也。父與余商量，縣中年輕婦女不能居矣。吾家與縣署近，余以病體懼驚擾，乃至程師家中宿。師母爲余檢出後重一室，頗清靜，又以竹籠置燈於內，置茶壺其上，恐余夜醒飲茶也。少松今日未歸，稚松在荆州城充教習，程師與師母均在着急中。視余猶子，是以今晚接余至家靜養。余不食夜飯，十一時乃睡熟，一夜尚安。彗星見，予未起視，聞人所說如此，實未見也。

廿三日　晴　晚見彗星　今日星期六

晨起即回家看父母。武漢風聲更緊，歸者甚多，學界及小貿人亦均歸來。聞城門已閉，縋而出者在鼓架坡、文華書院附近城邊，每人給錢一二串文不等。想秩序不甚佳，又慮滿兵來攻，如問省訊，則言人人殊。我縣周知縣擬將獄中犯人，除死罪外完全放出。今年三月至六月間，倒墓賊十餘人均樊口、洲尾二處人，亦未判刑期者，亦放出，不知此輩何以對死者？周官腐懦無能，慣行婦人之仁者也。王元興、王佳卿充縣議長，主張釋放犯人作團練兵，保衛城市云云。噫！此引虎自衛者也。今日舅父來接余下鄉養病。

廿四日　晴

早飯後清理箱子等件，雇船定緒，與大姊及余妻、甥兒女、純女、舅父同下河乘舟，至樊口起岸。遇郭姓二流氓要過買路錢，否則搶物。舅父與姊與彼等爭論片時，一林姓流氓轉勸出銀元三元了事。乃上吳家大灣舅父之船，接物件上船，急行到吳家大灣。見過舅母及大舅父、表兄等等，安置余等六人住右側茅屋中。鄉間太平，余可安居養病。晚飯後，佈置稍定，早寢。余獨宿一鋪，妻與大姊及兒輩，與舅母、表嫂等搭鋪。純女能行走，與灣中小兒遊戲。

廿五日　晴

余病漸愈，囑內子將燕邊每日蒸食。鄉間菜蔬缺少，買物須至樊口。全灣人不敢到樊口買菜，懼軍隊拉伕也。余思青菜，附近十里無售者。鯽魚多，余向不喜食。幸帶來火腿大半，每日蒸食，當湯肉，亦時有雞鴨蛋。惟舅父家有老幼十餘人，再增余家六人，食米不少。聞舅母似有怨言，余等忍之。舅父待余甚厚，時時慰余養病爲要。灣中舜民、澤仁等時來談，澤仁住陸軍學堂未畢業，此次未參加革命。聞其戚胡福臨尚在武昌未歸，胡爲陸軍小學監學者。

廿六日　晴

余痰中現未帶血，飲食大進。午後餓時，舅父爲余炒飯，蓋鄉間又無賣物者來。不獨聞武漢信不着，即縣城信亦不通也，悶中無話可說。此灣有葛店親友者，轉相傳語，省城已開招賢館，黎元洪爲都督，湯化龍爲民政部長，王遇甲帶滿兵來打武昌云云。葛店有人來往武漢，云二十一日清廷命蔭昌、薩鎮冰用重兵、軍艦來攻武漢，勢甚危急也。

廿七日　晴　星期三

今日午後，余乘表兄船在湖中打魚，聞斷續炮聲。表兄爲余言，有人說袁世凱來打漢口。余意袁已恢復官階耶？午飯後又聞炮聲，似在漢口。又聞上海各報載，趙爾豐在川仍肆屠殺漢人，此葛店有人傳說者。

廿八日　晴　星期四

晨起，偶憶及湖堂存物，現聞已駐軍隊，必有損失。惟最可惜者，寒暑往返必攜帶身邊之纂本二厚本，竹紙四本合訂者。經史子集之書，閱後摘其精華而分類纂錄二十餘類，費六年功夫。

廿九日　晴

　　昨記之纂本共約百四十頁，自甲辰入學以後纂起，至丁未冬止。丁未至本年，則隨時增加。上海各報之言論，《國粹》《政藝》訂本之報等等，均隨時手錄之。題面曰"課餘隨筆"，內容至少有四十餘萬字①。

三十日　晴

　　余病漸愈，惟身體瘦弱異常。幸飲食大增，鄉間無雜食，一日三頓俱飽。關心革命事，因自病已忘卻。只愁何日太平，俾余就事有地，使家中老幼得溫飽耳。不然，以六年所學，剛畢業即遭世變，令家人缺衣食，非爲人之道也。晚睡不成寐，又記湖堂存有文稿二冊，係辛丑從高師讀書所改正之窗課，及二十五以前應試諸作，皆手錄者，約共文四百餘篇。在報館所作時事文五十餘篇，剪裁成本者，一併失去。

九　月

初一日　乙丑　晴　星期日
今日日蝕　全食時旁見一星　一小時乃沒

　　今日日食，天忽暗。鄉間乃知以盆預水觀之，甚清晰。食既天黑，見日旁一星甚明，奇觀也。此與庚子年八月朔日食相似，政治大變亂乃有此象，滿洲皇帝或者命運已終歟？此則吾輩之願也。晚寢後，憶及自繪世界地圖一冊，約五十幅，着色鮮明。又歷史地圖二冊，係摹日本人出版之東洋歷史圖。費四閱月所成者，失去可惜。余幼時喜研究地理，繪地圖。

---

①　以前研究文學非如此不可，那有如許記憶力。——作者批注

初二日　晴

父親在縣中帶有信來，附《中華民國公報》二份，乃知武漢諸事。並知胡石庵已出版有《大漢報》，起振大漢天聲之義也。胡爲革命黨，優於文學者。晚間肝火盛，目似有疾，紅腫現象，晚寢極不安。憶戊申至庚戌冬，已繪成分類習畫帖八册，著色鮮美，由湖堂劉監督轉呈學務公所審核刊行者，想亦失去。

初三日　晴　今日霜降　星期二

今日病似大愈，目疾又作，心煩甚。

初四日　晴

目病甚劇，兩目紅腫特大，眼糞黃綠色，緊目不能見物，痛苦異常。鄉間又不能洗治，覓杭菊不可得。父親前日帶來之報請表兄閱看，知湖南、九江、江西省早已響應武昌起義宣佈獨立矣。

初五日　晴　星期四

目疾更甚，不能開。時時須人以棉沾水擦目中，眼糞極多，虛火上浮，如此可畏也。今日自早至晚，聞漢口大炮聲不絶。澤仁來，云漢口連日大戰至晚間。舅父云，見漢口火光燭天，或係滿賊來放火矣，苦我湖北人。鄉間傳聞黃興到漢口。孫文則無下落，未見如何舉動。然皆傳聞之事。

初六日　晴　星期五

今日目疾甚苦，鄉間求杭菊洗眼不可得。舅父來云，傳聞湖南獨立，響應民軍。

初七日　晴

今日目腫未消，痛楚焦躁萬分。欲回縣診治，表兄等不願送余。午後聞漢口炮聲甚大。

初八日　晴

目疾苦，臥床不敢起，羞明不能見物，焦躁萬分。

初九日　晴

目疾重，飲食亦減，欲回縣診治無人用船送，余心焦甚。

初十日　晴

澤仁、舜卿等來説，漢口火光幾天不熄。葛店回家人云，初七日民軍大敗，死者無數。黃興來亦無起色，未聽見説孫文。王遇甲以統制資格來打民軍，此人將來無好結果云。

十一日　晴

目疾稍減，但腫尚未消，繁霧不明，仍羞明不能出外坐談也。

十二日　晴　小午雨

舅父來云，民軍大敗，馮國璋在漢口放火。今夜天忽明忽暗，忽又雨，愁慘萬分。大炮聲斷續聞之。漢人果不能復仇歟？則天也。余目疾漸減，仍羞明。

十三日　晴

今日午後葛店傳來消息，謂漢陽失守矣，黎都督逃出武昌城矣。嗚呼！滿運未終歟？揚州十日，嘉定三屠，江浙民氣脆弱，被滿虜燒殺奸死者不啻百萬人，此仇竟不能報耶？記今日爲母親五十七歲壽辰，未能致祝。

十四日　細雨如麻　星期六

今日目疾已退紅消腫矣，能在堂屋中坐談。仲恒老表來坐，余便問聘三舅父從前在兩湖管書多年，現家中有史學書否？彼云有大字本漢四史，明日當以《史記》借余閱。申刻飯後，余試筆寫字三頁。晚見漢口火光燭天，漢口繁盛已二十餘年，街道甚窄，此次損失難以計數矣。已約定表兄明日送余回縣看父母如何，來鄉已二十一日，無時不思父母也。

十五日　晴　星期日

早起飯畢，表兄盪船送余至樊口，二小時乃到。余步行至洲尾，搭船到小北門起岸。到家見父母甚健，父母亦思余也。買杭菊等藥煎水洗目，父親並開解毒藥方囑余晚間飲之。縣中有《大漢報》《民國公報》，知省城消息甚清楚。母親云，前日程潤生回縣，云肖鵠托他帶口信，請余速往省就事，不要在家受苦。牟鴻勳、任素、蔡良忱俱有權力云云。父親以余在鄉二十餘日飲食太苦，今日買肉半斤煨湯喝，真有味。鄉間油鹽亦有，惟缺乏菜蔬，完全水煮，真苦矣哉！晚間程師來坐，說武昌情形。兩湖仁、義、理化同學當部長者三人，就事是容易的。不過清朝深仁厚澤，汝與賢智已入學，不能效若輩大逆不道云。余笑謂，吾師未看過《揚州十日記》《嘉定屠城記》，乃如此說法。滿漢界線嚴，朝廷二百餘年視漢人為奴隸，此與元朝何異耶？程師不歡而去。

十六日　晴

在縣看親友。稚松自荊州歸，云荊州滿人尚固守內城，人心思漢非一日矣。聞九江李烈鈞師長今日光復，黃州電報局先得信矣。又報載，長沙都督焦達峰被刺，軍隊舉譚延闓為都督，以人望所歸，非譚議長不可。惟延闓係粵督譚鐘麟之幼子，甲辰會元，受滿清之恩甚重①。此次必如吾鄂之逼湯化龍議長一例也。閱報，西安獨立，長江一帶，馬當已為革命軍佔領。

---

① 翰林能革命，且為譚總督之子，向與革命當無關。湘人完全勢利看法，非革命也。——作者批注

十七日　晴　星期二

今日早飯後搭船至樊口，帶報紙數份至鄉間，筆墨等等，仍回吳舅父家。下午四時方到。飯後與舅父及鄉間表兄等談武漢事。

十八日　晴　今日立冬

早起，目疾已愈。向仲恒表兄借來大板《史記》，計日看完。大字不傷目力，可多看也。午後寫李義山詩四頁，以張廉卿體變化出，頗好看。舅父家無紙，余以省中帶歸課本及竹紙應用，又寫行書三頁。飯後無事，除寫字看書外，別無消遣法。吳家灣爲水鄉，樹少，又無可遊之處。橫山頭隔水四里，有一廟，余頗思一遊，但無人送我去。欲通函與肖鵠、良忱等，又恐彼事忙。早約余去，余竟未往，此時不好意思求事。聞武漢就事者，每人月支二十元鈔洋，大小官一律平等。

十九日　晴

二十日　晴　星期五

上午十一時，寫行書三長頁，杜甫《客至》詩等等，岳武穆《送張紫岩北伐詩》，又《滿江紅》詞等等。武穆聖人，與異族不兩立者也。滿洲爲金人之後，於漢族爲世仇，不知忠於清者今有何説。

廿一日　晴

廿二日　晴　雨　星期天

此次帶表到鄉間，可知上下午時間之分。鄉間總以日中爲正午、不確也。

廿三日　雨　星期一

廿四日　雨

廿五日　雨

連日雨，鄉間泥深，不能出門。在家讀唐詩，看《史記》，可以進長學問。

廿六日　雨　星期四

今日看書寫字甚久。晚八時，天際火光明朗，似在本縣城東門附近。舅父在外見後，來呼余與大姊等去看。余想明日回縣調查情形。

廿七日　小雨

早飯後仍坐船到樊口，轉至洲尾，坐船到小北門起。見城門已關閉，余近前，有守門者問何人？余答以自鄉回縣者。其人似認識余，因余着紅風帽，帶墨晶眼鏡，彼先未認清，乃放入。至家問父母，知昨夕壽昌書院係放火燒哥老會諸犯人。張家窯來討該會等，為該會出門，殺死三人。今日縣中團練局正搜索未逃之會匪而殺之，在大廟殺者四五人。城門緊閉，正在緝拿，是黃州所駐遊擊營長馮中興①來辦此案。吾邑人感謝馮軍不已，設馮軍不來，城內紳富遭殃矣。聞劉子由已逃脫，洪子卿、周香畹之子入會不久，亦被殺。所得不多，以生命殉之。洪、周均世家，聞者歎息。

廿八日　陰　小雨

早起，父自上街買魚肉少許，因余在鄉火食太苦也。父母云，前日程潤生之弟回縣，言肖鵠在內務部充總務科長，頗有大權。部長係同學周君，宜速往省謀一知事缺，較勝在家困守也。父母以余病初愈，最忌勞心勞力，囑暫靜候再說。

---

①　馮中興，四川人，在湖北起義有名者。——作者批注

廿九日　晴　小雨　大風

早至各親友處坐談。稚松約余往省就事，謂李春萱任財政部長，周之瀚任內務部次長，何不趁此時機就一知事，也不負吾輩從前積學辛苦。余漫應之。我縣新來知事王雲龍，咸豐人，兩湖博物專科學生，與余不熟。聞周澤卿已進署充科員，涂郁廷、愷臣、杜寶卿均充科員，閔孝荃先生充科長，月支二十元云云。澤卿與王同學，並約陳邦興到縣充科長。余與稚松以王未拜客，不認同學，自未便去談。又聞昨日漢口滿兵大敗，死千餘人，退廿里矣。

三十日　陰　大風　星期一

本年自閏六月二十九以後，七、八、九三個月僅雨二次，昨小雨一次，繼以大風。聞鄭赤帆與張其亞者，組織武黃防軍司令部，招兵守縣，袁夏生充書記，無餉無槍支，胡鬧而已。鄭每日自夯短馬槍，着西服，隨團練勇遊行，市人笑之。又小西門夏乃卿組織保安會，籌款募兵。洪元愷自省馬隊逃回者，任隊長，帶團練，改名洪英。自王知事接事後，縣中已有秩序。八月下旬風聲緊急時，程維周命其子小周程小周即閔孝荃師之婿。同其妻子並維周妻，雇大民船一隻，載衣箱十餘口，又大衣包八九件，請會匪三人保鏢，送至九江轉歙縣，聞已為匪劫財，殺其家男女大小，並擄其妻以逃。風聲傳到縣城，云舟子三人亦遭慘殺。噫！此有財色害之也。請會匪保鏢，焉有見財色而不取者乎。閱報，知清廷已釋四川被押士紳，並罷激變軍官官吏。貴州於初十日已獨立。

十　月

初一日　雨　大風　星期二

今日閱《民國公報》，見菊坡、篤生有文，此必為肖鵠延入者。余擬到報館就一事較爲妥，欲寫信與肖鵠、良忱謀之，提筆又止，慮到報館精神不繼也。與父言，明日仍回鄉養病，俟身體復原不患無事也。程師連日來談時事，總不願余往省，謂滿漢天下尚難定爲誰手也。

初二日　晴　風

早飯後，別父母搭船至樊口，覓得吳家灣便船，到舅父家尚早。中飯後，寫字二張，係橫幅，又畫蘭草一張。目疾早已愈也。

初三日　陰　晴　今日小雪節

今日午正，寫行書三頁，甚佳。晚寢後，聞武漢大炮聲，至十二點鐘更烈，想係大戰也。

初四日　大風　晴

連日乾風，鄉間患目疾者甚多。正午寫詩，長卷，甚佳，唐朱灣詩也。晚寢，十二時聞大炮聲較昨夕更烈。

初五日　晴　風

今日看《漢書》《史記》各二十頁。下午表兄等來談。懸想武漢情形，革命足能成功，須各省獨立方能牽制清兵南下也。今日炮聲甚稀。

初六日　晴　星期日

今日閱《史記》。午後聞漢口炮聲密。

初七日　晴

今日讀《史記》，已畢一本。午後寫字二小時。聞漢口炮聲。

初八日　晴

早起閱《史記》。午後仍寫字。懸想武漢戰況，滿兵未大勝利，漢族必能光復山河也。聞江蘇已獨立。四川亦舉省議會議長蒲某爲都督，大抵號召人心非有聲望不可，與湘省同。

初九日　晴

今早，漢口仍有炮聲。午後余寫字畢，外出閑步，足力仍不健。奈何！晚傳聞漢陽失守。

初十日　晴

十一日　晴　星期五

十二日　雨

十三日　晴　禮拜日

十四日　晴

連日上下午俱看《漢書》《史記》，寫行書，錄唐詩。惟鄉間無報看，消息僅得傳聞不可靠之語。悶則出外一遊。噫！滿人何日消滅，俾吾輩早到省得就一事以養親，還各處積債耶？思之煩惱無已。

十五日　雨

清晨，默記湖堂未攜出之書，有《船山遺書》四種，《讀通鑒論》一套，《草字匯》大板的一套。

十六日　晴

十七日　陰　小雨

今晨，記得湖堂存有《英文法程》《英文範》《英文典》《普通英語》

《新體英語教科書》各一冊。

十八日　陰　今日大雪節

十九日　陰　星期六

連日記得湖堂未攜出之書，有李太白、杜子美、白香山三家詩，大字本，係余由家帶省者。

二十日　晴　禮拜日

內子與女兒均思回縣。大姊謂舅母時時有怨言，似促余歸。余囑暫忍而已。

廿一日　晴　星期一

今日記得湖堂所存余手勾何子貞楹聯等一本，又勾蘇東坡字二本，又手訂竹連紙本六冊，諒均失去[①]。

廿三日　晴

廿四日　陰

連日不得武漢消息，余擬即回縣。現在縣中生意甚好，決意與內子等同回，再作計較。

廿五日　陰

早起，飯後與大姊、甥兒女、內子及余女別舅父母。乘船到樊口，轉船至凌家河起岸，午後一時到家。與父母說明必歸之理，家中現可安居矣。缺錢只有再向魚行及洪小坪臨時借用。人情勢利，知余省中有同

---

① 未起義之前，余對書畫研究所勾各名家字甚多，一旦失去，心極不快。——作者批注

學當權，借錢較易也。

廿六日　晴　星期六

今日稚松來，詳説武漢近事。並檢報閲，湘、桂、粤、川、蘇、皖俱已獨立，滿廷恐慌萬分，滿運終矣。吾儕尚困守縣中何益？檢閲漢川李緘三同學來二片，一爲九月初七發，一爲十月十三發，問余病及彭烈五事。

廿七日　晴

今日吳鳴岐來看余，云自省歸，已住過招賢館，請新政府登記録用者。彼請余即到省。

廿八日　雨

接朱純愚自朱家山頭來信，係由張叔華家轉送來者，問余病及武昌各部有無同學得志者。

廿九日　晴

今日出大南門，至儒學訪彭老師烈五，談一小時。彭囑余宜早到新政府去辦事，謂貴同學各部均有重要職權，似宜早去就一美缺爲妙。李緘三來片問及彭者，恐其離余邑逃避也①。

冬　月

初一日　甲子　雨　星期三

吳子英舅父自南昌乘自置長福輪到縣，起坡會父母，匆匆數語仍下

---

① 彭任吾邑教諭，故未逃。李與彭爲至戚。——作者批注

河去。余送至河干，輪即開行。裝江西軍隊到黃州，即空船回九江①。又懼吾邑拉差，致不能多言。

初二日　雨

鄭赤帆在縣辦武黃司令部，胡鬧萬分。所招兵俱係無業流痞，將來何處籌餉耶？

初三日　雨

昨夕夢醒，記得湖堂失物有大地圖一册、小圖二册，又各省分圖一本。余在堂喜研究地理，皆省零用以購者。

初四日　今日冬至　雨　星期六

湖堂失物有大銅墨盒一、小者一、眼鏡一副、好硯一方、摺扇二、團扇一、圖章大小三十餘枚、手勾名家印譜一大本。

初五日　雨

予畏縣中是非多，不出門，在家養病。來客時，與少談話。有迭勸余往省者，余以未得省友確信不能往爲辭。王知事尚勤勞愛民。內務部亦時有人來縣調查，城內宵小斂跡矣。

初六日　晴

今日夏生來，云所募團練索餉，赤帆不能應付，將來必無好結果。余一笑而已。鄭心不靈敏，其家產由彼已敗大半矣。午後，涂養俠來坐談去。石雲衢、鏡卿、傅幼虛等俱欲到省投效云。省中早設有招賢館記名候用，凡從前未加入革命者，謂之投效。惟余病雖痊，體弱殊甚，父親囑余早睡，自坐堂中問卜牙牌數。父無聊抑鬱者二旬矣。余在床上亦

---

①　此係九江獨立後援鄂軍隊，是時吾邑又呈緊張之態。——作者批注

睡不着，聞有人叩□門，父起開門，乃一團練兵持名片，謂有省城來委員請余去。父閱名片曰"張祝南，肖鵠，武昌"，蓋新式白片也①。余在床聞之甚晰。來人催之急，父進房與余言，肖鵠何以來耶？且各團練今日曾向鄭索餉者。肖鵠來，住育嬰堂何故？正疑慮間，余起一一問來人，乃與同往。至司令部，則赤帆、漾霞、澤卿俱在座，肖鵠與一袁姓同由省來者。赤帆意欲余證明王知事辦事不力，蓋已先控王於內務部。至是余乃知鄭、王早有意見。肖鵠見余說話慎重，約以明日到余家再談。就部中消夜，已十一時矣，囑練勇送余歸。余以此事告知父親，並預爲明午後招待肖鵠，約涂、周及稚松來陪。遂寢。

初七日　雨

早起，澤卿來，詳述赤帆控王知事內情。袁夏生來，再詳述司令部事，則與澤卿相反。蓋一主撤換知事，一主維持也。彼等去後，稚松、養俠先後來，各有所言。總之，赤帆不學無術，混沌之人，難與言也。午後三時，肖鵠來談別後諸事。彼謂從前連帶口信二次，係請余辦《民國公報》，因余爲內行。牟、蔡兩同學均外行，不能伏案作文也。現有菊坡、篤生、蔭廷三同學在此主筆，如君去，可辦圖畫報附張。支薪俱爲月二十元，並無好處。如就知事，此時去似嫌遲矣。鵬程任部長無權，大權在馮正部長手，以故同學在部者不過七八人，且係起義時未離武昌之上五府人。設非從前參加革命開會之人，難望就獨立之事云云。四時，稚松、夏生、澤卿、養俠、王久旃等俱來作陪客，五時半席散。肖鵠乃與余並請父親正義主張，王知事應否撤換？赤帆爲人如何？父一一詳說現時情勢。肖鵠即采父言，作報告部長。根據王知事與余不認識，且到任未久，兵差浩繁，城鄉未出大亂，亦賴王有以應付，似決不能換者也。傍晚，肖鵠別去，謂明晨乘轎回葛店省親，大約住六七天即回部。囑余月半前到省就事，遲則無相當之位置矣。八時別去。九時以後，澤卿與

---

①　吾邑初見白名片，從前只有留學生用此。——作者批注

夏生迭相探問，父直言相告。余囑夏生早離本縣爲好，不然須受赤帆之累矣。

初八日　陰　星期三

前日，縣中開來學生軍一營人，住寒溪學堂，紀律不佳，似與學生軍名義相背。其營長混鬧時，與百姓出事，縣署爲難。內中尚有理化畢業生一人，時來稚松家坐談者。

初九日　陰

初十日　晴

連日聞省中歸者云，湖堂數次駐兵，仁、義兩齋學生書籍衣物未攜出者，已損失無餘。悵悵久之。

十一日　陰　星期六

今日縣署奉令籌備過新曆，謂之陽曆"中華民國元年"。宣統辛亥總算終了，滿清氣數二百六十八年已滅亡矣。涂愷臣、李聘堂、夏乃卿均參加縣署及學生軍。營長田某聞係漢川人，總有幾分流氓氣者。夏、李、涂諸人係藉此出風頭，亦可鄙也。

十二日　陰　禮拜日

今日縣署諸人俱往寒溪學堂，籌備紮彩過新年。聞今日爲陽曆十二月三十一號，即除夕，紮彩甚新麗。學生軍雖有三分之一爲真學生，餘人余似在武昌見過，爲小貿或提籃賣物之小流氓，想見招學生軍時流品之雜。尚有唇缺之人似賣花生米者，予在省垣時時見之①。

---

① 駐軍流品似雜。——作者批注

十三日　晴　風　今日稱元旦　星期一

今日爲南京政府成立之日，即西曆一千九百十二年一月一號。今日飯後出城，見寒溪學堂貼有新聯，彩旗飄揚，是爲新曆元旦。路人觀者歎息，謂隨洋人過年，行洋禮矣①。四時歸，便過稚松家一談。

十四日　晴　元月二日②

昨夕醒後，記得湖堂損失物件有手卷一同夾宣紙廿張，書畫箋十張，白絹二尺，皆零瑣買得者。

十五日　晴　星期三

何仲雅花卉極佳，爲余作絹畫四幀，又紙幅四，又零塊一，均着色佳妙，彼再過十年成名家矣。均失去，可惜。

十六日　晴　星期四

十七日　晴　星期五

前年蕭興仲自滬寄余石印翁同龢信稿二本，王夢樓行書一本，劉石庵字二本，均失。

十八日　晴

十九日　陰

二十日　雨

記湖堂損失書籍，有《字類標韻》二本，《音樂學》一本，《詩注題

---

① 聞各縣過新曆年，市民均有此感想。——作者批注
② 原稿西曆日期時有時無，爲尊重歷史原貌，不另行補足。

解》四本，《平面幾何》一本，《芥子園》四本①。

廿一日　晴　星期二

廿二日　晴

廿三日　陰

廿四日　雨

今日稚松來約余往省。余以肖鵠無信來，病體未復原，暫不願同往，與約定再候幾天。

廿五日　陰

廿六日　晴　一月十四日　禮拜日

廿七日　陰　星期一

昨夜聞司令部團練勇索餉，鄭赤帆、袁夏生俱逃了。如此混沌人，不知時勢，乃欲招兵稱雄耶。

廿八日　晴

昨夜醒後，記湖堂失物有《古今名人畫稿》四本，《隨園隨筆》十二本，《江蘇》報二本，《中國地理》二本，《黃書》二本。

廿九日　晴

今晨，記湖堂失物有《佳人奇遇》一厚冊，小代數、平面、三角、

---

① 久撫弄之書籍字畫等一旦失去，自是文人□習，不獨予一人也。現在覺悟矣，"那是我的"。——作者批注

幾何書各一册。

三十日　晴　一月十八日　星期四

余用心血一月餘所繪大地圖，經郭教務長所裱曾賽會者，原本爲日本龜井忠一氏譯成漢文，己酉七月在武漢展覽會得有最優等褒獎狀者，橫二丈餘，縱六尺餘，裝潢精美，失去，至爲可惜者也。

臘　月

初一日　晴

早進香後，稚松來談，欲即往省謀一差事。聞程少圃已薦出門辦稅務事矣。

初二日　陰

初三日　晴　元月廿一日　星期日

今日午後，稚松來以翦去髮辮示余，聞係陳子雲爲彼用東洋剪剪去者，已決心往省謀事。

初四日　雨

今日聞武昌炮聲一響甚烈，又見黑烟冲天。

初五日　雨　晚轉寒

今日得武漢傳言，昨日係省城火藥庫失慎。

初六日　雪　寒　元月廿四日

初七日　陰

連日消息沈寂，余欲往省謀事。蓋臘月年關，百債待還，不勝憂鬱，守株待兔不是辦法。

初八日　陰　星期五

今日下午，余剪去髮瓣。大姊爲余做西式便帽一頂，準備往省。父親晚間爲余卜牙牌課云上吉，可就事，無危險。

初九日　晴

上午檢點行李，只帶被臥二床，薄甚，又小包袱一個，向日出門無此簡單也。下午二時次松來家，余與同遊方井頭、大東門等街。過朱清泉門首，見余與次松無瓣，駭甚。余立與談片刻，轉而回家。途遇孟寬圃先生，見余等亦驚異①。以爲余二人曾年輕入學者，似不應該之狀，但未出諸口耳。噫！滿清入關，在江蘇等省勒令剃髮蓄瓣子以示真心服從，至有留髮不留頭之上諭。至今剃頭匠挑擔，前置水盆，上有旗竿小斗形，下挂盪刀布，作長條狀，即當時書"奉旨薙髮"四字者。明遺民士族抗拒以死者何止千萬？所以國變後，臣民不能盡節，乃出家爲僧，得保首領，嘉魚熊開元輩是也。清與元皆胡種，欲吾漢族同化，必欲效胡風而後已。傷哉！晚歸，籌借川資三串文，定明日搭大輪赴漢轉省。因自起義至今，小輪僅拖兵差，未裝客貨也。

初十日　晴　星期日

昨今兩日，程松師仍勸余與次松勿往省。余以謀生要緊拒之。下午四時別父母，與次松同雇船渡江到黃州王次齋洋棚候大輪。自起義後，

---

① 人民被壓迫二百六十餘年，蓄瓣爲滿人裝，已習而安之，故當日見予與稚松曾有秀才者，尤駭異。——作者批注

招商各大船往滬漢線者，均停班裝兵，只有日英輪船裝客貨往來如常，革命軍尊重外交也。夜十二時，日本大貞輪已到，余與次松上船後買得鋪位，彼此替換睡，以統艙中宵小多，須自照行李等件也。天大明時，遇涂子良亦同搭此船，彼在九江上船者，與談江西九江李烈鈞首先響應民軍諸事。

十一日　陰　風

早八時，船到漢，余與次松渡江，徑到西大街程裕順成衣店。其屋小，彼家人多，乃與次松住其樓上開地鋪，因樓矮不能置高鋪。一以各棧人滿，且須火食費用，一以潤生知各部情形，與兩湖同學多有熟者。肖鵠、牟鴻勳、任素，彼均認識者。就其家食宿，係暫局。飯後與次松分途訪友。城郭猶是，但人民增多一二倍①，長街行人擁擠不堪，與八月十五以前大異。新政府成立，謀事者不拘資格，商務又繁榮。噫！此真新氣象耶。晚間十時以後仍戒嚴，無徽章不能行走，且要口號相答。徽章以白布為之，長七八寸，惟都督府人員係黃洋布為之，均懸於胸前。大抵人叢中，或行路相遇，挂徽章者有十分之一。此余夢想不到，見此物為官吏之代表物，奇哉！不知太平天國時，官吏所懸之符號類此否？今夕會肖鵠不着，僅晤篤生及菊坡於民國公報館。我邑每日都有公報，余請篤生作詩登之，以明余已到館。縣中有人閱公報，余家及松師亦看此報，藉以知余平安到省也。九時，次松亦歸，惟程宅樓上甚寒。彼有二弟亦睡樓上②。

十二日　晴　元月三十日　星期二

早起，九時飯後，又與次松分道訪友。余往公報館用電話通知肖鵠，約相會時間。彼事忙，而内務部門衛森嚴，余為鄉間初至之人，恐不便也。午後，途遇汪煜南，號浪石。前住陸軍特別小學信字齋，與余時時相

---

① 人多於前二三倍。——作者批注
② 住宿雖不佳，但程潤生情誼可感。——作者批注

見者，曾乞余寫對數副，起義前似赴北京就事。彼不知余爲病後也，堅請余過軍務部宿一宵，詳談往事。彼現任軍務司步兵科員，云我邑劉漢槎、王裕旃、胡干城俱在部，可相見。又云同學邢伯謙充經理科長，最有權力，不妨訪之，謀事極易。余許以明日定來。晚間與次松談此事。

十三日　晴　元月卅一日　星期三

早飯後，至內務部晤邱楷如、肖鵠兩同學。肖鵠囑暫就報館主筆。余謂不耐作文，不似從前在《中西報》之靈敏，病後不耐想也。就報館食宿則可，有菊坡、篤生在館，諒不多余一人。與談片刻即出。其餘同學懶晤之。聶守經意氣揚揚，自以調查員爲榮耀者。正午到報館吃飯，與蔡良忱談過去余等從前就主筆，湖堂當局甚忌之之意，相與太息。今晚須到軍務部，余無徽章，乃取菊坡徽章佩之出。下午四時到兩湖學堂，門衛嚴，無徽章不能進。入至汪浪石臥室，即余仁字齋庶務室也，內住科員甚多。時已晚，不能向各處訪王、劉諸人，蓋不二十步即有一哨兵也。夜間本部職員亦要口號對答。浪石辦消夜物，留余宿。余以病，遂早寢。彼室中有一科員出差，有空鋪也。十時聞槍聲一響，甚驚懼。浪石謂問口號未答者，守兵以槍擊之，此爲本部尋常之事。余自是未安睡。浪石慮余無零用，借二元與余，可感也。

十四日　陰　陽曆二月一日　星期四

早起，九時雇車至大漢報館訪曾心如，談片刻。彼知余病已愈，從前甚關心者也。知余已在公報館，尚未正式就編輯，謂《大漢報》位置已滿，且不能如官辦之報發薪容易，君何不就知事出任耶？余謂知事不容易做，余將來當求其次者。各縣有書記官兼審判則願爲之，外縣官吏發薪水，省中官吏僅各支二十元，亦非余所願。別曾出，又至部訪肖鵠，囑相候，終有以報命。出門途遇王希清，係到省謀事，月餘不得要領①，

---

① 同學後至省者均無事。王希清、譚小欽與牟鴻勳雛蘭兄弟，亦無所可圖。王、譚俱欲謀學校校長，而教育部未能即成立。——作者批注

堅約余至撫院街高陞棧晤談。則張立瑩、胡漢藻兩同學亦在寓，談別後事，乃就其棧吃飯，出訪南庶熙、李香渠、李祖綱諸同學，均無事，余以遲到省，可見謀事之難矣。出門又遇石雲衢、涂養俠、傅幼虛、王小齋等，云在總監察部供職，部長劉公云云。四時半至萬發祥晤丁厚餘，彼一見問余"在革"否。近時流行語，如曰"在革"，係老同志，前參加共進會者。曰"滿政"，稱清政府也。曰"推倒"即傾覆之義。指已做過官吏者爲"滿奴"，或曰"官僚派"。曰"遭打擊"，曰"討論問題"等等名詞。晚飯仍在潤生家吃。稚松回寓，云已有辦法，財政廳可補伊爲書記官云。暫時在部辦事，又云財部秘書張國恩與君同學，有感情否？餘爲姚汝嬰，黃陂人，董用威，黃安人，文普通學生。彼等投效早，李春萱重用之。余與稚松言，我們到遲，應靜候。

十五日　晴　二月二日　星期五

早起早點後，與次松分道訪友。心中想做之事而未謀到，究竟不謀事回家歟？則又難與對人。今日袁夏生來訪，云特別信字齋得志者甚多。彼當日惜未在該堂畢業，信鄭赤帆話，開小差出來，致今日與同學得志者不生關係。余謂君信赤帆，此次受教訓如何耶？真不信人言信鬼語者，宜其失意矣。

十六日

連日訪友毫無成就。九月底未到省，失機會者甚多。看兩天，如無辦法，仍回家養病，明年再説。晚次松歸，以事未妥，亦如此有歸意。

十七日　陰　禮拜日

今日肖鵠送信來，約余到部一商，昨日信也。今日星期，余恐彼閑玩去了，竟未往晤，亦自往鶴樓一遊。歸途遇同學來找事者甚多。劉蜀疆謂余堂中搖鈴工役朱春現爲營長，王叔文同學充運輸隊隊長。運輸隊俗云扛子隊，叔文恰合身分。今晚次松歸云，已就財政部事，明日到部辦公，仍在外宿。

十八日　晴　陰　星期一

今日晤肖鵠，云孝感縣須派書記官一人去，縣長范鴻鈞即范新三之弟，君願去否？黃安縣知事指請梅東宇同學任書記官，於部章不合，已與鵬程商議派君去，願意否？余思范雖同鄉，年輕浮躁，傅端屏爲同學，且係極熟人，或無習氣。余答願往黃安。遂定議，候公事。晚間次松歸宿，余與言之，謂書記官可代知事，薪水之□總在一百串文以上，勝於在省就二十元之事。且可補知事缺，此去即可代理知事，此肖鵠告余者。最初原提案須法政學堂畢業生，後改爲通融，各學堂兼用，知事、書記官資格頗寬。

十九日　陰　二月六日　星期二

飯後出門，無所事事。便至萬發祥，聞知亂後所收古玩、書籍、字畫甚多，並云劉汝璘兄弟亦時過其家，欲買廉卿之屏對等件。

二十日　晴　星期三

今日至部會肖鵠，云余事已定，爲黃安書記官，開會提名即可發表。薪水大約每月一百串文，較勝在省就事多多矣。余乃寫信告知父親，以事有把握，可回縣過年。下午夏生來會，欲余帶之至黃安，就一科員事。余許之。此君運氣固屬不佳，然認事不清，作事又無恒性，真所謂五心不定之人，宜其處處失敗也。彼住天吉棧，候余事發表，大約他處所謀無希望。

廿一日　晴　甲寅　二月八日

今日心如送信來，謂群報館成立不久，有一編輯亦係二十元薪水，如願意就，今晚即來一談。余飯後去，又謂編輯已滿，有校對二缺，橫直均爲二十元，此事不負責，較編輯尤清爽。余答以再候二天定局。

廿二日　晴

今日到公報館，與菊坡、篤生談一小時。出門訪穎蓀、庶熙，俱懊喪無事，王希清等亦無辦法，大約不久即各返原籍也。下午至各部、總稽查部，會蘇成章，談片刻。又晤田飛鳳，長樂同學也，云現在謀事不易，每就一事，不半月即取消，蓋臨時機關多也。遇紀雪舫，改名紀良，挂此部徽章，銜爲秘書。又晤張立群，云許學源尚未就得正事，惟許係言大而誇之人，現與肖鵠、鵬程等説話不投機矣。

廿三日　晴

早間無事，在程宅休息。夏生又來説謀事意。彼來省已月餘，錢已用盡，一無所就，余許以一同回縣再作計較。下午三時，到群報館晤經理汪書城，壬寅解元也。彼現爲共和黨湖北首領，辦此報係黨中經費，心如及我邑范伯平充編輯。尚有胡某，青山人。晚飯後，心如留余宿，余看渠等無若何辦法。校對袁益謙，竹朋同學之弟也。彼知余已定爲黃安書記官兼理司法，告以黃安路程水旱如何走法。又云傅啓楷知事係張國恩、董必武兩人到內務司極力保薦者，君去必能相安。但是否未到任前，須拜訪同鄉會？余謂國體政體俱變，現在何必先訪士紳。且余非張、董所保薦，又兼司法，到縣後不能與士紳接近，致滋物議。滿清州縣衙門弊太大，冤屈小民不知多少，其作惡士紳、光棍、訟師亦負大半責任。委札下後，余即到任，不拜在省黃安同學也。袁以爲是，並云前日同鄉開會時，董必武、張眉宣向端屏知事云，城內有一著名訟師吳策香，其子蘭陔曾考縣試前列未入學者，父子進出衙門，傾人之家，敗人之產者，無慮百家矣。此人又係城內老紳士，"隻眼虎"。董必武爲城內人，知之最詳。張、董現均爲財政部秘書，並約王書華、耿小堂回縣與傅知事幫忙，想政治從此清明云云。余極力贊成此事，亦謂余亦縣城內人，見訟師、刁紳、劣監串通，同縣署丁役作惡，何曾一人有好報耶！今夕宿館中，難成寐。

廿四日　晴　陰寒　今日小除日　二月十一日

早起，心如留余在館作事。余謂黃安縣快發表，余不久即回縣，何必在此，反留痕跡耶。下午三時至部晤肖鵠，云公事已辦好，現在銓叙科。余訪該科科長，曾姓名中山，取到余之札委一件，又餙黃安知事札一件，囑余自帶，免郵寄。謂君何日到任，此札即知事代君報到任日期者也。文如清代舊式未改，大約各縣署已一律禁延請刑名幕友辦司法案件也。余取札委後，肖鵠囑不必見部長，彼等事忙，見亦無非數句官話耳。文填民國元年二月十一日，外封套藍匡字，一如前清體式。余取歸後，與潤生言之。潤生大喜。其父慰勞備至，謂此次出膺民社，公門好修行，必萬民受福云云。潤生以《折獄龜鑑》一部十本，又《藝苑卮言》一部相贈，余亦喜而受之。晚次松歸，相與談各事，及到黃安以後辦法。知事兼理司法，因司法部籌備之各縣審判廳尚未成立。將來成立時，知事、書記官專理行政，則事輕減矣。同學傅君口期期不善言語，將來審理案件恐推余一人身上。然余痛恨衙門積弊，爲司法受累者多，必當一一改革之，存吾二十年來善心耳。潤生以今爲小除夕，辦菜酒甚豐，並爲余餞行，甚可感也。

廿五日　陰　小雨

今日在省城買應用各物，無處可借錢，不能多買應用者。同學王炯任建始縣知事，徐天策、黃燮丞均任書記官，已先余發表到任矣。

廿六日　雨

早夏生來，余以文示之。準備同回縣。彼已有川資。因余川資亦僅夠到家之用，想買一頂禮帽亦無錢也。晚至郭文卿、丁厚餘二家略坐，西街之華林齋裱店商松芝亦與余熟，並告知以後余在黃安縣署。

廿七日　晴　寒

早起，分途訪各友。稚松托帶信件，並云明日搬往其叔程幹臣家中。余等在潤生家住十六日，擾彼處甚多，無以爲報，只許到任後帶土產相送而已。彼兄弟三人，爲成衣匠，一弟充連長，一弟讀書。其父母能幫做事，無吃閒飯之人，故尚可衣食不缺也。潤生前住本縣西門，與余家縫做衣服十餘年。近余住學堂五年餘，衣服均爲彼所製，取價極廉，人亦彬彬有禮。以其幼弟光緒丙午曾從余在小學讀書，亦有關係也。午後四時，潤生又辦菜四樣與余食後，方與夏生同渡江。八時搭大輪船，怡和公司輪，到黃州。九時半船開客多，十二時半到黃州洋棚。下划子時遇一人名喻建勳，沔陽人，派到黃岡縣充書記官者。詢爲法政學堂別科生，亦上過楊子槃師文學者也。又我邑余某某下船不給船資，謂彼起義後一日曾到黃武持旗安撫者。到棚後，以天寒畧坐。雇船與夏生同渡江至小東門起岸，城門未開。乃至魚行相丞二叔家拍門，二叔尚未睡，因其家吃年飯辦菜，留余與夏生進茶點。余與二叔云已就事，二叔大喜，索公文相示。

廿八日　霜　晴　寒　二月十五日

天將曙，城門啓，余與夏生入城。余至家，沿途鞭炮聲不絶，市井太平，皆吃年飯者也。到家見父母說明近事，父親喜甚，買菜準備後天吃年飯。正午，前重汪小山、王大爹俱來道賀，問省城各事，余皆敷衍數語方去。下午一時至程師家，交次松函。師母盛氏聞余近狀甚喜，謂汝父從前恨張之洞，今日必感激張公培材，汝得有今日做官位置矣。可賀！可賀！余一笑而已。出程師宅，至城外看祖父母、先叔墳完好，甚慰。歸後與父母言之。

廿九日　晴　二月十六日

今午出門看各親友，至萬岳母家看尊爹。尊爹云景祥在漢口苦，須設法安置縣署中，余許之。下午向汪小軒借十串文，過年費有着，改定明晨吃年飯。劉表兄自前年與父爭論後，兩年不到余家。此人硬氣至此，又無長進，彼此次不向余找事，聞在小北門外警察分所充警士。所長葉仙樵以去臘失信用，不敢來余家，恐父唾罵，以故劉表兄益不能來也。今晚約夏生明晨五時來吃年飯，余自出買魚肉等等。母與妻夜間辦年飯，至雞鳴乃止。

三十日　晴　二月十七日　星期六

四時起，清檢各事，隨父親佈置各事。五時夏生來。六時祀祖，開席。今年酒菜豐，父喜余已有事，甚快慰。席散，夏生別去。余謂初四日自家起程到黃安，囑彼將行李等事辦就。正午，劉幼浦、汪小軒先後來，均請代謀事，趙茂林、周月廷來亦是此意。余均答復以到任後有信回答，此時不知該縣情形如何耳。洪小坪、張三奶、劉幼浦三處借款已久，向例除夕必還一年利息。今夕余一一答復，明年到任後，兩月還清本利。僉以爲余已得一官，亦不急促求還，人情大抵然耳。昔人有"傷哉貧也"一語，又曰"位尊多全"，"勢利"二字，千古同慨。晚辦團年酒，父母及家人環坐甚快意。余病已全愈，惟時有咳嗽。父親已開丸藥方，囑就黃安藥店製服之。父母年老，余平昔盡孝時少。此五年半住學堂，不知父操多少心，母流多少淚也。苦盡甘來，天之報施甚厚矣。十一時送司命神。十二時緊門，進香。請父母均小睡，余以新痊，亦欲安神數小時。囑甥兒女及内子招呼燈火，守歲。大姊多病，已先寢矣。歷年除夕，無今夕快慰者也。

今年起義，在湖堂未攜出可惜者，惟《寒溪避暑記》一本，係就《中西報》每日所登稿裁下粘成一本。因原稿在館中，余無副本也。自戊申六月起，共二百餘條，如《閱微草堂》之例。又《別有天地》半冊，亦同時在館以白話體裁寫出者。以上二册均失，明年必登報以價收求之。又詩稿一本，自辛丑起至本年六月止，約詩二百餘首，六月初寫成正副二本。又詩話一册約五十餘條，又詞稿約二十餘闋。噫！以上皆少年時代嘔心血所爲之詩文也，豈料事起倉卒，未能攜歸保存哉！又費時甚久勾得鄧石如篆字屏十二幅，七尺心子的。又手勾工筆花卉、翎毛、人物等大小畫件二百餘張，約費三年餘時積功夫所得者。又手勾莫友芝篆字屏八幅，又手勾各大名家聯四十餘副，以上皆在學堂時，背人至後操場音樂講堂中，利用星期日同學諸人外出之時機所勾成者。損目力，不吃茶水，余向不吸烟。同學以爲日不足之遊玩，余則以爲日不足之用心所得者，今已佚散損毀無存矣。因記此一段傷心之事，以示吾子孫也①。鼎元補記。

　　三月來，腦筋清新，或醒後偶憶湖堂失物，除心血所自出，而筆之於書者不能全記者外，或偶憶而旋忘卻。他日果能默記，如詩詞之類，必另錄之。文與筆記、小說、詩話之類，則不默全豹。二十六歲以前之作，似截止矣，此最痛心之事。嗟乎！古人心血所爲，遭國難兵燹而不能保者，當亦與今日余所受損失同也。壬子正月初二日補記，仍歸在辛亥除日之後頁。

　　湖堂所存物件，用錢可買者，以後當添置。今偶憶並估其當時物價以記之：天青寧綢馬褂一件，四串四百。淡青羅幛子一件，四千二百。雪青紡綢褲一條，一千。青海虎絨馬褂，四千五百。藍洋綢新棉袍一，五千。白襪雙竹布的。二雙，約五百。白洋布短褂一，六百。藍洋布長褂，八百。青棉靴二雙，共一千。馬靴一雙，九百。磁燙酒杯一，四百。茶杯一，一百。洋磁臉盆一個，四百。竹□印色盒，二百。又置筆板，二百。短操衣，公物。夏布操衣一套，公物。又棉操衣一套，公物。羽毛套子一件。公物。舊皮箱一口，二千。好陳墨二條，一千。

---

① 自後入民國，予教學多年，僅在大冶爲一次摹本，但不久停止。畫稿亦勾過數十張，日寇內侵時失去。——作者批注

民國元年（1912年）壬子日記

辛亥仲秋武昌起義，清社遂屋，未幾民國成立。鄂軍大都督府首先設內務、財政兩部，理民政。內務部次長周之瀚、科長張祝南、邱全模等均與予有同學誼。國曆二月中旬，以各縣政人員由內務部委任，故便求一次於知事者，得俸養親。其時官制採自日本，各縣次於縣令者為書記官，輔助知事行政兼理司法，即唐代縣尉也。予久困，雙親已老，家中陳債復多，部委黃安，囑即履任，欣然首途。正唐人所謂"不擇南州尉，高堂有老親"者也。

安邑多土豪，俗好訟。地主視貧雇農為奴隸，稍不順意，以一白稟遣抱告送縣署。知縣准其案，責佃戶，或拘押以順地主意。聞其習已二百餘年矣。予到任後，與知事傅君力反此惡習。來訴者，當堂袒佃戶，或輕罰。於抱告則面斥而訓之，命寄語地主勿欺貧戶。閱月餘，鄉里大譁，而貧困者得所伸，多有感予斷案公允者，予聞而心喜。嗣安邑知予以貧士青年為吏，家無恒產，惡富豪而故為矯枉者，私心更喜之。兩月以後，遣抱告送佃請懲者絕跡。然亦有流弊，則堂中判斷回鄉佃民之欠土豪者，竟不與之穀。此甲寅正月，予自省署出差黃安北鄉時，紫雲區程石諸豪紳向予與段知事直陳者，予一笑而已。知事傅君，在任八月即去職。繼任褚辛培以予係部委，到任報省仍留予兼司法，謂輿論對予有好譽。予雖青年，亦相倚重。褚君亦任八閱月而去職。繼任者江陵曹履貞庸懦無能，心存貪墨塗經，不信忠直，嗣與予不相能。癸丑九月，予遂辭職，到省辦教育，遂素志也。

離安署後，縣中以父母年老而夙債尚未償清，學校薪資僅恃父親醫道收入，感不足。如是臘月間省署有陂安麻三縣查禁煙苗委員之任，薪優厚，四月竣事而父欠陳債償清。再就本邑中學教員，養志承歡，定省之禮無缺，天君快然。

自辛亥八月得咯血疾後，身軀消瘦。民元政體已變，凡事革新。白日則辦公室中，自誓不得案有留牘。夜間受理民刑各案，研詢兩造情況。戌初庭訊，子正退席，倦極思臥，致三年間身體不能復原，血疾亦時發未愈。次晨尚須簡書昨日日記，不敢荒怠自修。公餘吟詠，存稿二卷。

本年日記，記載縣政、司法、社會情況甚多。北京黨報完全贈閱，《湖北公報》按旬派消，署中自定漢口《中西報》一份。朝野政令習俗時時改變，予爾時雖病軀，而腦筋記憶特強。此一年之閱歷經驗，甚於讀書三年也。

黃安無古跡，城內南門樓有董文敏手書額。距城三十里五峰山，署後院可遠矚之。天台山爲著名勝地，耿定向晚年講學於此。耿號天台，以山得名，亦曾約當時怪誕著作者李卓吾居山數月。予過此，係秋間勘命案。以山下天熱，思急返署，滿擬次年春間專遊，失機會後竟未訪覽，至今心中怏怏。

父親寄安署手諭，本年有三十餘封，連同次年致黃陂、麻城函數件，均另黏於一大册中。偶檢讀，舊時事實如在目前。王壬秋云："雨中無事，檢自書日記觀之，如讀異書。"予漫記壬子日記畢，亦有同此心理。

戊子秋八月下旬峙山老人記於省寓

正　月

朔　甲子日干　新曆二月十八號　新曆二月閏　共二十九天
西曆爲一千九百十二年　星期日

三時起，進香畢。四時隨父親至百勝廟進香，並帶外甥艾厚訓同行。敬謹向岳忠武穆王前拜跪進香畢，轉至仁壽宮祀藥王。歸後，與父母行拜跪禮，拜年，又與大姊拜年，進茶果，天未大明也。十時出外，至各親友家，僅飛名片拜年。在二叔相丞家略坐談。在程松年師家拜年後，談甚久，並云初四日赴黃安任。師母盛太夫人素愛予，獎勵備至，謂早料必能出仕者也。予今年廿六，讀書教學已十八年，父母亦以予此次能得一官為慰。五時半方歸，足力已疲，九時即寢。

初二日　陰晴不定　午後大晴　二月十九號

八時起，出門拜年。昨日未便路者，今日一一補之。午後袁夏生來，留之飯，約定初四首途。今日來拜年者多。汪小軒欲予帶之至安署，予約以緩一步。許叔文來坐甚久，彼工商中人，能認識世界大勢且篤於世誼者。彼幼時為父親弟子，故能為榜書，甚佳。其他親友僉請帶同往，予僅許內弟萬景祥隨後來，惟彼讀書不多，似難於位置之高低也。餘時仍與父親商定到安時如何佈置，如何批判公事。一行作吏，以年輕初任，實有不勝任之懼耳。早寢。因予咯血疾尚未瘥，父親立藥方數紙，以便將來在安署做丸藥吃。

初三日　雨　今日雨水節

早，來客甚多。劉幼浦來謀事，予婉謝，謂俟到安署後再函約。請夏生吃春酒，並囑其將行李準備齊。先祖母忌日，晚焚楮具包袱酒肴祀之。先祖母晏太孺人丙戌正月初四子時卒。

初四日　雨　二月廿一日　星期三

早起，準備出門各事。予丁未四月出門往開封，未帶人，無伴侶。胡林稚香兄送我在漢口搭京漢車，淒涼殊甚。後見內弟萬景祥，乃呼與談往汴就事，是時年僅廿歲。今日籌備赴任，心中甚快慰，父母高年之心也。正午余泰和請父親診病，得脈金二百文①。又西街嶺徐姓來接，得一百六十文。均較舊年增加。晚間至程松師家略談歸。

---

① 當時二百文可買米五升；買肉三斤餘；柴四十斤；油條三十七根；菜油五斤。——作者批注

初五日　晴　二月廿二日

早起，出門之事俱已辦好。連年家中受窘。余請父親今年對於診病少應酬，出城診病即須轎子。老年人更宜休息，況父在病後，一切飲食均未復原，不過因余去臘得官心慰無已。以後菽水之歡，粱肉之養不愁，望父親注意調養，免兒在外時時着家中急也。王子恒、小軒、幼浦各至好同學均來送行，一一謝之。晚飯後至夜十一時，與父母商量各事，佈置行裝。囑夏生明日同乘民船到團風，因小火輪已停班。許叔文願送余到其店内住半日，可感也。

初六日　晴　午後陰

早起，夏生已來。略進早點，父母送余出門，口説許多吉祥語。囑事順即迎養署中，頗呈歡娛狀。出北門，已雇定民船一隻，朱傳芝族祖爲余説定船價。即與叔文、夏生上船，開行風順，到團風鎮午後三時矣。許二哥具午餐。五時與叔文、二哥等同出街雇轎子，伕子懼兵差不願往黄安。且與夏生同行，需五人。川資帶少，不夠途中用。乃雇兩把手車二乘，既坐人，又置行李，安臥而行，用費六串餘可到黄安。聞一天半即可抵任。議定後，沿街一遊。各家尚閉户過新年也。承平之象畢臻。晚宿許二哥店，承其招待。十一時睡後，不成寐。余每次出門，夜不成寐，竟成習慣。

初七日　晴　星期六

早起飯畢，叔文送余至新洲大道，分手時揖余曰：願指日高陞。與夏生珍重數語，遂乘車行。車夫二人身體健，遇走上坡時，余等下車步行里許或二里不等，亦且閒適。沿途均呈太平象，清社已屋，或者民國可安定歟？與夏生沿途談話，除車夫及余等中途茶食小有耽延外，餘均趕路。下午六時抵柳子港，黄岡小集鎮也。寓飯店中，晚飯後與夏生略談遂寢。店主酷嗜鴉片，見余等疑爲軍官，甚懼，吃烟頗密秘，説話聲小。

初八日　陰　晴　午後三時微雨　二月廿五日

早起，今日行路，小山坡極多，車不易行。余下車，以足力不健，且大病後，行鄉間山路極以爲苦。車夫謂前途無店，今日行六十里即就此地宿，名新店，入黃安縣界矣。店內極穢不潔，又無他店可尋。晚飯後早睡，聞距黃安縣城只四十餘里。

初九日　早陰　小雨時作　午後大雨　二月廿六日　星期一

早起，催車夫速行。抵達黃安城外飯店中，與夏生小憩，清檢物件。囑店家派人引余攜公文到縣衙。街道爲馬鼓石築成，極難行。至衙內號房投文時，見端屛知事正在坐堂問案。案小堂陋，真小縣也。號房進內，旋秦西齋、李香渠兩同學至堂前歡迎。余入內坐後，傅端屛已退堂，見面談各事，問武昌信。飯後，吳進三財政科長，傅尊五爲端屛叔父，任承啓官，李幹青同學任科員，耿小堂爲文普通畢業者，俱爲本邑人，均進見略談。余居端屛對面大房，甚軒敞，惟無地板。隔壁一房稍小，馮小初辦公地也。余囑小初搬出，以此房住夏生，當即飭差將其行李自店搬入署內。晚飯後，一切佈置已定，與端屛談二小時遂寢。

初十日　陰

早起，稀飯後與夏生出街購零星應用物件。牙粉玻璃盒裝者，僅五十文。又買杯盤二套，刻圖章三枚。一切物價與武漢同，且有較廉者。以余初到此縣，多不認識。下午接見各科員後，仍與夏生同出至各街買用品，並訪風俗。蓋坐堂問案後，即不能外出也。明日下午再外出拜客，今日尚不便閱看公事。書記長馮小初，城內人，公事熟，原爲刑房吏，文筆通順，聞應試曾挂水牌，可望進學之人也。署中多本邑已入學，在省住過學堂之人。端屛知事由旅省同鄉張國恩、董用威、王書華等所公舉，故署中人張月仙爲梅仙之弟，董采臣爲必武之父，張肖鵠薦其兄仁山充收發。餘爲劉煦、鄧林友、張從洛、黃仲友，除端屛自帶之庶務、監印等十人外，無一非張梅仙、董必武所薦者。傅係初爲官，不能不表好感於黃安。且渠前請指派梅東宇同學爲黃安書記官，部中斥其指派爲妄。余初本欲爲上府縣知事，又嫌路遠，親已老，乃派孝感縣書記官。又以范鴻鈞知事係同鄉，不便做事，乃由肖鵠商改派黃安者也。午後五時，與夏生同出買臉盆、毛巾、牙刷等件，共去價一串三百文。

十一日　晴

早起，向署內各科訪問。內務王連翹，兩湖同學，亦張梅仙所薦。財政董采臣，必武之父，清附生，有文名，八股文極佳，年已五十餘，聞家甚貧。告余以財政情形，然亦不甚熟。問何辦事員，甚清楚。何原係戶房吏，寫作俱佳，亦應試未進學者。余囑夏生與馮、何二人訂交，可學習公事。

十二日　晴　新曆二月廿九日　此月閏故多一日

早起，余慮咯血疾發，與端屏商議休息二日。余以初到，須清理舊卷，例案、批牘等擇要閱之。書生初做官，且兼理民刑訴訟案，與知事平分責任。署中無刑幕夫子，僅傅尊五做過小官，公事尚熟。余時時訪問之，然尚不及小初之純熟。不得已，迭翻閱舊卷及民間所遞狀紙、前刑幕批判，細心體查已解六七，略有把握。擬三日外即坐堂審案。安邑夙好訟，端屏每晚坐堂審六七案。惟彼口吃，極欲余分責任也。余急欲寫一詳信報知父親，今夕用紅箋已寫一半，疲甚遂寢。今日端屏已呈文內務司報余到任日期，提前爲二月十九號起程，二十一號到任。

十三日　陰　三月一日　星期五

早起，補寫昨日家信畢，又另寫二函附內，一致程松師，一致許叔文。下午一時與夏生外出付郵，郵票三分四十二文，與吾邑同。外書"安署第一次發"。買筐子一把，價一百文。再向北門、東門一遊，黃安城小街少，較之吾邑天淵之判，生意商店則不及四分之一，渺乎小哉！

晚與端屏、尊五商署中事。

十四日　雨　三月二日

早起，署中稀飯二桌如住湖堂，然余不願吃稀飯，勉強而已。端屏提倡平等，極力免去尊卑習氣，然矯正太過，以後必遭人輕視①。余則不亢不卑，蓋恐以後愈無上下之分。晚檢閱各類舊卷。今日下午發第二次家信，附說肖鵠已被排出司。

十五日　雨　寒　三月三日　星期日

早起，今日署中爲星期，例假。余亦未外出，尋檢舊卷，細心閱之，覺舊日刑名老夫子無甚妙術也。

十六日　雨　三月四日

連日清理各事已畢。發程松師、張肖鵠函，述到任後各事，均發出。李幹青來坐談，余詳詢黃安紳士勢力及舊風俗習慣甚久。縣衙門洪楊之亂未毀，矮小，則明代所造者也。晚寫家信。

十七日　陰　三月五日

早發第二次家信。今日晚九時審一竊盜案，又婚姻案，均屬小事。盜阮姓，笞後不能得實情②，仍押。

十八日　晴　三月六日　星期三

早起，午後閱狀子十三件，均批"明晨可張貼傳案，後天即到案訊辦處理"。端屏自去臘到任，力除積弊。因黃安旅省同鄉有權勢者，如張國恩、董必武、王書華諸人，主張拘訟棍，杜絕好訟之風。而歇家尤惡，

---

① 法久弊生，去其太甚。尊卑禮節慢慢改正，且在心不在形式。端屏以後每爲該縣老幼侮辱之。——作者批注

② 此時未明令停止笞刑，向例獲竊盜必笞。——作者批注

皆賴兩造人久住城中，貪圖伙食、旅費，調解人多，原被告多因訟傾家者。端屏慨然以訟能早結，不使拖累。故每案一堂即結，省錢而鄉間感恩不淺。衙役、訟棍均恨無財可詐，無鄉愚可欺。此真"刑期無刑，愛民無訟"良法也，余甚佩之。余夙謂公門中好修行者。父親於余首途時，迭謂令人民無訟乃良吏也。

十九日　今日驚蟄　晴陰不定　三月七日　星期四

早起，至各科訪談各事，人情風俗尤須詳詢。滿清衙門積弊大，今為民國，不可使黃安有冤民也。午後閱公文、稟狀子等，均批辦竣。接省垣胡太輔函，述謀事。報載，上月杪北京兵變，大約係袁世凱新策略也。

二十日　晴　三月八日

今已寄信二次回籍，久無回信。黃安至余邑僅二百四十里，郵路據說展轉相遞。郵政係一代辦所張姓，為商會會長者，曾派差問過三次，不得要領。心煩甚，余念父母年老，極不快慰。今日公事少。

廿一日　晴　三月九日

早起，昨批閱公事少。今晚堂訊案件三次。連日與端屏商酌案件，彼問三分之二，余任其一。因去秋大病尚未完全恢復原狀，余本欲代其多問案，而力不能也。報載，三日天津兵變。

廿二日　晴　三月十日　星期日

早起，黃安士紳秦鏡芳、秦西齋之父來見，與略談。惟秦每露說官司之態，余婉拒之，呼衙役看茶送客。此制度係前清例，甚好，可拒說官司者。報載，京令各省通知各縣停刑訊，此為善政也。

廿三日　晴　三月十一日

今日士紳李六先來見，李廷簫之後，報一官司，為田事，婉拒之。

晚八時劉譽棻來訪，劉昆圃之孫，素農之子。爲賣田事請維持，並敘及與同學黃孝徵爲至好。劉號伯英，在革命黨中有名。今日接程稚松自財政司來函。

廿四日　風雨　午後雪寒　星期二

早起，連日思家，頻與夏生言之，不知家中何以無信到。午後閱卷甚多。晚間審案三次，余以疾未痊，問話時甚吃虧。非原被告之真情已露，亦不必細詢也。今日報載，江西以李烈鈞爲都督。

廿五日　陰　三月十三日

早起覺寒。余今年二十六，以大病後未調理，奉檄來安以慰老父母。唐詩所謂"不擇南州尉，高堂有老親"者，恰合余身份。晚閱卷多，未坐堂。報載，九日廣州兵變，因解散新募之兵。

廿六日　雪　三月十四日　星期四

早起寒甚。余以寒家，雖童年入泮可喜，家實樸素。住學六年，從未穿過皮裝，今日山城作吏，仍是棉袍一襲。且性不喜西裝短衣。端屛備有此服，余甚鄙之，謂何必作態耶？晚圍爐與端屛、尊五談舊事。尊五述在西安與吾邑周作人、張渭泉均熟，此二人皆因張藻爲巡警道，去相依者也。

廿七日　晴　三月十五日

早起，望家信未至。接汪小軒自縣來函，紅長箋書，請謀事。並轉述王久旃自省回縣，語肖鵠、猷軒已下臺，住在公報館云云。今日再寄稚松函，詳述各事。報載，十日袁世凱在北京就任大總統。

廿八日　晴　三月十六日

連日望父親來函，至今已半月，未見隻字到，不知何故？心煩甚。晚間又寫一信寄家中。

廿九日　晴　星期日

早起，補昨信，述未奉父諭，及與知事現合意，辦公順手，薪水以部令未定，現暫支每月七十串文。不日擬請假，因公到省轉回家一視，請父親從速租屋搬家。另夾一函交汪小軒，此時暫無位置可安插。昨閱文件，批答甚多。得肖鵠函，謂已退往漢口興業里，與張樾共同辦報。

三十日　晴　三月十八日　星期一

早起，連日雪後晴。余身體稍好，擬往董宅奉看。又城內有教員江瑞生甚貧，能畫。李幹青曾介紹余與夏生均去過。余以兼理刑名，僅往談一次，恐彼亦有所不便也。接稚松復余函，稱官與隱齊，甚羨之。又附告二十七日"二次革命"，滿街貼黃乾元、張祝南、張樾、傅廷儀爲民賊之揭白，此蓋忌兩湖者所爲也。許學源與張真卿新加入維持教育，蘇成章已避云云。晚間坐堂審三案。

二　月

初一日　晴　三月十九日

早起。午後接朱清泉自縣來信謀事。余竟未接得家信，心煩亂殊甚。余前清讀書出門，父母甚念念。余出門住學堂，亦頻頻思家，發信極密，今何以如此耶？晚間批判文件甚多。周小村同學，江夏人，尚在署中謀事。署中爲徵收事，已刻糧券版，送余來一閱。最緊要之文，照新章合算。新章正銀一兩，完正稅二千六百五十文，學捐八百文，警捐一百文，由單二百五十文，共完足錢三千八百文，不准訛索。前奉省令，關於審訊案件，暫用前清律[①]。

[①] 仍引用清律。——作者批注

初二日　晴　三月二十日　星期二

　　早起，正辦公間，號房送來一函，係武昌家信，余喜甚。外書"倪二先生回府之便帶來"，細問乃倪旭端本家也，在余邑藥店幫貿，其人已回鄉，未見之。旋郵局亦送一信來，係父親正月二十日所發。倪函則正月二十八所托，五天即到。父親諭知余寄二次函已到，第一次則未見。謂在外縣辦事比省城好，要振刷精神，諸凡謹慎，各公文立簿以便清查，一切須與端屏磋商。家中均吉，現已租定古樓趙姓屋，年租二十二串八百，速辦搬家費。夏生已安置否？二十日午刻書。倪帶信，大意仍問郵信遲遲之故。今因寶芝生藥店倪生之弟回安，托寄數語。擬定二月十一日搬家。肖鵠人無恙，稚松已就財司書記。汝身體好否？又囑帶茶葉歸。二十七晚父字。又夾程松師紅箋一頁，慰勉有加，囑雇妥僕，以便黃安、武昌兩縣往來遞信等事。並示稚松就理財司事，少松閒住，少圖大姪在漢籌餉局任稽查收捐云云。閱畢，與夏生言，快慰之至。晚間批判文牘，至夜深方寢。今日報載，孫總統公佈《臨時約法》。

初三日　晴　風　今日春分　三月廿一日　星期四

　　連日鄉間均有人來署打聽稅契事。黃安稅契極□，前清無契尾，僅蓋縣印了事，弊端百出。各縣縣官交卸時，於送印期中，各契由門子送監印者蓋之，得多數錢盡歸中飽，於省庫解得三分之一耳。端屏商議，余屢欲回縣，可因便往省領稅契尾紙歸，甚爲妥便也。

初四日　雨　三月廿二日

　　早起閱文件。午後佈置往省手續、印結等等。今日端屏爲周小村餞行，具酒送川資。報載，三月十一，甘肅秦州另立軍政府，舉黃鉞爲都督。

初五日　雨

　　連日訟案漸少，批答甚閒，早結案確能使民無訟。與端屏商議到省領契紙，先到省城轉家。報載，北京以唐紹儀爲國務總理。

初六日　晴　三月廿四日

早起，佈置停妥，帶梅元隨公文七件，請領稅契，請示財、內兩司各事。衙門派差將轎子、挑子雇定，明日與小村同赴長軒嶺，到祁家灣搭火車。與夏生商各事。端屏談甚久乃寢。

初七日　陰　三月廿五日

早起飯畢，與小村乘轎，差梅元同行。出城經過村落，靜恬有太平民風。晚宿長軒嶺，黃陂集鎮，通漢大道也。旅店汙穢不堪。飯後天時甚早，與小村談各事。十時寢。

初八日　小雨

早起，轎行甚速。正午趕到祁家灣，搭京漢路火車。晚五時半到漢口董家巷悅來東棧張福蓀同學處宿。亂後相見，叙談歡樂。述起義時別後回長樂①事甚詳。余發信報知父親。

初九日　陰　小雨　三月廿七日

早起，飯後渡江。先至橫街萬發祥訪丁厚餘先生，渴叙別後事。厚餘告知劉汝璘、汝瓛、聶守經各同學時來其店云云。訪程潤生問各事。訪稚松、秋舫、肖鵠諸至好，俱見面。晚遂宿丁厚餘宅，其家新做之屋，樓房極佳。與談古玩書畫等等，承其招待極周到。就丁宅閱報，中央改各省督撫爲都督，以張錫鑾爲直督，趙惟熙爲甘督，閻錫山爲晉督。

初十日　陰　雨　星期四

早起，帶梅元往財司領契紙。到司訪稚松，又訪張眉宣、董必武兩

---

① 長樂縣民初改名五峯，以其與福建長樂同名也。——作者批注

秘書。並晤姚幹青，知其亦爲秘書。其餘熟人多，不能多談。李春萱、潘慎之兩司長幾忙得話說不出。必武代余補手領稿二張，在安署倉猝忘之。必武公事甚熟，余不知其何以能如此也。囑梅元詳細點數契紙五百張。余出訪泮香、南庶熙、陳穎生、李向榮諸同學，並助庶熙洋四元、肖鵠十元。晚仍宿丁厚餘家，談甚洽。借來報一閱，孫總統令，開放疍戶及隋民。又令外部禁絕販賣"豬仔"，保護華僑，皆仁政也①。

十一日　陰　三月廿九日

早起，將武昌各事辦畢。至磨石街十九號尋胡太輔，囑與余同回縣，以便赴黃安。下午三時，再至福蓀棧談片刻。晚六時上大輪船，九時船開，十二時半抵黃州洋棚。點清各物，太輔將買贈余之糕點遺在輪船。宿黃州洋棚。

十二日　陰　三月三十日

早起，雇船渡江回本邑。見父母甚康健，行禮畢②，慰甚。父問安邑各事。飯後商議搬家，明日即雇人辦理。父親問及，尚有手諭二封，路上相左。謁程師並萬宅親爹、岳母等等。小軒、幼浦及王子恒各親友均晤見。王利師及長輩均來談近事。縣中有報，已載各省議會選舉法。

十三日　陰晴不定　星期日

早起。今日約鄉間人幫同搬家，人數六，至傍晚已竣。余疲勞甚，囑太輔清理各事。

十四日　小雨　四月一日　星期一

在家中清理各事。午後奉看親友至好。晚八時與父親談各事。父親

---

① 行仁政之始。——作者批注
② 舊制子姪出遠門歸家見父母須行跪禮。——作者批注

囑余到安要請刑幕。母親及大姊與余詳說各事。外甥兒女均長大，余囑明年要讀書。長女純兒甚慧，與長子純學貌相似。余見之，每傷感學兒亡也。今日報載，有女子多人向參院要求參政權①。

十五日　晴　四月二日

今日在家未出門，清理各事，因回縣已久，明晨須返安邑。與父母商，以後還舊賬，以急者先付，如朱二叔、張二奶奶、洪小坪等家。借款已逾五年，其利息早已超過本錢矣。以後一切，余自節省將舊債還清，不令父親受累也。晚間清理各事畢，仍向至好處辭行。十一時寢，展轉難寐。今日在普山祀先祖父母、先叔墳。報載，魯督胡瑛辭職。甘肅、新疆兩省承認共和政體。

十六日　晴　四月三日

早起，與太輔、萬景祥一路下河，搭小輪往團風。父母送余出門外，余心暗傷，以此時未能迎養。內子僅有一女，為父母所痛心之事。使長子純學在，今七歲餘矣。到河干上小輪，上午九時半到團風。仍往許二哥店中小憩，將轎子、挑夫雇定。趕路到新洲宿，未能達到，僅行三十里。

十七日　陰　時有小雨　星期四

早起，人伕早行趕路。下午早到宋埠，住城外旅店。當即拜訪王福堂先生，余父執也。王昔待余甚好，余以伯父呼之。其次子成章與余蒙童同學，今日見其患肺病經年，消瘦甚。其家堅留余飯，太輔、景祥等俱在棧宿。

---

①　女子要求參政。——作者批注

十八日　今日清明節　陰　四月五日　星期五

早起囑轎伕、挑子急行，沿途少停，茶飯畢，急走。天氣漸長，余以早到心切。沿山多數人家掃墓，增多感觸。太輔等亦雇有土車分坐，隨轎急行。傍晚抵黃安署，身疲甚。飯後與夏生、端屏談甚久。明日將太輔補衛隊副長，景祥補勸業課書記，囑韓子洲特別指示。夏生交到父親自家來信二件，曾心如信、周斗丞信二件。父諭係二月初一書，云郵局信遲，書記官薪月可支百串。如批判不熟，檢老卷一閱，衙門公事乃架上師耳。下鄉勘案不可乘馬，此因端屏下鄉欲仿新派，乘馬數次。餘事均回縣時父親告之甚詳者。愛子情殷，處處見之。另一諭係十九書，云夏乃卿已委鄖陽書記官，在縣聞係夏乃卿愛好之語。董必武交稚松之款已帶縣收到。閱後身疲甚，早寢。

十九日　晴　四月六日

八時半起，身不適，擬休息一天。閱曾心如信，謂省暗潮極烈，誠齋仍在教司，賀方之新來群報館。周斗丞函由雲夢鄂軍五協醫務處發，係謀事。晚會計室補送旅費五串二百三十文。

二十日　晴　四月七日　星期日

早起。午後批簽文件。接李益三自省復函。王映樓述楊子槃師可來鄂，此人字劣，文太不通，似難有造進者。今午買藍布做信袋子，八百二十文。白布一丈，一串一百文。發肖鵠、稚松、汪鐵民片各一張。

廿一日　晴　午後小雨　四月八日

早起，至各課查看情形，囑各員注意時間辦公。與財課董采臣談甚久。午後批判狀牘。晚間審案二次，均小事。安邑現在訟事甚少。北京令蒙古王公派人至外蒙，勸其取消獨立。又派人勸西藏，亦同。

廿二日　晴　風　四月九日　星期二

　　早起，身不適，已發咯血疾。心懼甚，囑太輔、景祥時時來招呼。景祥勸業課書記無缺暫候，看警局開辦後如何。今日尚未寫信報告父親。下午接秋舫函，謂與泮香同住同榮旅館賦閒，欲借洋五元。劉介眉已到省。午後買白洋布、六百六十。藍洋布四百。做褂褲用。今日報載，令張鎮芳署汴督。蘇州兵變頗滋擾。清廷下令解散"宗社黨"。

廿三日　晴　四月十日

　　余因疾發多休息，文卷少看，不能坐堂問案。與尊五頻頻言之，亦囑靜養自痊。到安已四天，乃請夏生代余寫家信。慮父親疑，於信殼自書之。其中大意，太輔將來可調警署長，景祥可作司書，祖送兒須早上學。薪水支七十串文一月，太輔不久因差送錢回家，或由省萬發祥轉交，洋布帳及夾袍均做起。端屏所擬司法章程大受部駁，又有人登報毀其名譽。在宋埠晤見王福堂。葉升已回安署，帶到父新手諭並紅飯碗一個。今日為父親生日，未能進祝等語。今晨接陽邏電話，謂孫前總統昨已到武昌，歡迎者多。報載北京任王人文為川滇宣慰使。

廿四日　晴　星期四

　　早起，將昨家信發出。午後仍閱公事，批判照常。咯血疾漸好，以藕節煎水至深紅時當茶喝，心中慌已減輕三分之二。今日零用、糖食等件、發信共去錢一百四十二文。北京發表任陸徵祥為外長，趙秉鈞內務，熊希齡財政，段祺瑞陸軍，劉冠雄海軍，蔡元培教育，王寵惠司法，宋教仁農林，陳其美工商，國務總理兼交通，各長係四月一號公佈任命。

廿五日　晴　四月十二日

　　今日付裁縫工錢一串文。發丁厚餘一片誌謝。發家信，又黃牟魚同學一片。帶來父親所開醫方，做丸藥一料，一串百文。接陳穎生信，謀課長，並問端屏、西丞、幹青好。南庶熙信，已就蘄水調查員，並謝借洋四元。又囑與端屏商議，署中要請刑名一人。我邑刑名月薪四十八串文，我邑書記官未到。

廿六日　晴　四月十三日

早起閱文件。午後見客二次。連日天晴，思外出。以頻頻坐堂審案，市民認識者多，不便也。呼號房祁順引余出城，至沙河一帶看看鄉景而已。傍晚仍坐堂審案三次，甚微小之事，當堂諭即退下，否則趕出去。兩造無語退下者一案。此時政治，余與端屏做到使民無訟，而實黃安人民之好訟也。晚寫函復陳穎生。北京發表黃興爲參謀總長並轄兩江軍隊。

廿七日　陰　四月十四日　星期日

今日例假，署中各員散去，外籍人亦出外遊覽。午後余與夏生亦出城閑眺。晚寫信復穎生蔡書記往省，付洋五元請帶物。報載，升允已歸附。任胡惟德署外交總長，因陸已辭。

廿八日　晴　四月十五日

早起閱文件。午後與各課員談清代黃安各事。北方紫雲區、箭廠河、七里坪以上，民風強悍。然承平已久，地方尚相安無事也。復雲夢周斗丞函，請其安心就軍醫。南京孫公佈參議院法。又改任黃興爲南京留守，轄南洋各軍。並任徐紹楨爲參謀總長。

廿九日　晴　四月十六日　星期二

今日無多事，余疾已痊。午後與夏生外出看山水，遇熟人亦不多說話。清例：公署人員、刑、錢席幕友不與本地紳耆接談也。梅元送文到省，付洋二元、官票三張，囑其買物件。參議院議決，臨時政府遷北京，黎副總統解去大元帥職。北京改任施肇基爲交通總長。

三　月

初一日　晴　四月十七　星期三

午後仍閱公事，批判文件。現與端屏分工合作，機要文件歸余辦理，重要案件歸彼出勘審問。一以明責任，一以節勞也。今日黃安臨時參議會已成立，議長袁煌，號素書，清舉人，房縣教諭回安。副議長秦鏡方。秀才。報載，連日南京、江西軍隊，灤州馬隊均譁變①。任命黎元洪領參謀總長。

初二日　晴　四月十八日

參議會選出議員石以青、號季平，舉人，石焜之子，平安區人。謝炳耀、八里灣人。程子貽、城內人。黃仲雅。八里灣人。報載，南京禁止軍人組織大公黨。又公佈南京留守府條文。

初三日　晴　四月十九日　星期五

連日參議會議員來談，黃議員、戴子鴻、秦議長三位之子均與余同學，似來敘感情者。現在民國可不迴避。但關於司法說情，余仍婉拒之。余昨派專差赴宋埠買藕三百文。黃安無藕賣。今日劉介眉來函，住公報館，言去冬在襄陽。

初四日　晴　今日穀雨　星期六

早起清理文案。屬於行政者，一一辦出。關於司法者，一律清結。安署前清一案，官吏拖延不理，往往有拖半年、一年以上，命案則拖至三年以上猶未結，真所謂訟累也。老訟師吳某，吳澤香，隻眼人。刻已無事

---

①　各處軍隊譁變。——作者批注

可做。其子每欲謀事，端屏素拒之。此董必武、張眉宣在省與端屏屢次說明，須逐出城者，茲已服矣。晚間郵局送來父親第五封手諭，此次郵局來信快，手諭係陰曆本月初一所寄。已接得余第四號自署所發詳函。言景祥內弟於二月二十四生一女，又胡太懷要來就小事，甥祖送已在姚華甫處上學。我邑王知事雲龍一切與八鄉紳士公開，所以上司案情准駁，彼不任咎，真為巧避之人。孟復卿已委麻城知事。現在債主俱發，來家討錢。黃安已開征否云云。今日買藍線布，五百文，付裁縫工錢三串文。裁縫包工，每工三百文①。

初五日　晴　四月廿一日　星期日

早起，夏生以星期外出。余在署寫信寄家中，說明陽曆十六交董必武帶台票十張、洋元票十張，交程稚松轉家中應用。端屏已為黃安人上報詆毀，劉鍾秀又在都督府控告，攻訐彼帶來之江夏人，所謂一官十印。現在臨時參議會呈文到省，為之洗刷，大約無事矣。接稚松函云，董必武帶來銀元票十元、官票十串俱收到，不日交便人帶縣宅。北京任樊增祥為湖北民政長②。報載徐寶山取消軍分府。

初六日　陰　四月廿二日　星期一

早起，閱例行公文數件。各科辦稿均經馮小初書記長負責改正，余只蓋章，更改字句時亦少。午後接肖鵠信，云張榮三在收發處果有弊，請端屏除名。又謂彼與張樾同辦《震旦民報》。汪煜南信，述彼在軍事局步兵科充科員，蓋軍務司已改組也。又夏秋舫信，余托端屏之兄兌秋舫五元已收到。姚晉圻、趙儼威分任教育司正副長，專用老人。兩湖、文普通畢業者俱推翻，惟留郭炯堂總務科長，傅廷儀顧問，張繼煦圖書科長，許學源參議、張之鶴書記官，池召欽、曾誠齋及渠均為科員云云。

---

①　當時黃安縫工價每日僅三百文。——作者批注
②　樊增祥任湖北民政長，未到任。——作者批注

又接粮道巷二號王久旆來信謀勸業科長。報載國務院正式成立。南京遣散客軍。

初七日　雨　四月廿三日

今日梅元送公事往省，交其送各處函件，還汪煜南去年送余洋二元。余已就事，何必受人小惠耶。餘致復稚松、肖鵠、介眉、秋舫、茂林、久旆、程潤生。托買物件，詳細吩咐梅元各事。此人甚精細，膽小可靠。

初八日　雨　四月廿四日

早起閱文件。午後見客一次。晚間與端屏、内務課、勸業課商各事。晚間磨墨寫"心氣和平"四大字，張壁間以自警。報載，令蒙、藏、回、疆歸内務部管轄。任袁鴻祐爲新疆都督。

初九日　晴　四月廿五日

早起閱文件。午後與賬房商借支薪水，共八十七串文，以紙洋折合算。已將陽曆五月份上半月薪水向之預支過了。以紙洋六十五元付太輔。明天回縣送家中。並寫函詳父親三月初一手諭收到，端屏被誣告，内務司來文囑其自行稟復，黃安在省正人均反對誣告者。兒身體尚好，在省已購得參燕、蓮子等物，去錢七串。夏初各樣衣服已添就，家中官紗長褂付太輔帶來。景祥已就勸業課司書，月支十四串四百。太懷暫緩來安。景祥附帶三元回家。太輔來時須帶皮箱一口。寫就，交款與太輔，囑明天即行。梅元明天亦往省送公文，囑帶茶葉，並以錢八百買點心四包，另給六百文幫梅元火食。吩咐各事畢，心爲一快。晚飯後，以新晴，與端屏、夏生商定，今晚出外私訪一次。不帶人，只以衛兵一名隨後遙遠跟之。余與端屏緩出大堂，謝號房欲出問，余止之，囑勿外出。三人行經北門、東街等處，有月色蟲聲，行人少。經僻街，見有三人立談，似語官司事。余等匆匆過去，忽見方承宗急閃入一屋中，似覺余與端屏出署聞其談話也。此人端屏云在署做代書，有招搖情事，必革之。再轉僻街，循原路回署。久伏署內，今夕在外一遊。望鄉間夜色茫茫，心目俱快矣。十時歸寢，魂夢恬安①。

初十日　小雨　四月廿六日　星期五

早起。今晨太輔送款回縣。飯後辦文一件，閱卷，批答各事。午後接宋埠王福堂函，述前日快談，仍囑爲其子謀事。此函寫作俱佳，不知誰爲代筆者。報載，任唐繼堯爲貴州都督。黑龍江兵變。

十一日　雨　四月廿七日

早起，閱文卷，未辦之案即辦出。晚間審理王學堂一案。鄭遵緒出堂做證人，即代王興訟者，係武秀才。王學堂停妻再娶，先婚江南衛姓女，歸後又欲已定婚之張姓女過門，大小不分。余謂此案已二次批駁，囑汝等調處，不從。今必欲請斷，則兩方均不願居妾之名，且張女不願再入王門，解除婚約甚爲妥適。汝必欲得二妻乎？當堂判離張女，張家願意遵斷，而鄭遵緒不從。余欲押之，鄭乃懼，余令其書甘結。判諭立寫，宣示兩造聽之。中有"一子兩祧，律有明條；一夫兩妻，古今亦無此例"之句。又一案，兩親家因小孩即其姻姪。放牛口角相罵，徑來告狀。余詢之，爲去歲兩家開親者，略詢數語，逐出衙門。此真好訟之徒也。今日疲甚。報載，任柏文蔚署安徽都督。楊藎臣開去貴州都督缺。廣東舉胡漢民爲都督。

十二日　雨　四月廿八　星期日

九時起。今日星期，雨中無事，欲做雜詩，學姚武功體也。姚合爲武功主簿，有《武功雜詩》。第一首云："縣去帝城遠，爲官與隱齊。馬隨山鹿放，雞雜野禽棲。"余十五歲讀此詩甚愛之，今日所處境與地位與姚同，擬作四首以寄吾邑。報載，黃興倡議"國民捐"。又參議院將開院

---

① 此爲予在安邑快意之夕。——作者批注

於北京①。

十三日　晴　四月廿九日　星期一

早起，閱判文件。午後得群報館曾心如來函，述武昌學界事。又賀方之已辭主筆，往開封接其父去了。本邑汪小軒函仍謀事。報載，裁併江北軍政府。參院改選吳景濂爲正長，湯化龍副之。

十四日　晴　四月三十日

早起，飯後一人外出，至城外散步。帶傳達祁玉山祁已六十餘矣。出門，祁爲黃安衙門老號房，本邑情形熟，然不敢説訟事。余畧探試其心理，彼已覺余雖年輕做官，不可欺也。故屢探渠竟不敢言，只畧説北街董采臣書香人家而已。午後歸，得省城周月亭、趙茂林函，均謀黃安勸業課長。不知部令須由知事兼，不支薪也。今日復周月亭函，謂課長由知事兼，無薪水。

十五日　晴　五月一日

早起，飯後閲文卷，批各事。報載，江西玉山兵變。禁以武力迫脅議會。參院決議國會採用兩院制。

十六日　晴　五月二日

早起，乘輿至中和司勘命案。傍晚歸。吳元伢墮水身死案，晚間與端屏、尊五談此案甚久。

十七日　早小雨　午後晴　五月三日　星期五

早起。連日官司又見多，批判仍由余辦理，尊五略幫助。馮小初公

---

① 是月方作詩遣悶而已，端平、夏生均不能詩，予作就另裝一本存之。——作者批注

事熟，以其爲城內人，且充過刑房吏者，一切不能使彼與聞也。太輔下午四時回署，攜有父親手諭，謂銀元票如數六十五元收到，董必武交稚松之洋尚未轉下，端節仍要帶錢回家。官紗長袿及皮箱均交太輔送來，望帶茶葉數斤。余細問太輔余家中各事。今日另給公役鐘應元錢一串，此役年十五，甚慧。報載，新疆袁鴻佑被戕。

十八日　晴　五月四日　星期六

早起，處理例行事件。午後得周斗丞函，仍爲謀事。北京任楊增新爲新疆都督。

十九日　晴　五月五日　星期日

九時半起。晚睡遲，春夢多，每每疲而不能起。余身體自去秋大病後，消瘦殊甚。又以家累未能時時去懷，父母老，陳債不能早償。身雖年少居官，旁人稱羨虛榮，余實心苦，未獲一日安閒。況父母時以抱孫爲望，余亦未攜眷到署。父諭送眷，余每托詞拒之。夏生明日回縣當再轉述。

二十日　晴　今日立夏　五月六日

早起批閱文卷。午後寫信。明日夏生請假歸，請夏生帶信父親，細情則請夏生面告。胡林太顯前日來署，余補一雜役或警署巡士，彼均不幹。彼不能做中等事，欲歸，遂聽之。寄回茶葉二斤。午後接何仲雅自衡陽來信。云五月半自衡回漢轉回常州。仲雅花卉極佳，惜余當日未請其畫大件也，小扇一把已失去。報載英人進兵片馬。俄人在哈爾濱北驅逐中國軍警。

廿一日　晴　五月七日　星期二

早起。連日春晴，署中軒敞，桐高二丈餘者六株，榴高丈餘者四株。右園在上房隔牆，亦多雜樹，野卉錦葵叢生。將曙時，衆鳥咕咕可樂也。

山城樸素，此真爲官與隱齊也，然不能解余心苦悶。晚間批閱文卷甚多。

廿二日　早晴　午後雨　五月八日

早起。昨日傅端屏送張榮三全薪並餞行，余因送禮物去價一串文。榮三確有舞弊情事。

廿三日　晴　五月九日

今日買桂元及洗衣費、糖果等，共用四百文。連日身體疲軟，而公事又不能請人代理，心煩意亂。明日赴鄉。

廿四日　雨　旋晴　五月十日

早起，帶衛兵，乘輿赴八里區勘命案。余以身不快，一日仍趕回署。今日見鄉村景，輿中得詩一首①。

廿五日　晴　五月十一日　星期六

早起，至後園散步。飯後見客二次，爲田賦欠繳事。余不願見客，端屏不在署，課長又不便見，客去不記其名。文卷批答已存檔案，且立有簿冊，更不必記。惟思父母，父諭來當節錄之，余寄稟者亦擇要記之。與曾滌生之日記不同，誌私人德行生活行檢而已。詩文則書有另本，亦不必記。倘能立志無間，一年自有一年可記者在。此余日記之本旨耳。接父親三月十八手諭，茶葉收到，黃州兵欲變，現已調赴麻城。

廿六日　晴　五月十二日

早起。再閱父親手諭，示余有警惕之語。謂吾邑新來書記官方小山，漢陽人，署中人對之不滿，蓋未嘗學問者。抑思學問無他，顧在人爲，

---

① 以後作詩□稿，囑錢祝三爲余謄正。錢君浠水人，抗戰時予在荆州尚晤見。——作者批注

若果振起精神，遇事研究，不因循，不畏難，無入而不得焉，何事不可爲之。不知心愈用則愈靈，神愈振則愈足，汝亦宜留心。又屢以外債未清爲慮。噫！余代父所負債，何時還清歟？北京任胡瑛①爲新疆、青海屯墾使。廣福爲伊犁鎮邊使。鍾穎爲西藏辦事長官。

廿七日　晴　五月十三日　星期一

早起，閱昨未竣文件。連日心中煩躁。將起時即望壁上"心氣和平"四大字，以抑余氣。

廿八日　雨　五月十四日　星期二

早起，閱文件。下午有刑事案須訊，余以病愈未久，請端屏詢問。前次勘案受病以後，勘案亦由彼去辦理。今接秋舫來函，述教司暗潮仍烈，真卿、耀南、召欽、介眉均改科員。老派人郭炯堂科長已丁艱回郢。劉文卿、胡柏年爲參議，李廉方爲秘書，劉小南爲課員，此兩湖系之勢力。又一函同時到，述張福蓀做茶生意，肖鵠辦《震旦》報，秋舫仍爲科員。所述與余有感情深交者十人。

廿九日　晴　五月十五日

早起，午後寄張福蓀一函。晚間靜坐養神，連日胸膈作痛，望壁上"心氣和平"四字，每每作退步想。報載，任吳鼎昌爲中國銀行監督。蘇州先鋒營謀反解散。

三十日　晴　五月十六日　星期四

早起，寫大字二張以收心。午後仍閱卷，擬批語。此月三十天，晴天佔二十二天，真好春景也。黃安菜麥豆均好，天佑民國歟？

---

① 胡瑛自辛亥起義，迄至死，變幻百端，可恥之人也。——作者批注

四　月

朔　晴　風　五月十七日　星期日

今日無多事可紀。下午得稚松函，謂董必武交款已付衛子良帶回縣交父親矣。

初二日　晴　燥　五月十八日

早起，閱公事。連日重要民刑案件極少，僅些小事批駁，令自行調解而已。鄉間農忙，訟風漸息，亦一原因也。余則賴此時間休息，免操心耳。

初三日　晴　五月十九日

早起。今日石議員際平來坐談。每每談及傅伯新爲余之戚，與其弟以素爲至友云云。

初四日　雨　五月二十日　星期一

午後李蘭亭議員來談，云係支郡師範畢業生，任教習甚久。其子健侯現與程汝懷及際平之子石毓靈、毓秀同爲學生軍，守官錢局云云。因余爲彭梓芳學生，程、石亦梓師學生聯關係也。參議會中對余極表好感。

初五日　晴　今日小滿　五月廿一

早起，閱文件。連日都督府、司法司均有來文。各縣成立初級地檢廳，署中代爲籌借房屋。

初六日　陰　五月廿二日

早起，參議員石、李諸君來談甚久。石與余訂交似篤，署中傳達暗謂石係劣監，不可交。

初七日　雨　星期四

早起，命馮小初整理民刑案卷分類，以便調閱。余本非素習公事者，以司讞關係，不能不研究。

初八日　晴　五月廿四日

早起，一人出城吐納空氣，兼訪鄉間人情風俗。東門外，米店雜糧極多，生意極熱鬧。此山城小縣，民俗純厚且富有，真太平氣象也。

初九日　晴　星期六

連日籌備司法獨立，署右之典史署已照審判廳例，修補改造爲高櫃台式樣。

初十日　晴　五月廿六日

星期日，余不外出，避與士紳途遇不便講話。今日接余邑朱純愚自縣署來函，已就武昌縣督學，已晋謁父親二次。余邑視學薪少，甚難辦。

十一日　晴　五月廿七日

連日鄉間望雨。安邑爲山縣，山田佔三分之二，此時渴望甘霖也。今日到小學看彭梓芳師、李蘭亭校長，坐談甚久。董素懷茂才爲必武胞叔。方孝廉家矩，號小川，教文學，人極老實。均有文名，惜未在省城住過學堂，只能在縣就小事耳。午後接劉介眉函，述及余訂蘭譜七人中有六人在武漢，肖鵠、秋舫、泮香、介眉、耀南、福蓀。僅餘一人在黃安。閱後悵惘久之。又接秋舫函，張真卿、李少之已停職，係女師校長吳洲卿所控。又接南庶熙函，已就蘄水縣中教員，其兄旭初就海軍部秘書，月薪二百四十元。其姊丈湯薌銘已被任爲海軍次長也。

十二日　晴　晚月色佳　五月廿八日　星期二

早起，寫家信寄父親。言端屏控案，内務司已派科員李廷珪廣濟人。來署徹查。書記官薪水，黃安等二十六縣爲中縣，大縣江夏、夏口、宜昌、江陵四邑。月薪六十串文，已減十串。家中外債及開銷，端午前三天派太輔送回。余煥文已就本縣勸學員。並剪報載薪水表附函内。又請撥四串與景祥家濟用。當晚送局發出。

十三日　晴　晚月色佳　五月廿九日

早起，今日有財政案件。下午訊問未押人，小事也。而田主必欲懲佃户，余向報告人斥責數語，命退下。近日鄉間農忙，以小事興訟者，皆訟棍刁唆爲之，余甚痛恨也。晚間思家甚。

十四日　晴　晚間好月色　五月卅日　星期四

早起，囑馮小初急速將司法卷宗辦理清查完竣，準備移交。謝炳耀、號映軒。張四維。號靜軒。均向余托薦人與地檢廳。

十五日　晴　五月三十一日

早起，九時帶傳達謝升外出，至河干及五里外之田地處一看。鄉間以天晴太久，恐爲旱災，鄉民車水不停，厥狀甚苦。甚矣！此地有靠天吃飯之諺也。正午回署，與端屏言之，須設法補救。今日支錢二十串文，補足五月份薪。得秋舫函，勸余勿舍政界謀學界事，與端屏好好商量，分工合作以養身體，勿過勞。又云肖鵠擬開辦江漢公校。今日黃仲郢、蔡蔚階同函，薦蕭宗望在地檢廳充書記。

十六日　晴　六月一日　星期六

早起。今日司法案卷已清理畢。以後清晨、夜靜余必留心閱看。知前幕友無甚本領，設不留心者，未能有濟。梅元明日往省，托帶各物，付錢一串爲路費，並買調病各物。

十七日　晴　六月二日

早起，閱內務、財政兩司改定各縣經費表，端屏薪俸可多支四十串，原支二百串。余俸減十串。原支七十串。現照中縣例，各縣職員伙食歸公算，每天一百六十文。

十八日　雨　六月三日

自六月份起，大縣只有四縣。特別小縣十三，秭歸、興山、長陽、巴東、長樂、宣恩、來鳳、咸豐、建始、鶴峰、保康、竹山、竹溪等。每月開支政費在八百串以內。

十九日　晴　六月四日

議員張四維、號靜軒。楊寶能號朗山。來謁，張云曾習過刑名者也。劉宗復、謝炳耀均同來。

二十日　晴　六月五日

議員秦延瑞、號傳三，秦西齋之父也。戴子鴻、黃仲雅三人均來訪，其子均與余同學有世誼。子鴻爲少三之父，仲雅爲小雅之父。

廿一日　晴　今日芒種節　六月六日

早起，聞鄉間天旱恐成災。黃安多山田，望雨甚急。"苟無歲，何有民。"真篤論也。寫家信一封，由景祥家信中轉遞父親，問及袁夏生之弟，自縣來函說軍隊不穩。近日天氣熱，不知去歲所當寧綢套子、紗套子當未滿期否？如能取，可改馬褂二件帶來。天氣已熱，需夏布長褂，紡綢褲子，又需夏布短褂、洋紗褲褂等等。請父親在縣預爲購定，候太輔回時帶來，舊四叉袍子亦可帶來。今日接曾誠齋函，教育司老少派爭權，擔心余疾，請保身。

廿二日　晴　六月七日　星期六

早起，囑小初將司法、行政兩部份卷宗分清楚，準備將來便於移交。午後接父親六月三號發來手諭，上次函家中收到，家中人口甚好。醫道甚好，張、涂、洪三家欠債催償，舅父因小表弟喜事亦代爲借款，共須百餘串文。景祥家中日食維艱。制服未有定式，衣服不可多做，存有用之錢，還清各債，以不欠人爲上着。茶葉、細麵爲黃安土產，太輔回，可帶十餘斤送萬大爹、二叔、舅父，此必盡之情也。暇時要寫字，讀有益之書，尋常往來，門面是八行信。家信每月要寄六七次。陰曆四月十八晚字。

廿三日　晴　六月八日　星期日

報載，俄兵侵入伊犁。公佈國旗、商旗並海陸軍旗式。山東省城爲欠餉，兵變。撤南京黃興留守職。

廿四日　晴　六月九日

早起，閱文件。聞鄉間望雨甚急，田中水乾，不下雨必成災。做官者望民富民康。年歲歉收，政治不易行矣。晚寫家書，稱端午可送錢百串回家，外縣人員每月須出國民捐。黃安茶葉五百文。

廿五日　晴　六月十日

早起，補寫昨未竟之信，求父親做丸藥一料。祖送能同太輔端節後來安住幾時亦可。家信第柒號。

廿六日　晴　星期三

早起，寫字三張，寫信二件，看《折獄龜鑑》初集頭本畢，《洗冤錄》畧覽而已。

廿七日　晴　午後雨　六月十二日　星期四

早起，批閱文件。夏生公事已熟，可爲余幫忙。馮小初人甚廉明，不多言語。關於民刑案卷，以後余亦不避彼閱看。桌上所置，從前須置屜中，現可不注意矣。午後天雨，鄉間農事有轉機，可喜也。接張耀南函，述教司事，彼所任科員爲創舉，甚清閒云。

廿八日　大雨終日　六月十三日

早起，閱文件，無多事。寫字四張，現已訂成大本，日爲常課①。今日大雨尤爲快意。此雨下後料鄉間無人來城興訟，忙農事矣。此不獨千萬□喜雨矣。

廿九日　晴　星期五

此月已了，今日支薪買土產，明晨命太輔送歸。下午見後院蜀葵已開，觸動故鄉之念。

五　月

初一日　晴　六月十五日

晨起，檢點各物，付官票九十五串，請父飭家中清紡綢褲、夏布短褂、蓆子、枕頭簟等件付太輔帶回。各處債未清者，今年一定寄錢還清。省垣司法司已派審檢書記官等來安籌備司法獨立，以後兒事清爽，可謂疾。又萬景祥附寄十三串。另帶白布半疋，此爲安邑出產。每尺四十五文。臥單一床，印花被面一床，煨葫蘆大小二十七枚，六安葉末二斤，又茶葉一斤。再就縣中添糕餅，分送萬大爹、程松師、吳舅父、叔文、

---

① 此大本子甲寅夏爲程松師取去未還。——作者批注

幼浦、小軒六處。此信昨請夏生楷書代筆，余事煩忙未能親寫。太輔匆匆行後，余仍睡三小時再起①。

初二日　晴　六月十六日

西藏兵侵入裏塘。奉天省城兵變，爲官長指派國民捐也。北京公佈國務院官制。准唐紹儀辭職。

初三日　晴　星期二

早起，督促小初將刑事卷命、盜、奸、拐分類。速結民事案未了者，急催過堂了結。端屏自被控後作事漸懶，查案委員去後，內務司亦無文來。何仲雅自省城□蒲新館來函，云十三日上午到鄂，下星期回常州。何書甚佳，余未能求之。

初四日　晴　熱　六月十八日　星期三

早起，批閱行政文件。現在訟案亦少，鄉間知司法快獨立耶？接秋舫函，念余疾未愈，囑保身。余自去秋八月十三咯血後，元氣已傷，頗難復前狀。眼疱凹後至今不起平，幾與前貌若兩人也。今日各員司本地人似均籌辦端節，余亦動思家之念。父母老，未能迎養來署，心尤抑鬱萬分。晚九時與夏生談各事。與端屏談，明日午節應辦酒二席，約各職員一叙，此亦人情也。余等年二十餘作官，慮人輕視，雖半年內外無閑言，稱余等確有本領，亦須藉以表示情感也。晚寢不安，作思親詩二首。詩另錄。

初五日　晴　今日端陽節　六月十九日

早起，各科職員來賀節。今日不辦公，正午二桌酒叙後，囑彼等各回家中過節，所謂王道本乎人情者也。端屏長余一歲，年輕做縣令。余

---

① 此一段情景記得清楚。戊戌四月十八午後復閱多感觸。——作者批注

爲審判官，辦理司法小心萬分，恐民有冤屈，損陰德也。從前恨衙門積弊深，況余住縣城內，尤深悉我縣衙門積習。今日司讞權在手，可以時時積善修行，凜遵父訓，時時未忘修德。午後與夏生同出散步，雖有旱象，市中生意仍佳。在董采臣、彭梓芳兩處略坐即出。前日已督促馮小初將司法案件清理完竣，準備移交初級地檢廳。

初六日　晴

早起，連日忙移交司法文卷，並爲該廳修屋，製器具。端屛自被控後，意冷心灰，懶作事。

初七日　晴　六月廿一日

昨日，陸續地檢廳來員。潘康國、號虎臣，天門人。尹朝楨、小邨，嘉魚人。鄒夢麟、號震軒，來鳳人。余愼修，號文軒，孝感人。均晤談。

初八日　晴　今日夏至　星期日

早起，今日爲余生辰，今年二十七初度矣。父母望余切，今幸作吏山城，家中膏粱文綉，雙親無缺，尚能心安，惟以未能迎養爲恨。傍晚郵局送來父親端午自家發來一函，云太輔送歸之款收到，城內生意發達。司法部派人來縣籌備，審判廳成立在即。學務籌備員有二十餘人，均本縣人，城內有程松師、趙茂林、周澤卿三位。朱純如視學來縣，住寒溪學堂。景祥帶歸之款，渠家中取當，已無餘了。家中餘款六十串，留還張二少奶奶及洪小坪混蛋之款尚不夠，相丞之款尚未還。紗套子滿期，不能取出。天氣熱，送兒不來安。醫道進款可敷家用。太輔今日天明私起往漢口去了，致將丸藥及此信遺忘，此人不可靠。郭正乾來縣就勸業科員，現已往省。附交太輔紡綢褲一條，去錢四串四百文。玉色夏布小衣料，夏布短褂一件，另給太輔買席子及枕簟錢一串。此信由郵局寄來。

初九日　晴　六月廿三日　星期一

早起仍閱文卷。鄕間農忙，連日未審案，心稍恬靜。今日接泮香來函，云到省三月餘，未就一事。姚晋圻排斥新人，專用老派。泮香擬不日回沔陽。

初十日　雨　六月廿四日

早起閱文卷。景祥接漢口信，爲渠新大方棧務登記事，須親往漢料理。已請假一星期回漢，尚須轉回本邑。

十一日　雨　六月廿五日

早起，地廳陳璧昌、_{號樸丞，孝感人，典獄官。}夏正鏞、_{號迪愚，孝感人。}沈焜_{仲端，孝感人，均書記官。}來署晤見。

十二日　雨　六月廿六日

早起。連日關於地檢廳新來職員，多與余接談。因端屏被控，恐不久於任。該廳來員維持以後接洽等事，必尋接談也。惟來者均初出茅廬，問之司法事均不內行，皆欲請余幫忙指示，非謙詞，亦實情也。晚間，畢鴻遇_{號和卿，蘄水人。}係新派監督檢事，聞前清以巡檢在皖候補者，書記官廖震_{號枚安，江陵人。}來談甚久去。畢與署中監印錢祝三爲同鄉熟人。今日聞電訊，襄陽府司令張國荃擁兵獨立。

十三日　陰　六月廿七日

早起。此旬余忙司法移交案件，從此不兼民刑案，余腦筋甚清朗矣。病後元氣未復，時時思休養。今日午後，忽思太輔來安未寫回稟父親，請夏生代余書之，恐父望回信也。述太輔帶件如數收到，景祥已於前日回漢口，紗馬褂已購就，司法廳已成立云云。郵局發出。

十四日　晴　星期六

早起。連日初級審檢廳兩方書記官及職員，時時來商撥經費事，説話多，余精神不濟。

十五日　雨　六月廿九日

早起，午後爲地檢廳撥款事來人多，余心厭煩，以後請夏生答復。景祥自漢口回署。

十六日　雨　六月三十日

九時起，閱《折獄龜鑑》半本。晚間地檢廳畢鴻遇來，囉囉嗦嗦半時去。該兩廳官吏無甚能力判案，安邑士紳大説壞話。

十七日　雨　七月一日

早起閱文件。前月所做白洋布帳，不放下，蚊蟲多；放下閉氣，不能安寢。以後有錢須做夏布帳。

十八日　晴　七月二日

早起讀書寫字，以後無事時，即以此爲常課也。晚以布帳熱不能安寢，起三四次，看月色大佳。

十九日　晴　七月三日

前日北京任陸徵祥爲國務總理。工商總長陳其美辭職，以次長王正廷升任云。

二十日　雨

北京通令各省禁止國民捐。此捐爲黃興所倡，害人不淺。

廿一日　雨　熱

早起讀書寫字。連日端屏所同來之江夏人員，與端屏在土地祠側小房中閉門爲竹戰戲，不怕熱。

廿二日　晴　熱

報載，准孫毓筠辭皖督，以柏文蔚繼任。湖北黎督請實行軍民分治。江西景德鎮兵變。勾結窰工。

廿三日　今日小暑　晴　星期一

報載，蕪湖兵變係廬州兵。洛陽兵變前清舊兵。正式加任命各省都督，廣西陸榮廷，雲南蔡鍔，四川胡景伊。

廿四日　晴　七月八日

各省都督記名：鄂黎元洪，湘譚延闓，閩孫道仁，浙蔣尊簋，贛李烈鈞，川尹昌衡，秦張鳳翽，粵胡漢民。

廿五日　晴　七月九日

早起，作字看書甚閒適。午後接陳穎生自廣濟縣署來函，知事阮希頓，黃安人。彼就統計課長，徐吉員內務課長，請調黃安。

廿六日　晴　熱　七月十日

早起下鄉勘案，晚方歸。身體極不適，痰中帶血三四口，寢後又帶指頭大烏色血一口①。

廿七日　晴　熱　七月十一日

早起寫大字三張，讀唐詩，看《黃安縣誌》約三小時。接秋舫函，謂肖鵠當選爲中央教育會員，尚有高建埔，係文普通所舉，不日入京。教廳又派胡柏年、李步青二人，頗難辦。又謂民政府七月一號成立，內、教、財、實四司歸併民政府。余畢業證書已發下，問寄何處因恐余欲寄家

---

① 此爲予在安發失血症第四次，以天氣熱所致。——作者批注

中云。今日痰中仍帶血。

廿八日　晴　熱　七月十二日

早起，痰中帶血二口。接郭正乾，在余縣縣署充勸業課長，寫文長至七頁，並述父親曾往縣署回看，精神甚好。

廿九日　今日初伏　晴　熱　今日星期

早起。連日以蚊帳太厚，閉氣，不能安睡，極以爲苦。今日倪君自我縣來，帶到父親手示。醫道甚忙，進款足敷家用。洪小坪款本利還了四十三串，張二奶三十七串二百。縣中雨水太多，樊口新築之堤已潰，北門、東門城門口已進水數日，情形大變。審檢廳在考棚改修。夏乃卿在漢口開旅館。在縣署充課員者，城內有閔孝師、涂郁廷、孟鵬臣，周澤卿專辦招待之事，內務徐仁菩，統計閔孝師兼，財政賀聖壽。胡太萬爲伊弟太懷求事。王利師在九江來信，請代謀事。程松師以少松津貼已停，不得意，下次來信須安慰問候以盡師生之誼。前未帶之丸藥，已付景祥帶來。另參鬚、杭菊、二花爲暑天代茶之用，不可食葷膩之物。宜讀書寫字，勿荒學問。景祥務須學習公事。太輔鄉間來信，現在被淹，胡林已被水淹。伊父母欲往省尋生路云云。五月廿六日父字。今日痰中仍有血。

六　月

初一日　晴　熱

早起未作事，靜養閉目坐。囑差買藕結煮湯。就藥店買燕窩，囑差摘毛蒸食之。

初二日　晴　大風　七月十五日

早起，心煩亂，請夏生代筆寫信寄父親。云端屏又爲黃安人控告，内務司必照准撤換。書記官一席，報載改爲秘書，受知事節制，候有明文再説。聞我縣籌辦中學，將來管教員須分得一席，兒即回縣充教員。陰曆六月二十前後，可寄錢回家還未了之債。噫！余就職半年，以其所得還陳賬猶未清。老父又以此債爲憂，奈之何哉！總之，債不可借，三年利已逾本矣。

初三日　雨　陰　七月十六日

早起。連日未作事，在室靜養。

初五日　雨　七月十八日　星期四

早起閲報，各縣書記官制度須改。民國初立，一切仿日本制，因日本知事有書記官爲之副，不過日不兼司法耳。余屢思入學界爲份內事，不願作此官也。午後接杜衛初函，云該宅《中西報》無存者，尋不出余著之《寒溪避暑記》原稿。接介眉函，述姚晉圻待彼甚厚。又接李益三復函，亦云《中西報》尋不出余之大地圖，不知兵士取去否？兩湖學堂紮兵三次，搗毀甚多。李函文字極不通。

初六日　晴　七月十九日　星期六

初七日　晴　七月二十日　星期日

初八日　晴　七月廿一日

初九日　晴　七月二十二號　星期二

早起，接秋舫來函，謂已探傅端屛必換。書記官改秘書有此議，尚未實行，張眉宣向彼面説者。泮香已就一師範附小教員云。

初十日　晴　今日大暑節　七月廿三日

十一日　雨　七月廿四日

十二日　晴　七月廿五

十三日　晴　熱甚

十四日　晴熱　七月廿七　星期日

十五日　晴　熱　七月廿八日

　　早起。飯後接父親陰曆六月初九手示，謂景祥於前月二十七由家動身。何以遲至初二尚未到安？朱純如視學係王知事向省指請者。縣中當十、當五紙洋俱不用。趙茂林及舅父墊款四十餘串，此月應還清。大姐舊疾又發。聞省垣時有風潮。

十六日　晴　晚月色佳　七月廿九

　　早起，寫信復父親，交夏生回縣之便帶縣。內述父親初九手諭奉到，景祥已來署，請轉囑伊家所存牌照切勿出賣。將來辭安事，不得賦閑。黃安視學已指請王連翹補實。夏生歸來，托帶官票六十串文。同學至好，如夏、易、張、劉均已就事。兒因五月二十六下鄉勘案始受熱，繼受涼，將舊疾觸發，今靜養半月已痊矣。惟中氣不足，照父親前開單，做丸藥半料正在服用。病中湯藥費已用去十餘串文，景祥又寄回十串文。晚以洋布帳熱甚，不能寢。

十七日　晴　熱　月色佳　七月三十日

　　早起天熱，昨夜又睡未安，今日精神極疲乏。午熱時，靜坐而已。

十八日　晴　七月三十一日

　　早起，寫十一號家信，稟明前日付夏生帶錢六十串，想已收到。近日血止，每晨喉中湧出白痰如燕邊狀。有人勸服京半夏，口嚼之可愈。請父親就縣中買半夏，付夏生帶安。

十九日　晴　熱　八月一日

早起，吐痰如昨狀，心中忐忑不安。

二十日　晴　熱　八月二日　星期六

早起寫字讀書。張從洛代余診脈一次，書云須服丸藥。遂寫信寄縣，請父親將藥做丸藥，付夏生帶來。

廿一日　晴　熱甚　八月三日

早起，接夏生自漢來信，云航業團事不可靠，仍回黃安就原職。

廿二日　晴　熱　星期一

廿三日　晴　八月五日

廿四日　晴　八月六日

廿五日　早晴　午後雨　八月七日

廿六日　晴　今日立秋　星期五

早起，寫字看書二小時。午後欲作立秋詩，以心不耐想而止。午後接秋舫函，謂端屏必換。余名義改秘書事尚未定議，請好好調病。又上海新民坊蕭安伯、興仲同來函，述亂後其父月貼彼等五十元。

廿七日　晴　八月九日　星期六

早起寫字二張。午後夏生回署，帶到父親手諭，謂張二奶款已還清，茂林款尚未交清。姐姐病現已痊癒，痰中帶血不甚要緊。前景祥帶來丸藥是補中之劑。不可習靜，猶須時運動。外欠之錢現已還大半，惟魚行之款八月間須還一百串。衛姓之款，本利還去十一串。我縣新知事吳仲榮已到任，審判廳已成立。昨日接到局遞十一號家信，與人接談不宜太冷淡，以免招尤。其餘家中事，均由夏生一一告之。余心乃安。晚寫信寄父親，言余病已好，飲食已增，請勿挂念。外甥兒女均應早與人家訂婚。另加致周斗丞及相丞二叔兩函。

廿八日　晴　燥　八月十日

早起，將昨寫第十二號家信發出。今日內務司又派調查員來安，查端屏控案，未來署中，恐報告不佳也。

廿九日　晴　星期一

早起，靜坐二小時。端屏與江夏人一連旬夕在後院小房內閉門抹牌，並不畏熱，何其苦也。

三十日　晴　今日末伏　星期二

早起，寫第十三號家信報告父親。謂端屏聲名大減，日夜在署內後院小房與江夏人抹牌，不似從前振作精神矣。晚節不終，亦異事也。內務司前天又有密查來安，未到署。余以現在位置不低，並請父親即日爲甥兒女定婚。世俗眼淺，兩甥爲余家所養，姐姐多病，姐丈早逝，不趁此時，難選好人家矣。另附一函致程松師，長六千餘字。述黃安議會無知識之議長、議員與端屏搗亂事。接常州何仲雅來函，問候之意。袁晴波時時來署，談不中聽之語。余正色拒之。此人即前充本縣警察署巡官者，爲袁議長之堂姪，欲端屏保署長，端屏未准者。因此深恨端屏，在議會致蜚語，令會中起惡感者。

七　月

初一日　晴　熱　八月十三日　星期三

早起，連日各機關、地檢廳、議會士紳因端屏被控不理事，競相訪余。以事接洽者多，均一一敷衍過去。然余病後，畏會客談話也。昨約照相者爲余照半身相。又與錢祝三、袁夏生同在桐軒小立，並照一相。

初二日　晴　熱　八月十四日

接泮香函，已就江漢公校校監，請催代招考學生。

初三日　晴　熱　八月十五日

早起。照相館送相來署，付錢去。與夏生同照之六寸相，余題於後面云：余在安署所居之室，窗外爲欄。欄前有桐一株，高可一丈。每當良辰美景，幽鳥和鳴。日午則清影拂牆，月夜則碧雲滿地。公退之暇，輒一憑焉，佇立遐思，悠然有出塵之慨，抑亦閒中佳趣也。茲以秋高氣爽，一二知己邀與雅集於斯，囑工攝影以爲紀念。立余左者爲錢友三君，蘄水人。其右則同學夏生兄，廬山面目也。峙山學人朱鼎元誌於邾官廨之桐蔭軒。

初四日　晴　熱　八月十六日

早起。連日均熱。端屏及江夏人均晚間閉一小室抹牌，不厭其苦。黃安既不能幹，但一日未交卸，即當盡一日責任，以免被安人訾議也。午後，士紳爲本邑來晉見者，數次均爲余敷衍而去。

初五日　雨　八月十七日　星期日

初六日　陰　八月十八日

早起，昨夜稍改涼，余寫字二小時。近來已有應酬，從前兼司法，原不爲士紳寫屏對、中堂等件。然在此已久，感情多，不能拒也。

初七日　今爲七夕　晴　燥　星輝月朗　星期二

下午七時，與夏生等在桐蔭下乘涼。因憶辛丑在高師塾中做七夕詩。有"珠簾乍捲涼初透，銀漢無聲澹不流"之句。時年十五歲。

初八日　晴　燥　八月廿日

早起寫家信，明日葉升出差到黃州，帶茶葉三斤，相片一張，並報告端屏辭職，內務司尚無批文。

初九日　晴　熱　八月廿一日　星期三

早起，囑葉升各語，令其面報父親。午後閱報，見端屏已換褚辛培矣，同時更易隨、安二知事。旋安邑士紳來訪余問消息。端屏怏怏。自是晝夜與江夏同來人員抹牌如故，且不閉門避余見矣。天熱如此，吾不知彼有何樂也。接郭正乾函，自我邑寄來。云父請伊便飯。吳傳榮於二十日接縣印。彼已辭去書記官一職，即往省謀事。在我家同席有陳子芳云云。

初十日　晴　熱甚　八月廿二日　星期五

早起，批閱文件。端屏托余諸事負責代彼爲之，余慮政事中斷亦不辭。囑彼趕快飭會計、庶務速急清理賬務、糧款、稅契等等①。並請夏生代爲加緊幫忙。

---

① 官場如戲場，有上臺時即有下臺日。奈何始勤終怠耶？端屏因是爲安人看不起。——作者批注

十一日　晴　熱　今日處暑　八月廿三

早起，寄十四次家信，云端屏已換，褚辛培爲後任，並換隨縣、長樂、安陸、棗陽共五人，書記官不隨知事轉移。

十二日　晴　極熱　晚月色佳　八月廿四日

連日城鄉士紳知端屏已換，來訪余問各事者甚多，一一答復去。

十三日　晴　熱　八月廿五　星期一

今日見客六七次。本邑士紳、學校教員、地檢廳來索經費，余負責答復。新任未到前，一律爲檢判二監督付清，勿過慮也。該兩廳主管均不識時勢之人，法政畢業，初次做官，社會人情不懂，遑問將來斷獄。

十四日　晴　晚月色大佳　八月廿六

連日鄉紳有來問信者，聞新任與黃仲郢爲同學，將來必住勸學所云。致函求黃轉薦事者甚多。

十五日　晴　晚月色佳　八月廿七日

早起，連日來客甚多，未記入。余囑會計、庶務速辦交代，催外欠。二楊均爲端屏舅兄，庶務太老識，會計則時時與端屏抹牌者也。午後葉升回署，帶到父親手諭，係十三日所寫。云前數函及各件均收到，帶來丸藥單子，命就安市藥店做。秋節在邇，非寄百串文不能了外賬。我邑知事係初八接印，周澤卿仍就勸業課員。閔、涂、孟諸人均辭職，郭星翹已回省另謀事去了。余問葉升，知父親甚康健，至慰。葉差帶回藕六筒。黃安人不吃藕，不種蓮，殊爲怪事。余以藕煮湯，節煎水當茶喝。從前發血疾，用此治之。

十六日　晴　熱甚　八月廿八日　星期四

早起，連夕熱甚。帳子極厚①，揭開則蚊蟲如織。中宵起視明月，倦則再睡，昏昏而已，眞爲苦境。白晝又須應酬見客，閱文件，催移交等事。端屛仍抹牌不停，噫！何所樂耶？今日精神極倦。

十七日　晴　極熱　八月廿九日　星期五

早起。十時張眉宣來會，知其昨日回縣。詳述端屛此次爲在省同鄉傾軋之原由，亦咎由自取也。彼云議會留既未准，可授意送一軟匾與端屛。余謂此看地方人公意如何，余雖與議會感情好，但此言不便出諸口也。

十八日　陰　大風　八月三十日

早起，寫十五號家信報告父親。言葉升各件帶來收到，張眉軒回安已晤見。云新任褚辛培，雲夢人，性情乖張。端屛近日不理事。純女不可包腳，二叔之款必還淸，甥女須早定婚等等。

十九日　晴　燥　八月三十一日

早起，警察局長盧汝淑號義初，沔陽人。來談甚久去。盧與我縣孟春溪、劉菊坡警官同學。午後淸理文卷，來客三次，忙甚。

二十日　晴　熱　九月一日　星期日

今日照常處理文件，分科速辦。端屛未交卸，政事不可中斷也。

廿一日　晴　熱　九月二日　星期一

今日，余發起閤署爲傅端屛餞行。照大相一尺二寸，中科職員均列

---

① 到安半年，積薪水以還欠賬，致不能添一夏布帳。其價當時亦不過五串文也。——作者批注

坐，後附政隊十二人，係宋埠雇人來照。

廿二日　晴　燥　九月三日

照相人送底片來看，甚好。署中職員，年最長者董采臣，最小者書記陳嘉言，均黃安城內人。

廿三日　晴　熱　九月四日

廿四日　晴熱　九月五日

廿五日　晴　熱　九月六日

早起，批閱文件。端屏不理事，偶有空閑，余即催會計處辦移交。午後接上海蕭安伯兄弟來函，詳述其近狀。連日熱甚，晚間仍至地檢廳與畢、潘諸人略坐談，彼等以安人好訟爲之頭痛。蓋均非司法熟手，批判出，每爲士紳所諷刺，而一案拖延甚久，又不能了結也。司法獨立，於人民添訟累而已。接教育司劉介眉來函，謂已收到余之相片。

廿六日　晴　九月七日

早起，接見安邑士紳、學界人數次，謂眉軒回縣，已運動安邑各界聯名向民政長、內務司長留端屏，但有效與否？顏面好看而已。余謂此事可行，只須議長領銜，也許有效。噫！何能有效耶？

廿七日　晴　今日白露　星期日

早起，接財司稚松函，問余與褚知事感情如何？云在介眉處閱過余相片。少松仍住測量局。張振武、方維在京已被殺云云。節屆白露，久晴燥，如此氣候反常，必能災害。

廿八日　陰　九月九日　星期一

連日事多。端屏不理事已二十餘日，一切行政事歸余一人處理。城鄉士紳、學界諸人，以余在安久，均來問訊，商議各項要政，致未中斷。書記官職權於知事有故障時代理其職，今端屏非故障也。不知彼何以鮮克有終，致安邑輿論，竟目之爲糊塗官。噫！人言可畏哉。

廿九日　風雨交加　九月十日

早起，氣候已涼爽矣。接常州何仲雅函，述吳兆屏畫人物須送潤筆，余已許之。今日復稚松一詳函。此爲第八次寄。

八　月

初一日　晴　九月十一日　星期三

早起，午後接父親手諭，係陰曆七月二十三自縣發，云褚非懦弱者，汝將來見面必知之。惟須心性和平處事爲要，與新任商議夏生、景祥之事，總要不換爲好。新任帶來朋友，不可卑亢失禮，亦以中庸之道行之。囑有便將舊皮臥籠袋帶回。

初二日　晴　九月十二日　星期四

早起。連日迭向庶務、會計催辦結束，恐新任來安，免致慌忙錯亂。現在議事會對端屏極有惡感，袁議長之姪組織多人要與端屏算賬。余已與學界吳少丹、耿小堂、老輩彭梓芳等，請約正人君子籌抵抗之策。端屏近兩月聲名尚無大劣跡，何至淹沒其正月初至六月之前功耶？清濁是非不明，社會上以正氣爲主。彭梓芳與余有師生之誼，學界上亦有權力，必能爲此事解圍也。午後接秋舫函，謂余相片已收到。介眉代余刻圖章二枚，已就教司事，又要裁人，彼亦恐被裁云云。晚，寫十六次家信，謂新任尚未到黃安，政費月准支一千零十八串文云云。勸業、統計兩課歸知事與書記官兼，不另支薪。

初三日　晴　九月十三日

早起，補寫家信，謂民政府催辦衆議院選民册，由省派來之旗人二百人已分鄉安插矣。此函今日發出。

初四日　晴　九月十四日

早起。昨夕學界吳少丹、耿小堂，俱文普通畢業者。今晨彭梓芳、吳校長來署，均云已籌得對抗議會之策，要與袁煌算議會之賬。知事怕議會，議會怕地方各界與之爲難，或可爲端屛解圍。惟李仙洲其人，以清代捐班知縣資格，爲衆議選舉事不滿於端屛，亦出面向議會聯合攻訐端屛。今日寄秋舫、介眉詳函各一。

初五日　晴　風　九月十五日

早起。聞新任已有函致黃仲郢，大約佐治人員已約齊，不久到任。寄稚松詳函。此爲第九次。

初六日　風　晴　九月十六日　星期一

早起。向會計支九月上半月薪三十串文，還前借太輔、祝三、景祥之款。

初七日　風　九月十九日

早起，批閱文件。下午程子貽、鄧海珊來云，明日秋祀大典，須籌備與春季一樣，請余主祭。

初八日　風　夜間尤大　九月十八日

今晚秋祀。十一時至聖廟行禮，安紳與祭者陳欽典等甚嚴肅。余與端屏分任主祭官，庭燎光大，風聲怒號。

初九日　晴

晨二時，祭祀孔子畢，方回署寢。九時半方起辦公。

初十日　晴　九月二十日　星期五

早起，囑各科將文卷什物等等貼條分類，準備移交。夏生亦幫忙督促，橫豎端屏早已指揮署中員役不靈矣。人情冷暖同屬如此，亦端屏不自尊重，專打牌混日子有以致之。連日心煩意亂。

十一日　晴　晚雨　九月廿一日　星期六

早起。接稚松自財司來信，述渠九月十五生一子。又云司內訐潘祖裕，黃安人均說余好話，在安政聲平和。又接余安署集詩。接純如自邑來信，云將視學員辭去赴省。胡立三、余炳炎辦學無成績，已停辦云。傍晚傳達祁順來說，新任褚知事已到安，住勸學所。余當與端屏商議對答各事，並囑各科準備月底交印。請小初料理包酒一席，言定價五串四百文，餞端屏。

十二日　晴　夜九時小雨　九月廿二日　星期日

早起。十時，褚知事來拜端屏及余，共談半時辭去。今日下午二時，餞端屏及其同鄉職員，一桌酒菜甚豐，席間多慰藉之意。且謂吾輩正是青年，不患無位，患所以立，孔子之言也，須謹記之。晚間與端屏同回拜褚知事，一切交代均面請仲郢代爲疏通。仲郢對端屏向有好感者也。褚謂接札已久，請早移交，囑梅元明晨到省。

十三日　晴　今日秋分　九月廿三日

早起。梅元昨往省，帶款繳《教育雜誌》開辦費九串六百，余與袁夏生共繳。囑買馬褂、藤包、茶壺，共六十串，另付川資二串。今日接南國鍾自北京蘄水館來信，已考取高等師範。又接介眉信，述肖鵠、泮香辦江漢公校。晚間畢鴻遇來，云須派土著小隊十名爲之守地檢廳及監獄。余囑備函來。又褚有函來催接印。余已與端屏商於中秋先交印。今晨傅尊五與吳書記、楊福階雇定車轎出城，被議事會派警士阻止在東門某店。尊五派差來趕緊請余去，見彼等已在議會傳遞室，與余說各語。余氣甚，當即質問議長，民國約法私擅逮捕，議長見過此條否？又交代自有知事、財政科長在安署負責，其餘俱以官話逐一問之，彼瞠目不能答一語。後由石際平轉說數語，余遂令尊五即行，免耽誤路程。甚矣！袁煌之糊塗①爲議長，安人何以舉此人耶？袁爲某科舉人，竹溪教諭歸縣，安邑尚有數舉人在。

十四日　晴　九月廿四日　星期二

　　早九時，褚知事着人來請余到勸學所談商移交事，並派職員及約定明天接印情形。余一一告知，蓋彼於前清考取郵傳部小京官，以日本法政畢業資格。膺民社則爲初任也。到關緊要政事，余則留意，未詳告也。端屏搬花廳住，續辦理未竣之件。

十五日　晴　晚月色好　今日中秋節　星期三

　　早起，衙役已打掃大堂、二堂、上房等處。大堂具香案，舉行舊儀式。十一時，褚就職。大紅紙寫"上任大吉"四字。張書記爲之呼禮，衛兵舉槍致敬禮。禮畢，來余室坐談甚久。其同來之程子道爲褚同鄉，大約能當家，問之亦僅在政界服務不久者。承啓係其姪婿，監印是其舅弟。晚間與彼商，仍留夏生爲科員。景祥能力太差，且各課書記均裁人，只好令其回漢另謀事也。且八月十二有人投匿名函，泛說黃安縣政從前傅任用人多，與褚攻訐夏生、景祥事少人多，蓋安署恐被裁者之所爲。

---

　　①　袁議長糊塗甚，僅聽其姪片面話，並未與各議員商議。——作者批注

十六日　晴　燥　九月廿六日　星期四

昨日梅元回署，帶回程裁縫潤生二十三日函，買就天青寧綢馬褂一件，去價五串八百文，又省中平静。署中未換員役，褚與余親促彼等照常辦公。昨夕在花廳與端屏、吳課長談人情冷暖事，差役呼之不應，曾有二人爲余大罵一場。余謂傅雖換，余尚在署，汝輩須有人心，勿再效滿清衙門惡習也。今日與近午亦頻頻言之，相與太息。

十七日　晴　九月廿七日

早起，照常辦公。安紳來拜新任者甚多，兼拜余面托各事，請與知事轉達一切，亦人情也。太輔在署，余囑其好好辦事。景祥余決意令其回漢，就本來差事。

十八日　晴　九月廿八日

早起。近午來人能力甚少。陳晴圃與近午係有同學關係，此人陰險，漢陽人，言大而誇，余甚防之。內務科亦非內行，嗜酒甚，作瘋語，閤署輕之。

十九日　晴　九月廿九日　星期日

早起。今日星期。近午循舊例，員役中各科留值日者一人。余以未兼司法，亦外出看客。晚歸，與夏生商酌景祥明日帶款回縣，寫信甚詳。大意褚君中秋接印，帶來之人均晤見，景祥已令其歸，太輔餉減爲每月七串。現在國會選舉已派員調查，組織黃安上級自治、下級自治、各參事，陽曆十二月須告竣。安邑議事會已露面與端屏清算賬項。新任對此亦不平。候家中外債還清，十二月即辭職謀學界事。夏生亦不能在此久任。寄回官票二十串，此月因添竹布長衫及馬褂等，又餞端屏行，用去二十餘串。附抄內、財兩司新規定每月政費表。又皮□籠袋一件點交景祥。十二時寢。憶今夕去年武昌起義，殊多感慨。

二十日　晴　九月三十日　星期一

　　早起，將昨函交景祥，囑託各語，夏生親送景祥出門。余帶來人先走其一，亦心中不快之事。午後接肖鵠自教育會來信，謂已得江漢公校校長職，地址亦覓得。

廿一日　晴　十月一日　星期二

　　早起辦公。新任到，亦無多事，訪風問俗，時與余談。覺其人尚無陰險態，安邑人前傳者過也。褚云彼與徐蘭如同學，最相契，與石鏡卿、杜雲卿均同學。

廿二日　晴　十月二日

　　今日寄稚松一函，此爲第十次。寄秋舫一函。此爲第十二次。湖堂同學交深者，夏秋舫、易泮香二君通函最多，同邑則程稚松最多。稚松同年入泮，城內人最相得。程松師與父親交尤篤，"兩代世交"，余與稚松之謂也。

廿三日　晴

廿四日　晴　十月四日

　　早起，清理案上文件。午後與夏生談話，估計景祥已到縣矣。早起與近午商以後對安邑整頓風俗諸事。連日安紳及各機關迎新送舊，具酒席甚豐，余均作陪。

廿五日　陰　下午雨　十月五日

　　吳繹如、江瑞生、王書華及學堂教習來談，並問端屏交卸後作何辦法。

廿六日　陰　十月六日

午後，安邑士紳及學堂教習來談端屏受屈，現欲組織十餘人爲之報復，與議會袁議長清算賬目。

廿七日　晴

廿八日　晴

廿九日　晴

九　月

初一日　晴　十月十日　星期四

早起批閱文件。今日到文多，應辦者分科速辦。奉省令，定今日爲國慶節，安署略舉行儀式而已。

初二日　晴　十月十一日

早起，接父親八月廿六日發函，謂景祥八月二十四回縣，款衣均收到。知事難做，各縣紳權太重，卑劣者參入議會，賢者難安其位。汝事宜耐守候機緣，萬不可輕舉辭職。汪小軒及舅父、二叔借款今秋須還清，端屏已回省否？父字。

初三日　晴　十月十二日　星期六

早起，閱文件。夏生已向近午請假回家省視，明後天即歸。余向會計借款帶父親還賬。

初四日　晴　十月十三日

早起。端屏移交快清楚，在縣已候二旬，親往議會算賬三次。李仙舟當面指斥過甚，李曾作縣官者，何必如此。端屏懦弱，余氣甚，每直言抗之。晚歸，與近午言，此人太壞須防之。李以共和黨首領自命，可笑也。

初五日　晴　夜雨　十月十四日　星期一

早起。夏生明晨回縣，余囑代筆寫家信一件，大意謂接父親手諭，知景祥帶物收到。端屏尚未離安，議會吹求，現已爲學界調停，賬目不符者甚少，署中江夏人自行告退。夏生調統計課員，事極簡。現正忙國會選舉調查，上下級自治要同時成立。安邑余、彭二紳、同學諸友、鄉間紳耆均與兒相得。阮次扶現任國會籌備所總理，位份甚高。張、易、夏、劉、曾、張文藻。每人月薪均有四五十元之譜，與兒薪相等。請父對兒生活不必慮等語。此爲十八次家信。與夏生面托各語。晚十二時寢。今日接稚松函，謂端屏托董必武，財政司文請必武向交代處關照，交案均已辦好。又起義門外馬隊暴動，已殺百餘人。又國慶日省城極熱鬧，各省有代表來。

初六日　小雨　午後晴　十月十五日　星期二

早起。夏生午後方行。與端屏作別，因端屏準備明日回省。余囑署中員役以鞭炮送行。晚與端屏談甚久。

初七日　陰　十月十六日　星期三

早起。端屏與僕從及黃安衛兵四名提早吃飯。近午與余及安邑士紳，如李蘭亭、石際平、署中鄧海珊、學界彭梓芳等三十餘人，均會合與端屏送行。商會張會長且排路酒。端屏行色不安，余謂此舉公道在人，賢良吏可爲也。鞭炮聲出東門一里乃止，余與端屏珍重數語，返署。近午送至城門外即先回。

初八日　晴　十月十七日

早起，批閱文件。近午帶來人少，程課長專招呼財政事。其人知醫，日日服補藥一劑，面色黃，據云服藥已成癮矣。前清廩生，所談不離乎《石頭記》，余已知其本領矣。飯後以茶漱口，謂《紅樓夢》中人均如此，可笑也。

初九日　晴　十月十八日

早起，至各課督促辦公。午後，衛兵送端屏者自祁家灣返署。端屏就棧寫手書付之帶余。謂十七號已抵祁家灣，當晚可回省城，請余關照其交代事。今日刻小名片及印，去錢四百四十文。又買洋磁杯盤一套，二百四十文。

初十日　晴　十月十九日

早起，接秋舫函，勸余切勿棄現職謀學界事。

十一日　晴　十月廿日

早起。連日公事清順，惟愁選舉事麻煩難辦。

十二日　晴　十月廿一日

"文不喜平，如對面青山，疊展瑞雲呈五色；吏原近俗，但盟心白水，比鄰官閣有雙泉。"前縣令作考棚聯也。

十三日　雨　十月廿二日

早起，閱文件。今日爲母親生日，余今年父母生日，俱在黃安，未能就家致慶祝，有忝子職。以官微俸薄，不能迎養到署，心中實所不安也。連日過勞，痰中又帶血，胸膈時閉塞作痛，就前單再做丸藥服之。

又買當歸、白芍等藥煎服。晚早寢，不安枕①。

十四日　雨　十月廿三日

九時起。今日休息，未閱文件。與近午談病狀，承啓夏君來，云彼夙有此疾，時發，安心調之亦不要緊。

十五日　晴　十月廿四日

早起，血疾稍輕，仍休養，未閱文件。

十六日　晴　十月廿五日

血疾未愈，終日靜養。

十七日　晴　十月廿六日

病中思及楊子槃師，作函詳報亂後情形，寄鎮江。

十八日　雨　十月廿七日

血疾略輕，因辦理眾議投票事，籌辦甚忙。

十九日　陰　十月廿八日

早起，接秋舫來函，借五十串，又薦其族兄不識字者來安謀事。此二事均不可能者，不知彼何寫此函也。余月入六十串，尚須除火食、雜用十餘串，安能接濟耶？接北京南庶熙來函，謂已考入法政大學，李少白②任陸軍部副官，蔣作賓所安置者，月可入二百餘元。許學源任中央新聞社長，月入五十元。戴孚夏、羅獻之、陳列侯三同學均在京謀事。

---

① 予每以勞即發失血症，在署已四次矣，今年七十三歲，記民十九年在皖城發過，五日乃止。此因心煩亂惡劉菊坡虛偽，對友不誠也。——作者批注

② 李少白即□一，現尚存，彼一生知遇係蔣雨岩，其後出洋由蔣送出也。——作者批注

午後辦理選舉事，小初幫助甚力。

二十日　晴　十月廿九日

早起，爲選舉册事忙甚。前二日已在外面雇錄事二十人，在署寫繕已齊，明日派胡太輔送黃州。

廿一日　晴　十月三十日

寫信寄父親，大意端屏已交卸回省。幸有正紳三四人及褚知事出面維持之，欠款百餘串模糊了事，皆兒請出彭梓芳、李蘭亭諸人表示威脅議會所得之效力。端屏走時，有多數人送行，甚爲體面，此則彼始料所不及者。安邑上下級自治局，限陰曆九月十八起，至遲十月十二要辦完竣。兒與知事分任其責。付太輔寄歸錢二十串文，餘候陰曆十月半再寄四十串。甥女要急於開親。畢業文憑已收到，隨後時有專差到黃州，附帶《湖北公報》及雜項章程共百四十本云云。此爲予在安第十九次發家信。

廿二日　晴　十月三十一日

早起，疾已愈。連日爲選舉忙，已告一段落。近午已赴各鄉督辦投票事，予代理縣事，報府備案。

廿三日　雨　十一月一日

早起，代理閱例行文件，判行發出。此半月司法有地檢廳，行政事減少。立法事大，三權分立之基，基於此矣。

廿四日　晴　十一月二日

接劉煦自麻城來函，爲永泰久魚行請佈告事。劉前在兩湖附屬小學與予認識者，亦曾在本署充科員短時期即往麻城。

廿五日　晴　十一月三日

近午在鄉辦選舉，署中諸事大減，予得以休養。

廿六日　晴　十一月四日

廿七日　雨　十一月五日

廿八日　雨　十一月六日

昨以無多事，寫家信，今日補成。大意謂派太輔帶黃州轉送父親官票九十串，帶單袍一件，請父親照此式買皮袍子。予今年二十七歲，未着皮裘，今日以現代官吏，必須此也。近午在各鄉未歸，署中仍由兒代理。又稟疾雖愈，早晚吐痰各十餘口，如豆形長者，透明狀，甚易吐出，請父親做丸藥帶來，以潤肺化痰爲主。

廿九日　雨　十一月七日

早，接近午自八里灣郵發一函，述投票情形，並請予在署偏勞，又請予緩日即赴北鄉監督投票。

三十日　雨　今日立冬　十一月八日

早，接稚松信，述曾回鄂城，見予父母均好。彼在司事如常。劉心源辭民政長，黎派夏壽康代理①。又介眉函彼不日到麻城整理學務。真卿來函，因李小元用名義薦人，已出教育司。彼代予在青龍巷刻圖章已就，候人到省取。又泮香自一師附小來信，勸予勿辭安署事，學界有新舊派之分。彼現就附小國文教員。晚間，近午自鄉歸署。

---

① 民政長劉心源辭後，夏壽康繼任，仍重清代資格。——作者批注

十 月

初一日 雪 十一月九日

早起，與近午商各事。監督投票，近午與予分任，遠區近午去。今日大雪，休息一日。

初二日 晴 十一月十日

報載，憲法起草委員會自行解散。因國民黨議員取消，國會停止進行，由會長湯漪宣告自行取消。

初三日 晴 十一月十一日

早起，接張文藻自教司來片，云彼病中未致函，現愈矣。問予與新任相得否？張真卿已就女子公校教員。予定明日赴各鄉監督投票，帶傳達一名，衛兵二名，輿夫長班四人。署事無人主持，僅托程科長、袁夏生招呼，逆料亦無多事。家信及各處來函，囑夏生拆閱，候予歸復之。

初四日 晴 十一月十二日

早起，乘輿帶同傳達、衛兵等赴七里區。下午三時到，駐大廟中。接見商會吳翠山名占鼇此人雖商人頗知禮節。及士紳方朋來等十餘人，商各事，準備後天選舉。

初五日 晴

駐七里區，接見士紳十餘次，事多細碎不能記也。鄉間食宿不便，且不應時。以後不必記。

初六日 晴 十一月十四日

駐七里區選舉，下午五時畢。

初七日　晴　十一月十五日

起程赴二程區，傍晚到。韓子洲同行，韓玉峰先在區招待，二人皆該區士紳，曾供職縣署者。

初八日　晴　十一月十六日

駐二程區，接見士紳數次。下午舉行投票，準備法令張貼。

初九日　雨　小雪　十一月十七日

上午，借得河口某商店《漢報》，閱後知國務院通令組織文官懲戒委員會，限定各省於本年內一律設委員會。

初十日　陰

今晚，選舉諸事畢，向各紳商議籌辦正式上級下級自治局，說明章則，選舉亦完竣。

十一日　晴

早起，往河口一遊。河口屬黃陂縣，市場鬧雜，黃安尚無此大集鎮也。晚赴高礄區宿。

十二日　晴　十一月廿日

駐高礄區，縣署鄧海珊爲此區人，先歸招待。接見士紳吳鐵城等十餘人。高礄區出功名，鄧姓有進士、翰林，在京作官者多。鄧小園即其後人。

十三日　晴　十一月廿一日

駐高礄區，先與士紳預商各事，示以辦法。

十四日　晴　十一月廿二日

早起，向高礄河遊覽。下午舉行選舉投票，結果甚佳。

十五日　晴　今日小雪節　十一月廿三日

今日舉行繼續投票。下午囑咐來人，兵役將票匭先搬回署，初選舉已畢矣。

十六日　晴

早飯後起行，士紳相得者均送予，此九閱月在此縣感情也。午後返署，諸事大忙，與近午及署中各員議各事。晚十時，分閱夏生代收予之信件。父親十月初二手書，十月初五到署中，云太輔初二到縣，收到官票九十串，家中人口清去。丸藥不久帶來，皮袍子係汪先生代看，藍緞面子係舊的。二叔之款要還清。囑打新墊絮一床，將舊薄絮換歸。縣中無新聞，初一日大雪，厚六寸。今因寶芝生藥店倪先生回縣之便，寄來丸藥單一紙，此人到署不可怠慢云云。曾心如自群報館來函，謂仍就報館編輯，已考入官立法政肄業。余前失之大地圖及書籍等，彼已代余登報徵求之。又稱教司裁員三十餘人。又楊子檠師復函，述起義時，倉猝離武昌至鸚鵡洲暫避，現任該縣議長。信長八頁，子師向待余厚，期望甚深者也。又秋舫函，述袁竹朋已向阮次扶托調書記官事，召欽、楷如兩處，彼代我催問。予到安後，托秋兄事最多，彼一一為我謀之，可感也。池召欽復函，謂予前存學務處之畫帖八本及大地圖，未能尋得。

十七日　陰　十一月廿五日

今日閱積壓公事一日。接夏生自縣城來函，說十九日已抵家，交錢三十串與父親，並問審檢廳已交代否？發第二十次家信，述下鄉辦選舉投票事，經過十三天之久。黃安退伍軍人二百餘，已經解散。

十八日　晴　十一月廿六日

今日閱文件，半日已清楚矣。下午梅元自省歸，帶回《民國公報》館傅端屏一函，云與肖鵠、蔡良忱同爲報館主筆，有悠然自得之意。下午到小學晤方小川先生，略坐談出。今晚夏生已歸。

十九日　陰　十一月廿七日

早起閱文件。明日又派人回縣，以錢不足數，借夏生九串，支十二月上半月三十串，又左夏生十串。夏生無家室之累，薪水少，故有餘蓄也。接朱純如函，謂已辭壽昌縣視學，前日已晤余父母，均康健，彼不日往省另謀。晚寫家信。熊騰因公到黃州。公報一捆，棉襖二件，包袱一個，茶葉一斤，景祥存席等，並帶歸。

二十日　陰　十一月廿八日

早起，補寫詳信。書記官，據報載必裁，因中央所定文官法無此名也。請父飭人覓胡林稚香來縣，説明幫助早了債務。皮袍子交熊騰帶來，以後無公差到黃州。又辦國會選舉册子，雖已趕齊，而分佈投票地點尚費時日也。付錢八十串文，鄭重與熊差説明一切。熊差年近六十，身強健可靠，日能行百餘里，誠實不欺，吾邑無此差也。午後至勸學所黃仲郢處坐甚久。

廿一日　風雨　十一月廿九日

早起，接北平許學源函，問候語。謂已在青年會辦事，攻訐肖鵠不講友誼。

廿二日　雨　十一月三十日

晨起，寫家信。因選舉册錯，派科員至黃州，請其便過壽昌。信中述昨日專差熊騰帶錢八十串及附景祥物件收到否？匆匆書就付之。

廿三日　晴　十二月一日

報載，上月二十六號大總統令，釐定尊孔典禮，命各省大吏具文呈請核定，此爲民國成立後第一次尊孔。

廿四日　晴　十二月二日

閱文件。閱《群報》，載大總統令，改各省縣知事名稱畫一等事。

廿五日　晴　十二月三日

報載，北京通令京外官民勿受升允煽惑，此由新疆都督轉報升允爲宗社黨發言復清者。見上月抄電。

廿六日　晴　十二月四日

今日到小學及農校各一次，與校長、教員畧談各事。出接曾誠庸自教司函，附以詩三首相贈，詩不佳，彼實不善爲詩也。

廿七日　晴　十二月五日

早起閱文件。午後外出一次。傍晚，熊差回，交到父親手諭。云公報及八十串、茶葉等俱收到。帶來皮袍子去價二十五串，係新做的。前來款除開銷外只存二十二串，年內尚需錢七十餘串。前九月間，東門鄭家房屋被火。熊差到家留飯一頓，給錢三百文。此諭計四頁，甚詳。

廿八日　陰　十二月六日

廿九日　陰　今日大雪節　十二月七日

早起。安邑同鄉會派人到縣，強要補選民數目送黃州。趙璧源、張眉宣等回縣住勸學所，與黃仲郢接洽。近午未在署，一切由余處理。選民已添爲十六萬餘，且來函與余慪氣。安邑真有資格者少。

三十日　陰　十二月八日

發二十一號家信，云已收到皮袍子，不佳。並叙近日病狀。

冬　月

初一日　陰　十二月九日　星期一

早起。爲添册事又忙二日。明日派人送黄州。由郵發二十二次家信，並附報載大總統一號令。

初二日　陰　十二月十日

早起，至勸學所向仲郢述眉宣爲人專用權術，彼在縣寫信侮余，余必報之。並述其從前在南京與余同派考察時事。今年黄安天晴時多，十個月間，幾佔四分之三矣。

初三日　陰　十二月十一日

今日派人送公文至黄州。

初四日　十二月十二日

北京公佈知事任用暫行條例，以後知事非試驗及格或經保薦由部註册者不得任用，各該省民政長官不能薦請。

初五日　雨　十二月十三日

明日熊差又到黄州，寫家信二十三號，説皮袍子空處太多，並不便宜，請將皮領褂付熊差帶來。

初六日　晴　十二月十四日

早起。又囑熊差數事，付舊衣服夾單十件帶家存洗，不必帶轉，並寄官票六張。

初七日　晴　十二月十五日

選民册添數已定，擾擾多日，明日當派人送册子去。午後寫復各處信三件畢，至勸學所商各事。

初八日　晴　十二月十六日

《漢報》轉載，十二月一號任命章宗祥爲中央高等文官懲戒委員會委員長，汪鳳瀛等八人爲委員。

初九日　雨　十二月十七日

報載，雲南大理府戍軍三團，受革黨楊春魁爲首領煽動，殺官佔城，勢甚危急。

初十日　陰　十二月十八日

接稚松財司來信，司長已換黎澍，裁員四十餘人，彼仍充統計員。內務司長饒漢祥。武漢禁烟甚嚴云云。

十一日　陰　十二月十九日

早起，接父親十二月十四函，此函四天即到。計詳信四頁，言皮袍子縣中甚貴，囑另換面子。胡林祖泉事不作靠，臘月初須補帶錢七十串回家，去政界謀學界萬萬不可。丸藥單子就宋埠做，大姊病亦未發。惟外甥兒女及純女尚未開親，頗慮我懷。明年仍在安署，即由汝母送萬女來署云云。家中不能醃肉帶安，陰曆冬月初五父字。

十二日　雨

接秋舫函，仍在教司，勸余勿萌退志。前因安邑選舉添爲十六萬選民事，余在縣與張國恩慪氣，欲辭職也。

十三日　雨　十二月廿一日

今日下午六時，熊差自黃州歸，帶父親冬月十一諭。大意錢物均收到。皮袍子是夏生之弟在林姓估衣店買的，林係裁縫出身者。縣中兵隊安靜。安事宜耐守，明年二月送萬女到安云云。又附程松年師一函。大意屢接函未復，多勉勵語，又云已添一孫矣。

十四日　雨　十二月廿二日

黃安連雨時甚少，不知曩日似此天氣否。

十五日　晴　十二月廿三日

近午已往鄉間查禁烟苗、禁賭等事，縣事由余代理。

十六日　晴　十二月廿四日

近午在鄉，署內亦無多事。熊典獄官時來與夏生下象棋。寫寄第二十四次家信，請勿送萬氏來署。今日熊騰又自黃州歸，似帶父信。

十七日　夜下大雪　晴　十二月廿五日

早起閱文件，處理各事。午後天氣漸寒，下雪。鄉間解來一嫌疑犯，余書簽交熊獄官寄看守所。晚睡後，以事雜竟未審問。夜間雪更大，醒時忽憶此人在獄無人送被，凍可憐也。

十八日　雨夾雪　午後陰

六時起，即呼典獄官，速諭此犯人取保候審。幸此人未凍死，尚不要緊。余以看棋故，幾致疏忽結人命債也。司讞者應小心，可見從前官吏冤押無辜、瘐斃獄中犯人尋常事矣。

十九日　陰　十二月廿七日

二十日　晴　十二月廿八日

早起處理公事。午後石際平來云，各界籌備新年。余謂須各貼新聯以示革新慶祝，學校及各機關均放假一天。聞省城極爲提倡過新年云。

廿一日　陰　十二月廿九日

早起。內務陳課長先瀛號晴圃，漢陽人，簡易師範生。與近午認識，來不久即升科長。能作能寫，惟自視高，且時發酒瘋，余每容之。以均爲出門之人，年長余一倍。近日彼作聯文有"舜日堯天"之語，余謂不合時代，彼必欲用之，仍請其書之而已。今日近午自紫雲區回署。

廿二日　陰　十二月三十日

早起。因昨睡後做民二年元旦聯二副，囑役磨墨，用大紅蠟箋紙書長聯，晚間貼好，頗壯觀。黃安士紳如李蘭亭、王書華校長均來看，且譽之。"正朔初頒，看五色旌旗，民國重增新氣象。輿情上達，對雙泉明鏡，高深不似舊堂廉。"國旗爲紅黃藍白黑五色聯成，表五族共和也。又官閣雙泉，安邑八景之一，即大堂上案桌前左右二井也，余認爲妥切。余今年二十六歲，長整聯語從前所作不多。二堂作一長聯，文曰："數聲啼鳥送春來，欣逢黍谷陽回，居陋廨蕪齋，官吏廉如雙鑒水。一國政綱隨途轉，竊願邾城多士，趁繃中彪炳，文明高挹五雲山。附近三十里之高山名五雲山。"

廿三日　晴　十二月三十一日

今日無事，公文停止。晚間通知各機關舉行新年慶賀。今日又補書上房外一聯云："春意欲來，梅花滿樹。月華初吐，桐影侵軒。"皆紀實景也。

廿四日　晴　今爲民國二年新曆元旦　一月一日　星期三

廿五日　晴

廿六日　晴　元月三日

連日與各機關有應酬，酒食之間勞頓殊甚。然非衛生道，況余多病，尤當愛惜身體也。

廿七日　晴　一月四日　星期六

廿八日　晴　一月五日　星期日

早起處理文件。今日下午，李幹青自省歸，談一小時。李着新皮裘，謂湖堂在省同學事均佳，皆易新裘云云。各同學五年餘受盡辛苦，今新就事應該換新服也。幹青家極貧，從前在湖堂困甚。

廿九日　晴　一月六日

早，郵局送來父親冬月二十四手諭，胡林蘭陔、稚香說族中之款以後他人照樣不給，二叔之款今年付利錢二十四串，臘月十八前後帶款歸不遲。丸藥久服自有功效。我縣旗民並無賣做婢女者。本縣二十一日彭烈士靈柩回縣，紳民迎接。審檢廳潘判事康國坐轎戴眼鏡，彭烈士之父以爲不恭，當街掌頰血流，反交知事看管，無理取鬧而已。按潘即由黃安地廳調壽昌者，調任未久而受此辱，豈非倒楣耶？彭烈士之父嗜酒，爲永鄉冊書，人極糊塗。其先爲道士，人呼爲彭道士。今以子受恤，政府敬之，渠不識時務也。二十一日彭烈士柩回縣奠西山寺後。

臘　　月

初一日　晴　元月七日

早起清理文件，處理各事畢。近午以近日事簡，欲教余以日文日語。

余以身體極須休養，不願學也。近午留東甚久，日語未忘，然其意可感。余因日語已忘六年，亦不願再學。

初二日　晴

早，聞黃岡選舉開票，安邑有九人當選。學界中余潤吾、煥文。彭梓芳、鶴年。阮次扶，均在內。

初三日　晴　元月九日

早起寫第二十五次家信，謂奉父冬月二十四手諭，省城郭炯堂已派爲第一師範校長，兒之去就明年二月定奪。安邑省議會、衆議院兩選舉俱辦竣。安邑同學九人中已有七人被選。開年或因公便道回家一次。

初四日　晴

初五日　晴　元月十一日

初六日　晴　元月十二日　星期日

早起。知夏生之弟同若初先生之子同來安署謀事，傅端屏在任，尚可想辦法，今非其時矣。

初七日　晴　元月十三日

今日處理文件甚多。近午日內即赴紫雲區查烟苗。

初八日　雨　元月十四日

連日與夏生談，其兩弟無法安置。夏生尚有餘款供其火食川資，不欲累余也。

初九日　雨　元月十五日

時近年終，勸夏生付款與其兩弟回縣，過年再說。如有事可謀，再函召之不遲也。其一爲若初先生之子，若初真不識時務之人。

初十日 晴 元月十六日

早起，寫家信付二袁帶歸，並寄十六串回家，其餘本月二十二以前派人送歸開消。余面囑二袁各語，轉告家中以安邑近狀。

十一日 晴

十二日 晴 元月十八日

縣署又奉公事，解當選冊子到黃州。明日當派太輔，便回武昌家中，帶三十串文應家用①。

十三日 晴 元月十九日 星期日

早起，檢昨寫家書付太輔，並台票三十串。冊中因衆院選舉尚差三名，特補出。又奉令招募小隊。家信中補述北京政府現已公佈京外各官制，陽曆三月以前即實行。省城只用軍民兩府，只留四司。褚近午爲安邑人所控，調查委員李某名慕蓮，廣濟人，自云饒漢祥爲其學生。來查一次，住縣署，似有索贈之意。近午不照其計。並抄致阮次扶函稿。

十四日 雨 元月廿日

李委員住署中，與余言，表示近午對縣事不負責。安人所控文件秘不示余，似有索贈之意。余與近午言之。

十五日 陰 元月廿一日

李委員表示明日須還省消差，余囑人備轎子。李云各縣知事與書記

---

① 此月不斷借款，支用下月薪，付差人帶回家。終不能還清前債，真傷心之事。——作者批注

官多不合作，黃安則反，是何也？

十六日　雪　元月廿二日

　　早起寫家信，大意前後共寄錢五十二串，合前示尚欠十八串，現不能再支。大總統命令以後知事歸中央任命，書記官一缺大約改爲科長。大縣四科，中縣三科。今又寄十串歸。第一師範已派兩校監，一爲張國恩，號眉宣，黃安人。一爲邱前模號楷如，利川人。惟此兩同學均已被舉爲省議員，如復選當選，必辭此職。兒可補校監一席，已函知肖鵠矣。此次熊差來，可與酒食一頓，已另給錢四百文。熊每次到黃，署中均付錢三串，自有餘資。附帶紫花棉衣、短褂、新竹布長褂等四件。又公報及章程四十八本。此前屢欲帶歸無便人者。熊差耐勞，下雪亦行路。

十八日　晴　元月廿四日

　　熊差因公到黃州，又支錢十串文帶歸。

十九日　晴　元月廿五日

　　今日午後黃慶元號子掄。來，清諸生，在鄉教讀，有文名。對余多溢美之詞，年五十九矣，談甚久。

二十日　星期日

廿一日　晴

廿二日　晴

廿三日　晴　元月廿九日

　　補寫昨日家信畢，太輔又回黃州，囑其便請假回縣過年。函云，黃州覆選，安邑至黃投票者，余煥文、彭子芳、韓子洲、鄧海珊。黃仲郢如來我家，可請吃飯，此四人皆有關係者也。省中對郭校長派人不公，攻擊者甚多。寄歸湯絲粉一包，官票十張。皖、湘、閩、浙、粵五省反對袁總統蔑視國會，以命令變更法律，國會何以不過問？鄂省參議會以電質問參衆兩院矣云云。又帶回近午寫屏及其胞弟畫件一卷。

廿四日　晴　元月三十日

早起清理各文件。今日小年，頗思雙親，惜余因在官，未能回家度歲盡孝養之私也。傍晚熊差自黃州歸，帶到父書，云款物均收，書文簡略，家事由熊差面陳。

廿五日　陰　元月廿一日

廿六日　陰　二月一日

早起處理文件。時屆舊曆年關，鄉人到城者極少，行政、司法俱無事。署中職員冷落，亦望過年。舊俗二千餘年，此不易改變者也。前清舊例，縣官本月十九封印，不理民刑案件，署中準備過年。吹鼓手自此月十九起，正月十九止，每日三次到署中吹打。對於主簿、典史署亦然，謂之當差。

廿七日　陰　二月二日

今年余在安署，天晴時多，似與曩昔不同。晴冬可愛，民國新氣象歟？

廿八日　雨　二月三日

與夏生、近午商議，署中亦添肉、魚等等菜蔬，因縣中三天年，各物停售也。

廿九日　晴　二月四日

昨雨僅半日，今日又晴，可喜也。已暗示各職員本籍者，可在家備各事，不來辦公。

三十日　陰　二月五日

晏起。署中課長、課員已有請假回家者五人。余與夏生、近午及其戚二人，僅留二僕在署。以人情論，侍余者亦令下午四時回去。廚房留二人，傳達及差役留二人值班而已。晚飯後，余與近午、夏生三人，不帶僕出署，遍觀各街門首均懸大燈籠二枚，長二尺餘，屋內燈火輝煌，異常熱鬧。未懸者，僅極貧苦之家三四耳。此太平景象也，想余邑亦如此。在街上行一小時始歸，再囑廚房辦酒席，約熊典獄員來酌，熊不能離職回家者。子正，余思雙親甚切，想父母此時亦念及余在安邑也。近午之戚約夏生明辰至廟燒香。轉鐘三時，聞炮竹聲不絕。

民國二年（1913年）癸丑日記

本年正月至七月，父親迭諭寄錢回家還欠款。七月初，統查去年二月起，已共寄家中一千一百餘串矣，而陳債猶未還清。

湖口、江西等處獨立，通電討袁，名曰"二次革命"，記中亦略有紀載。吾華改建民國未久，黨爭特烈。袁氏痛惡國民黨，共和黨及他政黨利用袁氏以相報復。嗚呼！此之謂同室操戈，同種相殘，真所謂自殺。令康有為好笑，得以出其《不忍》雜誌以惑人也。

予與曹履貞發生意見，因父病來信囑歸省，未晤曹而離去。邇時天熱如蒸，曹在鄉間，一時不能回署。予囑陳、鄭諸人俟曹歸告以至情，乃中奸計而為若輩所乘，惡氣不少。

自八月辭職後，縣中似不能久居。予迭請父親與許、王諸人合貿為藥肆，予願在籍侍親或授徒自給，終不獲父同意。蓋政體變更不久，而政界卑劣較清代為盛，予實不願再為馮婦也。

冬月就群報館主筆作社論，在江漢中學兼教國文，第一師範教習字。所入不多，時時給予以心煩意亂之事。臘月中旬，阮次扶先生為內務部司長，呈薦予為陂、安、麻三縣禁烟專員，月薪厚，乃得告一謀事段落，其期三個月不謀事也。回縣後，父聞甚喜，予心暫安。

戊戌秋月峙山老人閱後記

正　月

初一日　二月六日　晴　星期四

早起，聞夏生同夏承啓到某廟進香去。近午與余賀年，囑廚人多辦酒肉，俟夏生歸同飲。午後有紳士數人來署，皆住城內者。

初二日　二月七日　雨　星期五

早起，郵局送來一函，系除夕到而未送者。許叔文來（函）文多不順，其店已改名"共和"，生意甚佳。請余時時作函示近狀，並問夏生。

初三日　二月八日　雨　星期六

今日有職員來辦公，晚間曉初、近午打牌，余素不喜此事。端屏在任時，避余於小室中爲之。近午、曠遠一流人，與科員作此戲，惟不便耳。

初四日　二月九日　雨　星期日

初五日　二月十日　陰　星期一

初六日　二月十一日　陰　星期二

早起處理各事。午後五時，太輔自縣回安，詳述父母康健及家中諸事，甚慰。並帶來臘肉一方，鯉魚一尾，父言未寫信。

初七日　二月十二日　晴　星期三

連日陰雨。今日"人日"也，放晴，年豐可卜也。寫二十六號家信，即今年第一次信也。

初八日　二月十三日　晴　星期四

早起處理各事。發昨寫家信，述署中無多事，有人在黃州控褚知事，未准。祖送不讀書，即學貿，甥女要開親。附抄詩數十首並聯語寄父親一閱。

初九日　二月十四日　晴　星期五

城鄉四民仍在過年，署中公事亦少。李蘭亭、石幼平俱在鄉未來，故署中無客談也。

初十日　二月十五日　晴　星期六

京漢各報紙無新消息。晚間與近午同至街市一遊，遇熟人予急低首急行，恐彼此不便談話。

十一日　二月十六日　晴　星期日

署中照例禁止玩龍燈。安城人民仍玩燈，並在城隍廟演戲。予謂近午，不必管也。

十二日　二月十七日　陰　星期一

早起批閱文件。午後黃子掄來談，並爲余診脈一次。黃能詩，學問淵博，又善風鑒，年六十矣。

十三日　二月十八日　雨　星期二

署中近日無事。四鄉民人正在過年，城內小民玩龍燈、高橋，並借城隍廟唱戲。署中雖前出示禁止，卒未能。此數百年習慣，不能免也。夏生等晚出看燈戲。

十四日　二月十九日　陰　星期三

十五日　二月二十日　晴　星期四

十六日　二月廿一日　雨　星期五

十七日　二月廿二日　雨　星期六

十八日　陰　二月廿三日　星期日

十九日　晴　二月廿四日　星期一

二十日　晴　二月廿五日　星期二

接秋舫問候函，並述肖鵠不日可放知事云云。

廿一日　晴　二月廿六日　星期三

今日擬寫信寄家。接陳穎蓀函，述余前訪啓黃未晤，現已就第一師範事。丸藥方，感謝已愈。

廿二日　二月廿七日　晴

早起，發昨日家信作今年第二號。大意祖送仍擇良師讀書再學職業，慶雲宜早開親，千萬不宜遲。祖送來安，姐姐病又發，望珍攝。還清外債以後，按月寄廿串歸，急還汪小軒之款十串。肖鵠有放知事消息。午前接父親函，祖送今年十二，正讀書，純女尚小，不急開親，去年還債，寄家中共七百七十串①。

廿三日　二月廿八日　晴

廿四日　三月一日　晴

廿五日　晴

---

① 去年全薪共七百五十串，又假夏生前後薪共五十餘串，添置各物，則從前川旅費四次中餘廿餘串而餘債竟有未清者。——作者批注

廿六日　晴　三月三日

行政公署昨今來文，注重各縣禁烟苗。安邑北鄉向產鴉片，近午與余商酌，不日分途出發查禁，藉以觀風俗①。

廿七日　晴

寫信致北京張之鶴，說明安署情形。

廿八日　晴

廿九日　晴

卅日　雨

安邑今年天氣佳，此月晴十九天。安邑沙河王桐彬是一位劣紳，不說官司即薦人，如不允其要求，即表示不滿。其人在沙河一帶可左右一切，以後來署，予時托詞拒之。聞其族爲元代監督黄安軍也，先不花後人②。

二　月

初一日　三月八日　雪

初二日　陰

---

① 從前称民政府行政公署，以後称巡案使署。——作者批注
② 正月中旬以後及二月半，予以病體亟思休息，政事從簡，亦懶於执筆，故日記多缺，只記天氣陰晴雪雨而已。——作者批注

初三日　陰

初四日　三月十一日　晴

初五日　三月十二日　晴

早起，接張立群北京來片一件，謂已收到余函，仍住□坊琉璃街。

初六日　晴

初七日　晴

初八日　雨

初九日　晴

初十日　晴

十一日　晴

十二日　三月十九日　晴　晚雨

十三日　雨

十四日　雨　今日春分節

十五日　雨　三月廿二日

今日勸學所學董吳耀奎號星五，南鄉人。來見，云與我邑熊舜卿爲同年，蓋壬午科舉人也。談半時去。

十六日　陰　三月廿三日

十七日　晴

十八日　晴　三月廿五日

寫家信寄縣，余縣已奉令改爲壽昌矣①。稟父親大意，祖送讀書以多寫多認字爲主，不求背誦。省城各司裁併須裁百餘人，書記官恐將來改爲第一科長，此月底可定局。此月廿七八須回縣，可帶六十餘串。附剪下三月十五號《民國公報》載書記官及縣署組織之變更。

十九日　晴　三月廿六日

二十日　晴　三月廿七日

廿一日　晴　三月廿八日

廿二日　陰　三月廿九日

早起寫家信。大意廿六日所發信想尚未收到，茲以小隊隊士倪壽銘，即寶芝生倪先生之弟來縣，帶茶葉二包，另二包送許叔文，夏生亦送二包與許，帶回台票廿串。兒病肺經不清，一遭寒熱，非鼻塞即流鼻涕，總之肺氣不清。太輔附寄錢十串至胡林。

廿三日　三月三十日　陰

---

① 武昌縣由中央明令改壽昌縣。——作者批注

廿四日　三月三十一日　晴

廿五日　四月一日　陰　星期二

廿六日　晴

廿七日　陰

廿八日　晴

廿九日　今日清明　四月五日　晴

今日清明，余在外未能回縣祀祖墳，心實不安。馮小曉、陳加言等城內諸職員，均請假回家祀祖墳。麻、黃風俗均如此，良俗也。

卅日　四月六日　晴

早起處理文件。此月公事極簡，常如此則"爲官與隱齊"，頗合姚武功之句。安邑此月陰晴有二十四天，真佳況也。不知吾邑如此否？

三　月

初一日　四月七日　晴

初二日　四月八日　大風

初三日　晴　四月九日

袁夏生寫信歸家。余附函請袁九送父親，大意問倪隊帶款及茶葉均收到否？近午在此間不振作，現時聲名不好。陰曆月半前後可回縣一次。太輔已由近午薦至麻城充小隊隊長去了，月支十二串文，可轉告伊家中。晚與夏生外出一次，俗稱三月三夕見磷火，余等實未見之。

初四日　晴①

初五日　晴

初六日　陰

初七日　雨

初八日　雨

初九日　陰

初十日　晴

十一日　晴

十二日　晴

十三日　晴

十四日　雨

---

① 以下因政簡無事，予以積勞極思休養，冀身體復元也。又時時思家，欲回縣省視雙親。——作者批注

十五日　四月廿一日　雨

十六日　四月廿二日　晴

十七日　四月廿三日　晴

十八日　四月廿四日　雨

十九日　雨

近午爲黃安人在省數控。前次李慕蓮來安時，並表示不良情形，向余云："各縣知事與書記官不睦，君在黃安則不然也。"又余須回家看父母，並到省爲幫審員調任事，必須到省。現決定明日帶梅元同往，程可卿科長及署中人托購各物。可卿並囑住長軒嶺之某客棧，甚清潔，招待好云云。明日天晴必行。

二十日　四月廿六日　陰

早起，乘轎帶同梅元行。下午五時到長軒嶺宿。

廿一日　四月廿七日　陰　下午小雨

六時即起行，因欲趕車早到也。到祁家灣時，小雨時作。未幾來敞車，余遂與梅元上車，轎伕幫忙遞物件。車行甚速，到大智門站，下午四時光景。乘人力車至董家巷悦來東棧，會張福蓀，相見甚歡，談別後各事。就其棧寫一信告知父親，福蓀囑工役送發。

廿二日　四月廿八日　晴

早起渡江，在省城訪各至好並黃安同學，泮香、秋舫均晤談。晚宿泮香處。

廿三日　四月廿九日　雨

早起購物。囑梅元到漢口買署中托購之物畢，令其回署，再來武昌縣接余。晚宿張福蓀棧，便於搭小輪回縣也。

廿四日　晴

早起福蓀派工役送余上輪，因有網籃甚重，到時船即開行，下午三時船到，囑挑子夯網籃上岸。行經古樓寶芝生門首，父親適在櫃檯坐望外間，見余歸大喜，遂同到屋。余與父母拜跪行禮。問悅來棧工役代發信，始知此役已將錢乾沒，家信卒未發出，父親因不能先知余已到漢也。如此小人可殺，所得不過四十四文之錢，而誤人事如此。與父親細述黃安各事。

廿五日　五月一日　晴

早起，訪各親友。餘時在家與父母談各事。大姊病已略好，祖送在讀書，甥女在家能幫忙理家事。吾邑世情淺薄。大姊孀居，撫此兒女，余以在職且有權勢，故欲將甥兒女各早訂婚，求一溫飽之家而已。純女今年四歲，亦活潑可愛。余以此女像長子純學，極難分辨，頗愛之。父親則以為此女出生未久，致純學五歲夭亡，極恨之。嗚呼！此殆前定，不必怒也。

廿六日　五月二日　晴

終日與父親商議各事，佈置家政，而終以陳債未還為慮。五年來，因余住學堂，家中人口多，以致前欠不多，轉利更重。各債已逾五年，愈轉愈重，致今日清償不了。蓋已照原借數目加二倍，是百串之本，須還三百串矣。二叔借款百串，已逾七年，家中每年飼豬一頭，年終買豬僅還其一年之利。四叔祖母當日以此款借父親，係好意，余不料此日尚不能清償也。可歎！可歎！洪小坪之卅串，係利上翻利，亦逾六年。借款累人，設余家為商店，可以關門攤債，此則人情顏面均有不能者也。

然决計今冬代父一律還清。晚間各戚友來奉看送行，劉幼浦、汪小軒仍欲托謀事。明晨往省，川資不夠，在家取五串。

廿七日　陰　小雨　五月三日

早起，祖送送余搭小輪。父母均送至門口。下午五時到漢，過江到大朝街公報館宿。始知近午已換牌示，云褚調省，委曹履貞接署。則幫審一缺，現已有問題矣。聞內務司云，書記官改第一科長，月薪僅四十串。曹知事號潔如，此次得此，爲張懷九等之力。惟曹素無能力，非知事才也，余決不去拜訪。遂以此志寫函告知父親，明日發出。與端屛及各同學談各事。

廿八日　晴　五月四日

早起走訪各至好處，藉謀調學校事。至行政公署訪程在仁同學，彼云易奉乾先生尋余，知已來省，謂張眉宣告知者。曹欲見余一面，約在易宅相晤。曹與易感情好，余素所知也。程謂書記官改一科長，下月即實行云。

廿九日　晴　五月五日

早起。爲余自身打算，以不就科長爲好。今日訪問各處，易宅忽着人來報館尋余，謂曹必欲先見余一面，且可設法爲余調幫審員云云。午後至易宅見曹，甚客氣，問安邑各事。余一一告之，謂蕭規曹隨，請先生多帶有本領人去方見功。黃安原係不易做之縣也。下午與秋舫、肖鵠、泮香等至斗級營合照一相，就外便酌。照相時，曜嵐未至，僅六人。寄信與近午，告知已調省，郭炯堂先生勸余與曹幫忙，不要多心。曹與郭爲同學，郭即接湖堂曹之教務長者也①。

---

① 曹在湖堂，予甚鄙薄其爲人，以其無學識也。回安署就科長尤非所願。易、郭兩先生婉勸予，以爲曹能改舊習也。——作者批注

四　月

初一日　今日立夏　晴　五月六日　星期二

連日在省訪問已畢。曹到任尚有幾時，近午與余感情好，必爲之盡力辦移交。宦海無味，於斯可見。八個月傳舍，尚何能談到政治成績乎？余已謀得一師範功課八點，即劉介眉讓習字四點，郭校長再加四點。餘爲《公報》畫報主任，下月起，月薪廿元。江漢公校合計三事，亦可得五十元，下月必可實行。所謀如此，明日當回黃安。今日梅元已到省。晚宿江漢公校。

初二日　晴　五月七日

早起，寫一長信寄父親，述郭烔師勸兒與曹幫忙，謂書記官係熟手，總好辦理。曹親至内務司探聽兒住址，請再往伊公館一談。今日上午到水陸街與曹一見，稱余爲老兄，非常客氣，一派面子話，兒亦僞諾之。黃安駐省同人公意，向曹請余爲幫審員，將來不改科長。函中又提及父親須改脾氣，上次回縣，母親告余云，父親今年情形，時時吵鬧，若心中不快者然。此函潦草寫至五頁，帶至漢中就悅來棧發出。明日當搭車也。

初三日　晴　五月八日

早起，帶梅元至車站搭車至祁家灣，到後吃飯。雇轎子、挑子起行。到長軒嶺甚早。轎伕與西街頭店老板爲熟人，即休息下店。余見其店髒甚，不願，欲至中街客棧宿。嗣以老板説好話，願讓自己房爲余臥處，不便堅持至中街。晚間散步至該店一看，人客甚多，似較此店爲潔。此店中飼豬。轎伕等均早寢，予臥不安，合眼後聞槍聲。店主在門隙窺視，又聞人吼聲，遂滅燈。又稱外邊有火把，搶犯至矣。余噤而大恐，起視囑店主勿開門。人吼約半小時遂去，此店主亦不敢出。天曙時始知中街之店諸客被洗劫無餘矣。噫！設余堅持到該店宿，其能免乎？

初四日　晴

五時起，洗漱後，重賞該店，並許轎伕到安後加給工資。輿行甚速，余坐轎中默想昨日之事不置。人之受駭遭殃，亦有定數歟？下午四時抵縣署。飯後與近午、可卿、夏生商議，準備移交。

初五日　晴　五月十日

早起。署中上下聞知事已換，辦公頓形停止。安紳李、石、鄧及王校長等均來訪余。吳校長謂曹知事無能力，何能作官。余一一答之。寫六十一號家信寄父親，言黃安議會已專差呈文到省挽留，反對曹來縣，兒曾到議會贊成此舉。此間紳學界均知曹無能力也。父親年老多病，務須珍攝。書記官改制之文尚未到縣。此次省中用款川資甚鉅，已近十串文。五月份上半月薪已領，容着人送歸。在漢口囑景祥買藤靠椅一張，帶縣備父親之用。

初六日　雨　五月十一日

早起，吩咐各課辦移交。議事會挽留近午，未必做得到，因內務司主意已定，不能挽回。饒漢祥與曹感情甚深，且素恨各縣議會干涉縣政者。此舉不過於近午面子好看，對曹將來下一警告，使其爲好官而已。正午行政公署來文，書記官改爲第一科長，其餘二科長均改爲月薪四十串，原卅二串，刻與書記官薪同等矣。承啓、監印一律取消，一科只用兩科員。審、檢廳下月歸併，改審檢所。曹能請兒充幫審甚好，否則聽之。科員加爲每月廿一串，其餘司書生仍舊。今晚十月鐘寫此大意，寄父親書六十二號函。

初七日　雨　五月十二日

早起，督飭各科準備移交，以免臨時周章。從前傅端屛兼司法，移交較繁。近午亦八個月，事較簡，移交事少。夏生準備回縣。聞曹帶人甚多，初次作官是不能免。現在署中裁人多，除書記官改科長，減去廿串外，餘員均加薪。黃安人又把持甚力。夏生爲余所帶之人，是以決計贊成其退職。近午亦如此表示。

初八日　晴

初九日　雨　五月十四日

初十日　晴　五月十五日

早起，與夏生商渠以後謀事法。近午不久到省辦學，可安頓也。下午鄧海珊來，説曹之隨從已到四人，住東門外客棧。夏生遂決定明日歸，支此月全薪。夏生運氣不佳，人亦老成，未學專門技能，學堂未畢業，以後須受淘汰，難在政學界混日子。余勸其做小生意爲妙。余具簡明日爲褚近午餞行，彼同來之科長、課員均請，夏生就此一席作別筵也。夏生與余十七歲時訂交，今十年矣。彼歸，余心甚難過。晚間石際平、吳、王兩校長均來訪談。

十一日　晴　五月十六日

早起。午後二時爲近午餞行，便約曉初、海珊作陪。安邑僅約此二人，餘均爲署中人。席間，余多感慨，謂端屏、近午交卸，余爲主人餞行，以後余去安，不知有人餞否？馮、鄧謂先生名譽好，安邑愛戴，願多留幾年，或能就幫審員則更好矣。席散，心中難過。近午則抑鬱更甚。今日酒席甚豐，用錢共五串二百①。夏生以馬褂售余，作價三串五百，買茶一斤五百文，請其帶父親。夏生連買衣，總結存錢卅串在余手。

---

① 安邑當時最豐盛筵席只五串文，較之武漢便宜三分之一。——作者批注

十二日　晴　五月十七日

五時半起，付夏生帶回官票卅串文，又舊棉袍子一件。夏生雇挑子一，步行到團風搭輪。余與之作別，送出大堂外。馮曉初與陳嘉言、韓子洲均送出城。夏生帶六十三號家信。昨內務司二百九十號訓令到縣，爲書記官事。

十三日　晴　五月十八日

檢閱昨訓令，大意謂奉中央教令，各縣書記官如一律裁去，不但人才可惜，亦覺再爲位置甚難云云。

十四日　晴　五月十九日

早起，接父函，謂漢口及安署前寄回之信收到，武漢謠言四起，囑打聽。端節需錢六十串開消，四月底要送回，時勢多艱，無錢何以過活？我病未大愈，汝姊病略好，衣服不可多置，以多積錢爲主。署內上下云曹知事今日下午五時到縣，住客棧，同來者上下共八人。

十五日　晴　五月廿日

早起，準備派熊差到武漢，就寫六十三號家信帶漢口發，早可達壽昌。信中大意，夏生前日回縣，帶回衣款並洋帽、茶葉等。今日付熊差交款，景祥買籐椅，付錢二串並還張福蓀悅來棧二串。叫同屋老熊直向漢華賓館取椅子，餘均由夏生在縣面述。熊差吃苦誠實，余他日得志必用之。黃安梅元與熊差，吾邑無此可靠之人也。晚間曹着人來請余去商交代曹今早來拜客。彼欲速接，余許以月底。

十六月　晴　五月廿一日

閔秋舫來函，係余在省時相左者，彼寄武昌家中轉來者。省視學，同學有四人，文普通、存古各二人，共八人。

十七日　晴　五月廿二日

十八日　雨　五月廿三日

早起。以近午與曹知事交代事甚繁亂，極難處理。

十九日　晴

二十日　晴　五月廿五日

早起。近午答應明晨交印。寫六十四次信寄父親，大意謂前夏生卅串，再端節前派差送卅串回縣。武漢謠風，經黎都督現調來北兵甚多，是以動鄂人之疑，主張拿辦南北分治之人。曹定廿六號接事，地檢廳取消，該廳亦辦移交，幫審尚未指請，聞以書記官改之不行。附剪《湖北公報》一頁五月十八號的。我邑喻毓西已授陸軍少將①。今晚近午遷後院大屋中，此去臘略事修葺者。

廿一日　晴　五月廿六日

早七時，名册已交，準備點卯。曹於九時來接印，點驗職員、兵隊，正午方畢。晚與談用人事。陳林之爲省師簡易科學生，年五十餘，省城人，與陳先瀛甚熟，皆與曹有關系者。鄭先定，理化學生未畢業者，沙市人。李某爲會計，曹之表弟也，兼監印。鄧海珊人極卑鄙，以張國恩之薦得蟬聯。當差的約六人，李成原來是湖堂齋夫，余所素識，爲曹心腹當差。江發，應城人，易雪忱所薦，亦湖堂工役。又彭順一名，雲夢人。

廿二日　晴　五月廿七日

審檢廳移交未能即辦，因人員早散去。縣署以行政移交未清，亦不

---

①　喻毓西授爲少將。——作者批注

願其早交。幫審員須由司法籌備處處長周珍派用。江慕張與曹爲世兄弟，曹之中舉，江紹宗爲房師也。但彼爲警察人員，恐亦不合格，代理而已。余以在安久，人情太熟，不能再問案惹麻煩。午後接稚松自司來信，云彼數月來奔馳南北，學習簿記，將來可在銀行中謀職務。

廿三日　雨　五月廿八日

連日幫忙接移交，錢財不便者，慮有挑剔，均歸曹帶來人員負責。

廿四日　晴　五月廿九日

省城來文催審檢所成立，知事爲檢察官。司法處已派陳協械、陳少園、郎某某①三人來安爲幫審員。

廿五日　晴　五月廿日

審檢所尚未成立，審檢廳移交係尹朝楨、夏正鏞代辦，亦未交清。江慕張代理幫審員，曹囑江接移交，余落得清爽，只接行政移交也。近午請余轉告曹，欲取全薪。廿六至卅一，五天薪水請曹讓出，爲彼同來科長等川資費。此近午對傅知事從前之例，亦人情也。曹拒絕之，其好利之心見於詞色。設近午前日堅持六月一號移交，曹將如之何耶？褚、傅前事，可證人心厚薄。審檢所未成立，安邑謀書記事者多。議事會議員謝炳耀、劉宗復、張四維、楊寶能四人同來函，向余薦蕭宗望爲書記。

廿六日　雨　五月三十一日

早起，與曹談，移交清楚，褚行在急，宜餞行，以示後來亦有移交之日也。派熊差明日回壽昌，因父望款開銷端午節。寫父函中大意，曹接事後茫無頭緒，帶來者均外行，幫審江陵以警署長資格代幫審問案。曹已行文備案，省派之陳、郎等尚未到任。茲寄歸台票卅串文以應端午

---

① 郎某實未到任。——作者批注

之急。接夏生自漢陽來信，知其已到漢陽矣。

廿七日　雨　下午晴　六月一日　星期一

今日審檢所成立①，知事到所就職。幫審陳芃周係余同鄉同學，程少園漢川人，法政速成生，郎某未到。曹曾在日本學過速成法政者，今日僅有儀式而已。下午人民遞稟者甚多，該縣新官上任，舊案重來。吳、李二姓十年未決之案，今日又來，真無理官司也。余觀曹以後對司法無辦法。熊差因公下省，托帶錢卅串由漢再轉縣。

廿八日　陰　六月二日

早起清理文件，入曹室見其正在寫日記，似采陳文恭公語。曹自命爲理學者，尚無子，或亦可爲善人歟？旋與李庶務商定，余原用之人係黃安籍，已另就事，請補添工役一人，叫太懷來。六十五號家信付郵寄父親，大意謂行政、司法同時移交，頭緒紛繁，幸未就得幫審，否則不能開交矣。署中可用傳達一名，如果胡太懷願意來安，可速命他來，惟工食月僅七串文。太輔尚在麻城。夏生已到漢陽就事否？餘事熊差到家時可問明。近午今日回省，安邑士紳各界送行者，如端屛走時狀態，直道在人也。

廿九日　雨　六月三日

今日接夏生自縣來函，謂訪錢友三不遇，訪同鄉熟人多不知地點，肖鵠恐不易會。不便在省久延，已於卅號回縣。航業團未開辦，與許叔文合股不易，因半股要五十串。余父飲食甚好，精神欠佳云云。夏生年卅，住學堂未畢業，又無家庭，一身漂泊依人，又無特別技能，頻年到處謀事，亦可憐矣。

---

① 六月一日各縣成立審檢所，司法獨立不及一年。——作者批注

三十日　晴　六月四日

今日過所，與芃周、程君共談甚久。曹爲人多忌，慮余與程、陳等結會，其跟隨李成有話必告，頗可惡。所帶廚子仍如前清惡習，以堂差貼本、逢筵賺錢爲主。署中火食不能吃，遇請客則必利三倍方止。

五　月

初一日　晴　六月五日

初二日　晴

初三日　晴

初四日　雨

熊差下晚回署，帶到父函：錢已收到，本月初二日程松師得中風症，稚松初三回縣，並得余廿七日函，叫太懷來安，已轉告矣。

初五日　陰晴不定　六月九日

今日端節，余商曹囑廚役辦數菜點綴而已，近午在此則説話自有不同。曹視利重，又講僞理學，視人情淡然。下午過所一談。晚思雙親甚切。

初六日　晴　六月十日

早起閱文件。司法事不能決者，曹請余代處理。下午寄稚松函並附家信，請其轉寄父親。謂熊差回署得父五月初三手諭，安邑幫審曹已行文保江陵，恐資格不合遭駁斥，處限資格。各縣審、檢被裁人員，知事可選聘，或三年法政畢業者亦可。近日咸寧、孝感等縣知事請以書記官改幫審員者，俱已批駁。兒現任一科，較他科甚簡，不過薪水少去廿串耳。想稚松能在縣多住幾天，於問候松師病狀外，特夾此信。程松師病，稚松已回壽昌。

初七日　晴陰不定　雨　六月十一日

初八日　雨

早起，接夏生自壽昌來信，係初四發。內云聞熊差到省請幫審，是否弟台有名。曹每事必問弟台，大約相得。彼謀航業團事不作靠，許共和要百元方能入股。稚松在縣已晤談，便向之謀事，許以十元以上之事。張秀青已委宜昌地方審判廳推事云云。夏生無一天不謀事，在家又不能生活，何以不教小書耶？今日爲余廿八歲初度，欲作詩以紀劬勞之思，心緒不寧而止。

初九日　雨

初十日　晴　六月十四日

十一日　晴　六月十五日

十二日　晴　雨　六月十六日

早起批答行政文件。屬於財政者歸二科，餘歸三科，故一科事數日不得一件。正午胡太懷自壽昌來，攜呈父信，內云夏生、熊騰兩次帶錢六十串，端節用去四十串，尚欠十串方能還二叔之款。問熊差知汝未就幫審，係警署長代理，不就此席亦可。我邑知事已換石山儼，黃梅人。程松年已愈。今因太懷來安，可速補傳達云云。余細問太懷以家中情形。

十三日　雨　六月十七日

早起，寫六十六號家信，大意太懷已到，父病未健，醫道暫中止，月月雜用由兒寄歸。江陵就職半月，安邑官司托情者不離門。設兒就此席，托情必倍之。以兒在安久，士紳無不熟也，將來累及清名。黃安近日雨水多，山洪大發，沖壞田地不少。

十四日　雨

十五日　雨　六月十九

十六日　雨　六月廿日

連日山洪暴發，隔山河者，終日不能過。此地水來甚猛，水退後乃得渡過。木橋冲漂數十里，兩岸人可對語，但相望而歎耳。退亦速，真諺所謂易長易退山溪水也。

十七日　晴

十八日　晴　六月廿二日

早以專差梅元送文到省之便，帶上官票卅串，囑其公畢到縣，可還二叔欠款。付函款後，囑梅元各語去。

十九日　晴　六月廿三日

二十日　晴

廿一日　晴

曹知事下鄉勘案，並赴各區視察情形、拜客等事，行政事由余代理。

廿二日　晴

署中無多事。關於司法，士紳時有來托情者，婉拒之。夜睡連夕不安。

廿三日　雨　六月廿七日

早起。下午二時接父親陰曆五月十九發信，信後面封外書"信到急遞"四字，內云鼎元兒知悉：父病較前稍加，飲食亦減，信到次日必請假回家，一切事候汝回再叙。五月十九辰刻。余心惶甚，前函數次相示飲食尚好，或已加新病耶？曹知事在鄉未歸，余心焦甚，終夜未安。曹知事何時可歸耶？如何請假離署①？

廿四日　晴　六月廿八日

早起，研究父函中意思"如能請假"四字，心終不安。午後一時，彭梓芳、石際平同來署坐談。余向彭、石談此事並示父函，彭與父乙巳在寒溪學校相晤者也。彭、石善解函意。未幾，梅元自外入，又送到父函，急拆視，內云前郵寄函想未到，今梅元回安，囑口信即歸，謂病甚，飲食不進，接信即動身，天倫團聚可因喜悅而除疾，或者然也。五月廿二，父字。字甚草率，余知父病重。彭、石見函，遂安慰余數語出。余遂以函示陳、程兩科長，以爲知事未歸，似不便先去。余乃具一函留存知事，說明非急歸不可。支薪與李庶務、鄭先定②說明苦衷，請以至情達知事，鄭首肯。余定帶太懷歸，明日急取道倉子埠轉陽邏搭輪船，一天半到家。清理零件，又囑托鄭先定於知事歸時說至情也。終夜不寐。

---

① 父約余回縣，因此一段事與曹生意見，余以年少，未能忍氣，至其後兩敗俱傷，吾不知當時張知本何以貽害黃安人如此。——作者批注
② 鄭先定爲曹之侄婿，極陰險，後爲政，省署被撤職者。——作者批注

廿五日　晴　熱　六月廿九日

天未明，囑差催轎子來，囑太懷耐苦急走。與鄭、李等説數語出署後，轎行甚速，下午五時半到陽邏，住小輪碼頭甚近之客棧。天熱甚，因念父病，終夜未寢。

廿六日　晴　六月三十日

早起，八時輪船到。余與太懷上船，江水大，船行速，下午一時半即到城邊上岸。即匆匆到家，至堂屋中，見父臥新籐椅上。見余至，父大喜色，病已減輕。真天倫父子之情，疾轉輕矣。遂與父談各事。進湯藥，再問母親以各事。父前以程師病，稚松歸視，或有感觸。又聞母親云，父近來精神每恍惚，時在祖宗位前自語，又欲擇胡林親友立一嗣子，又時向祖宗位前一揖，殆有心病歟？父房中大櫃門上貼一單，書"觸目驚心"四字爲題目，第一款普山考妣祖墳要豎立碑石。晚間問父從前所書皖南詩草，並淵明歸隱賦，又雜詩卅餘首，將來須刻行？父謂此等詩不佳，不必存也。

廿七日　晴　熱　七月一日　星期二

早起，視父疾漸佳，飲食已進，父自開藥方服之。謂此住屋太熱，前天熱至吐血。此屋狹，又在古樓街中間，無後院後門，四圍牆高，熱氣入，至晚猶不能吐出。奈何！且廚房極不利，似有鬼劇。下午四時至程師及各戚友處奉看，謝步。

廿八日　晴　熱　七月二日

早起。今日父親進肉湯及蓮米等。

廿九日　晴　熱甚　七月三日

早起，寄黃安曹知事信，説明父親病狀並續假十日。太懷思回胡林，命其明晨乘船回去，囑四天後再來。

六　月

初一日　晴　熱

父親病大轉好，往者係思余在外時多在家時少。余無兄弟，現尚無子，父每思過去事，流涕不置。境遇不好，每觸事生悲耳。

初二日　陰

父疾益好轉，惟咳嗽甚劇，痰難出。今日素食，買廣蝦米作湯。下午余購得紡綢褲一條，去錢三串三十文。

初三日　陰

父疾漸佳。

初四日　陰　七月七日

再寄信黃安馮曉初，署內一切事托彼負責。余定明日赴漢爲父親買西藥。

初五日　晴　熱　七月八日

早起至河干，輪船剛開行，雇小船計趕不上，乃回家。仍與父談西藥中，燕醫生除痰藥最效，並可服燕製補丸。正午太懷自鄉來縣。

初六日　陰　七月九日

五時即起，六時到江干搭小輪。下午二時到漢，住悅來東棧，與福蓀談各事。當晚在華法大藥房購得燕製除痰藥水並補丸等，共去錢一串三百六十文。

初七日　晴

早起，過省城會各友，去車錢不少。天熱又因事多須趕晤，不能惜車費也。晚宿福蓀處。

初八日　晴　熱極　七月十一日

六時起，七時上輪，十二時即回縣到家矣。與父親言漢上事。下午五時及晚間，請父親服藥水，看有效否？父親今日食香薑湯、豆油等，連日禁葷油矣。今日剃頭一次，五十文。

初九日　晴熱

父親痰減少，惟胸膈閉，痰似化在內不能出，明日再服如此，則不繼續服之，因熱在內，必須吐之為快，父仍食素湯、香薑等。

初十日　晴熱

父親疾已大愈，今日食肉，並月餅嘗新。

十一日　晴　熱

家中買柴一擔，去錢五百九十文，較從前貴。米每斗六百四十文，香薑五十文①。

十二日　晴

父疾已愈。余念父年老，不願即離。安事又不能不去，再寫一函寄安署。

---

① 此爲當時物價，須記之，現可証物價也。——作者批注

十三日　晴

父能起行，飲食加增，闔家均喜。今日買米五斗去二串五百六十文，洋油每斤卅八，麻油每斤六十一，諸物已較去冬上漲①。接黃安馮曉初來函，知彼爲曹撤職，敘語略。余心大疑，或係陳晴甫、鄭先定輩作劇耶？

十四日　晴

早，寫信復安邑馮曉初。今日買鴨子一隻與父親作湯，去錢三百文。今日景祥托人帶信歸，又爲父親買菜，並帶葛粉一包。

十五日　晴

父親病已愈，只須調理，今日飲内湯，可無慮，余擬回安署。

十六日　晴　七月十九日

早起，余先至武聖宮，與照相館接洽，爲父親照六寸半身相。早飯後雇轎抬父親去，着紗馬褂余帶回者。余再同往。照相者汪姓，本縣人。照畢仍乘轎歸，父喜甚，並述轎夫語作詼諧解之。晚間清理各事，準備回安。十時半猶與父母談各事，戀戀不捨。

十七日　晴　熱　七月廿日

五時起，吃飯畢，同太懷出城。與父母作別，母送出門望余走，余心不安。上船後即開行，九點鐘到團風。久候新洲輪船，下午三時方開，六時到新洲。宿城外旅店，已由店主介紹雇得轎夫健者二人。余許以多給酒資，限一天到黃安。今日因漢口未開下水輪船，新洲小輪在團風只裝得上水

---

①　米油均較去年增加。——作者批注

客。連日下水到團風十一點鐘，十二點上下水客均裝入①。

十八日　晴　熱　有北風

天將明，轎夫已到。余立即乘轎，囑太懷耐苦急行。今日除在途吃飯或稀飯二次外，未停留片刻。距安邑五里時，余稍憩，囑太懷先歸。未幾梅元帶二差並燈籠來接到署。今日行百廿里，因此路平坦，轎夫尚不吃虧，重賞而去。小憩即與曹見面，述許多抱歉語。飯畢再問韓子洲等，知馮小初出署之由。噫！小人如鄭、陳輩，無所不用壞心②。

十九日　晴　七月廿二日

早起，寫家信六十八號寄父親，報告余已到安，幫審二人尚未晤，兩日風塵中，精神已疲，不能多稟。此函囑太懷送局即發出。以下數日清理余應辦各案件，又時時以馮小事由黃安人種種說法，益增余嘔氣，故未續記事實，僅書晴雨。

二十日　晴　今日大暑節　七月廿二日

廿一日　晴

廿二日　晴　七月廿五

廿三日　晴　七月廿六

廿四日　晴　七月廿七

廿五日　晴

---

① 恰逢是日，上下水輪船有變動。——作者批注
② 陳先瀟後爲查曹貪污之省委。李慶恩囑曹立即令其去職出署。——作者批注

廿六日　晴　七月廿九日

早起。午後五時接父親手諭，謂疾已愈，步履艱，過於勉強則動氣，此昔年辛苦，元氣已虧也。天熱，汝宜調攝，甜食少進，生冷勿食，丸藥候秋涼再吞。前日照相甚佳，去價一串三百。九江謠言大，蘇、浙、寧均獨立。又張福蓀①送葛粉一斤、紅茶一盒、信一件，交景祥轉交到家云。此接余十九日信時復函也。附福蓀原函，謂《公報》館畫報事有八成可靠，月支卅元，再兼他事，較黃安好，回府可叙天倫之樂。許學源辦進步黨住武昌。現漢口異常恐慌，銀洋漲一串四五百文之多。下游已有五省獨立。議員尚不能補②。茲送上紅茶、葛粉請收存。以後信寄漁洋關云云。今晨曾發六十九號家信問父親病後情形。又因幫審員有差回漢口，帶一函囑轉寄壽昌縣，亦同此大意：如縣中有警急，可赴舅父處或往胡林暫住。

廿七日　晴　七月卅日

早起，接稚松函甚長，中述其父病已愈，到省後又事忙。昨晤夏秋舫云一師未能開辦，兩湖校址擬開紀念大學。郭事亦不穩，轉告勿離黃安。弟意黃安科長所得有限，即可棄去。有一師事爲根據，再策進行。尊大人倚閭望，甚殷殷，暑假後宜決然辭去。兄台卓見，宜有成竹在胸。弟現任財司交代股事。秋舫屢囑余勿辭安署事，慮省事難謀。稚松知余父親望子甚切，故勸辭去此缺，皆是也。朋友之誼均可感激。

廿八日　晴　七月卅一日

廿九日　晴　八月一日

早起。安署事雖簡而得薪少，父年老多病每思余，余實不能離家庭

---

① 張福蓀與余交甚厚，對父親尤恭敬有禮。——作者批注
② 武漢銀元第一次上漲，福蓀係候補議員。——作者批注

也。作官漸漸小，有何意味？余近亦知曹非真能禮余者，余言亦不採納。司法事，兩幫審員與渠均不合作，余居間亦難，當即謀去安之計。午後接父函，天氣大熱，囑余好好調護。父則以天熱飲食不及從前，如改涼則解除此境矣。外面應酬少，日進不多。武漢搬家者多，新堤、蒲圻俱有戰事，現在已稍平靜。兩湖開學有期否？非確有把握不可移動。父又慮余無事，家中無人接濟也。

七　月

初一日　晴　八月二日　星期六

初二日　晴　八月三日　星期日

初三日　晴　八月四日　星期一

早起接父親六月廿九所發手諭，知飲食漸增。

初四日　晴　星期二

早起，寫七十號家信請父調養病，以早復健康爲要。所思食物，托小輪老熊就漢口買。王利泉師已回縣否？夏生可在縣做小生意，不能在外謀事。彼雖在外辦公年餘，毫無見識。太輔現代宋埠警察局長，坐堂問案。前日派太懷到宋埠送《警律》與渠一閱。聞渠之書記與渠程度相同，真可笑也。彼已做局長兩月，恐省派之人不久必到任。家中粗笨物件，可分送楊姨奶及胡林或吳舅父處分存。傍晚無事。截至此月今日止，在安署購物、添置衣服、請酒、火食雜用列一總結，共用去二百六十串文。自去春至今，共入俸錢一千一百一十五串文。留卅二串，備將來辭職回縣，往省川資、主僕用度。

初五日　晴　八月六日

初六日　晴　八月七日

初七日　晴　八月八日

早起清理文卷，準備辭職時應抄者，派人抄之。午後四時接父親手諭，云前後接汝回信三封，余飲食漸進，氣逆稍平，惟步履仍弱。縣中生意冷落，如時局騷擾，黃、武兩縣必由之路，受害必深。已商汝舅父，緩急必能共之。前存之錢已用去無多，有便寄錢歸應急。七月初五午刻。

初八日　晴　八月九日

今日入曹知事室商公事，見其亦有日記，正在書寫，便覽數行，蓋僞理學者也。

初九日

初十日　晴

今夕作月下漫吟詩古體一首，十六韻，頗得意。

十一日　陰晴不定　八月十二日

今日作《望鼇峰詩》，七絕一首。

十二日　雨　八月十三日

十三日　晴熱甚　晚有月色

十四日　晴熱　月色大佳

十五日　月色好　八月十六日　晴

連日思家，武昌所謀又未定。署中曹知事帶來人員表面雖好，心內妒余，余早知之。

十六日　今日末伏　晴　熱甚　月色佳　八月十七日

早起寫七十一號家信，大意父病新瘳，望加意調攝，亦不出門應酬醫道。現舊債已清，他事不足慮也。伏望勿時時發怒，以保重身體爲要。軍民兩府來電，謂江西事已平。現在郵局有人檢查信件。已向庶務處借出九月份上半月薪水廿串，容派人送歸。

十七日　晴　八月十八日　星期一

早起。連夕寢後思歸。署中事亦不如意。火食廚子故意不受調動，余主一科事應干涉。彼爲曹帶之人，每出言無狀。今日下午余面罵之，彼怏怏去。

十八日　晴

今日，陳幫審員爲火食不良事罵廚子。程幫審欲當堂笞責，後經人勸乃止。凡此皆曹戚友所放縱，以致目無上下。據說曹心猶不直陳也。曹帶之陳林之科長與陳幫審爲熟人，陳幫審甚輕其人。

十九日　晴

省中迭催辦署中統計表報上。其案先由曉初承辦，曉初去職前，將原底帶其家未交出，曹不知也。自是鄭先定亦不能辦。曹催余，余催鄭，鄭本外行，又年輕，益恨曉初。

二十日　晴　八月廿一日

自曉初撤職後，署外人多爲之不平。鄧海珊及學界人均頻與議會議員言之，曹之貪汙內幕遂露。

廿一日　晴　熱　八月廿二日

江慕張幫審遭駁後，仍辦警察，連夕均來署中談。在余前宅花園內，與陳晴甫茶話乘涼。

廿二日　晴　熱　星期六

早起。連日均清理未完文稿。蓄去志，略與江署長言之。探知曹不能共事，同來者又無能力，且存心引曹入貪污一途，將來定無好結果。晚間約學校教員並鄧海山等在花園內乘涼。

廿三日　晴　熱　八月廿四日

今日無事。晚八時，海山在外約王教員悅襄城內人。來乘涼。曹以理學自命，出房門時少。此園與其室隔甚遠，其親信職員並不過余宅乘涼。江慕張能彈月琴，王接去，手彈甚佳。並唱曲，由江與蕭步青和之。海山等正在唱曲時，署中聽差李成已報與曹，來取王之月琴以去。衆皆不歡散去，余亦略坐遂寢。細思曹既與余有成見，一科現可由曹指請省委，必借此事以遷怒也。

廿四日　晴　八月廿五日

早起，李成持一條來，未交余閱竟用糊貼於余宅門柱上去。起閱則曹手諭，謂昨夕彈唱，係余引王等到院，爲引優彈唱，是罪名也，仰自行檢舉云云。余觀之一笑而已。余雖去志堅，但此數日不能去也。自是芃周同學並陳幫審來，細問各事，均囑勿中計辭職。余謂尚有幾日考慮中。余今日不辦公，晚間外出訪議會駐會諸人。慕張雖與余好，余以其與曹有關係，向彼説話均留心。且彼昨日在場，亦不托彼向曹辯也。

廿五日　晴　八月廿六日

早起，寫家信七十二號，因熊騰送公文往省，便托其寄廿串回家。信中大意，謂陰曆七月十七手諭收到，昨接肖鵠信，《公報》畫報事可就，月支卅元。一師範九月初開學，以九月初十前到省爲好。近日議會清查曹知事賬目，曹因兒前次未候彼歸即回縣，兼之取消馮科員事，與兒有意見。擬明日辭職，大約歸家在陽曆九月初，已向陳幫審借錢十串作回家川資。安邑士紳對兒甚厚，在此須住幾天，俟涼爽起程。晚過審檢所，與芃周商議對待曹之辦法。定明日辭文上即出署，今日擬上手摺寄行政公署。

廿六日　晴　八月廿七日

早，江慕張來約余過其警局住。余以江係外省人，無是非，許之。午後至曉初家，請其代辦文逕呈省公署。因余底缺係內務司直接委任者，書記官名義改未久也。晚間搬入警署。太懷候此月底得工資後，再同行歸家。黃安各機關知余出署，多來慰問，並云即日與曹在議會清算其地方款已吞蝕者多條。以余久欲到省，此事恰爲借風過河之舉，更無人向曹一謁爲轉環者。晚間叮嚀江進署，請告曹速批准余辭呈，並取印結到手，免將來彼以他事架禍也。余再三囑江曰：印結注重"並無經手未完事件"八字。江懂刑名字，亦以此爲注意。余以鄭先定、陳林之輩壞人助桀爲虐，非控之不可。尚有同學劉京三，其人在署，請其隨時刺曹意旨及陳晴甫劣跡，隨時捕之。陳爲科長，屢在外宿娼。

廿七日　晴　八月廿八日

早起，至議會及安紳城內至好者各處略坐。學界中爲余不平，迭向議會請議長主持清算曹賬，並以迭次曹自批人民訟牘之不通者，列入爲控曹資料。如某人謀事，批云："着將書記裁一個補你。"批鄔尚新云："尔鄔尚新抑思害人終害己，還是欠精明也。"不通之批，安人留心者，就牆上抄下，約廿餘條。午後，曉初代擬文送來，余略改數語，請陳嘉言書之付郵挂號寄出。

廿八日　晴　八月廿九日

早起，署役爲余搬行李等件至警署。江讓住該署，房屋甚寬。江與安人熟，印結已由江在曹取出，余欣然安住幾日。江以曹未與彼呈准幫審，亦生惡感，不直其爲人也。下午，王視學請勸學所諸人爲余餞行。

晚同江去，餘爲安邑學校教員，席間甚歡。今日寫信七十三號寄父親，說明已辭職出署，因安邑各機關爲兒餞行分期，乃好意不可却，勾留數日，候八月初十前帶太懷回家。現時留有餘款，恐將來送行之下等人須略給賞資。家中以後再不寄信到安，已向此間郵局張芝卿說過，此人係商會會長，與曹亦反對者。有信即退壽昌。今日接稚松函，述余父病中思余狀，中有將來尊大人以思兒增疾，學界以額滿見遺，悔之晚矣。語云："當斷不斷，反受其亂。"兄何昧之深歟①？

廿九日　晴　八月三十日

今日上午，議會同人爲余餞行。下午，農業學校王書華與該校同事爲余餞行。餘時在警署爲安邑士紳寫對聯及中堂。自今日起，安心爲士紳及學界中寫對聯屏等等。

卅日　晴　八月卅一日

早起，寫大聯、中堂等件。午後一時，士紳吳繹如、江瑞生等爲余餞行，添有馮小初、嘉言等。石幼平、鄧海山來署談甚久去。向芃周、慕張各借十串，又向王壽軒借五串爲川資，及臨走時工役送行賞號。

八　月

初一日　晴　九月一日　星期一

今日，馮小初、陳嘉言、張芝卿及商會爲余餞行。下午，高等小學校長及教員爲余餞行。

---

① 稚松函述父親思予歸家侍養，尚不知此時予與曹已生惡感，辭職也。稚松對其父孝，故有此函激予也。戊戌五月廿六日雨後峙三記。——作者批注

初二日　晴　九月二日

早起，爲士紳寫聯，蕭步青、江慕張亦各寫數副。下午四時，陳芃周及審檢所同人爲余餞行，未請曹及其同來職員作陪，大約懼是非也，僅有慕張。

初三日　晴

慕張向來廣交，今日爲余餞行計二桌，行政署各機關、審檢所、議會各請有人作陪，主賓歡洽。下午四時，程子貽、耿小堂之兄爲余餞行。六時曹知事亦爲余餞行，同席者陳林之及其私帶人員作陪①。

初四日　晴　九月四日

早起，自思前上行政公署文計日當有批到，如曹獲知，極不利，宜早離此地。昨向江借錢十串，連芃周五串。又褚任行政經費每月餘賸之款，留爲三科買鐘者十五串文，經海珊、子洲等商定不買鐘，以此款贈余作川資。余嚴拒之，鄧等謂川資知君已借得，此款則作爲送行工役買炮竹賞號。余謂余已備之矣。鄧謂此地各機關聯合工役及署内傳達、衛兵、警署警士約五十餘人，據聞已買炮竹十二串文，皆彼等自願集資，早已購就。君之川資不夠，自然要添此一筆賞費。褚任不貪應賺之款而留作買鐘費，買鐘交與曹任，非吾儕所願也。因此意可感，余乃受之。

初五日　晴　九月五日

今日駐縣營長涂吉祥爲余餞行。涂與余僅兩晤，與江爲朋友，駐安匝月，極不滿曹之爲人，聽輿論甚敬余。彼餞余至誠也，欣然往，酒席甚豐，可感。下午四時，海山、子洲、京山來云，明日君行甚早，但須飯後行路方便。同事至好，今已辦席，明晨爲君餞後出署較有體統。明

---

① 曹爲士論清議所不容，不得已亦爲予餞行。——作者批注

日先赴縣席，不回警署，同人恭送，均爲方便。余許之。晚間整理行裝。今日城內各機關及士紳，均一一親到辭片，言明晨即走。八時以後，士紳、各機關至好者，均來坐談甚久去。十二時，又與江談片刻方寢。

初六日　晴

早起囑太懷並警士一人先吃飯，押轎夫、挑子至南關候余。十時，署中小隊隊長、屬隊士及各機關公役增至六十餘人，聞買炮竹不止用去十五串。邱順兄弟隨余久，余問明乃悉此事。余入署，與海珊、子洲及曹知事仍爲客氣語。就坐後，各至好分杯餞余，均飲一口答之，飯畢已十一時矣。審檢所及署中科長、科員約廿餘人送余出署，鞭炮聲大作，曹送出頭門外即返。審檢所芁周送余，隨同署中各員出大門外。各機關石際平、李蘭亭、王書華、涂營長、江慕張、韓子洲、蕭步青均來會合。曉初、嘉言、張從洛等共五十餘人，連同士兵約二百餘人。過商會門前，芝卿已具香案，杯酒爲餞。余用手執杯酹酒於地。沿街炮竹聲不絶於耳。微聞士女云："黃安自前清至今，無此好官也。"各送行人集東門外三里崗之沙河干，余轎夫在此候。余一揮拱手，請各士紳轉回。見際平、曉初二人流涕，余亦不禁涕下。江役①應城人，爲易雪忱先生所薦者，立而交出官票十五串。謂此賞號，士兵及機關各役退還者，已領公意。彼等出於至誠，集資買鞭炮，絶對不求賞，表其心跡以張公道。此十五串，知公借自署中者，請帶作途中川資之用，恐公川資不多云云。此時送行人已轉返，此錢真無法拒絶者。江役必欲送余至桃區旅店宿，此時下等人亦知余未有分文回家。署中每月寄薪水，皆係熊、梅二差專送，數目大小皆知之。余之家庭及余之私人生活，彼等均知之也。下午四時半抵桃花，江役與太懷談各事，余遂命之宿店中，明早回署。

---

①　工役江發面麻，應城人，原在湖堂仁齋廚房專司燒水者，僅識字一粗人耳，性直爽，忠於主人。此時以曹待予者甚不直之故，對予甚敬重。惜民二以後，予在武漢未見之也。戊戌五月廿六峙閒後記。——作者批注

初七日　晴　熱甚　九月七日

天將曙，促輿夫、挑子起行。下午一時到團風，未久小輪即到，余與太懷匆匆上船。三時半到家，見父母均康健，甚慰。飯後再細呈安邑近狀。憶余自去年正月初十抵黃安，至今已一年零七個月，自問對安邑司法未冤屈一人，行政盡力主辦，故商紳學界俱有好評，本心無愧矣。

初八日　晴

今日在家休息一日。下午往程松師家略坐談。太懷今日回鄉。太懷隨余未久，未存多錢。

初九日　晴　九月九日　星期二

早起，搭小輪，下午四時到漢。渡江到平湖門江漢公校宿，與肖鵠談各事，知一師暫不開學。

初十日　晴　九月十日　星期三

聞一師範原定今日上課，但各教員未去。功課單已送來，譚少欽、夏秋舫均有課。現以爭端又改期。

十一日　晴

寫家信寄父親，言肖鵠已退出《公報》館，夏秋舫、曾誠齋教司事被裁，一師十月一號開學，現住江漢公校。曾心如約兒加入《群報》做論說，月薪廿四元。只怨家無恒產，在外奔馳，寄人籬下，可恥也。定十五日回家度中秋。

十二日　晴

早起。午後至群報館晤謝少芹、曾心如、李國香，均歡迎余入《群報》做論說，每篇洋二元，以篇計算，不以月計算。先做《改良湖北縣政》一文，約六百餘字，乃用峙山本名，不用以前素秋、愚谷別名也①。

十三日　晴

早起。江漢公校僅有圖畫鐘點可就。校監易泮香、鍾小山，國文詹漸逵、石竹虛皆眉仙所薦之人。秋舫、少卿教算學，王叔文教體操，會計張舜卿，手工曾榆村，均未領薪水，義務職，有火食而已。

十四日　晴

余連日所圖未遂，僅有一師範、《群報》事，不能顧家，奈何！自安交卸後，毫無餘積，且芄周、慕張二處欠款未還，心焦灼甚。明日擬回縣過中秋。

十五日　今夕月蝕　晴　星期一

早起，渡江搭輪。適聞今日不開下水，輪船工人要在漢過節氣，余又折回。晚再渡江，搭大輪回黃州。下洋划子時與張秀青渭泉。遇，知秀青任宜昌地方廳推事，請假回縣者也。此時子時已過，見天空正月食初虧也。雇船至壽昌②城時，雞已三鳴，天欲曙矣。

十六日　陰　小雨　九月十六日

六時抵家呼門，程乾茂方起，與父母見面時言各事。

十七日　晴

早起，在家中清理黃安帶回書籍、公報及雜件。

---

① 自光緒丁未下季迄宣統辛亥上季，數年間在《中西報》作論說，五易其筆名，如素秋、愚谷、鵠谷子、半湖居士，使學堂當局不知予在報社中作文也，如知之即被開除，謂犯奏定學堂章程第二條之罪。——作者批注
② 是時吾邑尚名壽昌縣。——作者批注

十八日①

在家接芃周自葛店來函，稱已請假回籍。慮曹因余事波及於彼，請余至司法籌備處一查。

十九日　晴

二十日　晴　九月廿日

廿一日　陰　晴

早起，清理黃安帶回物件均畢，《政府公報》《湖北公報》可以存查備考。明日再赴省。

廿二日　晴　星期一

早起，出北門搭漢安輪。過黃州時拖兵，過團風時又拖船，到漢口已夜十點矣。幸同輪商人李君引余至草紙街匯源棧住。今日同船周崇福，即隨周子書到恩施者，子書尚在恩施未歸，因亦為余幫忙搬行李。到棧後晤王錫五丈，與談黃安事。共付棧費三百八十文，食宿於此。

廿三日　晴

早起，渡江至江漢公校。聞一師範並未正式上課。現在公校僅有火食，惟火食亦不佳，泮香、秋舫、少卿同桌。微聞肖鵠每以公款與張棫章同攜至漢宿娼，花費不少，致校中正常經費不足②。鍾小山尤頻言之。此校眉宣籌款最多，黃安雖用三員，亦分文未發給，故有責言。

---

① 以下未記晴雨，□先生日記亦未□，但余十月十八日寄父函有□已三月不下雨云云。——作者批注
② 此為肖鵠大錯誤事。——作者批注

廿四日　晴

今日接第一師範送來聘函，習字課四小時。劉介眉讓出鐘點也。

廿五日　晴

廿六日　陰晴不定

早起寫家信，報告廿二日到漢口船上危險情形，並聞一師校長又調周從煊，刻下不能寄錢回家，現時謀事只論奔走，不問品學，世風愈下，可慨也！周斗臣樹料已定奪否？

廿七日　星期六　晴

今日下午二時至省立一師範問情況，晤同學翁舉安、張國恩、阮景星等，皆校監也。

廿八日　陰

今日接父親函，並附安署陳嘉言私記曹呈報行政公署加誣余在安諸事，並為鄭先定寬解之底稿，請余設法防止對付。父親將此稿夾入，囑余就近招呼，父似慍氣。下午十時，余遂作函呈父，詳述此間經過，言此大誤會起於回縣視疾之時。曹謂該候伊回署再走，試問聞父病重不急歸，尚得為人子乎？馮科員因公事小有錯，即日取消，不准在署逗留。第四條更為遁詞，兒在黃安與各界相熟，不自今日始也。且曹今撤任，後任為段樹滋，安邑省縣正紳正上下一氣，組織與曹清算國地兩款，彼貪污情形畢露，何能為害耶云云。並請劉曉庶在公署抄示九月十六號批余辭職云，中有"鄭科員殊屬膽玩，應即撤去科員差事以示懲警。惟該科長既意見諸多不合，自未便強留，致多窒礙，應准辭職以遂孝養之私。九月卅日批。"曹控兒呈文云："呈悉，查該縣知事已委段樹滋接署矣。"此函晚間即發縣。噫！在安一年半，乃以如此收筆，真令人氣忿矣。

廿九日　九月廿九　星期一

九　月

初一日　九月三十日

初二日　晴　十月一日　星期三

今日第一師範開學，余與秋舫、少卿俱未去。

初三日　晴

寫信寄父親，大意昨發第二號函，黃安事俱詳此中。現一師範長又換人，民政府有飭緩開學之文。教育研究會附設江漢公校內。圖書編輯，薪水可濟家用，數日內即向友人挪錢十串寄歸。父疾尚望加意調攝。民政長現已換饒漢祥，奔競之風較昔萬倍，可爲浩歎！墊絮一床可托便帶省。

初四日　晴

聞一師範校長事又在調停，此是黃州府人排上府郭炯堂所致。阮、饒調停，要郭由國民黨跳入共和黨爲條件①，則校長不換。郭爲維持全校現有職教員計，乃加入共和黨。如此世界，如此政局，那可說正氣耶。下午五時，汪小軒自縣來謀事，與談一時去。

初五日

寫信請小軒便帶縣呈父親，謂昨晤小軒，我家借伊之錢十串，就省還或徑寄，可速示知。景祥在漢口河街漢華賓館，墊絮付之帶來。一師範今日均上課。

---

① 國民黨與共和黨之爭，共和黨全爲清代官僚，又欲附稱革命也。——作者批注

初六日　晴

今日一師教員、同學中有人來訪，述一師內部情形，皆黃州府饒漢祥、夏壽康、阮毓崧結成一氣以軋人。

初七日　晴　十月六日　星期一

今日小軒又來，云不日回縣，便托帶信稟父親。內云：連日寄報想收到，內附二函，郭仍當校長，群報館事有成，小軒之款緩還。

初八日　晴　十月七日

今日上午十時至一師範上課，教室爲七、八室，習字課有武昌、金牛學生二人。又段家駒書法佳。

初九日　十月八日　星期三

今日下午一時到第一師範上課，五、六教室習字課各一小時。

初十日　十月九日　星期四

早起，收到父親九月初八手諭，知病已愈，當即寫信復父。大意一師校長已換由教司長時象晉代理①，教育研究會薪水蘇成章挪用，未能領取，一師薪水月半可發。黃安新知事已赴任，曹不久想可到省，其最壞之陳林之、先瀛兩人俱早到省，直成喪家之犬耳。斗臣樹料緩買亦可，正式總統不外袁、黎二人。

十一日　晴　今日雙十節　十月十日

今日雙十節，各機關學校放假慶祝，晚間各校舉行提燈會。余與友人外出，於橫街口見二女師學生整隊提燈，髻式在額上。起義以後，女

---

① 饒、阮、夏等騙郭校長入共和黨後又推時象晉爲一師傀儡，校長時老而滑也，欣然就之，起義以後士人正氣不存矣。——作者批注

學生髻俱由後腦移置囟門上，如古裝也。大約有學生二百人。

十二日　十月十一日

昨夕見二女師提燈會遊行，蕙芳亦在內，與余相遇目視一笑。

十三日　晴　十月十二日

接黃安七里市自治會吴占鼇、汪文炳復函，稱余倍極頌揚之，有賢良□著，兩袖清風之語。

十四日　陰　十月十三日

今日午後四時，老熊來江漢公校，付錢十串交老熊帶家。並寄父函，云一師已上課，但委狀未發。

十五日　晴

今日至一師範上課。

十六日　十月五日

今日下午一師範上課。

十七日　晴　十月十六日

閱報，北京政府與日本訂立滿蒙鐵路合同。係本月五號事，謂僅爲借款性質，其内容秘密。

十八日　十月十七日

今日老熊來省，帶到父手諭，並被絮一床，《申報》一本。父病漸康健復原矣。函中以黃安事爲慮①。

---

① 《申報》已失可惜，此本剪貼成本者有同治初光緒初名人在《申報》社所作論説也，爲王久旃借予者。——作者批注

十九日　晴　十月十八日

早起清理各事。晚寫家信，大意教研會薪未發，係蘇成章挪款一千餘串，蘇初爲主辦即如此。肖鵠辦學校亦如此，徒隳信用而已。黃安事無輵輵，請父勿過慮。曹現在安交卸，議會正留其算賬，大不體面。群報館爲安邑人所開，不時登報唾罵，將其不通文字及貪污情形一一登載之。聞曹亦慪氣不能吐，與彼好者二陳早悄然來省矣。家中需用錢，俟兒自帶歸。阮次扶現署內務司長，令已見報章，伊尚在京。此函晚間發出。

二十日　晴　十月十九日

居校中無事，心煩亂甚。有時至內貢院之衡鑒堂、主考房、房師屋、士子號舍瀏覽，憑弔而已。

廿一日　晴　十月廿日

連日心緒不寧。今日下午執筆爲文。《群報》李國香、曾心如等請余早作論説，因江陵鄧裕鼇所作及蒲圻賀君所作供不應求也。晚間文成，題爲《論正式政府成立後，宜設法以蘇民困》。明日送登。

廿二日　晴　十月廿一日

今日王利泉師來校，交到父親手諭，囑爲王師謀事。前父轉王師函，謂學束粗率無禮貌。

廿三日　陰　十月廿二日

寫信寄父親，謂王師謀事恐力不足，不能做到。一師範已上課數次，新校長未加委狀。現就《群報》主筆，作文每篇三元，以六百字爲限，每月六篇，此所謂自食其力也。信寫畢，至斗級營天吉棧回看王利師。歸後早寢。今日《群報》已將余論説登出。

廿四日 十月廿三日

中央令各省民政長嚴行考核知事，抉別賢愚，秉公去留，不得以本縣人充本縣知事，限一月內考竣。

廿五日 十月廿四日

報載，本月十九號福建仙遊、德化兩縣土匪藉抗拔烟苗事，約民衆尋仇鬧教，殺平民多人，毀教堂二座。

廿六日 十月廿五日

報載，駐昌黎日兵擊死警察一案，中國政府向日領提出撫恤、道歉五項，日尚未之許也。吾國之弱可知。

廿七日 十月廿六日

廿四號電，任湯薌銘署湖南都督兼查辦使，並暫行兼理民政長。圻水湯化龍兄弟，有何功民國耶？

廿八日 十月廿七日

接黃安議會同人公函，係廿四號發。述明遲復者，因監核曹知事交代。稱余爲通達文雅佐治之員，如兄者甚少。行政公署遇事乖方，回憶清風，曷勝惆悵。兄與傅君才長力厚，夙負經綸，久爲敝邑同人所欽佩。曹任糟至極點，刻正交代棘手，無一扶持者。兄本范增而不能用，庸愚如曹某，其亦悔陳林之、鄭先定之誤已否耶？嗟乎，嗟乎！庸庸碌碌，賢否不明，坐困愁城，勢所必至。篤交如兄台，其亦憐老曹之自誤否耶？總之，敝邑不幸，以致小人進而君子退，行政壞而司法糟云云。黃安議事會同人公啓。可見安邑人士對余之忱。此時曹未離安，備受議會揶揄，聞已成瘋狀，又可憐矣。

廿九日　十月廿八日

接黃安審檢所田明旭函，述段樹滋已接印，言論丰采可畏。曹知事現時可憐，是用人不明，有以致之。芃周已辭幫審員，不知何故，程幼香尚在任云云。田書學張濂老而不佳，並附詩一首更可笑也。田年已五十，曾在江蘇泰興辦過稅務。前在署中，余曾詢及泰興金太史鉽號式金者，彼云尚在籍。田今日信箋，尚係余在安所刻印製者，字近江湖，不佳，甚悔之。

十　　月

初一日　十月廿九日

閱報，任趙倜會辦河南剿匪事宜。沈致堅爲雲南鹽運使。沈是否黃岡人號卓如者，待查詢之。

初二日

連日省中事不得意，所謀均未遂，思父母甚切。今晨搭小輪回縣，見父母甚慰，小女養得亦佳。

初三日　十月三十一日

早起。父以余歸，今日買魚肉菜甚多，用去一串餘。下午走訪縣中親友。

初四日　十一月一日

在家閱報，陝督電呈，該省秋間四十餘日大雨，白河、涇陽、平利等十七縣田禾盡淹，房屋倒圮，溺斃人畜無算。

初五日

在家閱報，歐陽武以李烈鈞案，聞通輯後自投南昌投案自首，判徒刑八年。大總統以其係脅迫，赦免。

初六日

在家連日與父親商議，總想與人合貿做藥店，如許价人在縣開疋頭店。現不出門，甚爲閒適。余家素無恒產，七年之間負債甚多。今雖爲余還清，父親病後醫道收入少，余恃筆墨生活，東西奔走，致向人説許多好話，以消余之正氣，真非余所願也。今日感慨殊多，擬明晨再往省，又別父母也。

初七日

早起，飯畢天將明，母送出門，余心未安也。到北門外搭小輪，下午五時到江漢公校。飯後與肖鵠、泮香暢談。

初八日

報載，北京於本月三號始制定《國籍法施行細則》十五條公佈。

初九日　十一月六日

早起，出外買零件。午後吳鳴岐來坐甚久去。接羅田勸學所信，劉蜀疆同學來信云，已就該縣視學矣。晚間傅端平來，又朱鍾應自縣來，余留飯一餐去。

初十日

中央通令，修復前清洪楊戰事各勛臣祀典，中有各省起義以來輒有矯枉過情之舉云云。

十一日　十一月八日

報載，據財政總長熊希齡呈，明令禁止各省官銀錢行號濫發紙幣。

十二日　十一月九日

今日，景祥送來衣服一包、父信一件。下午寄一片回縣，説明收到。稚松欲回縣，余面托各事。

十三日　十一月十日

報載，雲南都督電，滇省姚安、大姚、楚雄等十五縣入夏以來亢旱成災，入秋又遭霪雨，請政府撥款賑之。

十四日

京中已來電令，取消湖北省議會國民黨籍議員方震①等四十餘人，謂其與江西事有關。

十五日　十一月十二日

稚松尚未行，今日寫家信託其面交父親。大意阮次扶接內務司，裁人甚多，科員位置不易得，看將來能就外縣事否？學界事不可靠，以後非經理生意不可。許願意做藥鋪甚好，或山貨店亦佳。政學界時時變動有風潮，不如商業永久。父親詳詢稚松即知省中近狀。兒願在家經理生意，不願在外奔馳。安頤堂做生意不五年而蓄積至厚，今日坐享其福。許价人做生意，此三年間未幹他事。父親年近六十，兒又遠離膝下，天倫之樂久付闕如，言之痛心。父親對生意事宜速定奪②。

---

① 方震即方廉，字孝正，被選時先改名方震也。孝正與予同學有感情者。恐現時人不知之也。戊戌七月記。——作者批注

② 政學界均隨領導人爲轉移且勢利心特重，卑鄙尚不如民十五年之甚。但予甚惡此惡環境也。此時決心在籍做生意，侍養以安心也。——作者批注

十六日

早起，稚松來函，請予爲程幹丞寫字並匾額，云明天即歸。

十七日　十一月十四日

今日送家信，托稚松回縣之便以昨日詳函付之，並請與父親面商，明年須做生意，在家照料一切，以免在外奔走謀事，自隳人格云云。

十八日　十一月十五日

十月十日，巴拿馬運河之干堤工本日午後二時開通，但須加深浚之功，而後船舶順利無阻云云。

十九日　十一月十六日

《東方雜誌》云，十日午後二時，美總統威爾遜在白宮內，按手電機發炸藥□巴拿馬運河中，於是太平洋、大西洋之水合流。

二十日　十一月十七日

聞《大漢報》徵聯，須嵌"大漢"二字於首，聞有贈品。晚得聯曰："大海月明孤雁語，漢宮葉落衆蟬寒。"

廿一日　十一月十八日

今日朱純愚來談，願附股百串與父親合貿做藥店。

廿二日　十一月十九日

連日周崇福來謀事，已薦與江慕張處，已説妥矣。

廿三日　十一月廿日

今日周福又來，余已薦與江慕張充長隨。彼曾當過差者，江任科長，可單用一人也。周明日回縣取衣服，當托其帶書籍零件回縣。

廿四日　十一月廿一日

寫家信付周帶呈父親，大意仍注重明年做生意，朱純如願出錢百串合貿，請許价人出四百串爲二股。一師範事已停止，秋舫、泮香均取消，各發一月薪水。今晚稚松自縣來，談及乩仙事。家中什物可分存稚松、斗丞二家，因乩語謂古樓街不安全。王利師已晤見，並未談藥店事。晚檢《唐宋詩醇》及《四庫全書目錄》殘集共八十本，包好交周福明日帶回縣。

廿五日　十一月廿二日

夏生又來省，住天吉棧謀事。余回看時，仍勸其回縣安心守舊或教書。

廿六日　十一月廿三日

《大漢報》續徵聯未停止。余再作聯語："大峰突起諸山姤，漢水奔流萬派宗。"又作二聯不甚佳。

廿七日　十一月廿四日

報載，國務院通電各省派員到京會議地方行政。此爲民國第一次談地方行政。

廿八日　十一月廿五日

夏生回縣寫家信便托帶父親云《群報》及一師薪水要陽曆月底發給，候此款到手即歸。

廿九日　十一月廿六日

連日心煩亂殊甚，以後日記可寫則寫，否則停此瑣碎記載也。

三十日　十一月廿七日

報載，十一月廿號巴拿馬運河已通航，美總統威爾遜已公佈運河通航費，船每噸一弗廿仙。

冬　　月

初一日　十一月廿八日

本月十六號，江陰兵變，係駐黃山礮臺海軍陸戰隊，搶洗北門外民居商店，再至各鄉村。

初二日　十一月廿九日

報載，本月十七比國、日本駐京公使呈遞國書。是爲民國政體變更後之第一次也。

初三日　十一月卅日

報載德皇維廉十月廿六日至奧京，奧皇親迎之於停車場，德皇廿八日方回國，似有重大之事。

初四日　十二月一日

連日謀事無頭緒，煩甚。鍾小山告余，內務司不久要呈都督，派大批禁烟委員下縣，可向阮謀之。

初五日　十二月二日

早起，袁竹朋來談各事，一師事，彼亦未就，禁烟委員事彼必向阮次扶關說，宜再托郭師一催。

初六日　十二月三日

今晚晤阮次扶，初欲謀司內科員一席。彼謂無缺可補，僅竹朋可入內辦事。余亦未詳談。

初七日　十二月四日

報載上月廿七號英巨艦進水，艦名萃□霸德，二萬七千五百噸，速力廿五節，有十五吋炮八門。

初八日　十二月五日

今晚至延望街晤次扶，彼已許可補禁烟委員一席。月可支百廿串文，薪水夫馬亦在內。

初九日

報載上月卅日德大巡洋艦衆愛都。在但的進水，該艦有十二吋炮八門，西歐軍艦增加，吾國海軍愧死矣。

初十日　十二月七日　星期日

今日晤袁竹朋謂禁烟委員事可靠，阮許派黃安、羅田等三縣。

十一日　十二月八日

連日謀他事無效。學界事爭者多，又無薪水。下午五時至次扶處，已許余爲陂、安、麻三縣禁烟委員，公事不久送府蓋印云云。此事大約無甚變更，不能不感謝小山、竹朋兩同學也。

十二日　十二月九日

早起，寫信寄父。大意謂在此一月中，經一番閱歷，意冷心灰。一師範事已停，報館事又費心血。現在阮允派兒爲禁烟專員，乃短差，四個月即竣，大約在黃州府屬縣份。此次可委卅餘員，消差之後，有功者可署知事，位分尚優，或另調差委。出發僅能帶差一名，衛兵則就各縣調用。出發先支兩月薪水，兒回家時即邀許先生合朱純如①之款百串，父親先與許一商之，此事暫勿向外人言之。附致王利師一函。

十三日　十二月十日

十四日　十二月十一日

十五日

十六日

今日事忙，外出三次，晚早寢，寢後夢余至東嶽府三字甚明顯，醒時甚惡之，余邑有東嶽廟。

十七日　星期天

連日探聽禁烟委員事。同學已有柯煦、程在仁二人。一爲周音階、一爲郭炯師所薦。

十八日

發一郵片寄父，免繫念余所派之事。

十九日　十二月十六日

今日接王紹祥財司來信，云已見余名爲禁烟專員，係黃安、陂、麻三縣。惟委令未下，總不能算成功也。下午至次松寓一叙。

---

①　朱純如，一作朱純愚。

二十日　十二月十七日

早起。夏生自縣來省，住天吉棧謀事。噫！彼月月在謀事中，余能得委員，而定章又無隨員可位之。

廿一日　十二月十八日

今日上午再晤阮次扶，云委員公事不日即下，準備一切可也。此爲軍民兩府會銜之件，用印較遲云。

廿二日　十二月十九日

寄信寄父，大意公事數日必下，家中如需款可向汪小軒借廿串爲豫備費。兒如歸家在急，此款即退汪。兒現在異常拮据，只怨我家素無恒產，致受累至今。現在四司長均回避本籍，均調去，須用外省人。財司已換皖人，阮不久必調。民國政令朝令夕改，不成體統。父得信後，即派祖送至百勝廟進香一次，兒歸時再謝神，以余家向敬重岳武穆也。

廿三日　十二月廿日

連日有人打聽，禁烟委員委狀尚未用印。又慮各司司長易外省人，恐有變動。

廿四日　十二月廿一日　星期天

程子堂來函①，告知各委員委狀已蓋印，發下到司矣。報載，十九日准兼領湖北都督黎元洪辭免本官。

廿五日　晴　十二月廿二日

今日出外三次。李香蕖來訪，謂彼亦得委員。下午五時余歸後，內

---

① 得程函方知此差不因內務司長易人有變動。——作者批注

務司送委狀及文件來，給酒資一串，蓋印去。晚寫家信，問祖送已至百勝廟進香否？以後出差祈神佑。附內務司章程、委員薪水，每月薪水夫馬止一百串文，可發兩個月。前在安邑借芤周、慕張、王壽軒共廿五串須還。陳、王等俱在省。又前五月在安署借夏生之款卅串亦須還清。又須添零星物件預定十五串。歸家可净得百卅串之譜。大約歸時在臘月初一二之譜。此數日內，可命祖送在江干接兒。此信即發出。今日得短差，三個月可以不謀事。然費盡心力，設阮次扶非熟人有感情者，不得此差。何如在家經商得安然無求耶？

廿六日　十二月廿三日

早起。午後向內務司領款二百串文，就近在橫街萬發祥問物價及應買各物。晚間在長街買花洋絨皮包一個，手電筒一，紅斗篷一件，去價三串文。此出門必帶者也。各報載，雲南廿一日晚十二時大地震。

廿七日　晴　寒　十二月廿四日

早起，嚴介眉來訪，已知余得差。便托其帶《高等國文》八本及《商法總則》《國際私法》等書共十三本。信致父親，謂川資領到，一二天即同夏生歸。雲南地震爲嶍峨、通海、新興、河西四縣最重。

廿八日　陰

昨寫函及書一包，今日送交介眉帶縣。下午買□各物已齊，至大朝街晤香渠及晏海平同學。

廿九日　晴　十二月廿六日

早起，與夏生同渡江至賢樂戲園觀戲。以省錢，買邊座二。戲不佳，早退出。至一小酒店吃飯，夏生善飲，余不能陪也。下午四時渡江，整理一切。給江漢公校傳達及厨房酒資畢。欲早寢，遂至斗級營天吉棧宿，便搭船也。

臘　月

初一日　陰　十二月廿七日

五時起，與夏生渡江，搭小輪回縣。下午二時已抵岸，遠望祖送在江邊候。余命招呼行李等件，到家見父母說明得差原委及明年做生意之必要。余雖得此短差，差畢仍須謀事。可恨！可恨！

初二日　陰晴不定　十二月廿八日　星期日

早起，飯後至各處訪親戚友，在萬岳母及程松師家坐甚久，至杜衛初同學家中言談半時，彼向係以得此差認識阮次扶也。杜君為人固執，不甚通世情。

初三日　晴　十二月廿九日　星期一

在家清理準備出門物件。惟長隨無靈敏之人，似難覓得，不得已仍寫信胡林約太懷來縣同行，以其能吃苦耐勞也。晚與父親談及夢入東嶽府事，父親亦惡之，謂此次出門須小心為要。余謂此何以稱府耶？

初四日　晴　十二月卅日

報載，雲南都督蔡鍔辭職照准。令各省民政、財政兩廳條呈稅法。又令整頓司法事宜。均廿七日事。

初五日　晴　十二月卅一日

報載，任葉公綽為交通部路政局局長，仍兼代交次。

初六日　陰　民國三年一月一日　元旦

早起。聞縣中各機關舉行元旦節，惟不及從前熱鬧。下午太懷來家，彼已帶行李。今日寫段、陶兩知事第二次函，謂余來在即，請速出示鳴鑼，警愚民免種烟苗致于死刑也。

初七日　晴　元月二日

今日準備各事畢，晚至松師及夏生處坐甚久歸。

初八日　元月三日

早起，與太懷至河干搭輪。母親送余出門，囑以寒冷宜防也。上午十時到團風，當尋許二哥同去，雇得土車一輛，與太懷分坐，價廉。以調查性質，尤便問事也。晚宿孔夫子河一小棧，飯後小坐，問店主至麻城路途平靖否？孔子河爲岡、麻分界地，民風純樸。

初九日　陰　元月四日　星期日

七時自孔子河起行，途見"孔子使子路問津處"直立高石碑一座。今日又見"孔子回車處"五字，以行路匆匆，又無人可問，致此古跡僅由車夫口中亂述而已。下午五時抵馬家河宿，此地與黃岡交界。

初十日　晴　元月五日

七時起行，車行甚速，上午十時抵麻城。至縣署會晤汪知事翔，號鳳池，夏口人。十二時，汪囑工役搬余行李進署，檢署左邊一大房爲余食宿處。余以主僕二人，囑轉知廚房單開飯，另算火食費。下午三時，分別接見署內各職員、收發、科員。周炳章，監利人，第一科長。范迪翔，江夏人，係老刑幕。幫審向裕泰，號卓孫，監利人。饒漢祺，號壽維，饒漢祥堂弟，係原書記官改充者。他縣書記官改幫審不准，此人則准，則漢祥之力也。民國不講人情耶？警察署長程瀛、警官夏治元與余曰，彼於胡林爲戚誼云。太輔尚在署充小隊隊長，晚間帶同太懷在街上一遊。

十一日　元月六日

早起寫家信稟父親，述初十日十時安抵麻城，該縣去年烟苗甚多，二天後即同知事赴鄉查烟苗。太輔不日因公到黃州，已囑伊便到家面稟。陰曆年近，如晴朗，即歸度歲，否則明正再說。到差公文借用縣印①，今日發出。

十二日　陰　一月七日

汪知事以余明日須赴鄉，派周炳章同行。下午四時就署請酒，陪客兩幫審及典獄官、看守所長。典獄胡某，黃岡淋山河人。所長朱右庚，大冶人，與純如爲堂兄弟。及程署長等。炳章囑厨子辦路菜甚多。

十三日　晴　一月八日

早起。輿夫六人，可換班。衛兵四名，中有張洪升，黃岡人，年輕最得力。傳達一人，胡姓，黃岡人，隨孟福卿知事到麻城者。太懷同行，與余共十四人。山行似不寂寞，但調查山窟小徑，尚嫌人少耳。余先寫第二次信寄父，云汪派周炳章同行，此行進山須十二天方可回署。臘月廿五六定回家。近來在外多夢。命人送郵後，余即出城東門，在閻家河停止。囑傳達、隊士向附近調查，並傳古城、閻河各區區長、曾户長前來具結。麻城自治局奉令解散後，團保尚未成立，各鄉公事暫由區長、户長負責。午後自閻河起行，赴石陂區。晚到甑山區，已七時矣。人伕疲乏，不能再行。宿熊理家，此地紳士也。

十四日　晴　一月九日

早起，自石陂區、甑山區起，此爲麻城東八區入山之路。正午經大三里崗、小三里崗，山高路窄，輿不能行。午後六時，取得甑山區長切結。

---

① 省委下縣欲報上峰，無印者須借用縣印，由縣發出，如係秘密公事，則不借印徑發，此民初例也。——作者批注

十五日　陰　一月十日

早起，由甑山過石陂區，仍轉甑山區。命衛兵入山查看畢，經天子山，此山高陡難行，上下計三小時。入木子店已下午四時半。輿夫問余曰，昔日朱老師做麻城儒學，做六七年，係委員何人？余曰此老爲大冶人，余同學朱純如祖父也。距木子店不遠，路忽平坦者約五里，過路旁一大石。余謂平地何以有此大石？輿夫云此某代天空降落之石也。石爲立體狀，石身六七尺，當路隅。輿夫又言，前清縣官到此地，即撐紅傘，禮節也。語畢，余忽悟及此前兩月夢中境，似到過者。輿中因問伕子曰，此地有東嶽府耶？伕子驚問，委員何以知之？余以他語亂之。此輿伕年已六十歲。天黑到區，即見"東嶽府"橫額三字。下輿入視，內神像宛然從前夢境也。區紳數人來招呼余等，自治局已籌備數日。在內似有員役辦公，周炳章與彼等熟，余一一托炳章代達省署之意。疲乏甚，飯後早寢，細憶前夢釋然，余或不遭病死也。

十六日　陰　寒　晚小雪　寒甚　一月十一日　星期日

駐木子店區，傳區戶甲長來問情形，並取具切結。至一私塾，教員教學生廿餘人，就閱課本陳舊。檢其空本子，前係先生自書課本。余於後頁題二句云："偶經雲外寺，曾記夢中游。"寫畢仍折之，先生不知也，學生或以此事告知。飯後即行，前途無食宿處。傳達云此地向出土匪劫搶，有附近住之老叟李某，綠林豪傑，現已改邪歸正矣。如求其引路必無慮。余與炳章以爲然，囑傳達持片尋之至，與余語，遂同行。三四里至一古廟名"反背廟"者，此廟以後門作大門，前門不走故云。李去，余等至黃市區之汪家祠堂食宿。辦食時，屈區長名開伸來見。問之現教書，彼與屈佩蘭爲本家。屈開伸仿佛渠自云某科秀才，本地人舉爲區長，年約六十。

十七日　陰　寒　小雨　一月十二日

早起。今日行山路多。至板橋河，得夏福松、丁象太報告，團皮沖夏興連家有烟苗，並挖苗數株來證明，賞錢一串五百文去。遂駐丁河口辦理此案。晚間夏興連請出木樨河區丁會清、夏斗垣等五人，又二里河李紳等數人來調處此事，僅以此地充公，立約交縣，約明晨來具結。此爲發現烟苗之第首次。宿丁河口小店中，予爲之起充公約稿。囑彼寫後，此稿就燈上焚之。

十八日　早大雨　下午晴　一月十三日

丁會清等送結來，此案已結。下午一時天晴，余以公事急，又值歲暮，促興伕行，因丁河口小旅店決不能再住也。屋小人多。經白水畈區，此爲麻、羅二縣交界地。到觀音閣甚早，飭兵伕休息。余乃寫第三次家書稟父親，云連日在麻城北鄉，萬山矗立，道路崎嶇，行走艱於黃安北鄉十倍。決定回家度歲云云。此信交鄉村郵櫃帶縣發出。借得報看，國務院議定大總統年俸卅六萬元，公費每年一百五十萬元，又交際費每年五十四萬元，自二年十月份起支。

十九日　晴　一月十四日

晨由觀音閣起行，經畢家榨、鐵林沖，發現烟苗三塊，詢之爲郭梅松所種。又經朝陽河及二里河下半區，又蔡家河、二里河、牌樓崗，亦查得烟苗一塊。當如夏興連辦法，充公立約。傍晚到黃崗廟附近之朝陽河飯店宿，並取得田、李二區長切結。今日途中得訊，白狼匪首於十一日陷河南光山縣。

二十日　晴　一月十五日

早起，由黃崗廟經七里崗，崇山列峙。下午至雷家祠堂，查獲雷永興私藏烟土一兩五錢，並在該宅搜出烟具多件，當即飭區將土及烟犯解縣。此東嶺區與黃岡交界地，故奸民易藏也。宿該區小店中。

廿一日　晴陰不定　一月十六日

早起，由雷家祠堂行。下午四時所經爲黃岡交叉之地，有小街，一頭歸黃岡，一頭歸麻城管轄，有小橋爲界。經黃蓋廟，宿東界嶺旅店。寢後，聞炳章云，該店主之妻時持燭開余網籃尋物，余夢中漫應之。

廿二日　晴　一月十七日

早起。行十里休息時，炳章將昨夕店主之妻窺網籃取物狀詳言之。余謂此黑店也，須轉輿捕之。炳章勸止，大約彼等戀麻城事，畏得罪此等人，不知此善心必種惡果矣。余以係行差人員，細思乃止。

廿三日　晴　一月十八日　星期日

早，由東界嶺經黃岡界入鹽田河，匆匆急行。過白杲鎮，麻城大集也，聞吾邑人口音甚多。在街上傳區甲長取結畢，促輿急行。下午四時回麻城縣署。晚與汪知事晤，聞北鄉河南白狼大股匪已到邊界，鄉間驚慌萬分，紛逃避縣城，擬請兵戒嚴。城內謠言漸起矣，余遂動歸念愈急，請炳章爲余雇轎，明早即行。傳達送來黃安段樹滋知事函，係十一號發。謂奉軍民兩府令，知余必到安。中有此次奉檄重來，在兩府可慶得人，在地方亦能造福。指示一切，其矜全舊部之意，情見乎詞云云。用紅箋書來，甚恭。

廿四日　陰　一月十九日

早起。以雇輿夫遲來，十時方行。天氣短，又風寒甚，行甚遲。旁晚，途中聞人家鞭炮聲，過小年也。麻署范迪翔科長輿在前。七時半，方到孔子河小棧宿，人客俱滿，途中聞白匪在河南搶殺人民。

廿五日　陰寒

早六時起，促輿夫以趕到團風搭下水輪爲要。到團風時，已下午三時半，小輪前半時已過團風矣，不得已，至許萬利店請代雇民船，值西風頗順。船戶蘄水人，另小僮不得力。開時云可趕到壽昌城，行至唐家渡半里許，江天雲黑，舟子曰暴風至，遂泊洲蘆葦淺水中。距岸上不能達，又慮歲晚有劫者，幸四無泊船。舟子煮飯後，余亦食之以寢。又慮舟子非好人，囑太懷注意。故示舟子云，余有手槍置皮包中，攜以自防者也。風已至，不甚大。視天際星明，終夜未寢，心怦怦然①。

廿六日　晴陰不定

五時半，天明風定。囑舟子急行，上午九時半到家，與父母相見，述昨夕事猶懍懍也。籌備度歲各事，晚間出街買物。

廿七日　陰

今日出門看各親友，命太懷回家，囑其初四來縣。晚間，母親辦年飯，明晨照向例舉行。今年在家，天倫團聚可樂也。父母主持辦年飯，余以連日疲乏，早寢。

廿八日　晴

轉鐘四時起，進香祀祖，五時半吃年飯，甥兒女及純女均坐席，食畢天已大明。午后外出，仍向各親友拜訪，今日接肖鵠自葛店來信，乞父親爲之遞稟，謂其於廿五日被盜，余遂請禮門爹做一稟。

廿九日　晴　一月廿四日

早起，將昨稟稿請人寫就向縣署遞呈，晚間佈置各事，寫春聯二付，囑甥貼之，今余在家過年，喜雙親康健也。

三十日　陰　一月廿五日　星期日

今日爲舊除日，早起。午後辦理祀祖酒菜，並焚包袱請祖宗。除夕

---

①　黄州一带駕小舟者非好人，且歲暮處此境最难堪也。——作者批注

祀典，余家行之已久。兒時見祖父行之，祖父故後一切由父親指示行之。吾邑各家均如此，洵好風俗典禮也。晚十時亦循舊例，團年酒畢，往岳母家爲長輩辭年，並往程師家中辭年歸。轉鐘二時後守歲。天曙時，帶同訓甥至百勝廟進香，叩岳忠武像前。父親率表兄前行，便過太平橋仁壽宮祀藥王歸。向祖宗牌位及父母前行拜跪禮畢，向大姊拜年後，小憩，和衣寢。

民國三年（1914年）甲寅日記

　　正月在麻城時匪風緊急，白狼大部分集麻城邊境。元宵在宋埠辦理禁烟案，未能徹底根究，只在順人情。蓋不順人情，徒促縣令及胥吏得賄也。有一次可笑之事，求速到黃安，誤聽輿夫行小路，邂兩三日，欲速反遲，致無飯店時，人多無食，乃籍一鄉紳家舉行壽筵時，藉祝壽機會而隨衆乃得醉飽。設不逢此機會，真饑餓難行矣。計自正月初九以後，三月十九以前，風塵僕僕，或舟或車或輿，東食西宿，荒村野店，行臥不安。亦時染小疾，在宋埠時幸有醫藥可就也。

　　四月差竣，寓省謀事，時生厭惡之心。屢禀父親欲在本邑作藥店生活，以免奔走風塵，入勞神縋倖之境爲苦。五月初就本邑寒溪中學教席，課多且雜，講改兼作，而得薪不及卅串。以一人而兼兩教員之課，休息時少，事事準備。以願意在家侍父疾，亦只好安之，能盡養送老亦予所願。

　　秋間以染瘧身疲，故此時日記極略，或數數停寫，僅挑列陰陽對照之日而已。

　　冬臘月父病加重以至歿後，始而着急，繼而焦慮，推想前後，心悸垂涕未嘗止也。是年爲余最傷心，最難受之環境。

戊戌秋八月上浣峙山老人閱後附記

正　月

初一日　晴　一月廿六日　星期一

　　八時半起，帶厚訓甥出門往各街親友拜年。間有開門者，略坐而已。

下午三時歸，疲勞甚，吃飯後即寢。

初二日　陰　一月廿七日　星期二

午後有拜年客數人，談片刻均去。

初三日　陰晴　一月廿八日　星期三

早來客數次，午後余又外出一次，晚間具酒菜，祀先祖母，明日爲先祖母忌日也。母親連年此日向余言祖母當年苦狀及臨終時家中貧困情形，泫然流涕。

初四日　一月廿九日

閱《東方雜誌》民國三年一月一日出版，第十卷第七號，內附有清宮二年記。載，去年八月預定在臺灣謀革命之青年羅福星、吳覺民三百餘人中，殺去一百五十九人。

初五日　陰　一月三十日

清理各事，準備再赴麻城。午後太懷自鄉間來。

初六日　晴　一月三十一日

臺灣革命未成志士，於大正二年十一月廿六由小野檢察官主持殺羅、吳等。羅、吳前年曾來中國者。羅爲臺北土著，吳爲廣東嘉應州人，惜事未成。

初七日　晴　二月一日　星期日

早起外出二次。迭聞麻城邊界匪氛大起，白狼匪首之名武漢各報已揭出，北京派兵到豫鄂交界處搜剿云。

初八日　陰　二月二日　星期一

五時起，六時飯畢，與太懷帶行李等件搭輪船，母送余至門首。搭輪人客不多，上午九時到團風，到許萬利略坐，即覓伕頭雇轎子，耽延數小時。因聞匪風，又慮有兵差，轎夫不願到麻城也。屢講不妥，晚乃定局。以天氣短，仍住許二哥處，蒙其招待。轎子二人，到麻定價四串二百文，較前貴。

初九日　陰　大風　早　大霧　二月三日

早起，乘輿行，道路平。催轎伕速行。中途停時少，下午六時行抵麻屬之南店食宿。今日已行九十里。

初十日　雨

上午十一時半抵麻城縣署。當即晤汪知事，知其調省。僅見報章，公事未到。新任知事王藎臣已到，定明日接印。政界之不可靠如此。一有人告，政府不加察即換一人。況鄂已易段芝貴爲都督，一切引用外籍者作官矣。芝貴在清代聲名極卑劣，不知北京何以重用也？余與太懷仍住署中原房中。晚寫家信。

十一日　陰　二月五日

早起帶太懷往各街一遊。歸後，聞署後園有麻姑樓，望之，欲登未果。午後拜訪新知事王藎臣，號藩周，直隸曲周人，年卅餘，曾充江蘇軍隊書記官者，不通公事，以與此次來麻城邊界剿匪之第二師長王占元爲至戚①，乃薦段督得此缺也。湖北政界舊語"金麻城，銀孝感"。檢昨寫家信，稟父親説明到麻現狀，並述各縣審檢所②一律取消，自二月起仍歸知事兼理司法。去臘與余同席之看守所長朱耀先已被裁回省，朝令夕改，此民國新政歟？麻邊白匪已竄至六安，州城已破。麻城軍隊俱屬北兵。已開羅田，因該縣緊急。省中調來之兵約六百人駐麻城城内，聞又有省調之兵

---

① 王爲占元之親家。——作者批注
② 各縣審檢所二月一號取消。——作者批注

四千來麻。新知事帶衛兵四名來接印，無一人通文理者。彼云重在防匪。如此繁劇之地，用此等知事，寧非笑話。此函今日發出。閱黃安鄧海珊來函①，謂重來安邑，代表全民，可稱萬家生佛云云。又云段知事接任後，董采臣、韓子洲俱被裁，現在農校王書華已改爲教員。

十二日　大雨　晚寒　二月六日

早起，因雨未能外出，與汪知事晤談。晚再與王知事談及出查事，王以彼不能同往鄉間，又無人可派與同行者。禁政關係外交，彼不顧也。僅云遇事請余作主，不必與彼相商。想彼有王占元爲後臺，即糊涂萬分，將來貪污，麻城人亦不敢上告矣。晚間以前任人員俱不快，亦未便與訪談。今夕因寄汪小軒函，夾一函囑轉交家中，仍云王知事不懂政治。

十三日　大雪　寒甚

九時起，太懷云早雪尤大，出外調查只好候雪霽再説。縣署中又聞匪風正熾。

十四日　雪　霽　二月八日

早起，午後囑縣署中傳達雇定轎子，請科長派定衛兵二名。帶傳達之路熟者，吳姓，年已五十餘。此次所行乃宋埠、中官驛等安全之地，不用署中職員同行可也。決定明日起行。

十五日　晴　二月九日

早起，進早點後即行。余以受寒，兼飲食不調，時時頭暈，惡心欲吐。今日擬到宋埠，因途中歇時多，又值雪後初晴，下午四時半到中官驛宿旅店。余未食欲嘔。衛兵張洪升云此地有文昌宮，余聞之。余前虔念《陰騭文》者也，禱於文昌帝君必有效，遂囑買香燭入廟進香。晚間

---

① 黃安縣署寄來信，予第三天方見之，因新舊交替無人管理此事。——作者批注

見廟宇巍峨，拜跪行禮後歸臥旅店。囑衛兵、轎伕、傳達安宿。太懷就余床邊臥，備呼喚。此行爲麻城西北鄉，大約十三天可畢。

十六日　晴　二月十日

早七時飯畢，八時起行，午後到宋埠。該自治局聞已改名保甲局，成立未久。區長劉子和久未辦公事，局内有文牘李岐山者，一切爲余招呼。余以疲勞，又值頭暈，宣言不見客。囑太懷往告王福堂先生，云余已到，暫不來晤。晚七時，頭暈甚，已在福堂處問藥來飲，欲發汗。屈子惠持片來必欲見，余拒之再三。彼與岐山言，以世交誼來奉看，且接省函，屈議長囑招呼余者。余遂勉起，與子惠談片刻，作謙語謝之，別去。宋埠夙稱小漢口，生意甚大。今夕玩龍燈，極奢華熱鬧。屈出，余起寫信寄父親，説明到宋埠近情。

十七日　晴　二月十一日

駐宋埠。午後屈子惠備轎子來接，具紅柬請余。以疾辭不能，彼堅約去。至其家，房屋甚佳，惟嫌窄小。彼指一小房窗前有大樹者，謂此房梁啓超曾住月餘。梁與其兄子厚名開埏，爲戊戌黨人也。具酒肴極豐，余以頭暈略舉杯箸而已。屈有囑託，余亦許以通融。傍晚宋埠街龍燈華麗，人山人海觀燈，猶太平景象也。余歸後，命太懷導余至福壽康王福堂處坐談半時，並承其指示各事出。李岐山時時來托情，爲劉子和之子吃烟已禁多時，余答以須考驗。王福堂亦爲劉聘齋説情。

十八日　晴陰　二月十二日

早起，帶衛兵並警察所警士二，至項壽亭、松亭、德成生、普集源、程南田、東門外、項福，至下正街、宏順生、項仲祥、劉惠泉即劉子和。家，又南門饒南田烟館、袁雲渠，又戴家巷土娼、袁貴、夏家玉等吸户、土店、花布行等等，僅獲少數烟具。蓋警所長饒雲宇，廣濟人，爲饒漢祥之姪，包庇烟館，私收税捐，警士上下均通。此埠烟土轉運，實難禁絶。饒雲宇已有拜郊、南湖、宋埠三區郝紹廉、劉炳文、屈錦珠等遞稟與余求懲辦者也。擾擾一整日方畢。晚間岐山、福堂、子惠等紛紛説情，難於應付。中國事要徹底辦，須有權力能調兵拘人，送縣坐牢，乃有效力。蓋從前縣府派人查烟，得錢具結了事，已成習慣。余則以重者交縣辦理，此次如不嚴肅，恐後來查者云委員未到也。劉聘齋等八家具結完案。

十九日 陰 二月十三日

早起，飯後雇輿至岐亭，查南門外賀映章家，又東門外福太原、協盛美等家，又張家洲之張子恒、久臣、鳳簫等家，其來説情者每每拉出阮次扶關係。下午四時乘輿回宋埠。晚間爲岐亭説情者多。問王福堂，云項松亭處乞留面子具結，因彼與子惠等有仇。憶余在河南第二師範同事有項某者，余南返時彼送川資事，因許之。丁未在汴承其助川資歸者，即松亭堂弟也。

二十日 陰 二月十四日

仍駐宋埠辦理未了之事，而劉汝錫等來見，稱子惠爲項姓烟案受賄，擾擾半時去。晚間李岐山送來張鳳簫具結，謂張爲阮芾臣之戚。連日疲甚。

廿一日 陰 小雨 二月十五日 星期日

早起，飭警士衛兵赴附近各村查烟館。此本爲開彼等需索之端，余又無法親往，不過告誡不准需索，取具户長切結而已①。麻城老號房，年五十餘，隨余辛苦，命之督同衛士去。太懷人老實，不令往返，加彼等不便。晚歸報告，余疑信參半耳。早寢。

---

① 在宋埠查案實不能行吾職權，過□則替縣知事以發財機會，徒增人恨怨，以王、屈二先生予不願不與其顔面，王此時尤窘，予故從寬恕二字着想。——作者批注

廿二日　早大雨　午後晴轉陰　二月十六日

早起，因雨不能行。正午雨止，余囑輿伕及隨從人等兼程回麻城。晚七時抵署，飯後與汪知事談近狀，問其何時交卸清楚。又晤王知事①談片刻。早寢。

廿三日　陰　二月十七日

早起寫家信寄父親，云麻城北鄉匪風熾，不能去，已商請王知事派隊往。近一月餘，左眼急跳不止，每天約廿餘次。兒向無此事，不知何兆也？甥兒務要去學貿，甥女速開親，此兩事皆兒心中不能忘者。餘候到黃安再稟詳細情況也。

廿四日　陰　二月十八日

早催內務課長辦理與王知會報查烟完竣情形。文送來判行後，囑即寫發出。炳章與王知事說，送川資十串文作路上用費。今日黃安署派衛兵一名來引路，余甚喜。原擬麻城派隊二名送，現只用老號房一名引路。囑安署衛兵飯後早寢。余與汪、王二知事作別數語，亦就寢。黃安派來小隊隊士王魁，黃陂人，王連翹族弟也。

廿五日　早陰沉　十時以後雨漸大　二月十九日

早起，天陰欲雨，而輿夫挑子已集，不能不行。麻署派隊二人送五里，余囑其返。行十餘里，小雨如絲。午後雨大不能行。麻城號房謂前途無旅店，此不遠周家涼亭有小店二家。雨大天黑更難走，遂止。店家貧甚無米，以余等人多，到處搜借得米煮飯，屋小炊烟不得出。余等八人分居兩屋，真逼窄難過。夜間屋漏極不安，深悔今日不應由小路抄近。

---

① 王為一庸人，後以王占元督軍兼市長時調以漢口徵收總局又兼全省硝礦局，發財不少。鄂省議會不敢言也，王僅敷衍屈議長了事，外人目議會為豬圈。——作者批注

恐此多山路，較平路到時更遠矣。予凡事不考慮，其實在麻城署住一二天再行何傷。

廿六日　大風雨　小雪　寒甚　二月廿日

早起，雨大未止。昨夕寢不成寐。店中僅能再供一餐，以後無米，又無處可買。余焦灼甚，必欲行。十一時冒雨經打石區，前途無旅店。號房打聽距此三里許，有大紳周君今日生期，彎路去訪作爲拜生，我輩亦得飽酒食云云。余聽其言一笑，謂此乃乞食新法也。命號房持余片去，輿緩行，沿途停歇。未幾老號房來，謂該富紳已具酒迎余。輿至其宅門數十步，迎者出，余遂登其堂致祝。支客十餘人來問好，另闢東廂開席。以省委過此，榮幸實甚。細詢均與屈、戴二家有關。主人問余爲革命人抑科舉中人得官者耶？余以清代秀才告之。蓋彼等以余年輕，初以爲係革命得官者，益加敬禮。食後雨亦漸小，余遂行，該紳送之遠。余在輿中自發噱，亦獎老號房有急智也。自此轉打石區一小店，覓得周區長，具切結送縣。麻邑西鄉邊界已盡，入安邑東鄉之葉楓河旅店宿。

廿七日　晴陰不定　二月廿一日

早起，自葉楓河起行，入安邑境至桃花區、葉油會，直抵縣城已下午一時矣。號房陳新在大堂上招呼余下輿，當即會晤段知事，並訪問署內舊職員，存留者甚少，僅海山一人。晚寫家信報知父親，云已抵安。明晨發出。

廿八日　陰　二月廿一日　星期日

早起，就城內拜訪從前士紳之熟識者。下午五時知事請宴，同席者夏科長，黃岡人；祝科長，號少雨，黃陂人；張曾九署長、田小青科長，均武昌省城人。並遇鄂東道署派來之復查委員方廣唐，安徽省城人，彼居武昌後宰門張朱緒醫生家。同席酒肴甚豐，同席多頌揚余前去年在安政績。

廿九日　晴　二月廿三日

今日城自治局張芝卿等請余宴。下午商議調查入手方法，與縣長會銜佈告。

卅日　晴　二月廿四日

早起，至兩校拜訪各校長、教員。下午學校公請余晚餐，主賓甚歡。張述東自鄉間來晤，細談別後事，並問余舊疾愈否？張君能醫，予前曾請其治疾也。

二　月

初一日　陰　二月廿五日

今日吳粹軒來訪。審檢所郎成、田明旭等請余飯。下午自治局吳粹軒代表縣城士紳請余。下午四時宴，酒筵豐，商談各事。粹軒在萬縣知縣任內稱精幹之吏，去秋歸家。今年理公事能負責。前清已入學，其家曾爲安署刑房吏。晚六時畢。回署商同段知事明日下鄉，先往紫雲區調烟苗。去臘吳石卿最著者也。晚寫信寄父，云明晨下鄉查烟苗，祖送今春要學貿，甥女親事不能緩，父親六十壽辰如何佈置，可與斗丞商定，或請舅父來家，或移至九月間與母親六十壽同時舉，因兒二月不能回家也。

初二日　晴陰不定　晚風　二月廿六日

早起早點後，知事與余同下鄉，先到紫雲區①爲懲一警百之舉。帶傳達祁順、衛兵四人、輿夫六人，太懷亦同往。此行人多，知事帶火食

---

① 黃安紫雲區與河南接壤，種烟者多。——作者批注

各費，不受地方招待。八時過三里店、黃石橋，午後經道安會、打鼓嶺、高家畈，沿途傳集保甲長具結。再經柏林會、袁英河、盧劉會、牌樓河，入塔兒會，天已昏黑。尋紫雲區之路，又誤入小山密林中，馬燈洋油已盡，燈籠未帶，乃緩行。向兩山麓有燈火人家處借火把照路，必入程棚畈宿。鄉人知知事同省委下鄉，均供給火把甚多。祁順先行，報知程志海家已有準備接知事、委員，時已夜深矣。余下輿至程家，見滿屋燈火輝煌，似有喜慶事。細問乃知河南光山下潑玻河地方白狼大股匪已到，程家之戚商城某家等眷屬已逃至彼家避難云。段知事甚不快。飯後與知事商云，君有地方責，明晨宜先歸，調隊防邊界，不能離縣城。余在安久，各鄉情形熟，各紳民無不知余者，感情好，無慮也。議乃決，十二時以後方寢。程宅爲北鄉大姓，有資產。

今晚派出之偵探甚多。雞鳴時，余枕上聞之，該人謂匪曾搶某人之騾子一個以去云云。

初三日　晴　二月廿七日

早起，段知事回縣，帶去轎夫三人、隊士二人，少五人火食。余以有二隊隨余，又有傳達、衛兵各一，夠用，亟請早行。余在此調查半日，由程棚畈起行，經鄭家邊至張家河，過蕭家灣、油榨灣，傍晚到箭廠河宿一私塾師家，餘人分宿各家。當即傳吳石卿廿六家，去歲褚近午任內奉令有案飭拿者也。此地縱橫十里，吳姓爲大，石卿爲前清武秀才，武斷鄉曲，最有名，綽號龍相公者。余先囑號房告知，督、省兩府均注重其人，現在委員矜全爾，爾宜小心云云。自是一切恭順易辦，石卿一人單具一結以爲信。彼此次對余表示感激。

初四日　晴　二月廿八日

早起，自箭廠河起行，經塔兒會之熊家嘴、高山崗、劉家凹，經柳林河至小坳口宿。今日沿途順傳村長、甲長，諭知各事。

初五日　晴　三月一日　星期日

早起，由小坳口起行，經道安會屬之徐家畈。此處由高山已漸到平原，興夫緩行，余沿路詢問近況。分諭鄉民，多知余之姓名。號房、衛兵轉告此爲前任朱某，鄉民無不欣悅者。十一時經下孫家等村，回署已三時半。與段君見面，叙數日來匪情已竄河南光州等處矣。閱次松二月廿五號發函，述鄂省公行純爲皖人勢力，彼未遭裁汰，每日承辦文件二三件，頗閒散。王述曾仍在司辦事，學校已取消多所，去年借款陰二月即還。八弟不日往南湖測繪，六月内即畢業。江漢公校亦取消云。

初六日　晴　三月二日

駐黃安署，爲江瑞生、韓玉峰、王書華等寫對聯三付。

初七日　晴　三月三日

駐安署，爲署中同仁寫對聯四副、中堂三件，畫蘭二付。

初八日　陰　三月四日

今日城中江瑞生、吳繹如等下午四時公請余宴會，晚間爲吳等寫大對、中堂等件。

初九日　三月五日

連日在城，以感情關係。因余兩年在安，政治公允，人心頗佩服，均謂青年人作官，一切以良心爲主宰也。

初十日　晴　三月六日

明日決計往北鄉查禁，祁號房仍帶往。熊騰向余言必欲同往，余已窺其意矣。余在安二年，官廉吏瘦。古云作官自己清廉，不可使吏役太苦，亦近乎人情者。禁烟爲現時要政，犯者應受懲罰，擬就案情小者罰少數以賞兵役，亦人情也。熊差爲余迭受艱苦，遂許同行。衛兵王魁，黃陂人，前接余者，亦帶同行。晚間雇輿已定，早寢。

十一日　晴　三月七日　星期六

早起，自署起行，出北門，經峰山店、龍井崗，過永安寺，住持崇禮吸烟，罰之。龍井崗當街賭牌者，余本不干涉，惟熊等先已捉得牌犯，亦不能不罰之。高直臣、吳占鼇二君來調此事，酌以小罰款，給號房、衛兵等爲賞資。下午經土庫店、雙城會、吳家河，至七里坪宿。七里坪余已到四次，仍駐大廟，以人多且便照管也。此集烟館有六七家，號房均知者。安人尋找易，余亦不加干涉。吳占鼇等來訪，仍稱頌余前在安德政。

十二日　晴轉小雨　三月八日　星期日

駐七里坪，兼查雙城會、上莊會、鹽店河等地。囑衛兵覓查犯者，拘來一詢。其實未見拘一人來，余在此休息一日。

十三日　晴陰不定　三月九日

早起，由坪起行，經顏鄒灣。鄉紳鄒學容來見，叙別後事。再經席家崗、福德橋等處，下午入棗林會之鄧家橋、況家河，即從前況志廉命案之村，熊遠樓科員在傅任撤差者也。傍晚到祝家樓旅店宿。

十四日　晴　三月十日

早起，得報呂王城有烟苗、烟館。自祝家樓起行，經打馬嶺、錢家樓，多山路。此處界連河南省羅山，向非安全之地。到呂旺會，獲伍藻香、伍星樓、應熊等三人。又經黃伯鄄來講情，伯鄄，仲鄄之兄也。余以其人正直，許之。由伍秀松、應鴻等五人具切結，輕罰款給隨從而已。今日本欲往黃陂站，以天暮遂宿呂王城旅店。

十五日　陰　雨　三月十一日

由呂王城起行，至石家畈、王架山等村，山路崎嶇，輿不能行。至雷谷冲逢雨。傳到去年種烟之張方輝一名具結。晚宿雷谷冲。

十六日　風　雨　三月十二日

早起，由雷谷冲起行，經老山會、劉家田、楊家田、余家畈，因山路又值風雨，不能多調查。今日所行路，高山峻嶺，無異麻城之東八區也。遂宿余家河。

十七日　三月十三日

早起，由余家河經黃曹畈，經石灰會，經河口入東烟會宿。今日急行，且無烟苗發現。河口屬黃陂，便查問，因未帶黃陂衛隊，許多不便也。

十八日　晴　三月十四日

早起，經石灰會至上新集。下午查入西林會，轉東烟會，傳各村村正來具結後，經朱家田、李家灣、程家樓，已到平地，輿行速。在程家樓略住一時許，向各村人說以今年烟禁嚴厲，鄉愚勿以身試法。傍晚回黃安署，傳達交到父親陰曆二月初六發信。查閱郵印，此信曾經九江轉黃州、陽邏，已行九天矣①。父謂麻城寄回各函收到，閱二月初四《大漢報》載，麻城前充書記官後改一科長之顧善儒，因公至木子店，陰曆廿七夜被白匪黨羽在團防局殺死，知事已向省府請恤。閱後予焦灼幾至悶結。今日午飯後，同時接得汝自安回信二封。使此函早到，余不致驚疑也。小軒款已還，當付屋押租八串。今年加為廿四串，年租過重。余生期在邇，決不令人知之，即有錢亦不願作此舉也。《大漢報》寄到，葉

---

① 當時郵局人員糊塗如此。——作者批注

仙樵夾一信在內，語多不通。券上寫得收到半年報費，有空白紙條二張，一名堅石，一名辟園。黃安偶有警耗，可至黃陂。太輔在麻已辭差歸，是有道理。又閱夏迪愚函，叙到省後再晤，中多擬不於倫語。

十九日　陰　三月十五日　星期日

早起寫家信寄父，謂《大漢報》登載麻城科長事，無稽之言，該縣職員向無顧姓者。兒到黃陂時，必回縣一次。父親生辰如有親朋來，可辦酒二席。《大漢報》揭曉，第一、二名素行子、玉衡均兒之別名，一贈報一年，二贈報半年。葉仙樵①竟將一年之報彼留下，此人真可惡也。安邑查畢，五日內即赴陂，白匪現已竄至羅山一帶。

二十日　晴　三月十六日

駐黃安。接易泮香函，云屈競存已得美術學校校長，囑余即托阮次扶薦爲教員。

廿一日　陰　三月十七日

往各街帶同太懷一遊，便訪董采臣及小學諸教員。

廿二日　晴　三月十八日

請段知事飭科辦會報呈文，張科員叙稿，余改正。又另令吳石卿，以後箭廠河如有烟苗由吳負責。

廿三日　晴　三月十九日

早，張科員送稿判行，囑即繕發。下午至江瑞生、王書華處坐談，並作別。晚與段談甚久。

---

① 清末葉仙樵對不起予之事甚多，《大漢報》彼竟留一年之報贈品而以半年者與父親。此人真不可交之人。——作者批注

廿四日　陰　三月廿日

今日在署休息一日。時至後園有感，余在此署兩見紅葵盛開，今則距端節尚遠，何年再來賞此園林耶？晚飯號房將輿夫雇定，明日到陂。帶衛兵王勝去，彼爲王壽軒之弟，陂邑路熟故用之。另派號房送到桃花區。

廿五日　陰　正午大雨　三月廿一日

早起，知事、祝萬二科長、田張科員及署中人均送余出頭門。乘輿過三里店、五里墩，十時經斗母河、靠山店，傳區甲長具結。正午大雨如注，遂不能行。四時半雨稍小，行至該區東林寺宿。

廿六日　陰　雨　星期日

早起，行至沙平會之放牛山，經栗林店。十時，天又大雨不能行。正午雨小，經板場店。下午經中和司，過王家崗。晚間至八里灣宿，接見盧紳及當地區甲長。

廿七日　陰　雨　三月廿三日

早自八里灣起行，十時過大劉家，見伯英宅門第甚宏。十二時又雨，經栗子園入黃陂東鄉界雨台山，過連山樓宿。

廿八日　晴　三月廿四日

早起，自連山樓起行，經西劉灣，經天津鋪，望黃陂不遠。過雙鳳亭，聞爲二程夫子誕生地。余囑輿夫停止，余遂登亭一覽，並賦詩一首，輿中記之，到旅店書之。下午二時到縣城，住正街小旅店，聞爲號房輩所開設，房屋尚清潔。飯後，令王勝回家去看看，因彼係本地人，此次請假歸者。下午四時晉署訪陶知事炯照，號月波，黃岡倉埠人，前清拔貢知縣，起義後曾爲黎澍充秘書者也。此爲老滑之吏，聞清代已三任縣缺矣。見後多誇大語，圓滑甚，不負責，似亦輕余爲年輕委員也。一科長吳之蕃，號厚卿，皖人，刑幕出身，與談片出。回棧後問店主，涂鵠卿同學未在家。聞勸學所有同鄉陳邦式，號子儀者，明日當訪之。縣署爲學校所改。陂城聞起義時遭民軍攻，有彈痕。街道不佳，生意亦冷淡。又聞京漢鐵路已增橫店車站，到漢方便。

廿九日　晴　三月廿五日

早起，晋署與陶知事商辦法，就其署午飯。彼仍爲誇大之詞，謂彼於各處貼有木刊大佈告，文曰"禁種烟苗，人槍斃，地充公"十字。鄉民畏余殺，諒不敢有烟苗也。陂邑素號難治，劣紳士伯多，又兼黎都督爲之同鄉，益肆行無忌。陶接任五月，殺人甚多，邑人呼爲陶屠户，非虛語也。余與再談一時許出，請渠派隊同余下鄉。今日太懷脚膝上生一疽，紅腫。余囑其搭火車赴漢，轉小輪回縣治之，並帶官票十串回家。

三十日　晴　三月廿六日

在陂，擬明晨到省領款。下午無聊甚，至勸學所訪陳子儀。學董雷徵五，本地人，學界出身，云與傅幼虛有戚誼。今日接杜衛初長沙來函，述近狀。又三月十日一函，南國鐘已入進步黨。蔡仲謙辦報。

三　月

初一日　三月廿七日

早起，雇輿到橫店，附京漢路南下。車到漢，當即過江訪易泮香於一師範附屬小學。至三道街行政公署內務司領款，晤會計，云新舊司長交卸，一時不能支借。內務已換余㮣，號節高，皖人，前湘撫余誠格之子也。訪阮次扶未遇，阮已調廣東內務司長。會屈議長，談片刻。晚宿泮香處。

初二日　晴　三月廿八日

晨起，就泮香案上寫一函，寄父云已到省領款及就漢購夾衣，并問太懷回縣後太輔在鄉間囑其來陂招呼，當即發出。飯後渡江，買小呢夾袍子一件，馬褂一件，應用，至景祥棧中又發一函，夾一函致太輔，囑其於十日內到黃陂接余，晚宿景祥處。

初三日　晴　三月廿九日　星期日

六時即起，景祥送我至車站搭車。十時到橫店，下車雇輿回陂邑原棧住。

初四日　晴　三月三十日

今日，由署已派定號房涂姓，即店主之兄。又派隊士張姓帶槍隨余，余問之曾當兵二年者，年廿二歲，似精幹。號房似吸烟，多機警，年卅餘。雇輿夫二、挑子一，已付半價。火食聞署中給與甚少，仍以惡例，在鄉要招待。

初五日　晴　三月卅一日

早起，隊士、輿夫俱來，遂行。出西門，經桃石港會，過胡家樓子。十時，到橫山集略憩，見一代當店懸有七弦琴一張，問之，非主人能彈者也。此北一區東路所屬地。十二時經碾子崗至泊漠港。下午四時至長軒嶺宿。聞該地有二劣紳，昨日已為陶知事捉往縣城去矣。在小學校訪見同學傅占魁，號梅蓀，在此校充教員，談甚久。

初六日　晴　四月一日

早自長軒嶺起行，經將軍店到梅店，經歲店到蔡店等處，取得趙長崗、彭城河各處會董程濟川、呂少庚、李峻嶺切結。晚宿蔡店棧房。至一私塾，遇教師呂先生已八十歲，目力甚佳。向余取名片，燈下觀之，小字一一清楚，甚恨陳子儀視學看彼不取云。余詢之，其家貧，子孫亦不肖，可歎也，壽至高亦何益耶？洪範五福，於壽字下必曰富，曰康寧也。

初七日　晴　陰寒　雨夾雪　四月二日

早起，自蔡店起行，查入高陳家。此地多山不易行，向稱野蠻之鄉，人衆不服王化。縣署司法案傳人，即能至其鄉，亦只在門外立而好語。被傳之家許之到案則到，不到則聽之。聞近亦未改，不過懾於陶知事之威已轉好矣。入山行至郭家崗，即金鼓連會，此更為強悍之地，至郭紳鏡清家宿。此處無旅店，郭曾任黃陂全縣議會副議長，前清武秀才，家亦富有，屋舍寬宏。年五十餘。居余於其廂房中，兵役另居一大房。辦晚飯，談禁政，蓋黃陂北鄉金谷地大，郭以地域人力關係得副議長者也。其人雖讀書不多，不像武生。

初八日　大雪　四月三日

昨晚下雨，天氣變寒。早起知下雪，寒甚，似不能前進。郭紳命家人置柴炭火以供兵役等，對余在堂屋置火盆，陪談甚殷，然終日無聊也。

初九日　雪　寒　下午四時忽晴　四月四日

早起仍雪，余焦灼甚。蓋兵役五人衣服薄，未帶被，須火烤。日食三頓須米菜，郭對余恭，余實不安也。早飯後，問郭云：君家有宣紙或紅紙否？郭驚問委員能書歟？余曰能。郭喜，在樓上尋出紅對紙一副、白宣紙三張，惟舊陳已久。余請其磨墨書之，隨帶石印鈐之。郭大喜，謂不知先生年輕有此本領。其左右鄰同姓亦覓得舊紙零件乞余，亦書之。郭請多住一天，附近村人富有者，當到夏店買紙請書。余哂之，郭愈加敬禮。余心乃安，因在此三日，人家受酒食柴火之損失不少，乃於晚間給其廚房錢二串文。因天已晴，決計離此地，郭仍婉言留余一天。

初十日　晴　燥　四月五日　星期日

今日清明節。早起促輿夫兵士速行，郭紳殷殷致送。經獨掃冲等處，天晴，見各山鄉人祭祖墳，有鳴鑼鼓者。余今年清明在外，動傷感也。又見鄉人趕集者，買大蒜成捆肩之，詢之，謂此可煮肉食。二時，經夏店至高家河、雷家嘴，入石滾會之雷家冲、大城潭等處，此地又係崇山列峙，道路窄險。石滾會董李文星出結送來。涂號房謂前途無旅店，須到白龍寺大廟宿，主持吃葷，伕兵有食宿地。余許之。五時半到寺，寺僧招待晚餐畢。又來法院汪某，黃岡人，乘輿自河南來者，亦借宿於寺。寺甚大，較吾邑西山尤佳，據說爲家廟，如黃安之龍潭、永寺二寺，寺僧食肉飲酒。怪事也！遑問誡律、經典耶？

十一日　晴　四月六日

自白龍寺起，向北行，黃陂極邊也。經孝感來山、安樂兩會交界處，過石人山，經蘆子灣至新街，徑到毛家集。此集河南羅山①屬地，聞前月白匪經過搶掠者。有街一條，街上鄉人正賭博。鄂豫界地無人干涉，易藏匪類。街中有文昌宮，余徑入，見帝君像，衣冠甚肅，揖之出。匆匆返陂界，查入田家灣，復折經夏店東行，過鄧家祠堂。下午沿安邑交界之陳家灣，繞安邑西寨、永興兩會，入姚家集宿。

十二日　晴　四月七日

七時起，在集逗留二小時起行。過長港店，經秧雞坡、泊漠港。下午再過碾子崗、橫山集，均小駐，找甲長來告以功令。晚七時抵縣城，仍居旅館。明日擬搬至縣署住，商會報公事。縣府所付工役川資不夠，由余津貼之。陶知事雖嚴正，然愛錢如命。據說待人極刻，署中職員無與親者，實老奸滑吏。

---

① 羅山、孝感、黃安、黃陂四縣交叉。——作者批注

十三日　晴　四月八日

七時起。余不搬署中，因急欲離黃也。勸學所陳子宜、雷震五請便飯，有金姓同席，傅幼虛叔岳丈也。席散回棧。至縣署，吳厚卿已將會稿辦好，老刑幕辦文，主賓兼顧，到底不錯，此精明有爲者也。余判行畢，再與厚卿①談各事。彼稱在河南各縣遊幕多次，主賓相得，現有書鳳爲彼東家，在省公署就事，又有許諤壽係至好。省長呂調元對於此二人不久可挂牌，願薦余爲幫審員或第一科云云。

十四日　晴　四月九日

住黃陂。昨日判行之件尚未發。縣署送來方賡唐②自麻城、黃安寄來二函。

十五日　晴　四月十日

離黃陂，搭車回漢口，住景祥處，購蓮子、橘餅、洋參等物，帶回呈父母。

十六日　陰　四月十一日

早起，景祥送余搭小輪。下午一時回家，見父母甚健至慰。佈置家中各事，開消陳債。

十七日　晴　四月十二日　星期日

在家。

---

① 吳厚卿民六以後曾一度爲知事，後以行走參渴睡爲汽車軋死，此民廿二年汪南□告予者。——作者批注

② 方賡唐，安慶城內人，予於辛未在皖城竟未訪得。——作者批注

十八日　晴　四月十三日

在家。

十九日　晴　四月十四日

早起，搭輪到漢。五時到省，暫住巡道嶺教育會，前清江漢書院舊址也。肖谷、豫章二人住此，可附火食，遂住此候差。

二十日　四月十五日

發家信，大意今日已晤屈議長、書鳳、王蔭樓，云楊子粲師現在南京任審計處長。此數日如無事，可就即回家，內務司補薪尚未發下云云。今日屈先生云，美術學校不開辦①，各縣視學要裁，政府現時對學校不注意。書鳳現改名爲黃書鳳，滿人也。在民政府遇之，談片刻。明日再訪許諟壽。

廿一日　四月十六日

早起。午後至內務司會萬科長，云會呈及查竣消差文已上。萬爲含元師之本家，對余甚好。余詢知湖北政權現歸皖人。此由於鄂人自相傾軋。黎副總統亦慪氣，遂由饒漢祥計畫，一面迎合北京意旨，官吏回避本籍。段芝貴、祺瑞俱皖人，同來者皆同鄉，鄂人小事俱仰鼻息。鄂人無團結性，禍由自取，亦饒漢祥心計毒惡出賣湖北者也。當時諺語："唱罷二黃唱徽調。"二黃者，黃陂與黃州府屬，如夏壽康、饒漢祥、屈佩蘭輩也。

廿二日

早起，出外二次，候公署批示。

---

①　當時省議會爲衆人所痛恨，故政府利其機以解散停止，恰中袁黎之計，故屈佩蘭議長取消乃一美術學校校長。——作者批注

廿三日　晴　四月十八日

住省無事可謀。連日飯後，乘車至萬發祥丁厚餘處閒談，並爲之摹寫張廉老大聯及屏數套。余學廉老酷肖，好古家及鑒賞者不能辨也。丁亦送余十二元作零用費。

廿四日　四月十九日　星期日

今日往程稚松處，談及黃鶴樓袁小坡看相，劉九思算命均靈驗神秘，索價昂，彼與劉介眉、袁質魯、劉伯翔均去過。余擬明日一往。

廿五日　四月廿日

今日至萬發祥，得黃陂吳之蕃來函，詢余得幫審員或就許錫三處爲科長否？

廿六日　雨　四月廿一日

早起，至黃鶴樓袁小坡處看相，完全不驗，爲余所駁。彼益不安，最後謂余眼運極壞，卅六歲必死，餘多江湖語。仍給二串文出，彼不過意。自怨今日以二串文可請客上館，何必給袁耶？福蓀亦説袁驗，余實受欺矣。

廿七日　四月廿二

廿八日　四月廿三

廿九日　四月廿四日

早起，至鶴樓尋劉九思推算八字，批談甚久，去價一串文。劉云卅五歲以馬向西，似於秦晉之界以軍務立功，官至簡任，有子三人，妻妾有二度，壽僅至六十歲①。

四　月

初一日　四月廿五日

今日到丁厚餘處，接行政公署指令第×××號，多嘉獎語。"仰候有相當位置，再予録用。"此一空洞文也。余無援引者，現爲皖人勢力，那許鄂人抬頭耶？

初二日　四月廿六日　星期日

在省無事可謀，焦灼甚。萬發祥又請余寫廉老中堂、横批等件，係宫絹、宫箋、金花箋，佳紙也。新泰祥郭文卿亦請余寫數件，並介紹西街華林齋裱店商洪鈞，亦寫數套，得潤資廿餘串。歸家備用，等於就一次小事而已。

初三日　晴　四月廿七日

早起，渡江搭輪回縣。下午三時到家。父親見余歸亦喜，謂宜就近事。因寒溪中學尹校長仲韓，屢托杜振卿勸余就縣中學事。余以所得無多，未與杜接洽，且本邑人不宜就本邑事也。

初四日　四月廿八日

在家，袁子青、廖純古來談。

---

① 戊戌六月初二雨後峙山老人記以下二則，袁看相頗得一時盛名，賺錢不少，後爲段祺瑞之秘批其頰，投入警署，聲名遂墮。劉九思批余八字抗戰時失去，總之江漢一流騙起有錢者，設予當時無一串二串則不去矣，袁言予壽上止卅六，劉言予壽止六十，皆不驗矣。——作者批注

初五日　四月廿九日

在家病瘧，兩足背奇癢難忍，以手搔之，見血痕，此是三月餘在三縣差中所受風濕。

初六日　四月卅日

病，寒熱交作。今春在麻、安一帶受多少風濕？陂邑山深，遇風雪，受熱伏內矣。

初七日　晴　五月一日

接省萬發祥轉來麻城知事署一函，說明省公署已諮河南省會禁事。午後，寒溪中學號房朱姓送來袁子青贈余詩二律，並有小序，寫作尚好。詩有"文章直逼周、秦上，詩賦渾超陶、陸前"。謂余有云詩近陶、陸一派。第二律有"壽平人早驚三絕"，謂同學賀方之贈余有"一編孟東野，三絕悻南田"之句。"伯起儂今仰四知"。"君任黃安二年，清廉極爲人稱。"又有"春暉寸草深圖報"之句。

初八日　五月二日

今日佛生日，從前城隍廟演戲。自起義後，本邑歲漸少，亦好景象也。

初九日　五月三日　星期日

上午清理書籍，下晚瘧疾大作。

初十日　五月四日

連日似瘧疾，來時在下午，五時後發熱時，瘧鬼纏繞不堪，余自幼至今未染瘧，今年乃初次。

十一日

十二日　五月六日

在家無聊，飯後帶同純女出城一游，並至寒溪中學附近看山水，天氣已熱，未能久留也。

十三日

連日發信與肖鵠、秋舫、泮香，探省城事。

十四日　五月八日

早起清理查禁烟苗卷、日記、呈文、會呈、切結，粘爲一本。又清理去年帶回政府、湖北兩公館百餘册①，置樓上，爲他日考證歷史材料。

十五日

十六日　五月十日　星期日

十七日　五月十一日

今日接褚近午函，云江漢學校校長已交代，不日回雲夢，勾留數日仍來省。

十八日　晴　五月十二日

今日接南京都督府楊師子槃來函，云去冬寄函未收到，四月寄信□收到。彼前兼各職均爲義務性質，現在陸軍審計處充審查員。光復後，負債極多。今有三堂同學朱烱，貴州人，原名煥魁，字映奎，現改穉丹，充督府諮議官，已托朱代爲設法。蘇省人才太多，每一機關成立，必有千百人謀事。並問吳賢卿、黃翼生住址，吳、黃均與楊師有感情者也。

---

①　此二種報日寇據吾邑時已失去。——作者批注

十九日

早起飯後至各至好處略坐，日來無聊甚，準備明日往省。又往省城謀事。

二十日　晴　五月十四日

早起，別父母再出門往省謀事，心煩亂，上輪後悶坐而已。下午三時到省，徑住萬發祥。明日當遷入教育會，是時會中又添住劉春霖、劉汝瑊、李緘三諸同學，朝夕並不寂寞。惟各有心事，非得意人也。明日當搬寓。

廿一日　五月十五日

今日搬入教育會，會中尚有曾雨村同學。此因周鵬程爲會長關係，乃得住同學。

廿二日　五月十六日

寫信寄父親，大意：現住教育會，省政界事不易謀。朱穉丹係同學，詢之三堂人云，在南京光復有功者，與馮國璋無感情。省一師校長已走，大約繼任者非屈佩蘭即紀鴻。如屈、紀得校長，兒事當可謀也。禁烟復查事，英人與政府派員僅在施、宜、鄖三府查竣，已回京，謂鄂中烟苗已肅清矣。此事下府各委員已放心，否則責任來了，恐因辦理不力受處分。

廿三日　五月十七日　星期日

在會中見劉曉庶臨帖，多余所購之印石翁同龢、王夢樓本，蓋有余私章者。問之，則云彼買自書攤①。

---

① 予湖堂所存字帖、書畫、古玩等一箱起義時未能取出，後均爲二劉及黃□和上府同學沒收之。凡事有定，給與同學較之給與泛泛者爲好。——作者批注

廿四日　五月十八日　星期一

今日往丁厚餘處坐談，看得張廉卿、何子貞對聯、中堂，及各名家如王夢樓、劉石庵真跡甚多。據説民元春季所收買者甚多，不爲奇也。並收得蕭安伯家藏字畫甚多。

廿五日

今日再至厚餘家看字畫、圖章、玉竹等件，蒙其指示真贗、癥結處及考驗真假方法，甚可感也。並述沈雪廬師在鄂各軼事。

廿六日　五月廿日

今日厚餘請吃早飯，並爲之作摹廉卿字對屏四件。午後就其家看古銅及康熙磁器，又明、宋窰磁及端硯、銅鏡等等，均承指示真僞，可感。

廿七日　晴　五月廿一日

連日謀事不成，轉思端節已近，須回家料理諸事。家無田産屋租收入，致黄陂差竣後，亟亟以籌家用，不能在家坐食兩月，真所謂擱筆窮也。吾祖父無恒産以授父親，父恃筆墨謀生以養家口，一遭疾病即生七事恐慌，如此境遇實難受矣。晚與肖鵠等談，余若積有錢二千串文，即不出門謀事，在家小貿以養親。肖鵠哂之，謂余志小，二千串何用耶？

廿八日　陰

余悶坐室中，上午十一時，聞前重有人呼余聲甚厲，出視則周斗丞持父函來。余延之入，與談近事。彼謂父望余歸，函中云寒溪中學尹校長請余回縣盡義務，教國文及理化，如不就，端節在邇，亦應回縣料理各事。余以謀未成，徒耗川資費，甚赧然也。許以明日回縣①。

廿九日 晴 五月廿三日

早起，過江搭輪回縣。下午二時到家，見父母，述近事。父云杜振卿已來家數次，必欲余就縣中學事。因羅獻卿、陳受卿俱已出校，周覺民教國文，學生反對，是以請余云。

三十日 五月廿四日 星期日

今日在家休息，考慮寒溪中學教員是否可就。

五 月

初一日 晴 熱 五月廿五日 星期一

早起進香，懸鍾馗像。此像係清代癸巳王茂山自河南靈寶縣帶歸者，像上蓋有靈寶縣署官印，俗所謂靈保大法師也。憶甲午年裱成，父親懸此像時先嬸母見之而懼，蓋朱砂畫成，像極獰惡。今已廿年，余邇時尚童稚，記憶力甚詳。今補述之。

初二日 五月廿六日

昨與周斗丞談定樹價十七串文，便請其招工人做壽方。父親今年六十，須早備此。

初三日 五月廿七日

今日與杜振卿、尹仲韓校長見面，商定功課。每週國文八小時，其

---

① 自去秋交卸後往返上下，身體疲勞，耗去川資不少，皆由家無恒產，無正常收入，一擱筆即入窘困之境，傷哉。——作者批注

餘爲圖畫、音樂、手工，連高小班計算，共十六小時，而月薪僅廿八串。欲不就而在家無收入，兩班中學國文卷五十八本，不知將來精力能繼否？歸與父親言之，囑暫耐守侍養而已。下午付斗丞樹錢十串文，又付房租八串文。

初四日　五月廿八日

早起，心煩甚。內子分娩在急，家無餘款。下午四時，學堂朱傳達送來縣公署委狀一紙，給一串文去。如此月薪而吃力如此，真慪氣也。

初五日　今日端節　五月廿九日　星期五

早起囑訓甥買香楮雜物等，照例佈置端節。

初六日　五月卅日　星期六

早起，有賀客來，余亦外出答拜。歸，內子腹痛欲產，請催生婆陳嫗至，巳時產一女孩。父親聞聲歎息，生恨而已。

初七日　晴　五月卅一日　星期日

早起，接南京楊子榮師函，謂履歷收到，謂已見朱次丹復函並云羅士侗前年充海門推事云云。楊師每對於謀事無不竭力，可感也。

初八日　晴　六月一日　星期一

余到寒溪中學上課。先由尹校長介紹，學生甲乙班均授《石鐘山記》。甲班學生年均逾廿三四，甚有與余同年者，王潤槐號小齋是也。乙班學生至小者十五，大者亦廿五六。小學班授圖畫，年長者石學錦、學銘，鏡清之子也。劉象珍等年最長，餘則十二歲。下午三時歸，在學校吃午餐，除火食月三串文。今日爲予生日，在家進香，細純女三朝也。父心煩亂。余今年廿九初度，設清代科舉不停，余取科名或已早作官吏，則乙巳、丙午間似不贊成革清代命也。孫大總統上李鴻章書如見用，戊戌政變如實行立憲，宣統朝攝政王能真行立憲改政體，亦不致有民國名詞也。傷哉！

初九日　晴　六月二日　星期二

今日到校上課，並搬行李去，住大廳左邊大房間，從前阮次扶堂長住房也，甚寬敞，惟嫌孤寂耳。與尹校長又相隔太遠，明日當再搬。省城萬發祥來函，問候語，關心余就事否。

初十日　晴　六月三日　星期三

今日已上音樂、手工，物理學尚未有教本，下周可授，以上國文補其缺課。

十一日　六月四日　星期四

今日上課後，與校長商各事。校長欲余授駢文二三篇以開學生舊學門徑，並教以詩。予以未見學生作文，不知其程度如何。晚與英文教員周樹棠名培厚，武昌戈甲營人，文華學生，英文甚好，中文太差，教學得法，月支薪五十串，比校長薪水多。校長請此人，亦別有用意，為其姪尹國瑜等四人就造成英文，能考郵電局者也。十時與校長談，至其門為犬所傷，長衫褲均被咬破，左脚亦被傷。校中養惡犬，不知何意？聞校長多作偽，且時時放生云①。

十二日　晴　六月五日　星期五

今日歸家視父母。

十三日　晴　六月六日　星期六

早到校授課

---

① 尹校長生平虛偽事甚多，卒未遂其所欲，晚境極窘。壽雖至九十四，竟以困死，或者另有孽緣耶。——作者批注

十四日　晴　六月七日　星期日

早起至校出題目，爲學生作文，尹定學生星期上午作文後下午放星期假。校章是好，但於國之教員不利①。

十五日　六月八日　星期一

十六日　六月九日　星期二

十七日　晴熱　六月十日　星期三

今日上課下午回後，晏廣松表叔來家借去錢五串文。

十八日　晴熱甚　六月十一日　星期四

今日上課一次，即歸，校中學生星散，進城看龍船會，余即歸，飯畢帶同純女至北門看會，經杜永興門首，與衛初談數語，滿街艾把子烟熏難行。至北門外轉至城樓，遇周澤卿帶其二子談數語，龍船行後即歸。

十九日　晴　六月十二日　星期五

到校上課，住校，下午五時至萬壽宮視父親萬年屋快成功，父親閱後云太長。

二十日　晴　六月十三日　星期六

今日在家料理各事。下午叫人抬壽方至周家祠堂安置之，力錢四百文。四人抬。今日支校薪廿二串。除火食四串。

---

① 尹校長爲人極不恕，予以力量兼兩教員功課，只給一人薪水，星期日上午尚須在校出題目與學生作文，下午放半日，待予貌恭順而心苛刻甚。是以予丁巳春便另就大冶中學教職也。戊戌六月初二下午雨後補記。峙山——作者批注

廿一日　晴　六月十四日　星期日

請共和許叔文漆壽枋，叔文自提好生漆，三串一百五十文。

廿二日　六月十五日　星期一

廿三日　六月十六日

今日接張福蓀函，並爲余定《國民新報》，由館郵寄余家。

廿四日　六月十七日　星期三

今日接萬發祥、丁厚餘來函，云劉鼎三交到銅製日本器平行鈎字機，詢交何人帶縣。

廿五日　六月十八日　星期四

廿六日　六月十九日　星期五

今日接保定清苑監獄張立群函並和余黃岡道中作，厚均晚回家。

廿七日　晴　星期六

在家清理書籍。上午國文題係請尹代理。中學一月作文三次，少亦二次。他教員有星期，國文教員星期僅半天。而每日改文，下午五時以後即動手，學生頻頻來催所改文。余之待遇與他教員同，尹亦無他調劑，僅蜜語甜言而已。余以在外奔走爲苦，此時得侍父親疾，亦安之而已。

廿八日　六月廿一日　星期日

廿九日　星期一　六月廿二日

上課後在家中悶坐，細思此事太吃虧，改文多，學生程度不齊，校長還要余授駢文，真是胡鬧。

閏五月

初一　晴　六月廿三日　星期三

早起，學生大考國文，下午乙班國文。

初二日　六月廿四日　星期三

早起，上午考小學圖畫、手工，下午考中學兩班手工。

初三日　晴　六月廿五日　星期四

今日考中學圖畫，下午閱國文卷，不改，只給分數，稍爲閑散。

初四日　六月廿六日　星期五

今日在校閱各試卷，下午五時回家。

初五日　六月廿七日

今日在家休息。學生試卷多，好者三分之一，不成者三分之一。尹氏國瑗、國瑄聞爲尹仲良之子，其父尚在鄖西做知事。此二子年齡亦不小，實無小學程度，不知何以住中學？又城內學生祝維新、涂小琴程度太低①。

初六日　七月廿八日　星期日

---

① 就民國三年學生中學程論，寒溪中學學生僅有三分之一可收入也。縣中更無人願住，僅尹校長常來學約半數，小學則城內學生佔便宜。當時教育情形可想矣。——作者批注

初七日　星期一

今日支薪廿二串文，除火食五串，月支總數爲廿八串。

初八日　晴　六月卅日　星期二

學堂下午考畢，明天可放假。昨領一個月薪歸家。英文教員周培厚今日回武昌，云下季不來。

初九日　晴　七月一日　星期三

今日仍到校看試卷，付傳達、工役賞錢一串文。今日已放暑假。

初十日　七月二日　星期四

將試卷未竣者帶歸批閱，繪分數册。

十一日　七月三日　星期五

上午在家清理各事。下午斗丞來，將壽方錢十七串八百找清，斗丞談片刻去。

十二日　七月四日　星期六

十三日　晴　七月五日　星期日

父親恨生細女，必欲將此女出抱與人家。周大孀來説，周榮和水果店之第四子開環無媳，欲抱去。余雖與母親及内子不願，亦不敢拂父意也。周來談數次。

十四日　晴　熱　七月六日　星期一

余住宅逼窄，天熱難受。父親遇熱即發病。古樓街口亦不吐氣，滿佈涼棚悶甚。余病足疾。

十五日　晴熱　七月七日　星期二

早起，午後四時脾寒又作，退熱後兩足背之兩邊奇癢，以刀括之成小血孔百餘枚，流血濃如松香狀。

十六日　晴　熱　七月八日　星期三

今日上午，周大嬸來抱細純去。余臥床，以足疾未能起，僅與内子痛哭而已。父親謂此女命硬，必早出，亦以"純女生，長子純學夭"爲言①。

十七日　七月九日　星期四

十八日　七月十日　星期五

十九日　七月十一日　星期六

二十日　晴　七月十二日　星期日

今日接沔陽易泮香函，謂前由劉鼎三帶回銅鈎字機已交程稚松帶至鄂城交余者。

廿一日　七月十三日　星期一

廿二日　七月十四日　星期二

廿三日　星期三

接張福蓀自漢悦來棧發函，謂柯瀟舫在彼縣查烟苗貪污情形，又柯

---

① 純女九歲夭，學兒五歲夭。細純女今尚存，然命薄已再嫁。近聞其雙目失明，有一子，真命不佳者。思父言甚愴然也。戊戌六月二日記。——作者批注

煦在長陽貪污並奸陳登山之姑母案欲上《漢報》及《國民新報》云云。二柯均爲周晉陔向阮次扶所薦者，阮與周交深，故不擇人也。登山現任北京軍法司司長，不得甘休云云①。

廿四日　七月十六日　星期四

廿五日　七月十七日　星期五

廿六日　七月十八日　星期六

廿七日　七月十九日　星期日

今日正午，父立門外，郵局送來楊師一函，外書南京上將軍府楊寄。父知係楊師函，拆看後：問朱次丹回信已到否？謂江南事少，謀事者多。閱報知汪澐號仲簏。現爲巡按署民治股主事，茲寫一函附來，請封口送去碰機會。楊師對余謀事關切備至，可感也②。

廿八日　七月廿日

廿九日　七月廿一日　星期二

今日接省城陳子宜來函，謂到教育會訪余，始知已回本縣就寒溪中學講席。餘爲問候語。父親以天熱飲食減，又無湯水，今日買火腿一隻，去價二串四百文，備此熱天之用，晚食西瓜。

三十日　七月廿二日　星期二

---

① 後柯煦解京判徒刑五年，刑滿以後曾一度爲河南南召縣知事，此大冶詹鴻告知者。柯已死十餘年矣。——作者批注
② 南京迭來函，官銜署名均自書，尚無印銜署供私人用者。——作者批注

六　月

初一日　星期三

初二日　晴　七月廿四日　今日大暑　星期四

初三日　七月廿五日　星期五

初四日　七月廿六日　星期六

初五日　七月廿七日　星期日

初六日　七月廿八日　星期一

早起清曬衣服，下午外出至程師家略坐談。

初七日　七月廿九日　星期二

初八日　七月卅日　星期三

初九日　七月卅一日　星期四

初十日　八月一日　星期五

十一日　八月二日　星期六

十二日　八月三日　星期日

十三日　八月四日　星期一

十四日　八月五日　星期二

十五日　八月六日　星期三

十六日　八月七日

以上一旬間，身疲乏，時時患瘧疾，或足生惡瘡，皆黃麻一帶所染山濕風寒也。

十七日　今日立秋　八月八日　星期五

余連日瘧時發，診之不見效，欲服金雞納霜丸。父止之，總以常山草果等藥服之，吐後仍未愈。

十八日　星期六

早起。厚訓已考取寒溪小學，不久開學，暫令其讀書再看情形。

十九日　八月十日　星期日

今日接保定張立群函，附寄彼之近作六首，並述許學源教員事不穩，且與彼已生意見。下午，徐報房送報條來，殊為好笑，小學生考取亦要取賀錢，付一百文去。聞汪同昌道禮給二串云。

二十日　八月十一日　星期一

今日接重慶中國銀行程稚松函，謂已請假照准，不日回鄂。

廿一日　八月十二日　星期二

廿二日　晴　星期三

學校通知明天開學。

廿三日　晴　八月十四日　星期四

今日到校，學生來者不多，具開學形式而已。

廿四日　八月十五日　星期五

廿五日　八月十六日　星期六

早到校，聞英文先生不來，已請范伯高，此出於尹校長之口。黃均正與表子青説須反對之，因伯高爲允生先生第六子，與均正在清末寒溪小學同學者也。

廿六日　八月十七日　星期日

廿七日　八月十八日　星期一

今日學生已到三分之二，中小教室俱已上課。

廿八日　八月十九日　星期二

余今日搬行李入校，惟瘧疾似未大愈，見風即發熱復病。

廿九日　晴　八月二十日　星期三

七　月

初一日　晴　八月廿一日　星期四

今日上課後，與廖、袁諸人談作詩之法。校長請余授學人以駢文，遂選陳檢討、胡天游、龔自珍各一篇，下周試教之，看學生程度如何。

初二日　八月廿二日　星期五

今日上午出題示學生。飯後回家，接張立群來片，述彼辭職未准，又似戀一土娼名謝竹筠者。

初三日　八月廿三日　星期六

接劉介眉自範模小學來函云年餘未晤，彼因公來省，求賜畫一幀，如承允，即回信，當即作答。

初四日　八月廿四日　星期日

初五日　八月廿五日　星期一

初六日　八月廿六日　星期二

連日晚間爲學生改文至十二時方寢，次晨又上課，疲勞已極，欲不就，又無收入以養親，奈之何哉！袁、廖、石均知余講改吃虧，尹則漠然無動於衷也，連日瘧未愈。

初七日　八月廿七日　星期三

中學甲班學生請學詩示範之作，則以安署默記舊作及存稿彙鈔之，名《覆瓿集》，欲自作一序未成。今日接周鵬程一片，述教育會已改組。

初八日　八月廿八日　星期四

初九日　八月廿九日　星期五

今日上課，授學生以《靜夜秋思賦》，講僅及半，頗費力也。下午接介眉自省復函稱謝，謂明日即返施南，以後函件寄恩施南郡中學。介眉生於鄂西，住學堂者少，故能得中學校長。

初十日　八月三十日　星期六

十一日　八月卅一日　星期日

十二日　九月一日　星期一

十三日　九月二日

十四日

十五日

十六日　九月五日　星期五

十七日　晴　九月六日　星期六

早到校，出課題，飯後無課，晚飯後與子青、純嘏、伯高往附近樹林中一游。

十八日　九月七日　星期日

十九日　九月八日　星期一

二十日　九月九日　星期二

今日接保定立群函，云因母病請假，尚未成行。

廿一日　九月十日　星期三

廿二日　九月十一日　星期四

廿三日　九月十二日　星期五

廿四日　九月十三日　星期六

今日接黄安署蕭步青函，韓子洲轉告余狀，彼以段交卸後程長青接任乃得仍充科員辦理批判等事，甚相得也。

廿五日　九月十四日　星期日

廿六日　九月十五日　星期一

昨日作畫蘭一幅寄黄安張芝卿，此人待余甚厚，前在安慶素未應酬者也。

廿七日　九月十六日　星期二

廿八日　九月十七日　星期三

廿九日　九月十八日　星期四

三十日　九月九日　星期五

今日接黄安張芝卿函，云畫已收到，餘均爲謝語。今年旱荒秋收大減，並述代轉達安邑各至好，彼仍爲商會長。

八　月

初一日　晴　九月二十日　星期六

初二日　九月廿一日　星期日

初三日　九月廿二日　星期一

　　昨日又發瘧症，因過西門外園邊見扁豆也。接德安張立群函，云接兄電歸家，視母，其母現已愈矣。立群爲人至孝，對友亦誠，自民二以來與余通函甚多。

初四日　九月廿三日　星期二

初五日　九月廿四日　星期三

初六日　七月廿五日　星期四

初七日　九月廿六日　星期五

初八日　晴　九月廿七日　星期六

　　早起。今日上課講解吃力，學生程度懸殊，劣者入小學，程度亦不夠。程度低者皆尹校長子姪輩及親戚。

初九日　晴　九月廿八日　星期日

　　今日接黃安韓子洲函，謝收到字畫，並云江瑞生已考取宣講員，晚間與廖、袁二君論詩談歷史甚久。

初十日　晴　九月廿九日　星期一

　　接宋埠屈子惠寄其子訃文一件，當晚作挽語，明日書之付裱再寄去。屈有禮貌重世誼者。

十一日　晴　九月卅日　星期二

今日因事下午一時回家，明日有早課，飯後余到校途經橋上得詩一首。有"寒溪橋畔水成渠"之句。

十二日　十月一日　星期三

十三日　十月二日　星期四

今日北京鄧次誠來函，云已晤見許學源，問余近況，許待朋友極不誠，雖前在湖堂訂蘭譜，與馮樫、黃牟魚一樣無感情，遇事鬧□面子而已。辛亥八月十四，余疾重時見其心矣。

十四日　晴　十月三日　星期五

今夕與袁子青、廖純嘏①出校散步，望月至寒溪塘而返。

十五日　晴　今日中秋節　星期六

今日接秋舫函，秋兄已就文華大學教員，國文、歷史，聞爲陸和九所薦，月銀元卅元。函云余前借丁厚餘之款二串業已代還，並附收條。又述肖鵠欲往湖南，亦無目的，以賦閑久故也。又云余托泮香、少青謀停館，年百六十串者極不易。曜南已返當陽。今日下午停課，昨日校送薪廿八串文。

十六日　十月五日　星期日

今日接萬子雲自省天吉棧來函，請余作函與屈佩蘭，謀省議會事。又接立群片，已返北京。

---

①　廖純嘏，一作廖純古。

十七日　晴　十月六日　星期一

今日下午接許學源自省來函，云肖鵠、立群均晤見，似囑余往省者①。

十八日　十月七日　星期二

今日又接子雲片，云議會事難成功，請再寫介紹信。

十九日　晴　十月八日　星期三

今日接屈子惠謝函，稱送其子挽聯，書似廉卿，文詞哀艷云云。子惠待予甚厚且恭敬，佩予爲有學識之人，與其兄子厚大異。其兄以高傲每目空一世，卒召殺身之慘。

二十日　十月九日　星期四

今日接北京南庶熙函述無善狀，南爲人方正不合時，與余感情亦甚少，然余待彼不薄也。庚戌夏間。彼與陳穎蓀約余訂蘭譜時極佩余之書畫，因彼時亦專心學畫故也。

廿一日　陰　十月十一日　雙十節　星期五

今日在家又病寒熱往來，未往學校出題，請假三天，支錢二串文。

廿二日　十月十一日　星期六

廿三日　十月十二日　星期日

廿四日　十月十三日　星期一

病瘧已愈，到校上課，四肢無力，就此事以侍父爲目的，故勞心力，

---

① 正午曹治安來校，示以十六夜在古樓上與李宇香望月詩，並索余和。——作者批注

每至怨忿時，自寬自解而已。

廿五日　十月十四日　星期二

廿六日　晴　十月十五日　星期三

今日上午回家，下午三時半仍到校，見鄉村打□，遂作詩，效陶體，起句"病愈出西郭刀，至校晚足成之，似淵明也，詩另錄在集中，廖純古、袁子卿極稱此詩之佳，予亦認為得意者。

廿七日　十月十六日　星期四

今日接北京西城南魏兒胡同楊守敬寓朱純如來函，係復余賀彼得考取知事者。述去秋棗陽為匪捉去事，今春由楊電召作伴入京，考取第三屆知事，尚未分發。菊坡、夢麟均未晤見。現在日本佔據膠濟鐵路，蹂躪地方，參政院正向政府請提交涉云云。函長五百字，十月七日書寄①。

廿八日　十月十七日　星期五

早到校，出題兼出詩題俱冠以秋字，如秋砧、秋蓼、秋聲等十題，囑生徒能作者作之。

廿九日　十月十八日　星期六

今日蔣視學朗寰自金牛查學歸，帶來吳子美同學一函，述辛亥別後未晤，彼在金牛中學已近三年，並問肖鵠近狀，又問余已添子否，賀良輔附筆。吳君交際少，不願与人接談者也。余即作函答之。校監劉引之先生前因病歸家，聞病甚重。今日向石鏡清支錢二串文②。

---

① 純如始為匪捕獲，逃出而得縣長，其後三年因有財□嫖，卒死於非命。老子所謂"禍兮福所倚，福兮禍所伏"，其信然歟！——作者批注

② 吳賀三同學土解時俱非善終，年均七十矣。——作者批注

九　月

初一日　十月十九日　星期日

　　上下午照例授課。晚與廖、袁二君論詩，談明季野史至十一時寢。袁、廖住校，每夕必聚談數小時方寢。予等與尹校長少談話，以其人面善心不善也。

初二日　十月二十日　星期一

初三日　十月廿一日　星期二

初四日　十月廿二日　星期三

初五日　十月廿三日　星期四

　　父親連日病喘，今年氣體愈弱。余今夏請學醫，父云學醫已遲，來不及矣。不過時時口授醫訣，並於秋初立各部方案，首書病源，次列藥方，謂此係向余及大姊身體所立者，如今春夏間患脾寒，立治脾寒方甚多，餘則以余患痢連年，新秋必有一二次，立痢疾方。大姊病肺咳嗽，立咳嗽方尤多。晚接鄧次水一函，云紀雪忱薦彼至滬充印書館編輯，殊可笑，彼何能任此耶。今日見西門外村村打抬戲，效陶體作詩一首。

初六日　十月廿四日　星期五

初七日　十月廿五日　星期六

初八日　晴　燥　十月廿六日　星期日

　　早起，接曾誠齋自夏口勸學所來函，囑暫忍耐就寒溪事。其弟心如現就《新聞報》編輯。教育廳僉事現爲李文藻，號彩青，江夏人，前余堂經學教習。各廳稱僉事，不用科長名矣。民國法令、名稱變態如此之速，可哂也。晚間石鏡清、純嘏、子青、伯範商定明日重九，可就本校隔溪山亭上具酒肴，登高一叙，且可賦詩，羅厨子極會辦菜云云。校長僞道學且不喜爲詩，不必約也。昨支薪四串五百文。

初九日　十月廿七日　星期一

今日上下午均有課。石、廖、袁、范上課畢，先囑羅厨子及工役尹喜、朱春、汪盛打掃亭上，於亭下置竈，煮酒烹茶。五時半，余等登亭遠眺。是時西山山上附近五六里，均有邑人登高者十餘處，已有席地猜拳者。余六年未在本籍登高，今日天晴，登亭甚快慰，並欲題此亭爲把爽亭，蓋正望西山也。同人以爲切，他日當書額懸之。望長江如帶，南湖如鏡，小鳥鳴高樹間，與石、范諸君今日醉飽矣。黄昏下亭。入寢室又與袁、廖談甚久。石年長，未在校宿，已歸家。以故數數論詩，晚間石未與也。十時成詩四首，即"風雨無緣近鄂城"起句也。已另錄詩稿中。

初十日　晴　十月廿八日　星期二

今日接蕭步青自黄安來函，謝余允作畫，又述江慕張問余近狀。

十一日　晴　十月廿九日　星期三

接肖鵠函，述赴湘無目的，以賦閑久，大約訪杜衛初也，時杜在湘候補知縣，後知其迂道入川。

十二日　十月卅日　星期四

十三日　十月卅一日　星期五

今日向校借薪二串文。母親今日六十壽辰，晚間具酒肴、麵敬祝。

十四日　十一月一日　星期六

十五日　十一月二日　星期日

今日向校借二串五百文。

十六日　十一月三日　星期一

今日向校借七串文。

十七日　十一月四日　星期二

十八日　十一月五日　星期三

十九日　十一月六日　星期四

二十日　十一月七日　星期五

向校借三串文。

廿一日　十一月八日　星期六

廿二日　十一月九日　星期日

廿三日　十一月十日　星期一

廿四日　十一月十一日　星期二

廿五日　十一月十二日　星期三

連日改文極繁，校中課又多。聞從前國文係一人講，另請一人改文。今年校長以余力能做到講、改，並擔任功課共六門，似有買便宜之意。語言敷衍亦無之，抑若余應該任繁而少得薪者，何其不近人情如此？晚間與石、廖談及明日再上亭登高一次爲樂。

廿六日　晴　十一月十三日　星期四

今日下午課畢，仍與石、廖諸君再登挹爽亭，登高賦詩。廖首唱二律，余明日當和之。

廿七日　晴　十一月十四日　星期五

今晨出題後回家，早飯與父親談及昨日又登高賦詩事。父親喜余前作。晚間程松師來家，亦欣賞，謂不久亦當和作也。

廿八日　十一月十五日　星期六

今日向校借五串文。

廿九日　十一月十六　星期日

三十日　十一月十七日　星期一

父親連日小病不斷，臥床時多，衰老益甚，足無力，出門時少。頗以爲憂。

十　月

初一日　十一月十八日　星期二

初二日　十一月十九日　星期三

初三日　十月二十日　星期四

今日接黃安農業小學周月亭和余重九詩四首，又和子青感作四首。

月亭長余三歲，其學詩早余數年。第三首"多情更有溪邊月，一片清輝送別筵"，又第四首"佳節有詩容自遣，世情好作畫圖看"，可稱名句。函中並述重九黄安竟日風雨，二百餘里之隔，秋季氣候何以不同。

初四日　十一月廿一日　星期五

今日接日本東京劉鼎三來函甚長，謂銅平行鉤字器，庶熙已撥洋四元與之，請余課餘後宜多閱法律書籍。青島戰亂起，學界恐慌，現已平矣。李緘三已回國。又囑余爲作水墨大屏四幅，餘問及肖谷、少卿、泮香、曜南四人。今日向校借二串文。

初五日　十一月廿二日　星期六

初六日　十一月廿三日　星期日

初七日　十一月廿四日　星期一

父親衰弱日甚，飲食不多，足無力，出門時少。仍爲余寫醫方於本子上，囑保存之。

初八日　十一月廿五日　星期二

初九日　十一月廿六日　星期三

今日向校借一串文。

初十日　星期四

十一日　星期五

十二日　星期六

十三日　星期日

十四日　十二月一日　星期一

十五日　星期二

十六日　十二月三日星期三

今日接肖鵠函，謂往湘省無目的，大意向朋友借款作川資云云。

十七日　十二月四日　星期四

十八日　十二月五日　星期五

十九日　十二月六日　星期六

二十日　十二月七日　星期日

廿一日　十二月八日　星期一

廿二日　十二月九日　星期二

廿三日　十二月十日　星期三

今日爲學校添購儀器及理化用具，到漢口科學儀器館接洽。下午三時到，四時半渡江，住天吉棧。鄧次丞先住此，以此棧距渡江碼頭近，是以未住他處。

廿四日　星期四

早渡江至科學館談購各件，價係定就，可打九折。

廿五日　十二月十二日　星期五

在漢商務、中華兩書店購課本、書籍等等。

廿六日　十二月十三日　星期六

在漢買書籍儀器，俱裝好，住棧，明晨便於搭輪回縣。父親今日到寶芝生藥店一談。

廿七日　十二月十四日　星期日

搭輪回縣城，即囑挑子挑物到校。飯後點收，分置理化藏櫃中，以言試驗器尚不完備也。

廿八日　十二月十五日　星期一

接鄧次丞函，謂與同照之像尚未取得，余走時遺在彼處，單袍未取回，特告知，又接秋舫函述文華近狀。今日向校借十二串文，父親今日至王子恒家談笑，心似較寬爽矣。

廿九日　十二月十六日　星期二

今日下午一時父親至寒溪中學一游，與石、廖、袁、范諸人相見，談共約二小時，傍晚余送之歸。父親以後未出城。

冬　月

初一日　陰寒　十二月十七日　星期三

今日授物理學"蒸汽發動機"，講後助學生興趣而已。寫《覆瓿集》成，作自序一首書之。

初二日　十二月十八日　星期四

初三日　十二月十九日　星期五

今日下午物理學"試發電機"二次。

初四日　十二月二十日　星期日

初五日　十二月廿一日　星期一

初六日　十二月廿二日　星期二

上午授國文，下午授物理學，試電學數次，晚接稚松自省長湖正街二號函，謂周鵬程現搬與同住程韓丞家，並附彼和肖谷元旦有感詩"初爻無用是潛龍"句也，肖谷原和末一句。

初七日　十二月廿三日　星期三

初八日　十二月廿四日　星期四

初九日　十二月廿五日　星期五

初十日　十二月廿六日　星期六

連日心煩亂未記事，昨向校借八串文，寒溪薪水除八月以前整付四個月以外，餘均零借。

十一日　十二月廿七日　星期日

十二日　十二月廿八日　星期一

十三日　十二月廿九日　星期二

十四日　十二月卅日　星期三

十五日　十二月卅一日　星期四

十六日　陰　民四年一月一日　星期五

今日年假，父親連夕患泄疾，氣虛，飲食大減，予心甚憂。

十七日　陰　一月二日　星期六

十八日　陰　晚雨　一月三日　星期日

今日上午考國文。父親泄疾未愈，夜必數起。

十九日　雨　一月四日　星期一

二十日　雨　一月五日　星期二

廿一日　今日小寒　雨　一月六日　星期三

廿二日　晴　一月七日　星期四

廿三日　晴　一月八日　星期五

今日上下午課甚忙，晚歸，向校借錢一串文。

廿四日　雨　一月九日　星期六

廿五日　陰　一月十日　星期日

廿六日　晴　一月十一日　星期一

廿七日　大風　一月十二日　星期二

廿八日　大北風　一月十三日　星期三

下午下課歸，向校借二串文。

廿九日　大風寒甚　一月十四日　星期四

父疾未愈，夜泄次數雖減，畏寒，益不支，自以爲疾難愈也，亦時作小方飲之。

臘　月

初一日　陰　一月十五日　星期五

校間課卷連夕改定，眼爲之花。不改者僅一二本，不通須全改者五分之一，餘則均改竄三分之二矣，此真令人頭痛。下午接日本劉鼎三信，云收到余函，知鄂學界近況。梅先、庶熙、碧梧、質如諸學兄時相聚晤，皆精研外國文字，現均能看書。仍催余畫一件，東京博覽會已看過。沈雪廬師在日本並未晤見。附該會房式照片一份相贈。四年一月八日發，大正。

初二日　晴　一月十六日　星期六

初三日　晴　一月十七日　星期日

初四日　晴　寒　一月十八日

父親病，日增衰老，臥床時多，起坐時少，飲食亦不增，父自以爲憂慮。

初五日　晴　一月十九

初六日　晴　一月廿

初七日　晴　一月廿一

初八日　晴　一月廿二

初九日　晴　一月廿三

初十日　晴　一月廿四

十一日　晴　一月廿五日

聞中學畢業辦行政事滿二年者，可由各縣知事送檢證件，到行政公署保免，可充縣佐。余寫信請財廳王述曾代查，並覓條例相示。此本非余志也，特以學校薪水不足，以供薪水也。

十二日　晴　一月廿六日

父病似衰老血枯，氣力漸微，補之不能，咳嗽喘氣時作，可慮，囑余勿出門，勿遠離。

十三日　陰　一月廿七日

父不時自語，曰內無期功強近之親，外無應門五尺之童。蓋心傷長孫純學夭亡，膝下僅有孫女一，其幼女今夏又送至周宅，心中有無限隱痛者也。

十四日　晴　一月廿八日

今日接王述曾復函，並抄縣佐任用條例。下午五時，余檢文憑及黃安之證件送縣公署，見知事吳應丙，與談商。吳云即日辦文，先送江漢道公署。今夕作一呈文，附證件送縣公署。晚與父親言之。今日下午尹仲韓來請父看病，就父榻，父起坐爲診脉一次，談尹病源甚詳，並立方囑余書。父謂此事有着，兒有飯吃，吾無憂矣。晚間余時與父談近事，父以病危殆可慮。

十五日　晴　一月廿九日

早起，已將文件辦好，囑張仲卿送縣署。午後父病似重，今日未進飲食，晚間囑余勿遠離。謂余身弱，以"節飲食、慎寒暑"爲衛生六字訣。家人詢父曾見純學否？父謂夢中亦有時見之，今則未也。大姊亦問父各事。九時父又囑各語，並曰"閻王裁定三更死，決不留人到五更"。父囑余睡去，久之喃喃囈語也。十一時母呼余起。至父前已正襟坐，神志甚清。余又問各事，父命以旱烟送至前吸二口。父云眼忽不明，囑余急視之，似瞳人不清。余又問疾何似？父答以"氣息奄奄"四字。自後痰在喉作聲，已在彌留之際。以無汗，目直視。家人尚以開水進，而痰聲大作，父不能言矣。傷哉！又延纏數時，惟不能語。余侍側至天明，母與余哭，又不敢大聲，慮父心中難過。

十六日　晴　一月三十日

父尚彌留，家人慌亂。十一時，父目直視，泪涔涔下，遂與家人永訣。傷心哉！父今年與周斗丞言，尚可延一二年壽，不料已滿六十即辭世。平生受苦多端，今冬陳債還清，冀可休息一二年。胡天不吊，自是父撒手去，余永爲無父之人矣。傷心慘痛．抱恨終天。午後二時接喪夫來，棺木早備，叫裁縫來做壽衣，請王小齋、汪小軒來幫忙一切。王、汪與予同學，均精幹耐勞，是以請其來家。晚間殮衣及靴帽等等均做齊，衣則圓領大袖，遵古制也。

十七日　晴　一月三十一日

今日正午，送殮之親友、父執諸人均來。請樂工，午後大殮安靈，未成服。入殮時，漢槎、价人諸先生誦佛號送父屍入棺中。家人仍不能止哭泣也。喪事用度僅范天順布店存有六十串文，請小齋告知范叟，取用之。

十八日　雨　二月一日

今日下午一時，行成服禮。禮主祭者鄧次丞。彼爲警局長，先向小齋云願以後學資格主祭，予遂許。因先約周斗丞主祭，周爲父之門生也。傍晚禮畢，囑小軒辦報喪單，通知武漢同學之至好者，並胡林鄉間親房族人。父柩停中堂，囑家中人小心火燭。此宅在古樓，人口商店均密集，而屋窄狹無後門。余則慄慄，惟火燭之災是懼也。

十九日　陰　二月二日

二十日　雪　二月三日

通知親友報喪單及函訃均小軒代辦，今日下午發出一批，餘俟再寫寄發。

廿一日　雪陰　二月四日

廿二日　晴　寒　二月五日

早起，仍請小軒寫分致各至好報喪函。下午小齋來，招呼請道士報首七、供獻等等。轉瞬父歿已一七矣。晚報七具供約一小時畢，道士消夜去。予心傷甚，母親慮予血疾發，囑節哀。

廿三日　陰　二月六日

廿四日　雪　二月七日

各處尚有戚友來看者，予略與語而已。晚間送竈神。囑小齋向范天順討賬五十串歸作家用。

廿五日　陰　二月八日

廿六日　陰　二月九日

廿七日　陰　二月十日

各處寄輓聯來者，一一懸挂。惟堂屋窄小不能多挂，餘則懸之格子門外。今日接袁子青挂號函，係八號所發，借余助開銷之款廿串文，言定明年開學時還清。

廿八日　陰　二月十一日

今日接河溶張耀南唁函，知渠母前月病逝，已另寄布挽來家，尚未收到。同學已有唁函來者甚多。城內諸戚友有送挽聯、祭幛者，請小齋佈置懸之。先君今日二七，以歲杪，未請道士，僅具禮。

廿九日　二月十二日

今日接財廳王紹祥唁函並抄示縣佐保送條例。予心煩亂，保免縣佐無甚意味也。父親已故，家中諸事須人料理，不可累母親一人。況大姊多疾，亦未能久於人世，奈之何哉！

三十日　晴　二月十三日　星期六

往年廿八必吃年飯，今以父故，諸事停止。下午乃照舊例燒包袱，具酒肴，約小齋在此吃飯，準備明晨馨香各事，挂祭幛等等，煩亂至極。小軒家中有事，請其歸家，明晨再來招呼。予則佈置各事。十二時疲甚，仍和衣寢。寢後有夢，總之不吉而已。今臘月父病轉重，余以校中事極不得意，父病危時百慮叢生，及父歿後更無心寫日記，除夕乃得補記之，然尚有十餘日不能憶及者，從闕，或在明春再補。

民國四年（1915年）乙卯日記

是年五月至七月，有六十餘天旱災不雨。又九月十六起至十一月，有九十餘日旱災。

冬間，予時患目疾，不能寫作。

自甲寅臘月先君捐館舍，一切家事由母親一人主持。大姊寄居吾家已二十年，清末得肺病不能愈，一切仍需母親照料。甥女年幼，未能分勞。甲寅五月，予以侍先君疾，就近任寒溪中學講席，教課至六門，薪水廿八串。校長尹仲韓年逾六十，對人少誠信，外貌温和而時有損人利己之事。幸同事袁、廖、石、范諸人與予相得相諒，故均與尹貌合神離也。四月初，以友朋相勸，曾入京應知事試一次。大姊在家病故，致未與一見永訣，心傷無已。

學校暑假，母以予心鬱，囑往黃安劉伯英家小住。劉先有約，遂於六月六日往其家居半月，轉麻城宋埠居三日，此廿餘日心地稍慰。

自宋埠歸家後，知內子於六月廿五日添子太錚，心慰之至。邇時自庚戌七月長子純學夭後，予尚未有子也。

甲午冬十月峙山老人復閱後記

正 月

初一日　晴　二月十四日　星期日

早五時起進香，就先君靈前行拜年禮。恐來賓吊馨香，將一切準備提前也。天將曙，小齋來，六時小軒來。余請共招呼來賓在靈前叩頭者，余不能起與人言也。今晨至暮來賓四十餘人，長先君一輩者僅姜德卿一人，但俗以亡者爲尊，故姜仍叩頭行禮。今天疲甚，留小齋在此吃飯三次去。

初二日　晴　二月十五日　星期一

五時起進香後，王樂峰等十餘人先後來叩頭。下午四時余疲極，臥地上。傍晚蕭敦五來，叫余不應，支賓亦早散去。今日共來賓叩新香者卅餘人。

初三日　陰　二月十六日

六時起，今日僅上午十時前來賓十餘人，午後無人來，留程丹臣之子在此招呼來賓，晚十一時爲先祖母忌日，焚楮具祀禮。

初四日　晴　二月十七日

今日先君三七，小齋已約道士晚來報七。余謂已通知，不能拒其來，特以年初彼此不便耳。具夜酒，唱念後招待道士去。

初五日　晴

今日下午出門，在程、萬諸長輩家拜年。照例孝子守制不出門，不向戚友謝步也。

初六日　晴　二月十九

初七日　晴　二月廿

初八日　晴

初九日　陰　二月廿二日　星期一

清理去年用賬，打算今日爲先君擇地葬墳。惟先君在時每向余言，須買西門外四五里遠之私山一段，朱、胡二姓之山不願葬，亦無地可葬也。有此語，令余至今心耿耿，無辦法也。

初十日　晴

各處寄到布挽、紙挽，一一懸挂。今日下午爲先君報四七，不勝傷感。俗云"人死好過七"，何其速也。胡林今日有口堂等六七人來叩新香，留餐宿。

十一日　陰　二月廿四日

周月亭交來王書華黃安來函，請余保免視學，可來黃安，甚盼切也。彼重充農校校長，請轉知月亭速來安。又詢余今年考知事否。

十二日　雨

十三日　雨

胡林南分前日同北嘴二分有人來叩新香送情，擬明日往謝之，並向祖衆籌到京考知事補助費。今日接保定張立群函並懷余詩。

十四日　晴

早起，飯後雇船至肖家口往胡林，住方臣大叔家中。午後，當請香書及中分大壋管衆人來商借盤費入京事，已得同意，助十五串文，定明日回縣。方叔買魚一個，命人明日送余歸。

十五日　陰晴　大西北風　二月廿八日

早起，因天有大北風，不能搭船，遲至下午一時胡林派人送余至洲尾過渡，步行經西山翻山到家，以手提四斤鯉魚到家，疲甚，已黃昏矣。母親見余歸，憐之，蓋此次未同訓甥一路也。

十六日　晴　三月一日　星期二

寒溪中學已開學，余今日去晤尹、廖諸人，明天上課。父親喪後，現在諸事已就緒，惟存款百串早用盡。而朱德和借款始終則討不到，今日囑劉表兄金魁去討三次。朱清亭父子拖延好説，似無還款之望。甚矣！人之不可救人之急，此父親所放之百串也。今夕爲先父五七，已由程少丹、小齋、劉老表早備包袱、錁錠等等，延道士來做五七。俗云"五七卅五，望兒來救苦"，嗟乎！吾父歿已卅五日矣。後顧家事，余以隻身無兄弟，大姊病時時危殆，甥兒女均幼小，現僅恃母親一人支持，余又多病，真傷心之極矣。道士去後，余大哭，先君何逝之速也。

十七日　晴

今日到校宿。晚與廖、范、袁談及考知事事，請彼等代課。如京中函到，可往一試而已。

十八日　晴　三月三日　星期四

十九日　晴

二十日　晴　三月五日

廿一日　雨

早起，出題後回家，此爲今年第一次作文，作文愁改，總之此席不易教，即改文亦需一人，況講其他課目耶。尹校長對予無特別待遇，予力所能任，必欲一一任之，其對於四個侄兒亦無管教之法。今日涂麐科自蘄水來一唁函，并未送先君挽聯，此人不知世道矣。

廿二日　晴　三月七日　星期一

早去上課，午後三時歸。今夕爲先君六七之期，具肴酒、包袱祀之，未請道士。先君歿已四十二天矣，傷哉！今日接省警務處高鶴年函，爲鄧次誠調警所長事，昨日來函亦問。

廿三日　晴

廿四日　晴

廿五日　晴　三月十日

早起至校上課。下午接朱純愚自南京來函，吊先君者，措詞得體，云挽聯已另包寄。又云楊子檠師亦有挽聯交彼代裱寄上。立群、學源俱不在京，考知事如慮資格不符，可由各部部長保送投考，不繳證件，不要保結，只書一履歷片足矣。第三屆教育部已保三百餘人之多，傅端屏、蔡仲謙、賀方之俱早到京候考。南京候補知事已有二百餘人云云。純如在同學中與予甚好，有信必復，所托必忠也。

廿六日　晴

廿七日　晴

廿八日　晴陰不定　三月十三日　星期六

今日下午早回，家中已備供碗等，各親友如萬舅弟、劉表兄、小軒、小齋、少丹等均送包袱、錁錠等來，因先君七七，今夕已滿。椿蔭日遠，可爲傷悲。七時道士來做七。焚楮念經約二小時乃畢，留之消夜，派人送歸。以後做法、念經則在滿百日之期矣。今日感傷殊甚。

廿九日　陰

卅日　陰　三月十五日　星期一

今日得楊子檠師自南京來唁函，寫作均佳，用素箋素紙，清例也，今人不甚講究古禮矣。

二　月

初一日　陰

初二日　晴

今日請張叔華寫信與季馥，請其向湯化龍部長保送予考第四屆知事。湯與季馥壬寅科同年也。叔華慷然允即發函，張氏兄弟與先君爲友，先君歿後，叔華時時來慰問，可感也。

初三日　晴

宋埠鄧次臣函，索作聯文並寫。

初四日　晴

初六日　晴　三月廿一日　今日星期

初七日　風

連日孟春溪來商同入京應知事試，彼已托端溪就京中報名矣。先君歿後，彼時時來。

初八日　晴　三月廿三

初九日　晴

初十日　晴　三月廿五

十一日　晴　三月廿六

十二日　晴

十三日　雨　上午晴　三月廿八日　星期日

今日在家。接劉介眉自施南南郡中學寄來挽一副，作文不甚佳，書法則妙。唁函亦遵古禮，素牋書之，書法妙甚。接黃石港袁夏生函，托余薦館事。今日祀各祖墳。

十四日　晴

十五日　陰　三月卅日　星期二

今日接陳穎生自一師附小轉交戴青若同學函，云送考公文已由教育部辦妥，台駕須陽曆四月十日以前到京，填結投相等事均非他人所能代辦者。內務部示期，報名十六日截止云云。戴名孚夏，蒲圻人，予同學，現爲教育部科員者也。

十六日　晴　三月卅一日

十七日　晴　四月一日

十八日　晴

十九日　晴　四月三日　星期六

今日與純嘏、子青商量如果進京，堂課請人分代，伯高可代圖畫音樂，不進京則作罷，並以戴函示之，如張季馥再來一函予即行矣。接劉伯英函述其病狀並賀年。

二十日　晴

廿一日　晴

廿二日　晴

今日清明節，帶同訓甥出城祀各祖墳，午後三時歸，疲甚。

廿三日　晴

廿四日　晴　四月八日

廿五日　晴

聞北京知事試，報名展限五日。予以籌款故須遲之，但縣中周作人、子書、傅象虛俱早到京矣。只有春溪未行，時時來約予。計算此行至少須帶卅元，杜振卿借予十元，時時來，亦催予去，其兄衛初住北京行政人員訓練所，與端溪同爲考取三等知事，須補習二年法律、政治諸科。民國視知事又何其重歟？接保定張立群來信，問予何時到京。

廿六日　雨　四月十日　星期六

今日在校借得卅串文，以十串留作家用，餘悉作川資。下午接劉鼎三自日本來唁函，謂訃文到來，彼已返國在家。中日交涉事起，彼接電赴日也。云贈余牙骨章一枚，存省城王知生手，囑便取之。

廿七日　雨

杜振卿送來古銅圓鏡一枚，請帶交其兄衛初者，並函件。又張二太太帶腊魚一罐到京，余以此物不便帶辭之，僅帶其點心。今日接蕭步青自陝西紫陽縣署來函述苦況。

廿八日　晴

廿九日　雨

連日在寒溪商量代課事。春溪來約，必欲同行，余正缺伴，已許之。民國考試不忌喪服，春溪去冬喪母亦未滿百日也。如在清代則爲大不孝，同鄉京官亦不出結具保矣。叔和亦時來問信，謂季馥住京石大人胡同内之協和胡同云。

三　月

初一日　雨　四月十四日　星期三

今日未到校。午後接北京季馥來函，用紅箋書之，謂投結今日九日。截止，尊結早代遞。本月廿一日考試，務望早來，敬請捷安云云。老官吏禮節不失也。三時半，子青來家，以此書示之，子青亦催余早行。王小齋欲送余到漢口上車，可感也。決定明日下午在黄州搭輪。

初二日　陰　小雨　四月十五日　星期四

早起佈置家中各事。子青、純嘏均來送余。飯後囑厚訓時時在家照料，一切事子青可作主，餘則拜託小軒。下午三時飯畢，小齋先來，與孟春溪在河干雇船候余。余在先君靈前進香畢，别母與大姊，忽大哭，不自禁也。杜振卿送余，謂此次入京乃是好事，得功名，何至悲傷如此耶？母送余至門外，心有餘痛。至江干，振卿别去。余與小齋、春溪抵黄時，已黄昏矣。候船至轉鐘二時，日輪方到，一切由小齋招呼，余與春溪静臥官艙大廳間。

初三日　陰　午後大雨　四月十六日　星期五

早到漢口，暫住曾心如報館中。春溪出外購零物，余即渡江至丁厚餘家，請以銀元票換銀洋共卅元，聞北京不用銀元票。又換小銀角三元出購零物。下午一時半，約春溪、小齋外出吃飯。以大雨不能再覓旅館，即與小齋等同住新聞報館。

初四日　陰　四月十七日　星期六

早起與春溪、小齋等出外吃飯，並探車開行時間。今晚有特別快車入京。午後三時半自報館搬行李等件至車站，心如送余等。六時購三等票，與春溪同座位。箱置上層，人不擁擠，車已改良矣。小齋別去，余面托照顧家中各事，學校如有事可與袁、廖商議行事。車行甚速，夜過駐馬店，吳之蕃上車，余呼與語，知此次赴京辦保免知事者。陶月波已得道尹，爲渠幫忙故也。余以無勢力，無可靠之友，不能冀保免耳。深夜過黃河鐵橋。

初五日　陰　小雨

車行整日，停時下車購食物，人多擁擠，僅粗惡餅餌而已。

初六日　小雨　陰　四月十九日

初七日　陰　小雨　四月廿日

今日到京，車抵站未見熟人。後知接車者，普通車到站後，未接到予。涂、陳諸人各回寓矣。余與春溪到武昌館，知人客已滿，由長班介紹至長巷上頭條永陞旅館住。有電話，火食單開，每日五角，不甚貴也。飯後佈置房間，茶房招待和氣，不似武漢旅館茶役也。晚間涂寶堂、孟端溪、張肖鵠、陳子芳、海觀俱來看余等。海觀云余保結等等俱爲范心禪、垣所代填，范與余同月入學，吉六之弟也。晚寄家信報告母親。

初八日　陰　寒　晴　四月廿一日

訪杜衛初、程次松，拜會何玉書、張季馥、范吉六等。晚至武昌縣館訪各同鄉。

初九日　陰　晴　四月廿二日

早起，京都氣候仍寒。下午寫第二次家信：縣中賓興可得廿串，在周作雲處尚未領。十三日進頭場，此次兩湖同學來京應考者有四十餘人，恐不易考。政府原令第一屆落第者不准應第二屆試，第一屆四百餘人考，取百餘名。第二屆落第者不准應第三屆。第二屆千餘人，取二百名。第三屆與考者二千餘人，取二百人；而第四屆應試者一萬餘人，凡一、二、三屆落第之人，一概允來與考。聞亦止取二百人，則此屆較前三屆難考矣。函稟母親如此。

初十日　晴　四月廿三日

早起，與春溪遊各市場。午後何玉書請同鄉應考諸人，在煤市街。酒席甚豐。

十一日　晴　星期六

今日遊青雲閣、琉璃廠等書畫市。北京洵文明都會，衣冠文物無不精美，南京不及遠甚。午後張季馥請客，多外籍不相識之人，蓋已先請鄂城同鄉應試者在先也。僅夏道煥爲江夏人，張介紹認識者。

十二日　晴　四月廿五日　星期日

上午仍往各處會客。下午準備各事，明晨甄錄試須早去。聞人數多，點名搜夾帶均耽延時間也。晚買點心等。

十三日　陰　小雨　四月廿六日　星期一

晨五時起。乘車至象坊橋試場，旋即聞點名，但考生約五千人，先期已試一場。今爲甄錄試，未取者不得應第一試。門首搜夾帶極嚴，與清代學憲考時無異。余自甲辰入學以後，未逢搜夾試已十二年矣。到場坐次，左右均外省不識之人。九時題紙下，題目爲"人始入官，如入晦室，久而自明，明乃治，治乃行論"。全場不知出處。間有人問監場官吏以出處，或滑頭答之，非所問也，或則駭然走矣。出題之人不知係部長或僚屬所擬者。限六點鐘交齊，時間尚寬。余四時文成，寫就出場。同邑諸人應試者，均不知出典。

十四日　晴　曇　四月廿七日

今日同春溪遊各市場。下午看影戲，外國製片純爲外國習慣，無聲，余看不慣也。今日接漢口曾心如函。

十五日　晴　四月廿八日

今日接本籍袁子青來片，云收到余二次函，尹校長復余函係請張季馥轉交。又夏生已來縣，訪鄧次丞，鄧事未調動，已回鄉去了。甄錄試想已發榜云云。

十六日　晴　四月廿九日

今日午後聞甄錄試已發榜。余與春溪雇車去看，共發二千百廿人，余名在一百二十名，在鄂城似較前列。在千餘名後者，傅象虛、幼虛兄弟，張肖谷，涂宗經，孟廣渭、廣濂兄弟、周子書。同邑此次考取者卅餘人，吾城內有七人。下午五時寫信報告母親，説明近況。

十七日　晴　晚小雨　四月卅日

今日與春溪遊三貝子花園。此次城內應試者周作人、周才備、程賢智、孟春溪均落第，今日特約出城一看郊外情況也。漢口曾心如來片，囑打聽京師法律學堂筆記價目。

十八日　晴　五月一日

今日傅幼虛請吃飯，有春溪及城內考取諸人。晚遊前門外市場。

十九日　晴　五月二日

今晨五時入試場，聞搜夾仍嚴，但余亦無夾可帶也。昨晚準備食物等等，調筆墨甚佳。八時點名入座，余左爲江西人，曾任高院書記官者，說話難懂。第一試題目（一）法令解釋：（1）約法第四十五條載，法院依法律獨立審判民事訴訟、刑事訴訟，試釋其義，至本條立法之精神於縣知事兼理司法亦適用否？第二題（2）行政訴訟與訴願，其異同之點安在？（二）國際條約大要：（3）國際法上最惠國條款其意義若何？我國與各國所締之約多具有此項條款，試舉其得失利害言之。三題全作爲完卷，限六點鐘交齊，不准繼燭。余今日作三文均不佳，訴願、訴訟未說清楚。左邊江西人係習法律，所說不清楚。五點鐘出場，到旅館後疲甚。周、傅二人尚未出場也。晚寫家信一封，備明晨發出。

二十日　陰　晴　五月三日

今日至張季馥宅略坐。范吉六來回拜，余未延與談。下午至琉璃廠定銅墨盒子六個，以便分贈廖、袁、石、范諸人。又至前門外買宮花一盒，五十枝，顏色鮮明奪目，價又廉，備歸以送人者。明後天尚須續購也。下午買票遊正大光明、太和、保和三殿，近日開禁者。三殿氣象巍峨，可見帝王之尊嚴也。余於清季方生，未做清代官吏，今則陛見甚易矣。殿前九鼎及元代之高銅獅子二座偉大，銅光斑斕滑潤，歷八百餘年未移動，已飽受日月精華矣。

廿一日　晴　五月四日

今日遊青雲閣、琉璃廠等古玩、書畫、舊書店，佳品極多，惜余無錢購買，長歎而已。晚看京戲，京戲院座位不佳，招待亦不好。北方人注重聽戲，非如南方注重看也。

廿二日　晴　午後曇　風　夜大雨　五月五日

晨五時起，至象坊橋試第三場。八時點名畢，入座，左右無一熟人。第一題：自治爲官治基礎，各國行之而利，吾國行之多流弊……二題：籌設工藝傳習所呈報省行政公署備案文。三題：趙甲僞造中國銀行紙幣及銀莊銀票，孫乙知情竟行使僞票向李丙店中購物，李收受後方知其僞，不退孫乙竟付孔丁以清債務，以上應各處何種罪刑？余以第二試所作不佳，此場遂草草出場。冀如只重論文，余名次在前，可僥倖得官，否則落第而已。下午二時半即出場。

廿三日　晴　五月六日

早飯後，與孟愚溪同出城至公園遊覽。北京遊覽之地甚多，不能一一盡也。茶肆包子每個五十文①，可稱怪事，茶每碗止卅文也。傍晚方歸，寫郵片寄厚訓，囑討朱清泉借款。

廿四日　陰　曇　夜雨　五月七日

今日盛傳袁總統與日本要定條約，日本硬提條件云云。又謂南下窪有怪物，夜鳴甚厲。

廿五日　陰晴不定　五月八日

愚溪不願在京候榜，今日晚車回漢。余便托帶家信一封，請母親催討朱清泉借款作零用，並云兒不日即歸。京中以日本提廿一條件請袁總統答復，人心惶惶，故愚溪先歸。又寄信片與厚訓囑討清泉借款，此款父親在時與彼父接洽者。余知借去不得還矣。

---

① 當時一元何值現時？五十文僅五釐而已。——作者批注

廿六日　晴　五月九日

今日往大柵欄購宮花、梳篦、頂針、雜物等件，備南歸贈人。

廿七日　陰　晴　風　五月十日

今日謠言大起，謂日本已提條件，如不答復即用兵來攻。國人回想聯軍入京情況，談虎色變矣。

廿八日　晴　晚大風　五月十一日

寄家信歸，接王小齋函，並附來家言，已悉，胡林之款送來否？石六先生世兄喜事，要搭禮或單送拜錢。第二、三場榜明日可發云云。下午五時接保定張立群回片，謂考竣歸家葬父，極爲孝思，可敬。前倩許學源轉寄之函，不知收到否？今日父歿已百日，未能在家舉行祀禮，不勝泫然。

廿九日　晴

今晨發第三試榜，二百餘人録取。吾邑卅餘人，已取者現汰去廿八人，城内七人，僅取二人，涂宗經名在前，孟愚溪名在後。余與傅氏兄弟、周、張、孟均落第。

三十日　晴　曇　晚小雨　五月十三日

今日補購各物，準備回漢。又在前門外添購零物。又至同仁堂買膏藥及萬應錠、保赤散諸藥品。又至青雲閣、琉璃廠買得張廉卿字印數本，皆復陽齋今辰所印者也。歸館飯畢已十二時，至季馥、學源處走辭。午後整理行裝，杜衛初來送行。晚間聽鬧子館即打鼓書也。北京最作大鼓，余則不知其意味也。明日早車開漢，歸後開消旅館費。十時寢。

四 月

初一日 晴 曇 下午小雨 五月十四日

早起與春溪同乘南下車，端溪送行，八時開。劉賣下第，文字無靈，然平昔不研究法律，致條文不清，已取者未必無僥倖。余以父櫬在堂，此次到京，心以不安，全謂知事試只此一次，不能不到京觀光而已。車中未遇熟人，僅與春溪商歸家後各葬其親耳。

初二日 晴

車行途中。

初三日 晴 五月十六日 星期日

下午四時，車抵大智門站。下車後與春溪同至匯源棧休息。飯後，孟愚溪亦寓此棧，準備明晨再搭車入京應口試。與余言："接家信否？"余曰未也。彼遲遲云："君之大姊已故於前月，早出殯矣。"余聞之大痛哭，春溪勸止。乃得詳問愚溪各事。九時，余至《新聞報》曾心如處歇。與心如言姊故，大哭不已。心如知余家事最悉者，謂令姊守節多年，受盡艱苦，且病久受磨。此際兒女已長大，死其時矣。

初四日 陰 五月十七日

六時起，至匯源棧，與春溪同搭小輪回縣，下午二時到達。

岸上見厚訓足着白鞋，來招呼余提起行李，心感傷之。至家見大姊靈位而哭；此余痛心之事也。嗣問母親諸事，心傷更甚。母云余前信到家，大姊云：弟已考取第一試，我聞之，第二次發榜恐我不及聞也。係三月十九日子時卒。蓋病已更重矣。晚飯後閱各處來函及挽聯，張福蓀唁函，又綾挽一付，夏秋舫、易泮香、譚少欽四人綾挽一付并唁函。福蓀已到漢，仍做茶生意。朱純如函：已就阜寧初選監督，云朱次丹係馮督諮議，無甚權力。袁夏生片告劉金魁已就宋埠警署事，又自就文牘一函等等。心傷父柩在堂，天氣漸熱，內子恐五月底或六月初臨產，須先擇期出殯。吾邑例，五、六兩月不出殯也。

初五日　晴　五月十八日　星期二

早起至校，午後分送廖、石、范等禮物，致謝忱，仍未上課。

初六日　晴

今日石鏡清之長子結婚。

初七日　晴　五月廿日

初八日　雨　五月廿一日　星期五

今日整天上課，補各人所代之堂課也。接河溶張耀南函，謂已就該縣二小校長。

初九日　今日小滿　五月廿二日　星期六

今日上下午均上課，昨回請蕭敦五。擇期為先君出柩，暫厝西門外。

初十日　晴　五月廿三日

今日請小齋、小軒、斗臣來籌備各事，補寄各友戚訃文。已定此月廿一出殯，暫厝先君於城外。

十一日　晴　五月廿四日　星期一

今日至校上課，晚與子青、純嘏商各事，借支薪水準備先君出殯用費，仍不足數。

十二日　晴

昨在校住，今日上下午均上課，前日曾向丁厚餘借十五元，不知能滙到否？

十三日　晴　五月廿六日　星期三

今日仍在校，上下午補課，晚歸。接丁厚餘挂號函，附滙票十五元，云姊死，外甥輩仍要撫養成人，借款照滙，不要押品。此人能識人，雖古董商然不欺余也。接保定張立群函，以余北上未到保定爲憾，又宋埠袁夏材、鄧次丞函，唁大姊之喪，並云考知事未取均係無靠山所致。

十四日　晴

今日上下午仍在校補課。四時接傅端屏自京來片唁大姊之喪，彼現欲分發安徽候補云。又北京許學源轉蕪湖縣署，段樹滋復阮次扶一函，述蕪湖已有地方廳，縣署無承審一缺，署中各科已滿，未能聘余也。

十五日　晴　五月廿八日　星期五

今日上下午仍補課，大約下星期一欠上之堂課可以補完。下午接劉蜀疆來函，謂鼎三寄口小牙骨章交予者尚未領取。

十六日　晴　五月廿九日　星期六

今日上下午補課。五時回家，約小齋、小軒來，佈置各事。出殯行祀用費，由省匯十五元，可作卅串用。餘存家所集款約百串，如不足酒席費，五月端節再付。喪夫、執事、僧道費用則急付者也，再籌卅串已夠敷衍，請王子恒、周斗臣暫借之。

十七日　晴　五月卅日　星期日

余已具條請假四天。今日星期，家中事俱要辦齊。今日請支賓酒一席，厨房、雜務招呼則請程少丹並街坊二人，餘則子恒、斗丞爲先君門生，應盡力招呼者也。

十八日　晴　五月卅一日　星期一

今日仍至校將所欠功課補完，下午五時約子青進城吃飯，並托校中各事，因十九日起余不能到校，俟先君出殯後乃安心教學。接楊子榮函，對予事關注並告以朱稚丹爲人壞。

十九日　晴　六月一日　星期二

今日下午，各支賓來幫忙挂祭幛、挽聯等件，布置孝堂。各執事、喪夫均已講值清楚。另請寒溪學生潘麗生、朱世嘉來幫忙管賬。朱姓幼門來。胡林未通知，屋小難容招呼之人。晚十一時布置就緒。希望天晴兩日，先君喪禮、殯禮得以表哀榮也。

二十日　晴　六月二日

早起布置各事。飯後支賓俱來，中飯提前食畢。下午四時半，西山僧來吊念經。六時出訃，各戚友吊者來。借王福興後宅開席四桌。七時收訃，行禮，周斗丞主祭，九時畢。十時又行客祭禮一堂，十一時半畢。西山及華光廟僧來對經，奏樂至轉鐘一時方散。今夕共過酒十三桌。

廿一日　晴　六月三日

天將曙，開喪夫、吹手酒席三桌，肴肉甚豐滿，吾邑俗例也。七時，禮生畢集，僧道俱來。早點後，各行列已排，靈柩起行。行路禮賓、執事、僧道約三百餘人。子恒、子芹弟兄掖余行，呼謝，沿途賴之招呼一切，可感也。鼓樂行約一時半，到西門外厝屋停柩，送殯者散。余料理厝屋，封門後回家，疲甚而臥。古人云"生，事以禮"，又"死，葬以禮"。先君奄歾未覓得，尚未盡大事也。

廿二日　晴　六月四日

在家休息。

廿三日　晴　六月五日　星期六

今日到校授課，並謝同事及潘、朱二生。晚歸清結用賬。

廿四日　晴　六月六日

今日接純如由阜寧來信，並云賀方之往南京龍王廟就道尹署事。

廿五日　陰　六月七日

今日到校上課，擬明日帶行李住宿，便於夜間改文也。

廿六日　晴　六月八日

今晨帶行李往校，上下午均有課，就校中宿。

廿七日　晴　六月九日　星期三

廿八日　六月十日

廿九日　晴　六月十一日

三十日　晴　六月十二日　星期六

今日上下午均有課。先君殯出後，結算尚有欠債。轉瞬端午節已到，索欠者將何以應之？鄉間借款未來，殊爲焦灼。下晚接南京賀方之函，囑勿往南京。余前致函係探其意，非真欲往謀事也。

五　月

初一日　晴　六月十三日　星期日

今日在家準備開消賬目，請小軒來算清。酒飯全付，各處俱不欠，初三日一律付清。余又借廿串，並支薪四十串，連同前餘共需百串也。

初二日　晴　六月十四日　星期一

早起到校上課。

初三日　雨　六月十五日

今日上下午均有課，下午五時歸，開消各家欠賬。

初四日　晴　六月十六日

今日上午上課下午歸，開消賬務。

初五日　晴　今日端午　六月十七日

校中放假一日，余在家料理家事。椿陰漸遠，不禁流涕。正午具香案祀先君。

初六日　晴　六月十八日　今日星期五

早，賀客來者二十餘人。十一時予往答拜。今年在服中，未能一一向親友賀節。

初七日　早晴晚雨　六月十九日

今日到校上課，下午五時歸，心意煩亂。

初八日　雨　六月二十日　星期日

早起上課，午後四時歸。今日爲余三十初度，歲月如流，功名未遂，父歿觀其行，今後責任重而家累如此，真所謂貧無立椎，田無一棱，何以爲計乎。

初九日　晴　六月廿一日

早起到校上課，午後五時回家。

初十日　晴

十一日　雨　六月廿三日

十二日　晴

十三日　晴

十四日　雨　六月廿六日　星期六

今日上下午均有課，作文卷亦改就，下季非另聘人改文，余一人兼六課，恐精神不繼，而尹校長未免太買便宜，輕視人也。從前未到校時，原請有高龍池改文。

十五日　雨　六月廿七日　星期日

今日爲大端午。吾邑舊例，各街紮有大龍船一座，而東門爲總船，大於各街之船一倍。人物着真綢衣，長一尺七八寸，會最熱鬧。聞先祖在時云，此會光緒初年尤盛，各街於十五至十七三夜挂燈，滿街爭奇鬪巧。今則民國改元後止有船會，各街已不挂燈矣。余今年心不快，小女欲看船則無人引也。古樓街向不走龍船，更無人引看，六歲小女亦可憐矣。晚命訓甥引至東門去看船。

十六日　陰　六月廿八日

今日校中考期考，余提前考國文。

十七日　雨　六月廿九日

今日校中各班考試，午後寫函寄楊子燊師，云已下第南旋。

十八日　陰　六月三十日

今日上午仍有考試，午後學生散去看龍船會。

十九日　晴　七月一日

今日到校算分數，各班已考畢，定明天放暑假。

二十日　晴　七月二日

廿一日　晴　七月三日

下午得南京賀方之復函：此地人浮於事，難於進言，望勿來寧。

廿二日　晴　七月四日　星期日

廿三日　晴

廿四日　晴

廿五日　晴

廿六日　晴　今日小暑　七月八日

今年夏天旱，鄉間望雨甚急。各處已有頂經求雨者，到街上焚香，鑼鼓隨之。

廿七日　晴

廿八日　晴

廿九日　晴　七月十一日　今日星期

接伯英自漢口發函，約往其家歇暑，並教其八弟學書云云。

六　月

初一日　雨　七月十二日

初二日　晴熱　七月十三日

初三日　雨　七月十四日

今日接楊子槃師由鎮江來函，慰下第並大姊逝世，述朱次丹待人無誠意，邵伯炯處容謀一介函，總之盡力而已。

初四日　晴　七月十五日

連日心煩意亂。父去世後，家計困窘，轉而借新債。寒溪事薪少課煩，心力俱疲，亦未必得校長好批評。雖同事及學生相安，所入不能養親也。向各處所謀，無一成者。再四思維，不如往劉伯英家去休息二旬，秋初開學歸來可也。與母親言之，得同意，預備初六日往黃安。

初五日　晴　七月十六日

早起，佈置家中各事畢，午後至程師母處與言之，謂此行消積悶也。

晚分付厚訓各事。

初六日　晴　熱甚

早起，搭小輪到陽邏。問胡太輔，往劉家大塆雇得轎子，因下午時間已晚，距大劉家尚有卅里，早宿休息。

初七日　晴　熱甚　七月十八日　今日星期日

早起，催轎夫速行。上午十時已到劉宅。伯英在漢未歸，由其弟季奘來招呼，並介紹拳師程燕亭晤談。休息後，飯畢，季奘引余至學屋居住。程燕亭亦住此屋，渠爲北方鏢師，甚有名。午後，伯英亦自漢口歸，相談甚歡。其園林甚軒敞，聞係以田地建設者，佔地甚多，田未消冊，每年仍納完上下忙糧。其祖父秉琳號昆圃，咸豐時即用知縣，後仕至天津道十年，曾入國史儒林傳者。造產業至多，聞從前年入穀子一萬石，尚有動產金帛甚多，今式微矣。現止收穀六百石，家中尚有負債。聞均爲伯英革命，廢去田產十分之八，餘一分爲家中浪費，刻只餘十分之一也。其大房號小侶者亦窮困，老幼吸鴉片賭博而已，其家安得不敗。伯英與已死之老六名劉瑗者，亦均忠厚人。劉瑗號蓬仲，留學日本，爲章太炎高足，清末爲北京財政部技正，惜已早亡。此人與黃侃同時受業於章，蓬仲詩文學術均佳，尚能彈七弦琴，吹簫笛，多於黃侃一技也。使其現存，則黃之聲名必出彼下矣。晚飯後洗澡畢，伯英約附近諸人與余來談安邑舊事。

初八日　晴　熱　七月十九日

早起。劉家學屋極涼爽，備有蚊帳，能安寢也。午後寫郵片一張，囑劉宅帶至宋埠發。其家宋埠藥店尚開設，間日有人赴宋也。今日正午，伯英請酒一席，其甥陳乾癹亦自省來，乾癹爲吾邑陳慎五之子。慎五在漢見過面者，中孚中丞嫡後也。

初九日　晴　熱　夜間大風雨　七月廿日

伯英之弟能照相，有器具、藥水、膠片等，余學之。彼以抄本示余，蓋其六兄在財政部囑渠學習者。云照相後，部中印刷司以之製銅版，爲印鈔票銅模，用電鍍模入藥水後，一塊版可變成八塊云云。

初十日　晴　七月廿一日

伯英在學屋樓上尋其祖父及父素農，某科進士，後任至兵部參議者。與友人來往信札□□□，檢置完好，當年信箋精美，五彩皆備，印畫精工，非現時所能有也，與現行信紙稍小。又尋出對聯字甚多，無畫件，字則李鴻章爲多，李字尋常，不足貴也。

十一日　晴　熱甚　七月廿二日　星期日

在劉家閒談舊事或論詩詞。季奘示以其六兄蘷仲填詞，又與黃季剛相酬和之詩詞訂本，又與季剛同照之相片一張，着日本和服。

十二日　雨　七月廿三日

接鄂城家回信一件。

十三日　雨

今日伯英談在日本學海軍事，成憲亦在日本，爲彼等因某事被毆云。

十四日　雨　下午轉晴　七月廿五日

今日與程燕亭談北方保鏢諸事。有系統，有規矩，出京外放之官吏，來往之富商貨物，非保鏢不可。各地並設有某記鏢局，養鏢客六七八或十餘人。今日槍炮便利，此鏢毫無用矣。夜間聞伯英屋側半里地山洪陡發，人聲喧擾，木排直下甚速。山河木排均望積水放排，到宋埠再轉團風云。

十五日　晴　七月廿六日

今日聞此地十里外稻穀發蝗蟲。

十六日　晴

十七日

今日寫一片寄厚訓云，余六七日內當由宋埠轉回家中。

十八日　晴

與伯英兄弟閒談竟日。

十九日　晴　七月三十日

余住伯英家已十三日，欲轉宋埠到鄧次誠警察所住三天，轉鄂城。與伯英商定，明晨由其家派轎子送余到宋埠。

二十日　晴　七月三十一日

早起，轎伕吃飯畢，余催早行，早到免受熱也。別伯英兄弟，燕亭送余行甚遠。午後三時半到宋埠警察分所，與鄧次誠、夏生等相見，述劉宅事。晚到王福堂先生處一談，別已年餘，福堂更老，其子已由肺病死矣，晚境極可憐。彼與先君爲摯友，余不忍見其老而貧也。

廿一日　晴　熱　八月一日

午後次誠請酒一席待余，請項松亭作陪，項面乞作聯一付，又爲王福堂寫一付，餘均爲次誠作。次誠欲博此地人士歡，故請余多寫以作禮品。

廿二日　晴　八月二日

與次誠閒談宋埠屈宅舊事。

廿三日　晴　熱　八月三日

早起，仍爲次誠作書。有乞畫者，余拒之。此端一開，難於應酬矣。晚與次誠外出一次，準備明日由大布街轉團風搭輪回縣。次誠已代封船一隻送余歸，派警士一人送余。

廿四日　晴　熱　八月四日

早飯後，次誠送余上船，派警隨余。警士鄂城萬姓，便於回縣一看。下午三時半，下水行舟已達大布街，出江轉團風候半小時，知小輪下水早過矣。遂宿原來差船上，買米燒飯吃。

廿五日　晴　八月五日

下午半時，在團風搭小輪，一時半抵家。拜見母親，知昨日辰時內子已產男孩矣，闔家歡慰。飯後與母親談劉宅各事。

廿六日　雨　八月六日

早起，爲小兒命名曰太錚。此兒五行缺金，從胡姓派行太字也。今日三朝，母親抱出進香，高鼻大孔，色甚紅。午後寫信二件分致伯英、次誠申謝悃。托人買膠片及藥水，候到後借杜振卿照相器用以試驗照相。閱曾心如來函，已辭報館事，法政學校已畢業。又朱純如信，葉春如確已考取知事云云。

廿七日　雨　八月七日

廿八日　晴　八月八日　今日星期

廿九日　晴　八月九日　今日立秋

縣中尚未開學，子青自楊□洲來函賀余得子。

三十日　晴熱　八月十日

接伯英復函，謂其家招待不週請原諒之語。

七　月

初一日　雨　八月十一日

今日接保安張立群函，云許學源事不穩，清華不續聘，黃松庵師仍爲該校秘書長。又寄來詩數首，立群長於古體詩，吾輩中畏友也。

初二日　晴　八月十二日

今日接重慶中國銀行稚松來函，謂請假已準，不日回漢云。

初三日

校中尚無人來，不知何日開學。次誠來函，謂宋埠招待不週。劉舍魁在該處不相安云。

初四日　晴　八月十四

初五日　晴

初六日　雨　八月十六日

初七日　雨　八月十七

今日七夕末伏。

初八日　晴　八月十八日

今日家中祀祖，燒中元包袱。以先君爲新亡，故提前祀日也。

初九日　晴

初十日　雨　八月廿日

今日老熊已帶膠片一打並藥水等件，余已借得振卿照相機，今日試照三相，家人共一相。周大嬸來，余爲之照相。又爲純女照二片，以四寸裁成二寸試之。晚間在小房中試沖洗，頗明顯。但手術再加練習，此術不難矣。凡事細心研究，終必成功也。

十一日　晴熱　八月廿一日　星期六

校中袁、廖諸人已到校，聞校長到即開學，大約星期一上課。

十二日　晴　八月廿二日

子青來家，余與談鄉間事及劉伯英家式微事。孟子謂："君子之澤五世而斬。小人之澤，五世而斬。"官吏不論智愚賢不肖，報應不相干也。今日接彭梓芳師安慶來函，唁父喪，謂已就皖北宿縣承審員。

十三日　陰　八月廿三日　星期一

早起，今日到校。尹校長已來，學生到者不多。上課二次。

十四日　晴

十五日　晴　八月廿五日　星期三

下午課畢歸家，接張立群函，述許學源事經黃師轉環，又就，又宋埠鄧次丞片詢余在家否。晚間，縣署仍做盂蘭會，惟不及清末鬧熱耳。

十六日　晴

十七日　晴

十八日　晴

十九日　晴　八月廿九日　今日星期

今日正午檢出舊藏辛亥九月避兵吳舅氏家中病後所書各體字卅餘紙，因記之。

二十日　晴　八月卅日　星期一

廿一日　雨　八月卅一日

今日接郭正乾函，又接宋埠袁夏生函，代劉金魁筆，云鄧處待彼不好，下月即歸。

廿二日　雨　九月一日　星期三

早起到校授課，接郭正乾自斗級營來函，賦閑並問徐鴻甲地址，又北京許學源函仍就原事。

廿三日　大風　九月二日

廿四日　晴　九月三日

今日小孩太錚做滿月。

廿五日　晴　九月四日　星期六

今日上下午均有課。晚歸，接安慶傅端屏函，知已分發安徽候補矣。今日母親分送包子與親友。

廿六日　晴　九月五日　今日星期日

昨日母親做包子送各親友，爲小子太錚滿月紀念也。費去五六串文，余子艱難，乃有此舉。

廿七日　晴　九月六日

廿八日　晴

廿九日　晴　九月八日

八　月

初一日　晴　九月九日　星期四

今日下課歸接安慶彭子芳函，謂已就宿縣事，不能到差。

初二日　陰

初三日　陰

初四日　雨　九月十二日　今日星期

今日接秋舫函，已就文華學校國文史地教員，月薪銀元卅元，係送銀洋。

初五日　晴

初六日　晴

初七日　晴　九月十五日

初八日　晴

初九日　晴　九月十七日　星期五

今日上課畢，接曾誠齋函，謂已就道視學，不久可來黃、鄂一帶查學。不知彼爲何人介紹也？

初十日　雨　九月十八日　星期六

早起上課。晚歸，清理未改文卷並家中淩亂書籍物件等等。接肖谷函，謂到北京辦報。

十一日　雨　九月十九日　星期日

今日接泮香來函附滙票三元，還從前借款五串也，並述秋舫已就文華大學事。

十二日　晴

十三日　晴　九月廿一日　星期二

今日接立群片，答復范陽節度使典唐安禄山，范陽即今之保定也。又接北京鄧次誠函，述在京覓差，請熊某介紹，已晤見許學源。鄧讀書不多，時時以就差爲目的，其家有商不願經也。

十四日　晴　九月廿二日

今日秦西齋、吳瑞蘭由黃州來縣。下午余歸後，留之便飯去。彼等明晨搭船往蘄水中學就事。

十五日　今日中秋　雨　九月廿三日　星期四

十六日　雨

今晨仍往各處答拜節氣，在王樂峰、乾泰順二家略坐。

十七日　晴

十八日　晴　九月廿六日　今日星期

十九日　晴

今日接西齋、少丹謝函，自蘄水中學來。

二十日　晴　九月廿八日

廿一日　晴

廿二日　晴　九月卅日

廿三日　晴　十月一日

今日課，駢文共上四篇，學生仍不能爲駢文。校長徒費心力矣。學生中劉斌、黃均正、李漢文、劉應衡、潘麗生文筆均佳，乙班汪翰章、劉璟祥等均佳，其餘均無底蘊與材料，故下筆極窘也。孟廣量甚聰明，汪奠基太笨拙，然知用心，可造也。

廿四日　晴　十月二日　星期六

廿五日　晴　十月三日　星期日

今日接保定張立群函，謂近況不佳，並抄甲寅小除寄家詩，頗凄楚。真所謂貧病交加也。可歎！可歎！

廿六日　晴　十月四日

今日到校，上下午均有課，歸後接曾誠齋函，自本邑發，云路過未到家已往大冶查學去了，未能相訪云云。

廿七日　陰　十月五日

廿八日　陰　十月六日

廿九日　晴　十月七日

三十日　陰　十月八日

九　月

初一日　雨　十月九日　星期六

今日上午課畢，下午在房中作《覆瓿集》序稿初成矣，因兩班學生學詩，余遂默寫湖堂已失舊作，得百餘首，益以近作，遂取名曰《覆瓿集》。

初二日　雨　十月十日　星期日

京内外籌安會成立，恐袁世凱欲稱帝。各省各縣雙十節甚冷淡，且有未舉行者。

初三日　雨

初四日　陰

初五日　雨　十月十三日

初六日　陰　十月十四日　星期四

今日接漢口杜鳳華片，謂已就青年會學校教員。下午下課後在子青房中閒談。尹國瑜聞余等談朱永鑒愚笨事，彼遂往後面嗾使朱永鑒、朱逢沅罵余，余甚慍氣。永鑒爲金牛朱子春庶出子，貌陋性蠢，教之無寸進，其父太聰明之過耶？逢沅爲楸春之孫，更蠢。此兩生，內鄉學校除名不收之人，而尹校長收入足學生名額，見好於朱舜階者也。害群之馬，與尹姪國瑜等甚善。

初七日　晴

余昨晚慍氣回家，準備往省謀事。尹在省兼差，不理學校事，以故廖純古不能解決此案。下午三時，杜振卿帶朱永鑒來叩頭謝罪，余略與敷衍伍子堂、振卿而去，無多語也。晚清理衣服，明天往省。

初八日　晴　十月十六日　星期六

早五時起，厚訓送余搭小輪。下午四時抵省，晤易泮香、劉萃三，並訪議會諸同學，說明本邑事不能幹。

初九日　晴　今日重九　十月十七日　星期日

昨宿泮香處，與談謀學校事不易也。今日至鶴樓遊覽，感想去年重九事，不勝悵然。

初十日　晴

十一日　雨　十月十九日

今日下午，劉萃三送來尹仲韓信，係重九所發者。內云彼連旬在省未歸，歸後知朱惡本欲開除，因念內鄉學生僅三人，乞余饒恕之。仍望以學校全體爲重，請余即歸。萃三亦以省學校不易謀課，仍回爲妙。尹又謂，廿三號親來接余回縣云云。余尚未定也。

十二日　雨　十月廿日

今晨渡江買雜物。

十三日　雨　十月廿一日　星期四

十四日　陰　十月廿二日

今日爲王子恒買黃氏八種一套，並添學校教科書四種，其餘爲零件。發一片與厚訓，云不數日即回縣。

十五日　雨

十六日　雨

十七日　晴

十八日　晴

十九日　晴

二十日　晴　十月廿八日

連日心緒不寧，此係補寫。

廿一日　晴　十月廿九日

連日武漢各機關向北京袁世凱勸進，不久可登極。袁已由兩院通過總統世襲矣，又欲爲君主，何耶？

廿二日　十月卅日

早起搭小輪回縣，下午二時到。厚訓招呼物件，回家休息。飯後，通知學校來取物件。

廿三日　陰　十月卅一日　今日星期日

尹仲韓前來省，親約余回縣，並帶款買理化器具及藥品約五十餘元。

廿四日　十一月一日　星期一

今日上下午均有課，補試驗物理學。

廿五日　雨

廿六日　陰　十一月三日

廿七日　陰

廿八日　陰　十一月五日

廿九日　雨　十一月六日

十　月

初一日　雨　十一月七日　今日星期

初二日　晴　十一月八日

初三日　晴　十一月九日　星期二

今日上下午均有課。接劉萃三函，謂彼因病甚久尚未愈。又云泮香接嚴惠之函，已代余謀有一停館，年金一百五十串文，何時上學尚未定也。又云周遺□附候。

初四日　晴

初五日　晴　十一月十一日

初六日　晴　十一月十二日

初七日　晴

初八日　晴　今日禮拜

初九日　陰　十一月十五日　星期一

初十日　晴　十一月十六日

接鄧次臣函，請代擬賀漆縣長湘泉生辰稿。

十一日　晴　十一月十七日

今日接宋埠鄧次丞函，謂袁夏生不能稱職，已辭歸，付全月薪矣。夏生能力弱，或者不能與鄧合作歟？

十二日　晴　十一月十八日

十三日　晴　星期五

連日京城、各省、各縣爲籌安會鬧得極凶，紛紛勸進者皆係失意舊官僚與不肖大紳，竟欲袁爲皇帝。

十四日　晴　十一月二十日　星期六

十五日　晴　十一月廿一日

今年冬季久晴，窮人所喜。然天乾目疾多，余亦不能免也。非風調雨順如清季，可慨也。在家改上次學生作文。連日京内外籌安會分省勸進，楊度爲梁啓超學生，號爲六君子者，而梁已逃出京矣。

十六日　雨

連日患目疾，以天氣乾燥不雨，城鄉患病者極多，余以從前照相洗片，目力已受傷，今更劇。

十七日　雨　十一月廿三日

十八日　晴

十九日　晴

二十日　晴　十一月廿六日

廿一日　晴

廿二日　陰　十一月廿八日　星期一

今日接泮香函，謂余借劉莘三款彼已代還清，又接江西會昌縣署李瑞周片，收到余寄聯。

廿三日　陰

廿四日　晴

廿五日　晴　十二月一日

今日接漢口曾誠齋函，問余病好否。

廿六日　晴

廿七日　晴

廿八日　晴　燥

廿九日　晴　燥　十二月五日

三十日　晴　燥　十二月六日

連日各省勸進者多，袁世凱勢必稱帝。北京江庸等、湖南王闓運諸名流連翩勸進，謂袁之功德甚大，應天順人，中雜許多卑劣肉麻之語。傷哉！文人無行也。湖南湯督薌銘，蘄水人，勸進尤力，聞已飭造幣廠準備鑄銅元爲紀念。湯癸卯科舉人，湯化龍之弟，入民國兩度爲海軍次長者。督湘後貪污甚著，其人格不足論矣。

冬　月

初一日　雨　十二月七日

初二日　陰　十二月八日　星期三

北京督察院根據各省請願書，上袁總統請改君主文，約一萬餘字。

明日當務重抄齊爲要。

初三日　晴

初四日　晴　十二月十日

患目疾久未愈，目時時模糊，夜間不能作事。

初五日　晴

初六日　晴　十二月十二日　星期日

今日接秦慶梅蘄水來函，云相片詩稿均收到，詢余目疾好否。

初七日　晴　十二月十三日

今日接省城稚松函，云劉萃三交萬發祥帶物已收到否，又有肖鵠時時至鵬程處與渠詳談，稚松現住程雲生家中也。

初八日　晴

初九日　晴

初十日　晴

十一日　晴　十二月十七日

今年冬季無雨，晴燥如秋，怪事也。袁世凱稱帝之兆歟？周末無寒年。可嘅也哉！

十二日　晴

十三日　陰　十二月十九日　今日星期

十四日　陰晴不定

今日接立群函,問余目疾愈否,并謂許學源囑余勿籌款北上向黃師謀事也。

十五日　晴

十六日　晴

十七日　晴　十二月廿三日　星期四

今日在校課畢,與諸人談袁世凱軼事與曹操無異。聞有人述,王壬秋前曾以總統民國爲嵌字對云:"總而言之,統而言之。民猶是也,國猶是也。"又有人於上聯添一句"篡焉而已",下一句添"君安在哉?"

十八日　晴

十九日　晴　十二月廿五日

聞北京正籌備袁世凱登極,將有大封典云云。各省督軍、省長,文授上大夫,武授某威或某武上將軍云云。袁氏叛清而清亡,叛民國,民國恐亦亡矣。又聞雲貴等省不服從中央云。

二十日　晴

廿一日　晴

廿二日　晴　十二月廿八日　星期一

今日接誠齋自漢口來函,述及同學袁鳳翔近況,袁與曾爲至友,其人中科學均佳。

廿三日　晴　十二月廿九日　星期三

聞武漢準備袁氏登極慶祝大典，陽曆元旦須改元稱爲中華帝國矣。噫！帝歟？民歟？一例挂羊頭者也，余當括目看之。

廿四日　晴　十二月三十日

廿五日　晴　十二月三十一日　星期五

今日在校下課後，聞縣公署候省署電報，報北京登極大典事，相與太息久之。孫文爲造成民國之人，袁氏爲恢復帝國之人。兩人非凡人，但期望以後百姓不遭殃耳！日本廿一條，袁氏輕俏接受。甚矣！視天下爲私物，以人民爲犧牲品矣。明天改元稱中華帝國洪憲元年，是謂大變。怪哉！

廿六日　晴　中華民國五年一月一日改帝國稱洪憲元年

今日校中放假，余在家休息。午後四時，汪小軒來云，現在縣公署已有紅佈告貼出，云袁氏登極已改元洪憲矣。余未出看。旋程松師來云，衙門有電報，出騰黃但用紅紙，非騰黃。稱洪憲元年，民國已夭折矣。但鄂城諺"紅線鎖眼簾，非佳人也"。程師詼諧甚，故如此云云。

廿七日　晴天　元月二日　星期日

今日仍在放假中。聞武昌王占元大慶祝，已封爲上將軍矣。在京之黎副總統，已封武義親王矣。噫！局世轉變如此，則人民所不及料者。今日接秋舫一片，述洪憲登基。

廿八日　晴　元月三日　星期一

廿九日　陰　元月四日　星期二

明日上課，今日又搬行李入校。晚間與廖、袁諸君談國事，感慨多。

噫！天實如之也。

臘　　月

初一日　陰　一月五日　星期三

今日上下午均有課。星期六停課溫習，十六日可放假。近日天氣乾冷，非佳象也。

初二日　陰寒　一月六日　星期四

初三日　陰　寒　一月七日　星期五

今日上下午均有課。晚間與袁、廖、范諸人圍爐共談國事，因果報應，飲酒，燒餅食之，亦頗快意。欲作籌安會勸進詩，譏當世之無恥者，睡時已默記二首。

初四日　陰寒雨　一月八日　星期六

今年夏初在京耽延甚久，校中功課由范、袁、廖諸君招呼，明日具酒一桌酬情，約定王、孟、程作陪。

初五日　雪　一月九日　星期日

早歸家料理購零物，父親去世後諸事累母親。今日歸家可視余子太錚，亦活潑可喜也。純女、甥兒女，家有二小孩及年少二人。母與妻主持一切，惟薪水少，又增新債。每念及此，又生悲感矣！正午袁、廖、范均來，孟、王陪飲甚歡。午後四時散去。

初六日　陰　晨間仍大雪　一月十日　星期一

早十時到校上課。午後仍有課。晚間與袁、范諸人圍爐坐話。予作

《冬日感懷》刺當局詩四首已成矣，中有"朝廷此日推新主，恩澤何年到老農"之句。今晨痰中帶血二口，心中不適。

初七日　陰　寒　一月十一日　星期二

早起痰中又帶血，三四口，心極不適。前曾患目疾，以天乾久，余又寒熱失調，致觸舊疾也，聞杏仁露能治痰中帶血，當托便往漢購之。聞武漢已有湖南省鑄之洪憲元年紀念銅元行使。

初八日　陰　寒　一月十二日　星期三

初九日　晴　元月十三日　星期四

今日考學生國文，明後天余提前考圖畫音樂等。

初十日　晴

今日痰中帶血未愈，心憂甚，又時時作嗽。

十一日　晴　元月十六日　星期六

上午考甲乙班音樂，下午考小學圖畫音樂俱畢，周崇福來校乞薦函，與江慕張詢之，十三日到省，余便托在省帶杏仁露，校中托帶印色油二瓶，就校付款及函並請交秋舫代余購。

十二日　晴　一月十八日　今日星期

早起痰中帶血甚少如紅絲狀，餘熱未盡也。今日立群來函述近狀不佳，可知其窘。

十三日　晴　一月十八日　星期一

十四日　晴　燥　一月十八日　星期二

今日接長沙文宅劉伯英函，謂顛倒殊甚，住長沙其姊家，以夾袍一襲過冬。

十五日　晴　燥　一月十九日　星期三

今日仍到校評閱學生卷及分數，下午歸。本縣籌備教育會，争會長者涂家環號小書，四處托人關照。惟涂並未住過學堂一天，僅在縣教書二年，異想天開矣！彼不知教育爲何事也。余不願爲此，王久旃、周月亭俱可任此席矣。晚間具酒肴楮帛祀先君，明日爲先君周年忌日也。七時敬謹祀之，並囑甥男女、純兒、太錚行礼後，余痛哭甚。八時陳授卿、周月亭爲教育會事來商，余謂不管此事，任投何人爲會長。

十六日　晴　一月二十日　星期四

今日先君忌日，父逝已一年矣。椿陰愈遠，真所謂子欲養而親不在矣。心傷甚。正午到校商議今冬結束明春開學事。午後四時周崇福自省歸，帶回杏仁露小瓶四瓶，印色油二瓶，并夏秋舫函一件，囑余善保身體，驅遣前慮爲要，又聞之文華同人云，童□有效，勿以此疾輕忽也，今周崇福杏仁露，印色油帶回不甚好，十七日放寒假云云。夏秋舫爲余等訂蘭譜之最長者，對余幫忙之事甚多，其家亦寒，素入學時已廿六歲，在湖堂中科學均佳。

十七日　晴　晚寒　星期五

十八日　雪　一月廿二日　星期六

今日至學校算賬，借薪水。今年臘月無進款，必窘困，他處無可挪款者。前已借子青少許也，必要時再向汪同昌借十串。

十九日　晴

二十日　晴

廿一日 晴

廿二日 晴

早起帶同厚訓買年下應用之物。

廿三日 陰

早起清理各事，辦年下應用菜蔬，略買海味數事，晚間祀竈神。

廿四日 雨

今日未出門，囑厚訓辦理謝帖等事，明正初二，須往各戚友處拜年謝步，從俗例也。

廿五日 陰

廿六日 晴 元月卅日 星期日

廿七日 晴 一月卅一日

今日外出看友。午後囑家中略具酒菜，備明晨吃年飯。去歲因父故，未舉行年飯。今老母在堂，須仍存此禮也。並約劉表兄明晨來坐席。晚寫各處復函。母親率內子辦菜蔬等件，十二時方寢。

廿八日 晴 二月一日

晨五時起，進香祀先君靈位，前另具供碗三，酒飯如儀，再與家人同桌吃年飯畢，天曙矣。程少丹來談各事去。

廿九日 晴 二月二日 星期三

今日除日，早起辦理過年諸事。午後開消各處欠賬。未來討者，命厚訓送去，以省人家往來之煩也。晚具香燭，一切如往歲。今年添子，余心稍慰。然父逝後，終多抑鬱不能止耳。九時外出一次，帶純女游古樓歸。十時具團年酒。十二時命厚訓守歲。余以血疾愈未久，尚在服杏仁露，早寢。內子與家母、訓甥在守歲。約萬景德、劉表兄明晨來。余寢後多雜夢。今夕往岳廟進香甚早，十一時余帶厚訓去，以身體不佳早歸早寢也。今日傍晚郵局尚送來一信，係保定張立群元月廿九所發者，信到甚快。內述余不到北京極是，學源亦不贊同，因新潮變更多，覓人不易，暫守株待兔耳。附抄游戲文一件。列菊選學士雙蘭英五首。

民國五年（1916年）丙辰日記

是年春初，小病不斷。時時閱報，知川、滇反對袁氏稱帝日急一日，結果八十三天之皇帝夢醒矣。二月廿二日同黃篤生到黃州搭輪往漢，因同學王浩如薦予任胡宅教讀，僅教半月即歸，仍就寒溪講席。自是與校長有意見，予決意另謀他事。運氣大壞，故是慪氣事多。六月上旬，時至外舅孟寬圃家中授蕙芳以作詩文法。外舅始囑予爲蕙芳教詩，且時時□□代請程師作伐欲婚予事，予屢以不合法爲辭。六月廿四，太錚年齡及周，家中舉酒，約朱、汪四生來宴會，似入樂境。

戊戌春三月壽昌老人再閱後補志

正　月

初一日　雨　阳曆此月廿九天　二月三日　星期四

七時起，進早香。今日來拜年者多，余因雨不能答拜也。小軒、小齋、少丹均來，留早點去。王樂峰來，余囑不開門，恐帶其子來過路，不便招呼也。

初二日　雨　二月四日　星期五

今晨帶同厚訓、劉表兄分途向各親友謝步拜年並投謝帖。

初三日　雨　今日立春

早起，再往各戚友處投謝帖，昨未走完者今日補之。晚九時具香楮供碗祀先祖母，明日爲先祖母忌日也。祖母卒時余尚未生，聞之母親云祖母晚年患氣病，無法診治，家貧處境極苦，今僅存有畫像，然僅二三分相似而已，今晨大便下血。

初四日　陰　二月六日　星期日

今日來客留坐談者五六次，余今晨大便下血。

初五日　陰

今晨便血未愈。

初六日　雨　二月八日　星期二

初七日　晴　二月九日　星期三

今日外出一次，在小軒、春溪處均談甚久。

初八日　晴　二月十日

初九日　晴

初十日　晴

十一日　晴　二月十三日

十二日　晴　二月十四日　星期一

十三日　晴

縣中仍是太平景象，今日鬧龍燈，各街均有，政治上亦不禁止。晚囑厚訓引純女去看燈，各街三官燈仍懸挂。熊致堂家之燈畫法精美者，聞已家貧，未懸矣。

十四日　晴

十五日　晴　燥　二月十七日　星期四

　　飯後無聊，亦隨俗出南門游月半。吾邑正月半，天晴游人以萬計。余帶小女游郊外三小時乃歸。今日接立群函，述近狀，關心余謀事。不願續就寒溪教員，兼慰余貧困。

十六日　雨

十七日　雨

十八日　雨　二月二十日　星期日

　　聞學校已有學生來。余屢謀停館未就。不欲教此功課，月薪少而國文極難改，簡直無一日空閒也。今年必另謀。

十九日　晴　二月廿一日

二十日　晴　二月廿二日　星期二

　　廖、范均到校，大約廿二日上課。

廿一日　雨

廿二日　雨

　　今日到校晤尹、廖諸人，明日仍搬行李到校住。

廿三日　晴　二月廿五日　星期五

　　今日上課，晚宿學校，與廖、袁諸人談國文，如另請人改卷則不吃虧，否則此席余不願幹也。從前另請人，候商之尹校長請范允師。

廿四日　晴　二月廿六日

今日學生已到四分之三，上下午均有課。

廿五日　雨　二月廿七日　星期日

今晨出題後回家，母親見余身體不好，薪水又少，目疾時發，心中難過，今日多辦菜，囑多進飲食。

廿六日　陰　二月廿八日

今日到校上課。午後閱報，滇、黔兵出動討袁，曹焜兵在川不能再進，陳督宦亦不穩。不知袁氏何以必欲做皇帝夢也。

廿七日　晴　二月廿九日　星期二

今日聞兩廣龍濟光、陸榮廷聯合反對帝制。雲南蔡鍔、唐繼堯勢力已大，如逼湘，湘不穩。湯薌銘是善觀風色之人，現已成爲衆矢之的，雖出鑄洪憲元年□十銅元以媚袁皇帝，惟彼係反復無常以求官者，終必倒袁也。

廿八日　晴　三月一日

廿九日　三月二日　星期四

卅日　晴

二　月

初一日　陰　三月四日　星期六

今日閱報，反對帝制者多，皇帝夢恐不久矣。

初二日　晴

今晨出題後，回家看母，料理各事。前已托王浩如欲謀館事，不知可成否？學校事決不能幹。今日進土地神，下午立牌位祀文昌帝君。民國改元，帝君之祀典已廢四年矣，西門外文昌宮亦無住持。

初三日　雨　三月六日

早起，祀文昌後到校上課。閱報，雲南兵力已到川，曹焜陷於不能前進。

初四日　陰　三月七日

初五日　晴

初六日　陰

初七日　晴　三月十日　星期五

初八日　晴　三月十一日　星期六

初九日　雨

今日在家爲學生改文，已有半數改正。

初十日　雨

十一日　雨

十二日　晴　三月十五日　星期三

今日下午聞漢口有倒袁機關在法租界，吕丹書、向海泉、蘇成章均在內。從前贊成籌安會立機關者已逃避云云。

十三日　晴

十四日　晴　三月十七日　星期五

今日下課後閱報，川、滇似聯合倒袁，帝制必取消。又聞袁在病中，登極僅一次即有病，或者清德宗陰擊之歟？

十五日　晴

今日下課即歸。明晨題目請尹代出。在家清理舊時詩文稿。現在《覆瓿集》二册已寫成矣。又尋出《中西報》及群報館所作論説四十餘篇，皆不愜意者，純以新名詞填塞爲文，此當時流行文字，可笑也。

十六日　雨　三月十九日　今日星期

今日接王浩如來函，謂府後街胡宅館月支十二串。如願就，廿日須來省。余再四思維只有允去。校事暫不辭，如省中有鐘點可就，即辭縣事也。

十七日　晴　三月二十日　星期一

今日黃篤生同學自金牛來縣，云到武漢謀事。余留之飯，具菜數肴，始知其吃長齋，則從前在校時未聞者也。又添素菜二碗。余以在寒溪近況告知，就胡館以寒溪事讓之，則格於內外鄉之例，尹必不可，學生亦起反對。乃酌定，余於胡館嫌薪少，如無特別活動，則以胡館讓之，較爲兩全耳。議定，決於廿晚在黃州搭大輪到漢。

十八日　晴　星期二

今日到校，與廖、袁商，云廿一日須往漢謀事，請假一星期，不成再說。因尹校長不在校，請廖代答。改文多，精力不濟，應辭校事，此爲最大原因。今日篤生補送先君挽聯一付懸之。

十九日　晴　三月廿二日　星期三

二十日　晴　三月廿三日　星期四

今日到校，上午上課畢，下午歸。與篤生同吃飯畢，帶行李搭郵局老戴划，到黃州洋棚搭大輪，由王次齋招呼余等臥室。夜十二點鐘時船方到黃，由次齋招呼上船，買一鋪位休息。

廿一日　晴

晨四時半到漢口，先在漢口勸學所曾誠齋處休息。當寫一片寄家中，以免母親懸念。下午渡江訪王浩如，云胡宅聘書在彼處，當晚送余到府後街廿二號胡宅住。胡宅爲周恒祺舊屋，官僚式公館，特別軒敞。定明晨學生上學。

廿二日　晴　三月廿五日　星期六

早，胡宅備香燭進孔子，有紙書牌位。由其戚引學生胡廷佐[①]叩師禮。學生十歲，甚聰明，即辛亥起義時外交司副司長胡朝宗之子也。朝宗後任交涉使一次，現仍在北京外交部辦事。學生讀《說文解字》及四書，問之

---

① 廷佐，後文作"廷玉"。

僅渠一人，無兄弟姊妹，嬌養慣者也。其母與其祖母當家云。日三餐，火食甚好，學生同食。內東老少二婦均未見面，其家有嫗來洗衣，家中用繡圍屏遮余臥床側，視之，貼有湖北交涉使司交涉署字樣未揭去，蓋清末施交涉使公物也。噫！辛亥起義，如田飛鳳、錢守範、謝石欽、牟鴻勳等，發鄂藩臬府道公私物品之財帛衣物者，何止數千萬兩之值，今依然窮人矣。不過胡有特別技能，尚能任外交職務耳。今日學生上課二次，晚飯後不讀夜書。余外出至萬發祥略坐即歸。寢時，思及此次別母出，萬不得已。父故未久，應該養母不離。復念及幼兒太錚甫八個月，純女甫六齡，家中狀況窘困，心傷無已。今日學東請王浩如作陪，請酒一席，贄敬三串文。閱報，知洪憲國號已快取消。

廿三日　晴　熱　三月廿六日　今日星期

早學生來云，今日星期，例不上學，先生自便。余整理各事畢，飯後出門訪浩如、仙舟、華甫諸同學。午後在丁國丞家看字畫。吃晚飯後，回胡宅寫信寄母親。大意在漢口發一片，想先到。胡姓學生十歲，每日讀書數點鐘，不讀夜書，星期休息一天，飲食起居均好。隔壁呂姓有兩學生要來附館，兒言明要六十串文方可，又可兼兩湖附屬鐘點，共計月可得薪卅串文，勝於在本縣學堂。清明前後可回家祭祖。王小齋來省，可帶帳子、棉袍、皮箱等件來。上海之報以後可交小軒閱。尹校長今日在省途遇之，未與説明此事。寫黃陂縣公署吳之蕃信，托謀事。

廿四日　晴

早起，今日學生上課三次，晚飯後即不來，學生尚聰明。今日午後寫信與厚訓，囑將清明包袱寫齋，並令好好在校讀書。今晚寫立群及各至好函三件，囑學生借棉袍、衣箱可付小齋帶至漢口曾心如處。此信付袁子青函，請吳庶生念與厚訓聽之，純女太錚不可外出。得小牙牌一副、書一本，不時卜之，消遣而已，得吳之蕃之子吳庶生復函，云其父在扶溝縣充科長。

廿五日　晴　星期二

早起。午飯後至勺庭中學訪伊仲韓，説明余已就館，不願在寒溪中學。請易聘人，以免荒誤學生，城内之陳受卿、周月亭俱可就此事。尹勸余仍回縣，謂陳、周二人不勝中學重任也，將來改文另請人，君事較輕爽，可續教學也云云。雖如此説，余謂看一步再談，清明節須回祀祖，容緩商之。寫信至扶溝縣吳之蕃。昨滬漢各報，袁皇帝自一月一日起至三月廿二日止，稱皇帝已八十三天。

廿六日　晴　三月廿九日

今日學生上課後，偶問其家世。學生云其祖母曾向伊言，祖父極貧，係粗人挑碼頭，某年無辦法，賸錢二百餘文，步行到南京，後漸亨通。其祖母爲南京人，亦貧家。其父朝宗後乃奉教堂，讀洋書，乃得爲外交官吏云云。據此貧人能翻身者，奉耶穌教得益不少。今之外交人材，即俗所謂洋奴者也。寫吳厚卿一函，寄扶溝縣署。晚間無事，至萬發祥小坐，或取牙牌數消遣。今日篤生來晤，云住漢口施静山家，談甚久去。前日報載，張一麐與王式通同謁袁世凱。張行常禮，王則行跪拜稱臣，一點鐘已稱臣六十餘聲。

廿七日　雨

今日照例上課，學生不能作文，略與談綴字對聯之法。晚間卜牙牌數自遣，愈卜而問事愈不靈。

廿八日　陰　三月卅一日　星期五

今日下午接立群謂曾片墨□《南宫縣學記》張裕剑所書者，至鄂城弟□遷居之費必不少，西席之聘，薪金不多，弟之現況不言自知之，秋兄現在何處，泮香仍就原事否，前請作畫緩緩爲之。學源對人甚熱心，必能爲力，我來保定已逾二年，實無安居一日，新舊友多，應酬大，入不敷出，現負債已百元，其不能離開此地以此債也，信長九頁，其情長矣。

廿九日　晴　四月一日　星期六

今接家信云，廿五日接得余信，祀祖包袱已辦就，附張立群一函即寄張廉卿不刻者也。今日程少松來晤談，云不久回縣，又寄片與厚訓：謂尹先生已回縣，緩數日即來，仍住勺庭授課，尹校長兼差至一百八十里之遙，可謂嗜錢如命矣。清明後能歸與否，不能定也。家中洋襪三雙，呢夾袍長褲、短褲及換洗衣服、帳子、箱子俱要帶來，已決計不回寒溪。片發後，接再補發一片：王小齋能來省，則與同歸，不來則與少松同歸；袁子青處時時去，開見識。

三十日　晴　四月二日　星期日

今日，早飯後出門訪友。午後閱上海《時報》，陽曆三月卅日，平等閣筆記轉載龔道尹筆記：劉建中，安南國瑤州府岸縣人，借東昌聊城崔天選借屍還魂事，並有天選照片。噫！孰謂死者無投胎托生之事歟？

三　月

初一日　晴　四月三日

今日上課，察學生稍有進步，惟貪頑耳。富貴家嬌養子弟固如此也。接王小齋自縣來片，云其兄少齋已死，致有曠課，現已到校矣，十八日可來省接余云云。

初二日　晴　四月四日　星期二

今日閱三月卅日上海《時報》載一安南人急死後借山東聊城東南崔家莊崔天選死屍還魂事，另記於冊。

初三日　晴　四月五日　星期三

　　早起上課，十一時篤生來館，談甚久，便留飯，囑胡宅添素菜。午後以清明節放假半天，余與篤生至黃鶴樓茶叙，五時就同慶樓小酌畢，彼渡江，余回館，今日清明，甚悵悵也。余仍着皮袍，天暖無棉衣可換，不知家中何日有便人帶來也。尹校長來館勸余仍回縣續上課，余已允之。

初四日　晴　四月六日　星期四

　　早起，寫信寄家示厚訓，謂請劉老表送衣服來省，如未交帶可不交，因余初七必回縣。現在胡館不佳，我已允同尹先生一路回校。已托黃篤生代此館，以後由黃接收下去，亦人情也。附致袁、廖二君函，述仍回之意。今日發函約篤生明天渡江。今日嚴惠之復函云尋不着學生陳乾烎。

初五日　晴　四月七日　星期五

初六日　晴　四月八日　星期六

　　早起仍授課。午後囑廷佐告知其母，云余須回縣祭祖墳，館課明天請黃先生接代一星期。傍晚篤生自漢口來胡宅，余率廷佐與見禮。星期一照常上課。今日接立群來函，云已得篤生一信，知余已退館，篤生函請面交之。接蘄水蘇次青先生復函叙渴慕，已另寫一介函與劉聘老，余想此事未必有效。貼郵票寄法政學校，行李等件用具交篤生用，俟館事定妥再派來取。

初七日　小雨　晴　四月九日　星期日

　　早起，渡江搭小輪回縣，下午二時即到家。見母親甚健，兒女均好，至慰。今日與肖鵠在輪船中相晤，彼回葛店去矣。命厚訓清理包袱，明天祭各祖墳。

初八日　晴　燥　四月十日　星期一

早起早飯畢，帶同厚訓出城祀各祖墳，至寒溪塘側遇劉應權，知余歸仍就原席，甚表好感。午後三時各墳祀畢，左眼珠側忽起血翳一小塊如芝麻大，距瞳人甚近，余駭甚，但無藥可治之。

初九日　晴

初十日　晴　四月十二日　星期三

今日至校仍繼續上課，校中並未請人代，蓋無人帶也。余此次歸，亦不得已。離家遠，不能照料家事，家中又時缺零用，乃戀此雞肋，思之輒然。午後篤生轉來四函，曾誠齋問候語，河南扶溝縣署復警佐，雲夢左君接印時已呈請委人矣，彼仍就刑錢席，河南謀事更難，陶月波已出汴使署矣。楊子檠師鎮江寄函，彼之旗民生計所長已辭去，因旗民白朱兩姓在巡署訐訟也；述朱純愚忠厚，得缺必聘余，朱次丹狡猾之人，不可靠，對楊師尤無誠意。又保定張立群函，知余回縣掃墓，仍催作畫相贈。附抄清明近作一首以示篤生，余當寫四信，復篤生，請其善教胡姓學生，免今年謀事，誠以謀事太難也。

十一日　雨　四月十三日　星期四

今日尹校長云，以後作文由予出題後，包封送范允師改定，月送津貼十二串文。余許之，然使當日尹加此十二串與余，則彼未必可也。下午課畢回家。

十二日　雨

今晨往校上課，武昌行李爲篤生借用，故無行李放校中，幸此際天氣長，尚不嫌到校之遠也，出小南門傍城牆走比在古樓住宅近也。

十三　晴

十四日　晴　四月十六日　星期六

今日下午下課後余請校長明晨出題考學生，橫豎現在講改並非一人，不論何人出題無關也。星期日免余到校再歸，徒勞往返耳。

十五日　四月十七日　星期日

今日接王浩如來函，云已到胡府，老夫人不在家，已與廷玉言明篤生代館矣，前以余言病歸。

十六日　晴　四月十八日

早到校上課，現在不改文，人較清爽，使學生作詩，余亦自理舊稿，薪水少而心稍快也。學生今年冬畢業。余於理化二科盡心教之。下午回家，接篤生來片，謂已教一星期，下星期是否續能代，則看胡宅意思如何耳。大約胡姓有□□話說，必告通浩如。

十七日　晴　夜雨　四月十九日　星期二

早到校上課。晚回家，接篤生四月十八函，云胡宅館不能續代。東家似不願意，彼遂辭代理責任，俟余到省再說。行李用品仍置胡宅。武漢不安靜，法界黨人有倒王消息，風聲緊。

十八日　雨　星期三

十九日　陰

二十日　雨　四月廿二日

廿一日　晴　四月廿三日　星期六

廿二日　晴　星期日

廿三日　晴　四月廿五日　星期一

廿四日　晴

廿五日　雨

余左目翳已接瞳人旁，以鏡照之極顯然，不知係禍否，當禱之。

廿六日　晴　四月廿八日

同居李聘堂，今年停余蘭舫教書，學生大者□必知余清秀才，長於八股，每與余閒談八股試帖詩。

廿七日　雨

接漢口張福蓀函，彼住悅來東棧，仍做紅茶生意。惜余歸，未與面晤也。

廿八日　陰

廿九日　雨　五月一日　星期日

今日在校晚歸，擬托便人到省取行李歸，余左目生翳，幸未走動，倘再距近，傷及瞳孔矣。

四　月

初一日　晴　五月二日　星期一

初二日　陰　星期二

初三日　晴

初四日　晴

初五日　今日立夏　雨　五月六日

初六日　陰　五月七日　星期六

初七日　晴　五月八日　星期日

今日下午與蘭舫談八股事，並檢楊子槃師中舉八股示之。彼謂湖北無此作者，江南舉人不易中。

初八日　陰　五月九日　星期一

今日下午三時課畢歸。春溪請陪王利師，四月八酬西席也。春溪停館領首，故代表主人也。

初九日　晴

初十日　晴

十一日　雨

十二日　雨　五月十三日　星期六

十三日　晴　五月十四日　星期日

今日在家清理各書籍雜件。前以往省教讀，致搬南門李宅各物均未一一整理也。下午天氣已熱，春溪來談時多，或余往其家坐談，因住址與渠甚近，余不願走遠家。晚間或與蘭舫坐談舊事及清代掌故，蘭舫思想太舊，不知世界大勢。噫！可見通儒之難，令人不能不佩服顧、黃諸先生。

十四日　雨　五月十五日　星期一

下午爲立群畫山水立軸，屢函催余，屢答函，久未以報者也，僅具輪廓而已。

十五日　晴

十六日　雨

今日行李取歸，到校住宿，下課後爲立群作畫，寫"潮平兩岸闊，風正一帆懸"詩意。

十七日　晴

今日下課有空閒時即補畫，已成矣，長二尺八寸，闊一尺六寸，山水秀潤，甚得意，晚間題詩三首。

十八日　雨

今日課後畫成矣，寫詩寫款於其上，明後天當寄保定張立群，了此畫債。

十九日　晴　五月二十日　星期六

下午課畢回家並寄保定畫件，春溪來談，以此畫示之。事隔四十三年，不知此畫尚在人間否。

二十日　今日小滿　晴　五月廿一日　星期日

廿一日　晴

廿二日　雨　五月廿三日

廿三日

今日接漢口張福蓀函，問余近狀，並述肖鵠困難。福蓀時以小款補助朋友，美德也。

廿四日

廿五日　陰

廿六日　晴

廿七日　晴　五月廿八日　星期日

今日在家，自校中請人改文後，余已清爽百分之八十矣。清理樓上各物件及黄安署中任禁烟委員時雜文件。

廿八日　晴

廿九日　晴

三十日　晴　熱　五月三十一日　星期三

五　月

初一日　晴　熱　六月一日　星期四

南門住宅向東，東曬極大，下午西曬，熱不可耐。母親到堂屋時甚少。前重余先生坐館，後重窄狹。倒厢堆牛羊骨，時發臭氣。李大生爲荒貨店，故收及牛骨也。何姓催古樓屋甚急，今春正月乃由黄舜卿介紹居此。致余於先君服亦未滿即除靈，心傷事也。

初二日　晴　六月二日　星期五

初三日　晴

初四日　晴　六月四日

初五日　晴　今日端午

今午舉行端節，進香禮後與母親賀節並同屋李宅及小南門友人張、孟諸家略坐談，午後至城外看競渡。

初六日　晴

初七日　晴

初八日　晴　六月八日　星期四

今日正午回家，余生日也，略具酒肴，約小齋、春溪、小軒來便酌。今年卅一，而坎坷如此，何年得志耶。日者謂余卅九日轉好運，當爲武官，一哂而已。昨接立群一片，索余畫早寄並述己甚困。

初九日　晴　六月九日

初十日　晴

十一日　晴熱

十二日　晴熱

十三日　晴熱　六月十三日　星期三

十四日　雨

十五日　晴

十六日　晴

十七日　晴

十八日　晴

十九日　雨

二十日　雨

今日接漢口施靜山片，云篤生已回鄉多日，不久當重來，又謝余春間爲之寫作扇面。稱寫作均佳。

廿一日　雨

廿二日　雨

廿三日　雨

廿四日　雨

廿五日　雨

廿六日　雨

廿七日　雨

以上廿餘日記資料，不知散失何處，或在何箱子內，一律就曆書各日下所印晴雨氣候録之。□出再補録。

廿八日　陰

廿九日　雨　六月廿九日　星期四

今日校中停課，準備學生大考，余趁間將房中書籍雜物清理一次，將案上拂抹一次。午後所長伍子堂來校會商各事，便至余房談天，偶言及其祖父於天平天國時翼王石達開駐其家大廳中，軍紀甚好並非後來傳說太平軍種種惡事也。在夜宴中即席賦詩二律以示其祖父云：地號馬鄉才有驥，人居虎帳夢皆熊。天戈所指妖氛淨，看我完成百戰功。翼王面黑高顴有微鬚，呈英雄之狀。

六　月

初一日　雨　六月卅日　星期五

今日考學生兩班國文，下午就校中閱卷評分數。

初二日　雨　七月一日　星期六

今日考中小學三班圖畫音樂等課，下午已竣事。五時回家見母親，清理未完文件等等。今年放假，中學學生朱輝霞、朱兆蓉、汪奠基均以其家窄小，在校中補習自炊。余亦以李家熱度極烈兼之房小，樓地板密，窗子小，亦欲在校中自修，整理詩文稿，朱、汪諸生願意供余火食，請益作文，余許之，謂天熱晚宿校中較家中舒適也，城內汪翰章亦願來作伴。朱生另約田煥采來幫忙燒飯，校中打掃夫張姓招呼余等度暑期也，俟學校放假後余仍搬入校中。

初三日　雨　七月二日　星期日

初四日　晴　七月三日

今日校中學生已走盡，袁子青亦回家。純嘏留校清理雜務算分數，余到校與商各事，並言暑期在校自修，並教朱、汪三生。

初五日　晴

初六日　雨　七月五日

原擬今日在家曬書籍，以雨遂止。

初七日　晴熱

初八日　晴極熱　今日小暑　七月七日　星期五

早起清檢蚊帳夾被，命老張下午來取，至校中歇暑，晚六時去。朱、汪生已就校中備火食，作補習計畫矣，彼等住袁生房，余仍住原房中，傍晚汪翰章、田煥采來談甚久去，晚與朱、汪學生乘涼，九時半即寢，魂夢甚恬。

初九日　晴熱

昨接立群七月一日發函計十頁，勸余勿赴寧，謂彼赴閩赴川均未成，老母在鄉，不能承歡，中多喪氣語。

初十日　晴熱

余足疾又發，腳背生黃泡流水，此疾連年發在暑假中，民三四月初起此疾，即如此。晚寢夢余過大冶碧石渡，見有橋立水中，群鵝游戲水上，天氣晴爽，醒後歷歷，此境如在目前。次年二月竟應此夢。

十一日　晴熱甚

今日在家，未住校，下午四時孟寬圃先生來談甚久，謂其女淑蘭快畢業，暑假在家，國文無處補習，前請周樹人改文，未合其筆法，欲請余改國文，余不便拒之，請轉告自擬題候改。淑蘭前清光緒戊戌曾議婚於余未成者也。

十二日　晴熱

今晨到校仍補作圖畫標本，最大者六七張，晚間乘涼，田煥采來，余與朱、汪等談前夕所夢。

十三日　晴　熱甚　今日初伏　七月十二日　星期三

今日在校辦理圖畫大標十張，分次渲染，以便下期教學生。晚間回家，孟宅送來綢緞桃花絹扇一柄，頗精美，淑蘭手製也，送文二篇來求改，其戚趙某送來者，文尚易改。

十四日　晴熱

十五日　晴熱　七月十四日

十六日　雨　七月十五日

十七日　雨

十八日　雨　七月十七日

十九日　晴

今日下午至孟宅，帶改文去，略與講解，傍晚歸，淑蘭與余已隔三年再見面。

二十日　晴

廿一日　晴熱甚

廿二日　晴

今日下午四時回家，便往孟寬圃先生家，先生堅留余晚餐，添酒菜甚豐，囑淑蘭陪余酌。席間爲之講作詩之法，彼前作荷花詩，不知詩律也。

廿三日　晴熱

廿四日　陰午後晴　今日大暑　七月廿三日

今日太錚周歲，正午進香祀祖宗後排十錦，借小軒牙骨大章一枚，餘均家中所有者。抱太錚抓周，錚兒凝目許久，右手忽起抓此圖章，閤家喜，謂其抓印也，餘則次第手持之畢，母親甚喜。下午三時約朱輝霞、兆蓉、汪奠基來家中吃飯，具菜肉酒甚豐，晚間散去。

廿五日　晴熱

廿六日　晴

廿七日　晴

廿八日　晴　極熱

廿九日　晴

三十日　晴熱甚　七月廿九日　星期六

七　月

初一日　晴　夜雨　七月三十日　星期日

早起進香，午後在乾泰順購燒紙、金銀紙等件，辦包袱，準備祀祖，命厚訓幫寫。

初二日　雨　七月三十一日

初三日

連日均在家辦包袱，未到校，聞汪、朱二生已回家去矣。

初四日　晴

早督同厚訓寫包袱，晚間至淑蘭家坐談甚久歸。

初五日　晴　八月三日　星期四

接北京鄧次臣函，述阮次扶已到山東就政務廳長去矣，彼尚在謀事。

初六日　晴

初七日　晴　今夕七夕　八月五日

初八日　雨　八月六日

初九日　陰　八月七日　星期一

初十日　晴　今日立秋　八月八日

十一日　晴

十二日　晴

十三日　晴　今日末伏起

今日上午即歸，午後二時祀祖宗，燒楮、包袱、錁錠等等，具酒席誠敬□之，所謂祭如在也。

十四日　晴　八月十二日　星期日

今日下午往孟宅，聞淑蘭明晨往省也，鄭重數言而別。

十五日　晴　午後雨小

十六日　晴　八月十四日　星期一

今日在家爲王樂峰作序，渠家修譜，王屢求未作者也，午後至晚十一時序成。

十七日　晴

今晨將王序修改寫正，派人用函送去，晚間乘涼與余蘭舫言之，蘭舫非長古文詞者也，知其法派而已。校中已來學生十數人，廖、袁均來，明日開學。

十八日　晴

今日到校，聞開課，星期五看情形。

十九日　晴

今日校中續到學生多，明天上課。

二十日　晴　熱　星期五

今晨到校授課，午後搬行李住校。晚與范、尹、廖晤談。今年廖以校監兼管賬，可借薪水便利也。

廿一日　晴熱　八月十九日

今日上課畢，下午回家接劉鼎三自日本復函，云畫件交文□齋，蔡仲謀、南庶熙均已回國矣，又念及黃篤生同學，請問候。

廿二日　晴熱　八月廿日

廿三日　晴　熱　八月廿一日

廿四日　晴　熱　八月廿二日

廿五日　今日處暑　八月廿三日　星期三

廿六日　晴

廿七日　晴

廿八日　晴熱甚

廿九日 晴熱

三十日 晴 熱 星期一 八月廿八日

到校上課，下午接南京朱純如片，述江蘇候補已達六百人，彼僅恃月課以資火食。問寒溪今冬學生畢業是否續招云。

八 月

初一日 雨 八月廿九日 星期二

初二日 晴

初三日 晴 八月三十一日 星期四

初四日 晴 九月一日

初五日 晴热

初六日 晴 九月三日 星期日

接王浩如函，有沈石田畫一張三老騎驢圖，請估價若干元示復，沈不長於人物，想係偽作也，即復之。

初七日 雨

初八日 雨 九月五日 星期二

初九日 陰 九月六日

初十日　陰　九月七日　星期四

今日下午四時回家，清理各事。晚間百勝廟仍有裝神鬼爲放猖之會者。民國政體改革已五年，而仍有此不經之會，何也？

十一日　晴

十二日　晴

十三日　晴　九月十日　今日星期

昨在校借薪水，爲中秋開消之用，所差尚多，殊爲焦灼。明日向杜振卿借之。

十四日　陰

十五日　晴　晚有月色　今日中秋　九月十二日　星期二

今日上午有課。下午回家開消賬務，不能全付者記至年節還清。吾邑商人講信用，余父子亦素講信用者，故各商不催索也。晚間至附近街鄰家去拜節。九時具酒肴一桌，母親與家中大小同坐席。今夕接周鵬程函，謂該會正議長尚未定人，十月一號能否開會不能定，屈副議長尚未來省。

十六日　晴　九月十三日　星期三

早至各親友處拜節，十一時到校，午後有課。

十七日　晴

十八日　晴　九月十五日　星期五

十九日　晴　九月十六日　星期六

今日上下午均有課，晚歸□黃篤生郵片，因自省別後彼久無信來也。

二十日　晴　九月十七日　星期日

今在家。

廿一日　晴

廿二日　晴　九月十九日　星期二

今早到校上課，午後接長樂漁洋關張福蓀函云，余得子可慰高堂，彼則生而不育，不勝愁悶。省議員彼接通知可補缺，八月廿以後必到省城，資生已往漢口悅來棧云。

廿三日　晴

今日接夏秋舫片，謂鵬程函已轉交劉春霖、童冠軍，張福蓀尚未到省議會，郭炯師已來，可速函托云。

廿四日　晴　九月廿一日

廿五日　晴　九月廿二日　星期六

今日下課回家接篤生回片，云上月收到甚遲，五日一片則未收到，蔡仲謙在日本。湯濟武、廖菊坡抵鄂省否，擬外出就事，無處可圖云云。又接北京詹漸逵片，托函已交阮右武代轉阮次扶矣，彼現兼肄業中國大學，戴清若仍在部，聞即可補省議員，並勸余勿北上。

廿六日　晴　今日秋分

廿七日　晴　九月廿四日　星期日

廿八日　九月廿五日　星期一

早起到校上課。

廿九日　晴　九月廿六日　星期二

九　月

初一日　陰　九月廿七日

今日上下午均有課。連日省議會，國民黨議員前被袁世凱取消資格者，黎大總統正式就職後，一一恢復之。近到方正、郭肇明等十餘人皆前著者也。袁氏死而有知，不知如何感想耳？或謂取消國民黨議員，皆饒漢祥在京媚袁主張者也。後並共和議員亦取消，遂解散國會矣。

初二日　陰

初三日　陰　雨

初四日　陰　九月三十日

初五日　晴　十月一日

初六日　陰

初七日　晴　十月三日　星期二

初八日　晴

初九日　晴　今日重九　十月五日　星期四

昨與袁、廖、石、范諸先生約今日課畢下午六在校外塢挹爽亭登高，舉酒樂甚。

初十日　晴　十月六日　星期五

十一日　晴　十月七日　星期六

今日下課後目疾又發，紅腫痛甚，晚歸家以杭菊洗之。去今兩年目病多而光減，虛火重時延及齒齦，痛楚萬分矣。

十二日　晴　十月八日

今日在家休息，洪子卿先生來談並告余以治牙痛目疾諸法。

十三日　雨　十月九日　星期一

今日下課歸已下午三時矣，到家後，昨夕已囑內子辦有六肴，今日再添四菜，爲母親慶祝六十二歲誕辰，約王子恒、周斗丞來同飲。老年人逾六十以後每年須慶祝，袁簡齋、趙甌北諸前輩文人均以孝親聞天下，蓋愈老而雙親之來日少，人子應該孺慕也。舜五十而慕稱天下大聖人，吾輩讀書人奈何不孝哉。吾邑城內有四位秀才不孝其親，且曾做官或現正做官吏者，一杜超銓，二何福麟，三胡振綱，四周才備，胡何皆以縣案首入學，杜爲廩生，周曾與余同住兩湖學堂者。四君均存，不知將來其子賢否？周何年逾四十，現尚無子，杜胡之子，年俱卅矣①。今日接萬子虛來片，述余所寫介紹函均面交議長，未定不能答復。

---

① 杜超銓病危時，其子不與見面，衣被係堂弟料理；胡晚年甚困，子亦不孝；周晚年雙目瞽，子竊其契賣□住宅；何於抗戰時在貴陽全家被日機轟炸城垣時死之。——作者批注

十四日　晴　十月十日　星期二

今日牙齒大痛，目疾稍輕，身弱如此，奈何，奈何？今日雙十節放假一日。

十五日　晴　十月十一日　星期三

尹校長連日在省勻庭中學兼課，並不在校，其侄輩頑劣特甚。

十六日　晴燥　十月十二日

十七日　晴熱

今日接立群函，謂北上謀事，請先過保定再晉京，漢口至此少車費一元八角云。

十八日　晴熱　十月十四　星期六

今日程松師親送《和予九日登挹亭三首》，"病愈出西郭"學陶原韻詩□□□。

十九日　晴燥

今日接福蓀自省議會中來函，云九月九日到省，已搬入省議會，正式補議員矣。余因校事不佳，□往省城。

二十日　晴熱　星期一

廿一日　晴熱　十月十七日　星期二

廿二日　晴　熱　星期三

今日復福蓀函，擬侯機到省，程松師送來《九日登挹爽亭三首》原均，又《病愈學陶》一首原均。係九月十八寫函。

廿三日　晴　熱　十月十九日　星期四

今日上下午均有課，牙痛未減，講書不清楚，頗以爲苦。接省議會方孝正片，云議長問題尚未解決，內部極複雜，稍緩必與諸同學爲余謀一事。蓋議員中同學有十人也。

廿四日　晴　十月二十日　星期五

今日接周鵬程一片，云議長問題未解決，國民黨欲投詹大悲爲議長，王占元暗中反對最力，並成威駭之勢，非解散議會不可，現由副長負責云云。屈佩蘭運動議長甚力，囑余直接訪屈。

廿五日　晴

廿六日　晴熱

廿七日　晴　十月廿三日　星期一

昨接北京興國館袁仲虛來信，知余復彼函收到，許學源、程稚松尚未晤見，又見過阮次扶，已補衆議員，暫住北京，並問余何時入京就報館編輯。

廿八日　晴　十月廿四日

廿九日　晴　十月廿五日　星期三

三十日　雨　十月廿六日　星期四

十　月

初一日　雨　十月廿七日　星期五

初二日　雨　十月廿八日　星期六

今日下課即歸，因目疾又作，甚劇，晚飯後臥房中，畏洋油燈光。母親遂用菜油點一小燈。余臥床上與母言，問答間引用《列國志》鬼谷子歸隱，授學生龐、孫事。謂稍積資，住深山中教學徒三五人，夜間爲余逐鼠，養其天年，自然無疾而多壽。母親太息，謂此境絶佳，特患人不能耳。自是呻吟床上，母則祝禱神靈。余呼先君保佑余目疾早輕也。

初三日　雨

今日在家休養。

初四日　晴　十月三十日

初五日　晴　十月三十一日　星期二

今日上下午均有課，午後寫復各處函。目疾減輕。

初六日　晴

今日牙痛稍好，上課畢，仍歸家。

初七日　雨

初八日　雨

初九日　雨　星期六

今日上下午均有課，五時回家，因天雨，氣候轉寒，目疾牙痛已大減輕矣。

初十日　陰

十一日　雨　十一月六日　星期一

十二日　雨　氣候特寒　十一月七日

十三日　今日立冬　陰　大北風　十一月八日

接萬子雲函，求余再寫一函致屈議長，謀書記一事。此君時時謀事終未成，上下川資用去不少。

十四日　陰　寒

十五日　晴

十六日　晴

十七日　晴

十八日　晴　十一月十三日

十九日　晴

二十日　晴　十一月十五日

廿一日　晴

廿二日　晴　十一月十七日

北京鄧次丞來信,述彼事尚未就妥,欲謀八行出京。

廿三日　晴　十一月十八日　星期六

今早接稚松北京來函,謂數接余函,南國鐘至今未晤,許學源四次僅晤一次,渠事尚未派定。京中已着皮裘。謀事者多如鯽。劉萃三不日往太原,陳文哲薦往甘藥鹽局長去也。並請轉告其家中及春溪。

廿四日　晴

廿五日　晴

廿六日　晴　十一月廿一日

廿七日　晴　今日小雪

廿八日　晴　十一月廿三日　星期四

廿九日　晴　十一月廿四日　星期五

十一月

初一日　晴　十一月廿五日　星期六

今日上下午均有課,物理、化學二科均授畢,中學甲班只候停課考畢業矣。回家後，接鄧次丞函，述及萃三、稚松諸人就事，彼仍困京。彼家事甚好，一爲警佐後，遂日日求官過癮耳。

初二日　雨

初三日　陰　十一月廿七日　星期一

初四日　陰　十一月廿八日

今日下午接北京次臣函並轉到許學源一函，所言不可靠，兩人均喜誇大者也。

初五日　晴

初六日　晴　十一月三十日

初七日　晴　十二月一日　星期五

初八日　晴十二月二日　星期六

今冬中學甲班畢業，余仍欲另謀事。與小齋約定今晚到漢口心如處或省議會暫住，一探情形如何。下午六時與小齋到黃州搭輪，上午二時上日清公司襄陽丸。

初九日　晴　十二月三日　星期日

上午十時到漢，當即渡江訪福蓀及諸同學之在省議會者。

初十日　晴

在省城。

十一日　晴

十三日　晴　大風

十四日　大風　十二月八日

十五日　雪　十二月九日　星期六

連日住省議會張福蓀房，福蓀自睡僕從房，以正房讓余宿。議員每人有兩個房，一大一小，小者住僕，民國待議員優矣。福蓀讓余住大房，可感也。

十六日　陰　十二月十日　星期日

今日接寒溪來信，省公署公文已到，道尹署派員到校監考，此次學生畢業，催余速歸。

十七日　陰　十二月十一日　星期一

今日搭小輪回縣，未趕上。下午渡江搭大輪回黃州，在王小齋洋棚略休息，天明渡江回家。十時到校，知省派之人爲施鼎元，號展臣，崇明島人，候補知事也。

十八日　陰

十九日　晴　十二月十三日　星期三

今日考起，分班監場，題出三個，由委員圈一個。科學題亦如此，委員係外行，木偶而已。

二十日　晴

廿一日　晴

廿二日　陰　星期六

廿三日　陰　今日星期

今日停止一天，校中請酒一席，僅校中同人與勸學所所長伍子堂陪客。

廿四日　陰　十二月十八日　星期一

今日上午考音樂，下午考手工，考試算完竣矣。施君明日回省，校中送程儀廿串文，俗惡習也。文卷帶回復閱。

廿五日　晴

廿六日　晴

廿七日　晴

廿八日　晴

廿九日　晴

三十日　晴　十二月廿四日　星期日

學生已畢業一班，功課清閒，予得以休息。惟學生以尹時時不在校，習氣玩劣，而尤以其侄國瑜、國瑾最壞。聞爲尹季海之子，態度近流下，蓋失父無教育也。國瑗、國瑄稍好，此次勉強畢業，何能應升學考試歟？今年冬，尹對余印象不好，余亦預謀他調。今日接漢口心如來函並轉江慕張，又附次臣寄江函，又心如答復余寄畫已收到。

臘　月

初一日　大風　十二月廿五日

見報載，北京已公佈國會開幕在明年四月。

初二日　風

初三　雪　寒

初四　雪　十二月廿八日

初五日　晴　十二月廿九日　星期五

接泮香函並轉許學源函，言余明年可以到京謀事。又保定立群轉許函亦如此，然許言終不可信。

初六日　雪　寒　十二月卅日

初七日　雪　十二月卅一日　星期日

校中自今日起放假三天。

初八日　雪　民國六年一月一日　元旦

今日放假。

初九日　陰　一月二日　星期二

初十日　陰　民國六年一月三日　星期三

今日易雪忱先生自黃州來視學。校中留飲後，余與略談數語，因尹在座，不能托問各事。

十一日　晴　一月四日　星期四

今日上課畢。校中請易師吃飯畢，余西山九曲亭等處，余陪同前往。易師避人向余言，尹校長對余極不好，余遂以前後在校兩年半吃虧事徹底言之。易師謂，明年可調大冶中學，因該校魏校長曾托易師聘人，月薪較鄂城多，冶校照省城中學教員待遇也。如余願調，彼即函知大冶來請云。余許之。今日尹之爲人已爲易師揭穿，余則吃虧不討好也。

十二日　陰　一月五日　星期五

上下午考學生期考，大約後天可畢，易師今晚回黃州，搭輪回省。

十三日　陰　一月六日　星期六

余於中學乙班及高等小學課均考畢，今日帶卷歸家看，評分數以早了手續，明年不就本縣事也。尹自易先生談余事後，大約想請周月亭仍改文，減去范允師月支十二串文。惟周月亭不能教理、化、圖畫、音樂，豈能再添二人歟？吾知其必悔於心也。

十四日　晴　一月七日　星期日

今日在家。

十五日　晴　今夕月食

今早仍到校，送去名冊分數，支取此月及年假內應得薪水。尹對易師所說事，余與純嘏、子青微言之，使知其爲人也。

十六日　晴　一月九日　星期二

今日在家，父親忌日，照舊例晚具祀典。

十七日　晴

今日到校，學生均已散歸。與廖、袁、尹、范談各事，下午歸，薪水發畢。

十八日　晴　一月十一日

十九日　晴

二十日　晴

廿一日　晴　元月十四日

廿二日　晴

廿三日　晴

上午來客，下午辦理送竈諸事。杜振卿已買八卦石萬兆億住宅，萬姓便退屋交價，余以汪小軒來告知，汪不願搬出，請余向振卿租此一邊屋居住，前重鋪面只過租，則兩全其美之法也。余當即與杜商妥，明正搬至八卦石，較李姓宅寬大且自由矣。

廿四日　陰

廿五日　晴

廿六日　晴

今晨五時吃年飯。

廿七日　晴　一月廿日

早起，程松師來，帶來紙挽囑予書之，以送程正瀛者。此人爲起義時放頭一槍之人，近年貧困變節爲王占元偵探，專害黨人。前數日爲漢口老黨人吕丹書等暗殺而投之江者，不留芳而遺臭，一無識小人耳。而程師必欲送此一挽，何耶？余最惡寫挽聯，又在歲暮，程師來強而爲此，真心煩不願也。草草寫就，程師取去。

廿八日　晴　一月廿一日　星期日

今日至小軒家談甚久，屋已定緒，彼亦不搬，省許多金錢與麻煩也。後院三大間，又汪房多三間，彼亦欲由彼租，並算後三間，則分攤似佔小便宜，余亦許之。因先君之喪，承彼與小齋幫忙也。

廿九日　雨　一月廿二日　星期一

早起，囑厚訓還清各處欠款，不必候人來討，較可清閑。晚間準備各事。今歲岳廟行香，余九時半即帶同厚訓去，不候天曙時。母親年老，今年除夕，余請早安寢。餘事如送竈、進香等等均提前爲之。十二時諸事料理畢，遂寢。寢後多雜夢。五時半再起，與母親拜年後，又向祖宗牌行禮拜年，遂坐待天明。

民國六年（1917年）丁巳日記

今年元旦日食，初二日地震，二月朔又地震。在君主時代視爲不祥之事，以自然科學論則亦尋常自然不足異也。

二月廿二日到大冶中學任教，至放暑假歸家，集有餘薪水，不似在寒溪中學課多薪水少，時時窘困，反不見諒於校長尹潮。大冶校長魏叟長於尹六歲，亦爲舉人出身。兩人相較，一直一曲，用心各不同，作事亦異。

冶校同事相得，學生馴謹敬師。不似尹君任其四個姪兒在校放縱，師生之誼，同學感情俱無。致四姪十年後無一存者，甚或流爲敗類被毒死，而尹九十三歲萬分窘困，尚賴予與同縣友人設法周濟之。噫！豈當時所能逆料哉。寫此本不應該，然亦可鑒也。

九月間，染痢疾幾死，幸賴冶校師生均鑒原於予，嗣後感情聯系，至魏叟卒時猶未忘當時事也。今該學生五十七人僅存五人，亦年近六十矣。十月間同學朱純如在蘇省得六合釐金局長，迭約予佐幕，以大冶師生對予知敬禮，且與家近，就近養母得盡子職。六合薪金多，予則重人格也。

丁酉冬月崎山老人復閱記

正　月

初一日　大霧　晴　今日日食　一月廿三日　星期二

六時半起，六時小軒、小齋等來拜年，余進朝香剛畢也。自是與同居李宅拜年後外出，囑厚訓在家招呼來客。

初二日　陰　早地震二次

早起漱畢，忽屋宇動搖，連續二次，知係地震，此時正八點鐘。九時來李宅者云，得勝洲行路拜年之人，幾欲傾倒於地上。又聞城內東門劉宅，牆裂開即合矣。昨日日食，今日地震，今年無佳象矣。晚接立群片，謂書畫仿單列彼名，甚喜，周桂亭所帶圖章二枚收到。

初三日　晴

今晚祖母忌日，燒紙具供如昔年，傍晚至春溪、鏡清家略坐。

初四日　陰

初五日　晴

初六日　晴

初七日　晴　一月廿九日

初八日　晴

今日下午請春酒一桌，利師、春溪、小齋等八人寫函問易師大冶事有成否。

初九日　晴　一月三十一日

初十日　晴　二月一日

今日接易雪師一片，係七日發。謂王省長要傳見一次，望即來省。又謂彼落一小印於鄂城勸學所，煩問蔣朗寰視學一查，余定明日往省。

十一日　晴　二月二日　星期五

早起搭小輪，午後四時到省，住斗級營吉慶棧。因曾雨村同學住此，不寂寞也。原擬住天吉棧，因余未帶行李，就曾處爲便。晚見易雪師，請先通知查玉階簽事。查曾爲壬寅湖北鄉試同考官，原任蘄州知州，直隸舉人。

十二日　晴　二月三日

早到省長公署教育科會查簽事，名雙綬。言易師薦余經過。查云請示王督軍傳見日期云。歸後與雨村言之。棧中住有監利同學雷書禮號律丞，在本籍教算學多年。

十三日　晴　今日立春　二月四日　星期日

十四日　晴　二月五日

晚接通知，王督明晨九時傳見。

十五日　雨　雪　二月六日

早八時至督署。九時見王督，同見四人，有三人係候補知事，余一人辦教育。囑余早到大冶，公事即下云云。王現能識字，談簡略數言。乍見不悉其爲粗鄙之人不認識字者也。退後即往教育科訪科員熊藍田，名武玉，松滋人。亦老辦教育者。余請以委令寄大冶。

十六日　雪

早起渡江搭輪回縣。與母親言此事，大冶事似可靠，惟須接該縣中學負責人來聘函方能去也。閱劉震新同學沔陽來片，謝送其父挽聯也。

十七日　晴

十八日　晴

十九日　陰

大冶尚未來信。此校同事無熟人，不便函問。晚問春溪來□與此事向之一談，餘友則秘之，恐不成也。

二十日　晴　二月十一日　星期日

今日小軒來，云萬宅已搬清，杜振卿已至該宅驗收矣，請余早搬去整屋檢瓦諸事。當即訪振卿，說定每年租金四十六串文。屋雖貴，較李姓宅多一倍矣。

廿一日　晴

今日起搬家，晚間搬畢，整理各事。今晚接易師片云：大冶委令早寄大冶矣。

廿二日　晴

廿三日　陰

上午九時，大冶校長魏蔚華校長號湘屏來訪，帶到易先生函，云公事早已下，決無變更，請魏約余到冶校。惟魏此次到省買校具，俟往返後再去亦可。魏年六十餘，齒已脫落，精神甚好。云與范允師爲同年舉人，巡撫街魏荆川父子均與同宗云。下午回看魏於四眼井熊同仁棧。

廿四日　陰　二月十五日

廿五日　晴　星期五

寒溪學校廖、袁、范諸人俱到，已開學。余以尚未到冶，不能不去上課。今日下午至校，子青已知余就大冶事，因魏住黃石港早言已聘余也。今日接立群函，述學源非負友者，乞諒之。

廿六日　晴　二月十七日

今日上下午均到校授課，尹校長尚未到校。

廿七日　雨　二月十八日　星期日

今日接魏校長自港來片，已接余函，又須往武漢一次，來月當拱候台駕到校也。以此情形，赴冶校當無問題。

廿八日　晴　二月十九日　星期一

今日上下午均上課。尹仍未來校，余與袁、廖商議，冶校無人來接，仍照常上課，以二月份終了爲止。接曾誠齋片，謂易先生向彼言，余之委令早由省寄大冶矣，想必該校必有函聘。

三十日　晴

今日訪春溪與王利師，問大冶旱路走法。王師開一單，又謂大冶有果城名酒可飲。

二　月

初一日　陰　上午十時地震　二月廿二日　星期四

今日早十時地震一次，較正月初二略輕，僅一秒鐘，今年非佳象也。午後到校上課。

初二日　陰

今日與廖、袁商議，余走時周月亭可補余缺，但須添人教圖畫、音樂、理化，此班已教大半可不請人。

初三日　晴

今日仍上課。

初四日　雨　二月廿五日　星期日

今日大家清理應帶書籍，準備赴冶行李。

初五日　雨　二月廿六日

初六日　雨

初七日　雪　雨　二月廿八日

今日與昨日仍上課，尹就兼差在省，仍未來，視學校爲無足輕重者，可歎！二月已完，余明日不到校，已將此月薪水領清。

初八日　晴

今日接冶校來函，謂省府委令已存易先生處，請余準備到校，但仍遲疑。

初九日　陰

初十日　晴

十一日　陰　三月四日　星期六

今日寒溪同仁爲余餞行，在小西門石鏡清家酒敍甚歡，有春溪作陪。

十二日　陰　三月五日　星期日

今日清理各事，並托郵局長尉遲敏深以後對於余家特別照顧，並與冶局疏通，以後可直接寄官票到局，由敏深送母親手收。敏深江寧人，住漢口多年，自前年接鄂城局後與余來往甚密，可托以家事者也。餘則以家事托王樂峰親家。

十三日　晴　三月六日

今日王樂峰爲余餞行，有楊厚安、孟春溪作陪，酒席甚豐，下午出城至先君厝屋一看。

十四日　陰

十五日　雨

十六日　晴

十七日　晴　三月十日　星期五

今日接魏校長來函，並云省府委狀已到大冶，請余急赴冶校上課，新招學生已正式上課到齊矣。余乃放心到冶，下午向各處辭行，定二十日赴校。

十八日　大雨　三月十一日　星期六

下午寒溪廖、范、袁來送行，談間因春溪笑語又爲余餞行一次，就春溪宅中，明午刻再歡聚一次。今晚五時，敏深爲余餞行，小齋、春溪作陪。

十九日　大雨　三月十二日　星期日

今日春溪下午爲余餞行，有小軒、小齋及寒溪同仁作陪。晚間席散，余各托以照顧余家事。先父去世未滿三年，家母支持家事甚辛苦，尚有小欠債未清，冶校薪水多，大約不久可還清此欠款也。向諸友重托再三，席散歸，轎子挑子已講好，天气晴可行也。

二十日　大雨

今日因雨，又不能行，至郵局坐談甚久。敏深之妻曾到余家數次者，又托以安慰家母各事。午後鄂城局轉到北京陳海觀一片，云張廉卿字帖京中售完書畫潤例容付印寄下。

廿一日　晴　三月十四日　星期三

轎夫來云久雨路濕行不易，改明日，余許之，因俗例不願單日出門也。晚至各至好處再坐一次。廖、袁、石来談，尹已回校，接余事者尚未定人云，晚間將家事一一佈置就緒，囑甥兒女俱聽教訓。純女、太錚不准外出。久未出門，對於家母戀戀不安於心也。

廿二日　大晴　三月十五日　星期四

六時起，七時飯畢，別母親出門。母親謂大冶近且便，不必思家。轎伕、挑子共三人，汪小軒送余至小南門外鄂王廟，上大路別去。小軒迭向余謀事，未一成者，彼能力差，余向來權力小，致無安置彼之機會，心難安也。幸彼有遺產，不缺衣食耳。彼此珍重而別。轎行甚速，過五里墩、清涼寺，經石頭山、周家鋪、新鋪、澤林嘴，已行十里。下轎問郵政代辦所，敏深托其招呼余者，值其不在。所行街頭有武昌、大冶分界處，此街兩縣管轄者。轎過涂家腦、相城鋪，至碧石渡下轎過水，忽觸及去年暑假時在寒溪所夢碧石渡情狀。在目前果有白鵝三隻游水面，所謂寶塔者則一字藏如塔正淹在水中央，奇矣！此夢境何以隔年示之，示之有何凶祥歟？此殆與余癸丑冬初夢入東嶽府，民二臘月間在麻城木子店宿東嶽府之狀相同。大抵人之精神不強，夜間神不守舍，乃現夢耳。過碧石渡，經大士橋，遇鐵山鋪，有火車，遂乘火車行十里。下車，遇大冶來轎，余轎夫願打兌有餘利，彼此願意。余到冶校已下午三時半矣，略坐休息，搬入寢室。並無窗櫺，僅門二扇可通空氣，土磚厚牆又無可開窗者。校長係見過二次者，由渠介見皮春華，年五十八，武昌府師範畢業，與吾邑石雲衢同學；英文兼體操教員詹道平，文華畢業者；國文教員朱熙如，五十九，戊子副榜，與吾邑王秀丹同年；書記張成安，教職員與余共六人。余已疲勞，晚飯後早寢。

廿三日　陰　三月十六日　星期五

早起，稀飯，有四菜，比寒溪火食佳。余以上午須休息。校長請星期六上課，休息一日，此亦人情也。下午由皮校監陪余至勸學所訪葉子香，省師範畢業，年五十四，彼與吾邑何玉書、許价人同學。葉春如爲其胞侄，與余爲湖堂新班同學。見面稱敝邑望君如望歲，生徒久欲授教育者也。並訪葉八爹，號鄧侯，年八十矣，清諸生，以理學稱者。子香爲其次子，餘則次青、亮臣，三子、四子也，俱諸生，住學堂出洋者。長子慶亭，年五十八，經商，有孫五人，曾孫五人，蓋一有福者。見余恭維甚，談時謙下，送余出門時禮節尤多。回校後查學生名冊，六十人，僅一班，因無教室不能開兩班也。

廿四日　今日春社　雨　三月十七日　星期六

早起，八時半上地理課，校監皮君向學生介紹余之學歷與經歷。第三堂圖畫，十一時半課畢。休息廿分鐘午餐，先生一桌，白米飯，湯、菜六樣，豐盛極佳。學生八人一桌，糙米飯，亦菜六樣甚豐。問何以食糙米？皮君云糙米養人，學生願吃，有精力也。似矣！惜吾邑學生不能行。學校規矩嚴肅，學生見人有禮貌，與吾邑迥不同，或者係新招生易辦歟？下午一時上簿記，三至四上音樂。晚間學生就原教室自習，點清油燈，甚用心。教員各在寢室，就近亦可問難。吾料此校必有造就，不似吾邑銅鐵並收也。聞招考時，學生四百餘人取六十名，備取十名。余寢室中備有大磁罩洋油燈一座，似對余例外者。今晚至前重小學看校長詹鴻號遵緒，與余在湖堂同堂者，大冶下陸人，年五十。彼前在湖堂爲高年級學生，長余十八歲。同事吳任臣、丁夏潭俱唔見。九時半，余寫家信備明日發出。寢後閉門，洋油烟不能出房門，欲不關門又懼失物也。

廿五日　雨　三月十八日　星期日

早飯畢，囑校工皮定台引余至郵局，晤局長李長青，咸寧人，長余二歲，來大冶管局已一年餘。彼爲宣統元年入局者，已七年資格。其兄李樹青在宋埠管局，有三子一女。余坐談久，當以尉遲敏深之意告知，李慨然爲余將來代寄官票。李謂在冶亦無友人，僅認識沈秀林，鄂城人，在坳頭開疋頭店。校中下午五時請酒一席，待余禮也，葉子香、鍾視學作陪客。

廿六日　陰　三月十九日　星期一

今日上午上植物學、地理。下午無課。葉子香、鄭萬選、鮑宗隆來回看，鄭、鮑本校去臘畢業者，現辦小學。詹遵緒、丁、朱諸教員來回看。晚郵局李局長同沈秀林來，沈爲吾邑沈伯卿醫生胞侄。伯卿余幼時呼爲伯父者也，與先君爲好友，其時甚貧，約去世已廿年矣。

廿七日　晴　星期二

學校因物理、化學本年所無，彼照部章教課，故鐘點只音、手、地、簿、博。簿、博兩門每鐘點一小時五元，餘均四元，月可得四十四串文。較之鄂城，鐘點少四點，薪水多廿串，明年可至五十二串。今日下午教手工。晚至郵局坐談甚洽，發昨日所寫家信。校中每週僅十小時，每日牽不上二小時，讀書時多矣。

廿八日　晴　今日春分　三月廿一日　星期三

今日上下午均有課，皮校監在外立聽。學生對余講解翕然不動，甚表誠敬也。同事諸君亦相得，校長對余以禮，時時來室中談往事。

廿九日　晴　星期四

今日上午有課。下午余貼自修單於室中，開始自修。大冶無熟人，外出僅郵局可坐談。勸學所所長、勸學員俱大冶人。縣視學鍾，陽新人，府中學畢業生，甚老誠。余以該所是非多，不願往坐，只有在校讀書寫字作畫，或作詩自遣而已。蓋思念母親及兒女未在面前亦無益，徒亂心意而已。

閏二月

初一日　晴　三月廿三日　星期五

上午講地理，下午教圖畫，學生均有興趣矣。國文佳者，熊獻青、陳炳庚、楊光第、明哲、田靖等數人，劣者盧希賢、姜紹約等數人，餘程度不相上下，彼等均讀私塾來者也。晚自習時，書聲琅琅如私塾，城內學生亦來自習。

初二日　晴　三月廿四日　星期六

今日上午有課，下午至李長青局坐談，並同拜訪沈秀林，其家足頭店生意甚大。

初三日　陰

今日星期，早飯後到郵局，與李長青同遊金湖、青蓮閣，水中樓房均精雅，前任縣官均有題聯。此湖即金湖也，大冶人士書古地名曰金湖者以此。坐半時許歸校。

初四日　陰　三月廿六日　星期一

今日上午有課，下午自修作畫一塊，行書三頁。晚至長青局中談甚久歸。

初五日　晴　三月廿七日

初六日 晴

初七日 晴 星期四

今日晚飯後，道平帶學生在醫院前球場打足球，以後定爲每星期三傍晚打球。今晨寫一詳細函寄張立群，計五頁約八百字。

初八日 晴 三月三十日

今日接厚訓來片，云祖墳已同劉老表祭畢，並抄示彩票四張號碼。

初九日 晴 三月卅一日 星期六

初十日 陰晴無定 四月一日 星期日

今日晚飯後同長青至街上遊覽，遇一星者算八字，去錢四百文。批謂余非久在學界者，將來須入仕途云，余一笑而已。今日魏校長送三月份全薪與余，余到職止半月，竟送全薪，禮也。

十一日 晴

十二日 晴

十三日 晴 四月四日 星期三

今日上下午均有課。

十四日 今日清明節 晴 東北風甚大 四月五日

上午上課後，至李長青局吃飯。十一時與同遊校後附近鄉村，見人祭祖墳，余心不安。今年清明在冶，不能回縣親祭余之各祖墳也。晚間作詩一首畢，又寫行書甚多，張曲江詩，又張籍《烈婦行》諸詩均佳。

今日接尹仲韓來片，請寫鄂城小學直牌，又乞寫黃山谷洗墨池題志。

十五日　雨

十六日　晴

十七日　陰　四月八日

今日往李長青局談甚久，便與同往青蓮閣一遊。大冶縣公署清閑無事，僅科長楊當家。知事陶繼貞，岳州人，深居簡出，聞岳州某武官之子也。大冶殆無爲而治也。

十八日　晴　四月九日　星期一

今日發家信。

十九日　晴

二十日　陰

廿一日　陰　四月十二日　星期四

廿二日　雨

廿三日　陰

廿四日　陰

今日飯後往李長青局中談，沈、陳二人在座。晚間補寫行書四頁，閱戴文節詩。

廿五日　晴

廿六日　晴　星期三

上午課畢，下午自修，寫行書太白詩，正楷二頁，作山水畫一塊。

廿七日　陰　星期四

廿八日　陰　四月十九日

廿九日　陰　四月廿日

三　月

初一日　雨　晚晴　四月廿一日　星期六

今日上下午均有課，功課單每週有變動，晚讀古文、唐詩三小時，仍寫行書一頁。

初二日　雨

初三日　晴

初四日　雨

初五日　雨

初六日　陰　小雨　微雪　四月廿六日　星期四

校中準備春季旅行，余為作歌，譜以音樂，教之以 C 調 4/4 拍子。其歌云："麥隴屯黃楊柳稠，恰屆旅行候；金湖中校諸同學，來作天台遊。大家齊齊整整，親愛相攜手；風日晴和人意好，來上最高樓。"蓋旅行目的到天台山宿一夕，次日返校，山距縣四十里。

初七日　晴　星期五

初八日　晴　星期六

　　早五時，學生俱起，食乾飯。六時師生齊集，皮春華、詹道平帶同學生前往天台山。余以體弱未能同往。校長在校守屋，余往李長青局中談談而已。並就其家晚飯歸，校內學生陳炳庚中途發痧症，抬回，魏校長正在料理醫治。

初九日　晴

　　今日星期，下午二時學生與皮、詹二員回校，談天台風景佳，惟晚宿寒冷，蓋棉被云云，幸余與熙如、湘屏未往也。

初十日　晴　四月三十日　星期一

　　今日照常上課。下午自修，寫、作、讀三項並行。魏校長送全月薪水來。

十一日　晴　五月一日　星期二

十二日　晴

十三日　晴　五月三日　星期四

十四日　陰　五月四日　星期五

　　今日寫家信，封小官票五拾張，由李長青徑寄尉遲敏深轉送家中。大冶局到鄂城係旱班專人走，中途不經外局查信也。

十五日　陰

十六日　晴　今日立夏　五月六日　星期日

今日到勸學所及工業學校李校長處略坐談，晚仍至長青局中略坐。

十七日　晴　五月七日　星期一

十八日　晴

十九日　晴

二十日　陰

廿一日　雨大　五月十一日

廿二日　雨　星期六

今日上午有課，下午以雨未能外出，在校寫畫閱雜書。

廿三日　雨　五月十三日　星期日

今上午未出門，午後至長青局中間談。

廿四日　雨

廿五日　陰

今日下課後寫字作詩，添補未竣之畫，寫鄂城家信並致寒溪同仁。

廿六日　晴　五月十六日　星期三

今日接子青、純嘏來函和余《澤林壪道中》並《別寒溪》各詩，均佳妙，魏、皮稱贊不已。

廿七日　晴

廿八日　晴

今日下午寫字三頁，橅曼龔父簠銘廿二字，頗得意。

廿九日　晴

三十日　晴

前在省購得白骨小扇，自爲畫之，並題數行，亦頗得意。今日鄧次臣來函，約余過陽新一游。

四　月

初一日　晴　五月廿一日　星期一

初二日　陰　小雨　今日小滿　五月廿二日　星期二

今日上午有課，下午寫行書二頁，作詩一首，閱雜書。

初三日　晴

初四日　晴　星期四

今早與魏、皮二先生商定，欲請假回家一看，往返需九日，因走陽新轉家也。自下星期課目空出，候余回校來補授。魏、皮許以通融也。下午五時，太懷攜次臣函，轎夫二名，新凉轎一乘，次臣自製者。余囑轎夫、太懷住棧，候明晨起行。晚九時，功課排定，早寢。

初五日　晴　五月廿五日

　　早五時起，六時起行，轎行甚速。中經海螺山、大戟鋪、斧頭街等處，在途吃飯二次，到縣城警署已四時半。天氣尚早，與次丞、施經友見面甚歡。聞鄭子書先生以查印花委員資格亦到陽新三日矣。晚次丞陪余至新新樓戲園看戲，該邑石姓所新開者也。朱鴻壽之凈角，本地朱家田畈人，聲音宏亮，唱《大保國》《黑風帕》等戲，唱做均佳，將來必爲名角也。十時返署宿。園中晤及銅礦局局長朱仲炘，爲本家田畈人，長余一輩。明日當尋朱氏譜一閱。今早由大橋起，過大戟鋪、八海、小戟□梁家鋪、白沙鋪、斧頭街、茶鋪、荻田橋，到縣城。

初六日　晴　星期六

　　今日次丞請客，仲炘、李味參均作陪，鄭子書首席。鄭近年極困，設非何玉書薦此一事，殆矣！彼前清安徽候補道，爲吾邑城內富人，今式微，其子又不肖。不獨渠一家窮困，餘四家亦同時式微，何也？朱仲炘翻譜相示，余名列在顯達錄中。仲炘請晚宴。

初七日　晴

初八日　晴　小雨　五月廿八日

　　飯後與施金友遊各街市，見曬菩薩木偶像者多，亦風俗如此也。

初九日　雨

　　今日又至新新樓看朱鴻壽演戲，大保國唱工極佳。縣府有人來看余，不便回看也。聞余亮臣畫蘭甚好，亦未去拜訪。又有易念堂者，文雅甚。二人均前清舉人。僅拜訪劉憂予。陳翰芳知其不在縣，晤其弟充小學校長者，囑達意而已。請次臣封船，明晨決計回縣。

初十日　晴

早五時起，六時飯畢。次丞派警士一人送余，押船招呼。七時開行，次丞、金友均送至河干，珍重而別。舟出富川門，行十五里到南城，十五里到石浮，略停十五里到富池口，囑警士、船夫引余至甘興霸廟，俗稱"吳王廟"，祀吳將甘寧者，頗著靈異。《三國志》所稱寧死有神鴉護之，今則無此事矣。吳王有像，廟宇宏壯恬靜，鳥聲互答。未攜香紙，僅向甘寧鞠躬而已。遐想往事，舟中得詩一章，即"一帶山河曲，輕舫出富池"是也，詩另錄。再行十里，到武穴出江矣。上岸打聽上水大輪，行未半里，洋棚云大輪已到。警士送余登划子上長安輪，警士亦在輪招呼。到黃州，轉鐘二時。

十一日　晴　五月三十一日　星期四

晨五時起，六時渡江，七時到家。見母親甚健，兒女及甥輩均好，甚慰。交上薪水五十串與母親收存。早飯後，至寒溪中學晤袁、廖、尹、范、石諸先生，談甚久。便遊西山，得詩一章。

十二日　晴　星期五

昨訪淑蘭，彼尚未畢業，亦欲急急就事以解困境者。已預爲一扇，束桃花其上，又一扇則已畫桃花未竣，囑余補綴之者。彼已年卅一矣，迭露依余偕老意。余憐其心事，外舅力主之。

十三日　晴　六月二日　星期六

今日下午四時，王小齋送余到黃州搭下水輪到黃石港。別母親出門。五時半到黃州棚，夜十二點鐘船到即上，轉鐘二時抵港。天曙時到石灰窰，雇轎一乘，定價四百廿文，到校甚早。

十四日　雨　六月三日　星期日

今日上下午俱有課，補所代之鐘點也。下午寫信告知母親平安到冶。

十五日　雨

十六日　雨

十七日　雨

十八日　雨　六月七日　星期四

早上課一次，此四天缺課，以天雨甚好俱補齋矣。餘時寫行書二張杜甫搗等。

十九日　晴　六月八日　星期五

今日上午課一次，下午寫行書《西施咏》等。

二十日　晴　六月九日　星期六

今日下午課畢至李長青局暢談，長青請余明日宴，已許之，下次當還席也。

廿一日　晴　六月十日

今日下午二時在李局長家宴，陪客陳、沈、魏、皮諸先生。

廿二日　晴　晚風雨　六月十一日　星期一

今日下午接小軒來片，舅父氣病下血，甚危殆矣。母親已到西畈去看，當即寄函向小軒。

廿三日　晴　星期二

上下午均有課。

廿四日　下午六時雨　大雨通宵　星期三

廿五日　雨　六月十四日

廿六日　雨

廿七日　雨　星期六

今日下課後已定酒席一桌，約校中魏、皮、朱、詹、李長青、沈秀林明日午後到校一敘。

廿八日　晴　夜雨　六月十七日　星期日

今早接袁子青片，小麥收成佳，江水大漲，余子太錚養得甚好，皮濟川之第五子現年十七八歲在港讀書，能爲長文字，因余托查爲甥女開親者也。正午李、沈及同仁坐席，盡歡而去。晚寫鍾鼎文一張。

廿九日　晴　六月十八日　星期一

五　月

初一日　晴　六月十九日　星期二

今日上下午俱有課，下午補畫件，晚至李長青局中談近事。

初二日　雨　六月廿日

今日接小軒復片，云舅父上月陰曆廿一日巳時卒，傷哉！舅父今年六十一歲，平昔待余與潘、劉諸甥異。余讀書時，舅父重視之，入學後更欣喜萬狀。辛亥避兵在鄉，病中皆賴舅調護。民元二年間僅小小報舅恩，至今心猶耿耿也。閱片淚下如雨，隔父死二年，而舅父又逝，令人悲痛無已。

初三日　晴　今日夏至　六月廿一日　星期四

初四日　晴　星期五

今日下課後，至李長青局坐談。轉眼端節至矣，每逢佳節倍思親，回首家園，未與家人歡聚，殊悵惘也。晚間校長與余商明日放假一日，以符人情。

初五日　晴

早起同仁相賀，學生皆來余室中賀節。正午到長青局過節氣，大冶風俗與吾邑同，端午點綴亦用角黍、糕點。

初六日　晴　六月廿二日　星期日

午飯後往李長青局坐談甚久，聞各處郵路通行之法甚詳，長青之弟亦在局中閑住，其子用陶在小學讀書甚頑劣不勤學云云。

初七日　晴

今日上下午均有課。

初八日　陰雨　六月廿六日　星期二

余今日卅二歲初度，自先君謝世後，以家事累母親，民元二年四月止已出政界辦教育，所入不敷家用，心中未嘗一日恬適也。駒光易逝，馬齒漸長，奈何校中同仁均不知余之生日。

初九日　晴

初十日　晴　六月廿八日　星期四

今日校中考期考。上下午提前排課考諸，俾余早歸也。皮校監遇事給余以方便。

十一日　晴　六月廿九日

今日上下午均考學生，晚間評閱試卷。

十二日　晴　六月卅日　星期六

早起，仍評試卷，記分數。午後校長送六月份全薪，並借送七月半月薪水。此暑假期中，無論校中有無變動，應得者也。暑假滿，再補七月下半月薪，此近人情者也。

十三日　晴　七月一日　星期日

余上午往長青局略坐，言即日回家。下午乘轎至下陸，轉小船至石灰窰、黃石港，搭大輪到黃州。夜十二時半船到港，二點半到黃州洋棚。

十四日　晴　七月二日

晨到家，見母親及家人均好。此次帶薪百串，暑假在家月餘，不愁七事矣。設仍就寒溪事，不知寒到何時矣？去年不遇易雪忱師，今年不能就冶校事還陳債，可見凡事有定，徒先着急無益也。聞各街龍船會猶昔。

十五日　晴

今日至各戚友處奉看。

十六日　今夕月食　晴

今日閱報。

十七日　雨

在家清理各事，爲陽新李味三作畫扇山水，臨戴文節並題一詩，甚得意。

十八日　晴

今日北門外送龍船下水，帶同純女上城去看，午後歸。

二十日　晴　今日小暑　七月七日　今日星期

今日正午至尉遲敏深家坐談，少松、春溪、小齋均來，午後就之吃飯。

廿一日　晴

廿二日　晴

廿三日　晴熱

廿四日　雨

廿五日　晴　極熱

廿六日　情

廿七日　晴

廿八日　晴　下午小雨　星期一

廿九日　雨

三十日　晴

今日未出門，閱雜書，寫張體行書三頁。

六　月

初一日　晴熱　七月十九日　星期四

歸家已十六日，此半月間早飯後即往郵局或戚友處閒談閱報，未作多事，或習静而已。

初二日　晴　熱甚

初三日　晴　熱甚

初四日　晴

初五日　晴　今日大暑節

初六日　晴　熱甚　七月廿四日　星期二

今日檢書曝之。余已有書十箱，近年所得者約五箱，餘爲先君置書，醫書佔三分之一。但先父從前所置醫書甚多，如《御纂醫宗金鑒》《黄氏八種》《陳修園全集》等，大部之書或爲程松師借去，或賣與黄舜卿諸人者，約三百餘本。而周斗丞借去之醫書至今不肯還，謂余不曾學醫爲理由。此各書皆先君閱過數次，手批朱字者，皆木版書，以現時價估之，可值二百餘元。余不肖未承先志，故亦不便再向程、周二家追回矣。尚有置樓上大圓桶中所裝書，皆八股，四十餘本。《書經》全套、《詩經》全套，只留四書一套，餘皆焚之。下午四時收裝還原，疲勞殊甚。

初七日　晴

初八日　晴　熱甚

今日正午往敏深局，與春溪、小齋等爲竹戰戲，以便忘伏熱也。

初九日　晴熱　中伏起

今日未出門，在家書文節詩五頁，爲王子恒書中堂一個。

初十日　晴熱

今日書文節詩五頁，午後仍到敏深局抹牌。

十一日　晴熱甚

今日寫戴文節詩四頁，下午到敏深局中抹小牌，俾忘熱度。

十二日　晴熱甚

十三日　雨

早清理書籍文件，上午十時寫行書三頁。

十四日　雨　八月一日

今日因雨，將友朋乞屛聯，逐一書之，疲甚乃止。晚寫行書四頁。

十五日　晴

早起爲黃舜卿作人物立軸，又爲子恒寫大聯一付，子芹二付。

十六日　晴

今日未出門，在家寫大對二付，寫行書三頁，又書王漁洋詩八頁，疲甚。

十七日　晴　八月四日

早起默寫唐詩，行書習廉老體，又書張船山詩三頁。

十八日　晴

十九日　晴

今日寫行書二張，中堂二個，大對一副。

二十日　晴

廿一日　晴　小雨一次　今日立秋

廿二日　晴　大風

今日在家清理物件，天涼即往大冶，已作函問魏叟開學日期。

廿三日　晴　風

廿四日　晴

廿五日　晴　熱甚

廿六日　晴　熱甚

廿七日　晴熱

今日到敏深局，春溪等來，爲竹戰戲，傍晚歸。

廿八日　晴熱　八月十五日　星期三

廿九日　晴

卅日　陰　八月十七日

余回家已久，冶校不日正式上課。余定下月初一祀祖，初二往冶校，方爲盡職。

七　月

初一至初三未書日記。

初四日　晴　八月十八日

今日下午二時祭祖，具酒席恭敬行禮。朱、胡二姓包袱分兩邊，外祖另置下邊，焚之，四時畢。並約有子恒來吃飯。晚清理各事，明日往黃石港。

初五日　晴　風　八月十九日

今日早飯後，厚訓送余。雇得民船一隻，順風順水。到石灰窑雇轎坐到冶校，已下午五時矣。晤校中同仁，問安好，晚至長青局叙渴別之情。

初六日　晴

早起上課。午後六時至勸學所、工校等處談近事。今日補日記，因連日繁瑣致誤書二事。家中係初四祀祖，余初五日到冶校。

初七日　晴

初八日　晴　星期六

今日課畢，約同長青至郊外一遊。冶邑無城郭，出街即鄉間，已有秋景矣。

初九日　晴　八月廿六日

今日與長青至郊外再遊。晚歸，寫行書三頁，閱《漢書》。冶校有二十四史，今日從漢四史閱起。余向未研究史學，今日讀書已遲矣。

初十日　晴燥　八月廿七日　星期一

今日上下午均有課。晚閱《前漢書》。接汪翰章片，言所定新《申報》已滿期。

十一日　晴　八月廿八日

十二日　陰　下午雨　八月廿九日

今晚閱《漢書》司馬相如傳，至三遍已熟，長卿當時遇合矣。張文襄鄙相如爲人，有詩譏之，亦偏見也。得厚訓片，知已由其伯父幼卿薦與東門外張姓花行學貿，月十八進行。

十三日　晴　八月三十日　星期四

今日已將學生圖畫提爲成績，另闢一室爲成績室。書、畫、手工、作文等等，請校中置玻璃櫃裝之，畫則懸之四壁，比較有成績之表現矣。

十四日　晴

十五日　晴熱　九月一日　星期六

入秋仍熱，天旱愈甚，下課後至長青局閑談，晚歸仍看《漢書》，

《前漢》已畢矣，再閱《後漢》及《三國志》，腦力已減，不能記憶，奈何。

十六日　晴熱　星期日

上午至长青局，飯後与同至大橋看鄉景，作詩一首。吳曜南由葉仙樵介紹來謀事，可笑。

十七日　晴

十八日　晴

十九日　晴　下午雨　九月五日　星期三

二十日　雨

今日接吳曜南自石灰窑來函，云前送川資五串已用盡，尚要借二串，此人仙樵介紹者。

廿一日　雨

早寫楷書二頁，臨廉老體，午後上課。

廿二日　晴　今日白露　星期六

廿三日　晴

廿四日　晴

廿五日　晴　星期二

廿六日　晴　星期三

今日與長青郊游至大橋鄉間看人家打稻。

廿七日　晴　星期四

廿八日　晴　九月十四日

今日接次臣信，陽新縣長已換人，彼署中有警士一名可補，前薦之胡太早，囑其速來補到，薪、飯與太懷一樣。又云朱仲炘乞畫件。

廿九日　陰晴不定

八　　月

初一日　晴　九月十六日

今日上下午均有事。校中原定有《漢報》，余不喜閱。辦報者新人多，筆墨不佳，採訪亦不實，不足觀也。爲校中辦理成績室已成，頗可閱覽。

初二日　晴

初三日　晴　九月十八日　星期二

光陰似箭，已到八月矣。人生未立功業，去日多，來日少，直與草木同腐而已。可慨也哉！

初四日　晴

初五日　晴　星期四

早起到校後散步望金湖得詩一首。"清秋平野闊"起句。

初六日　陰　九月廿一日

初七日　雨

今日下午在校補畫四塊俱成，山水之細至極。

初八日　晴　今日星期

與長青往當鋪訪金君，皖人，能下圍棋者。遇其管事陳君，年近六十，南京人，云曾在鳳池書院受業於張廉卿先生者也。清諸生，亦能寫廉老字體。

初九日　雨　九月廿四日　今日秋分　星期一

上下午均有課。今年痢疾、目疾甚多。自七月十五日晴起，已有五十三天未下雨，中僅小雨二次。天旱如此，秋收之歉不待言矣。

初十日　晴

十一日　陰

十二日　陰　九月廿七日　星期四

昨接池公欽安陸來函並寄詩，今日復之亦報以詩。

十三日　雨　九月廿八日

十四日　晴　九月廿九日　星期六

今日上午有課，下午作畫一幅。

十五日　今日中秋　月色甚佳　九月三十日　星期日

今晨往李長青局早飯，坐甚久。午餐校中加菜二，共八碗，有酒。晚間月色大佳，與朱熙如同至金湖畔步月，得律詩一首。歸書之，覺不甚佳。

十六日　晴

十七日　陰

十八日　雨

十九日　晴

二十日　晴

廿一日　晴

廿二日　晴　十月七日　星期日

今日至長青局，飯後與同游郊外並至醫院江虎臣醫生處坐談甚久。

廿三日　晴

廿四日　陰　今日寒露　十月九日　星期二

連日下午五時以後無處閑談，對學所僅對三小學連絡，對中學總在客氣，余不便往談。

廿五日　晴　十月十日

廿六日　晴

大冶已住半年，無新結識友人。每日晚飯後只有到郵局李長青處，坐談一二小時歸校。

廿七日　晴

在郵局與李君交已深，每晚就其家看滬漢報，甚有益，且不花定報費也。

廿八日　晴

廿九日　晴

三十日　晴　十月十五日　星期一

今日上下午均有課，昨閱《漢書・藝文志》。

九　月

初一日　晴

今日上下午均有課，傍晚至街上看書店，自漢帶回教科書等，便至長青局一坐。

初二日　晴　星期三

今日下午與長青自大橋歸，房中桌上置有大柿子三枚。余以心熱，食一枚，甜極，可口。餘二枚付校役皮定台食之。晚八時腹痛如廁，大泄，自是至十二時泄八次。身疲極，眼眶忽落陷。轉鐘二時變痢疾，紅白俱下。余駭甚。書記張承安請余到醫院診治。本來江院長醫道極高，余不願也。今夕太懷自陽新來校，爲鄧次臣送物回鄂城，便留校中招呼余病。

初三日　雨　星期四

校課不能上，飲食不進，校長、校監均來視余疾，張書記謂石醫生最高明，余囑即請來診脉，談理不差，遂服中藥二次。傍晚仍帶紅凍，今日已洩十餘遍矣，不能於厠，皮先生命陳役侍余疾，余囑其耐煩招呼，許以重酬也。教員學生來看者余囑勿入室，謂穢气重，恐傳染也。昨夕胡太懷自陽新來此，留招呼半日，服藥買雜物，又有些食物大冶無者，囑太懷就□縣買之，明日命之歸去並告知母親。

初四日　雨　十月十九日　星期五

今日仍服石醫藥，疾稍減輕，石先生每日來看二次，甚可感也，因檢先君手書治痢疾方與之就商，斟酌用藥，今晨大懷已回鄂城。

初五日　晴

今日解溲已減，泄括甚少，已脫肛，甚痛苦，然病已轉機，校長校監來視疾，余均拒其入室，一面聲謝而已。

初六日　晴

病稍好，今日太懷自鄂城來函，係汪翰章代筆，並帶火腿、冰糖等，托母親口氣寫的。

初七日　晴　十月廿二日

病轉好。今日接朱純如南京來片，謂有要事相商，彼已得六合稅捐總局長矣。此片鄂城轉來。

初八日　雨

上午石先生來看病，另開一方。留太懷在校招呼余疾。

初九日　今日霜降節　晴　十月廿四日　星期三

病勢漸退，學生萬熙等進房來問疾，余一一答之，請渠等速出房，慮傳染也。補給皮、陳兩工役賞金，前數日彼等招呼甚勤，可感。太懷在校六日，前次並未回胡林，余囑其明日回縣稟之家母，免老人擔心。王小齋自縣來校，見余病，僅留此半天即別去。據說轉黃石港搭輪至陽新，向鄧次誠謀事。今晚鄂城局轉來挂號信，六合釐金局長朱純如云，局中有稽核一缺，問余願就否？

初十日　晴

十一日　雨　十月廿六日

病已大退，接鄂城易泮香函，竟誤讀余前致函，較之辛亥血疾爲尤甚一語，勸余節勞。

十二日　風雨交作　十月廿七

接鄂城子卡施尔藏函，问余疾愈否，李長青、沈秀林連日來視余狀，魏校長尤祝余疾早痊。

十三日　晴　十月廿八日　今日星期

疾已大愈，惟變成痔瘡，外痔甚以爲苦。男子有痔本屬尋常，但恐老年加重耳，長青來看余，談甚久去。余定明日上課，不再修養，誤學生功課，晚作《病起攬鏡詩》："昨日忽生瘡遍體。"

十四日　陰　十月廿九日　星期一

今日上課，足力軟不能久立，於講台邊置一凳，偶坐之。下午有二堂，講後疲甚。瘡疾又作。

十五日　陰　十月三十日　星期二

照常補課。今日接王小齋自鄂城來函，云家中均好，述鄧勉之謀事不行，借款不許云云。

十六日　阴　十月三十一日　星期三

連日生瘡，奇癢不可耐，晚間尤甚。

十七日　雨

太懷今夕自鄂城來校，帶來棉衣、糖食等物。

十八日　雨

十九日　陰　十一月三日

今日仍爲補課。下午接夏生來片，接漢口曾心如來片，述道視學已裁，其兄賦閑矣。

二十日　晴　今日星期

長青昨來約余至局吃飯，病愈可食葷油也，十時去。今日才外出，至校後望湖山諸景得詩一律，"今朝何幸得閑遊"起句也。傍晚方與長青郊遊同返，瘡疾甚，至醫院謀藥搽之。

廿一日　晴

今日上下午均有課，下午接吳耀南自省來函，云江慕張可爲彼謀事。

廿二日　晴

廿三日　晴

廿四日　晴

午前北風，後轉東風。今日立冬。

廿五日　晴

廿六日　晴

廿七日　晴

廿八日　晴　十一月十一日　星期一

今日上課，前所缺功課已補齊矣。下午接袁夏生片，謂先君爲彼所書屏字已尋出，另挂號寄上。連日瘡疾未愈。

卅日　晴

十　月

初一日　晴　十一月十五日　星期三

今日上午有課，下午外出一次。接夏生來片，托謀明年館事，又請留心作伐。

初二日　晴

今日聞丁厚餘已故，請魏校長代作挽聯一付書之，並寫唁函。

初三日　晴

初四日　晴

下午寫就寄丁厚餘挽聯，自送局寄去。

初五日　晴

初六日　晴

初七日　晴

初八日　晴

上午有課，下午外出一次，在郵局接閱丁國臣謝函又稚臣函，准太懷十五日來校接余同回縣一看家中情形，又接稚臣初五發函，催胡太早至陽新，彼月半后可回縣云。

初九日　晴　下午小雨

初十日　晴　十一月廿四

十一日　晴

十二日　雨

十三日　晴　十一月廿七日　星期二

今晚與校長商妥星期六當請假回家看母親，病後恐老人念余也，課提前上五次。

十四日　晴

十五日　晴

今日校課接星期六之課，上竣以備回家看看，傍晚太懷自陽新來校帶回次臣函。余以此星期課已完，明日回縣可多住二日也。晚與同事商議各事畢，早寢。

十六日　晴　星期五

早起乘轎與太懷同行至石灰窑，轉雇民船到縣。今日風不順，到魏家磯距城八里，舟不能進。余性急，起岸與太懷步行歸家。見母親、老幼大小俱好。飯後與小軒談各事，囑太懷明晨回胡林，六日內再來縣與余同往冶校。晚至尉遲敏局中，謝其照顧余家事也。

十七日　晴

上午至寒溪學校，會石、廖、袁、范諸先生，午飯後入城至程松師家略坐，聞師母云先生精神恍惚，不似從前康健矣。餘時訪各友戚家，在王樂峰家、汪同昌米店談甚久。

十八日　晴

今日星期，石、廖諸人均來訪。

十九日　陰

二十日　雨

今日在家清理書籍什物。

廿一日　晴

廿二日　晴　十二月六日　星期四

今日聞程松師病劇，余往視之，師母囑余擬電文致次松、少松急歸，一面仍請醫生代診脈，師妹及程竹如妹前以省中不靖，均在縣住。

廿三日　晴

今日往松師宅三次，師母無主張，師病甚重。

廿四日　晴　十二月八日　星期六

上午吩咐家中各事，仍至程師母家中，余以假滿須回冶校，下午四時半別母親出門，與太懷坐民船渡江，小齋送余搭輪船，甚可感也，余與言冶校事，如無變化，決不另謀政界事也。夜轉鐘一時，船到黃州，與太懷上船，二時半到黃石港洋棚。

廿五日　晴　十二月九日　星期日

天明與太懷至石灰窰，雇轎至冶校，到時甚早，與同事暢叙，飯後至長青局。晚閱陳海觀北京來函述各事，彼已補農商部主筆，仍索畫件。

廿六日　晴

上下午均上課。

廿七日　晴

廿八日　晴　十二月十二日

今日接汪翰章函，云彼知余已返校，謂母親囑余所帶新絮，瘧疾初愈不能用，可與同事換一床為要，今日寄信鄂城，問松師病如何。

廿九日　晴　十二月十三日　星期四

今日下午接江蘇六合釐金局朱純如函，係復余詳函，所薦程丹臣不能用，所約余係素志，今以就校事不能來，甚為悵惘，餘為問候各人，頗周到。

十一月

初一日　風　十二月十四日　星期五

上下午均有課，晚寫家信並附函問松師病，囑小軒轉送，光緒辛丑夏，松師病發□自省歸，危險萬分，經先君診愈，至今先君謝世已三年，松師之疾無人診，思往事，心悵然也。

初二日　晴

今午接次松自縣來函，云已回縣，松師病有轉機，蓋復中風也，其弟尚未回縣，問石醫生可否接至鄂城，當即請張承安去問，石先生不願往，遂復次松函。

初三日　陰　今日星期

今日與長青往大橋等處一遊，鄉間仍是太平象也。

初四日　陰

初五日　晴

上午有課，下午寫函問次松情形。

初六日　晴

初七日　陰

初八日　雪　小雨　十二月廿一日　星期五

今日授地理音樂等課，晚寒甚，心念松師疾，松師長先君十二歲，爲忘年之交。先君在年僅六十四，松師今年七十六尚存，其子亦漸到佳境矣。

初九日　陰　今日冬至節　十二月廿二日　星期六

今日接次松函，云松師病已轉好，手足均能動彈，已不服藥，石醫不來亦可。現正做壽木，冬月能否再北上不能定也。又接汪翰章一函，同前情。

初十日　晴

今日與長青同遊郊外。

十一日　晴

十二日　晴

十三日　晴

十四日　晴

十五日　晴

十六日　晴

今日與李長青、沈秀林共照一相。

十七日　晴　星期日

十八日

十九日　晴　燥　民國七年一月一日　星期二

今日放假，派人送片到縣署致賀。

二十日　晴　一月二日

廿一日　晴

廿二日　晴

廿三日　晴　一月五日

今日上下午均有課，晚寫《金湖集》詩稿數頁，寫復各處函件。

廿四日　今日小寒節　一月六日

廿五日　晴

廿六日　晴

廿七日　晴

廿八日　晴

廿九日　晴　一月十一日　星期五

今日寫信三件。堂課畢，自編文稿，閱子書。訂纂本，已分廿大類：文學、教育、官吏、人品、總典、鳥獸、交通、工商等等，各類首部均有引喻一類。計畫如此，不知將來果能成書否也？甲辰六月以前纂本四冊，爲同學洪小山或陳受卿在考寓中偷去，嗣後彼二人大小考均獲取錄，則此本之力。乙巳以後又有纂經史子集四類之雋語六本，取材極豐富，共裝爲二厚本，余每試必利。辛亥八月廿日上午已攜出門，泮香囑余勿帶出，自是失之。後南庶熙在湖堂見此本於湖邊，欲取之已水濕不可揭，亦棄之。噫！余之心血十餘年，兩次而有此纂本，均失矣。思之心痛久之。

三十日　晴

十二月

初一日　晴　北風　一月十二日　星期日

今日與李長青談各事，云不久又放年假。余來冶校已近十閱月，與君訂交八月矣。人生聚散無常，交情則久而愈篤也。長青書雖不深，頗知友義。民國廿四年長青尚來寓一次，嗣後失聯矣。己卯在恩施聞其子曉波云：日寇陷咸寧時死在鄉間。

初二日　晴　一月十三日　星期一

初三日　晴

初四日　晴

初五日　晴

初六日　晴

初七日　晴

初八日　晴　星期日

初九日　晴　今日大寒節　一月廿一日　星期一

今日上下午结束教課，準備年終大考。

初十日　晴　一月廿二日　星期二

十一日　晴　一月廿三日　星期三

今日開始考試地理、簿記。

十二日　晴　一月廿四日　星期四

今日考博物、圖畫。

十三日　晴陰不定

今日考音樂、手工，晚間將各試卷評閱寫分數。

十四日　晴

十五日　晴　一月廿七日　今日星期

今日下午將試卷分數交校長保存。晚間校長算清一月份薪水，並借支二月份全薪，共有九十八串文。遂將校工、傳達等賞號發給，又另給皮、陳二工役賞金，余病中受彼等招呼過細者也。皮役念余不置，小人有心，不可不知其好歹矣。每見世人待下極刻薄，對上極恭維，非所謂良心也。《文昌帝君陰騭文》所謂"奴僕待之寬恕，豈宜備責苛求者"是也。九時與魏校長商談各事，余準備明晨起程回縣。

十六日　晴　一月廿八日　星期一

早起，皮役已爲予雇轎，彼送余往石灰窰雇船。行上水甚遲，下午舟子云有風至，乃與皮定臺起岸歸。五時到家見母親，命內子弄飯。皮役食後，彼往大山寺回皮家大屋，今晚可到云云。

十七日　晴

今晚補行父親忌日祀典。

十八日　晴

出門看各親友。

十九日　晴　星期四

二十日　晴

廿一日　晴　二月二日

早起，今冬在冶校以勞心血所獲薪水較多，除還去年陳債外共計有餘錢百二十餘串。今以二十串辦年貨，以十串爲過年預備費，可以慰慈母矣。過年着急，先君在日，除民國元、二年外，憶庚子年終有餘錢十五串，其餘均着年過急。余住學堂六年，無一年年終不着急也。今已走順境，而先君謝世三年，傷哉！

廿二日　陰

廿三日　陰　小雨　今日立春　二月四日

早起家中度歲，各事俱已辦好，家母心甚忻慰，且有孫兒女慰膝下也。下午七時送竈神，具香燭典禮。九時另具香燭迎春。程丹臣之子燕山來云，渠父已由純如處帶錢回過年，感謝余薦事不置。丹臣年近七旬乃有此一機會，亦彼有晚景，非余之功也。

廿四日　雨

廿五日　雪　寒

廿六日　雨　寒甚

廿七日　晴　二月八日

今日下午命厚訓買齊各物，明晨吃年飯。晚十時，家母囑同內子辦年飯，十二時畢。余先寢，轉鐘六時再起。

廿八日　陰　二月九日

六時起，具香燭敬謹祀祖。六時排年飯，就隔壁呼程燕山來坐席。七時半飯畢，外出二次，晚寫大紅春聯一付，餘爲小聯。余已服闋，應換紅箋也。

廿九日　陰　二月十日　星期日

早起，貼春聯，囑厚訓佈置各事。午後五時，命厚訓送燈香至先公厝屋，並帶香置普山各墳。對慈母爲心喜，對先君及普山幼墳純學爲心傷也。六時厚訓歸，七時燃燈燭，小女及太錚及四女俱活潑．以爲樂。嘻！今年除夕可慰全家。命內子守歲。余以病體未復，轉鐘一時遂寢。夢極不祥，巨舟六七排列河邊，大風忽起攪斷纜索，余心惶恐萬分。雞鳴時醒，記情形如在目前，未與家人言，心甚惡之。